김 동 리

金東里

글누림 작가총서

김동리

순수의 지향과 삶의 정치성

김한식 엮음

글누림

21세기에 다시 읽는 김동리

해방 이후 1970년대까지 김동리가 한국 문학에 끼친 영향은 실로 크다. 1930년대 신세대를 대표하는 소설가이자 비평가로 두각을 나타내던 김동리는 해방 이후 우익 문단의 이데올로그로서 자신의 역량을 유감없이 발휘하였다. 대부분의 우익 문인들이 창작에 주력하고 논쟁에 소극적이었던 것과 달리 그는 일당백의 기세로 논쟁에 뛰어 들었다. 우익의 정치적 승리가 굳어진 이후로 그는 유력한 잡지를 창간하고 주관하였으며 문창과 교수로서 많은 작가들을 배출하였다.

이러한 적극적인 문단 활동으로 인해 김동리에 대한 평가는 호오가 분명히 갈라진다. 그는 특히 근대를 넘어서는 탈근대 정신의 옹호자로 긍정적 평가를 받아왔다. 소위 '김동리 사단'이라 불린 많은 후배들과 '문협정통파'들은 그가 죽기 전까지 든든한 지원군이 되어주었다. 당시 그를 비판하던 사람들은 문단 역학 관계에서 대척점에 있는 경우가 많았으며, 비판의 방향은 문학보다는 '정치'를 향해 있었다. 비판의 방향은 문학보다는 '정치'를 향해 있었다. 이후 김동리에 대한 재평가가 이루어진 것은 이념에 대한 거리가 생긴 1990년대에 와서이다. 그의 문단 활동을 포함하여 사상적 기반, 작품의 수준 등이 꼼꼼하게 재검토되기 시작했다.

　김동리는 『문학과 인간』이라는 기념비적 비평집과 여러 권의 인상적인 소설집을 남겼다. 이데올로기적 비판을 원색적으로 내세운 그의 비평은 때로 독자를 불편하게 만든다. 그러나 그의 비평이 끝까지 추구한 궁극에 대한 사고에서는 순수라는 말로 환언하기 어려운 사상의 깊이를 느낄 수 있다. 소설의 경우도 마찬가지이다. 비록 서사의 다양성은 부족하지만 강렬한 인상을 담은 단편들은 우리 문학사를 풍부하게 해 주는 것이 사실이다. 「무녀도」, 「황토기」, 「역마」, 「홍남철수」, 「밀다원 시대」, 「실존무」, 「까치소리」 등은 그 대표적인 예들이다.

　이 책에 실린 논문들은 각기 다른 관점에서 김동리 문학에 접근하고 있다. 일관된 관점을 보여주기보다 김동리를 바라보는 다양한 시각을 소개하는 것이 편집의 의도였다. 비평 논문에서는 주제의 다양성을 소설 논문에서는 대상 작품의 다양성을 볼 수 있을 것이다. 더 신선한 시도들이 있었음에도 이 책에 실리지 못했다면 그것은 순전히 편집자의 게으름 탓이다.

　책은 부록을 포함하여 총 4부로 구성되었다. 1부에서는 김동리 문학에 대한 전반적인 조망을 시도해보았다. 본론이라 할 2부와 3부에는 김동리의 비평과 소설에 대한 논문들을 실었다. 대상 논문은 2000년 이후 발표된 것으로 필자는 80년대 이후 한번으로 한정했다. 2부에는 김동리 문학을 전통, 동양 사상, 반공주의, 세계주의 등의 관점에서 다룬 논문들이 실렸다. 3부에는 시기별, 주제별로 김동리 소설을 다룬 논문들을 실었다. 해방 이전의 소설, 전쟁을 배경으로 한 소설, 종교를 다룬 소설 그리고 역사소설을 포함하고 있다.

　언제부턴가 연구자들이 남의 논문을 읽지 않는다는 소문이 떠돌고 있다. 게으름 때문인지 자료의 방대함에 지레 기가 눌려서인지 기존 논문에 대한 검토가 철저히 이루어지지 않는다는 것이다. 학연이나 지연이 연구 논문 인용에도 작용하고 있다는 씁쓸한 소식도 들려온다. 이런 풍토에서 논문의 재수록 작업이 어떤 의미가 있을지 판단하기 어렵다. 연구자들을 위해 의미 있는 작업이 되었으면 좋겠다.

　마지막으로 원고의 수록을 허락해주신 필자 선생님들께 감사드린다는 말을 전하고 싶다. 큰 혜택이나 이익이 없음에도 불구하고 모두 흔쾌히 제안을 받아 주셨다. 어려운 여건에도 좋은 책을 만들기 위해 노력해 주시는 글누림 출판사 관계자 여러분께도 감사드린다.

아직 바람이 찬 삼월에
김한식 씀

제 1 부
김동리 문학의 위상

순수의 지향과 삶의 정치성

1. 김동리 문학을 보는 관점

김동리만큼 사후 평가에서 호오가 분명히 갈리는 작가는 드물다. 그의 삶과 문학에 대해서는 토속적이고 민속적인 소재를 완전한 소설 미학으로 수용해서 민족문학의 전통을 확대시킨 작가[1]라는 긍정적인 의미 부여에서 반성적인 자기 인식을 결여하고 있는 작가[2]라는 혹평에 이르기까지 다양한 평가가 이루어져 왔다. 이는 그의 문학이 분명한 '입장'을 가지고 있었고 이후의 영향력 또한 만만치 않았다는 사실을 반증

---

* 김한식 / 상명대학교 한국어문학과 교수.
1) 이태동, 「순수문학의 진의와 휴머니즘」, 『김동리』, 서강대학교 출판부, 1998, 63쪽.
2) 이현식, 「현실 앞에 선 한 완고주의자의 초상」, 『실천문학』, 2001 여름, 56쪽.

한다. 호오의 판단이 어떻든 그가 우리 문학사의 중요한 흐름을 대표하고 있으며 문학사 연구에서 빠져서는 안 되는 중요한 작가이자 비평가라는 점에는 틀림이 없다.

본명이 김시종인 김동리는 1913년 음력 11월 24일 경주 성건리에서 태어났다. 서울 경신중학을 다니던 중 집안이 기울어 낙향한 김동리는 이후 정규 교육을 받지 않고 독서로 문학적 소양을 키워갔다. 이때부터 큰형 범부 김기봉의 영향을 받기 시작하였는데, 해방 이후에도 가형의 영향력은 크게 변하지 않았다. 1934년 시 「백로」가 <조선일보>에 가작으로 뽑히고, 이듬해에 「화랑의 후예」가 <조선중앙일보>에 당선되면서 그는 본격적인 문학인의 길을 걷기 시작하였다. 1936년에는 <동아일보>에 단편소설 「산화(山火)」가 당선되어 당시 유력 신문 신춘문예에 세 번이나 이름을 올리는 실력을 과시하였다. 1937년 서울 생활에 염증을 느끼고 낙향한 김동리는 다솔사를 중심으로 교육 사업에 헌신하기도 하였다.

1930년대 후반 유진오와의 신세대 논쟁은 그의 입지를 분명히 해준 사건이었다. 이 사건으로 김동리는 비평가 혹은 문학사상가로 인정받게 되며 이를 바탕으로 해방 이후 좌익 문인들과의 논쟁에서 중추적 역할을 하게 된다. 좌익에 맞서 가장 적극적으로 활동한 문인이기에 분단 이후 그가 문단의 헤게모니를 장악한 것은 어찌 보면 당연한 일이었다. 젊은 나이에 원로 대접을 받게 된 김동리는 한국 전쟁 이후에도 자신의 자리를 더욱 공고히 만드는 여러 가지 활동을 하였다. 이동하가 정리한 다음 이력은 그의 삶을 미루어 짐작할 수 있게 한다.

　　서라벌 예술대학 교수, 서라벌 예술대학 학장, 중앙대학교 예술대학
학장, 예술원 회원, 예술원 회장, 예술원 원로 회원, 한국문인협회 부이
사장, 한국문인협회 이사장, 한국문인협회 명예회장, 한국소설가협회 회
장, 한일문화교류협회 회장, 『문예』 주간, 『월간문학』 발행인, 『한국문
학』 발행인, 아세아 자유문학상, 예술원 문학부문 작품상, 3 · 1 문화상
예술부문 본상, 서울시문화상 문학부문 본상, 5 · 16 민족문학상, 국문훈
장 동백장, 국민훈장 모란장3)

　　가히 문인으로 누릴 수 있는 명예는 모두 누렸다고 해도 좋을 경력과
수상이다. 그런데 위의 화려한 이력은 작품 활동보다 '문단인'으로 실력
을 발휘했던 전후 김동리의 모습을 짐작하게 해준다. 그는 당대 힘을
발휘하고 있는 정치 세력과 항상 좋은 관계를 유지하고 지냈는데 유신
세력과 군사독재 세력을 옹호한 경력은 현재까지 오점으로 남아 있다.
　　소설가로서 김동리는 독특한 작품을 많이 남겼다. 특히 운명론적 포
기를 담고 있는 비장미 넘치는 초기 작품들은 그의 비평과 맥을 같이
하고 있어 오랫동안 관심의 대상이 되었다. 대표작들인 「화랑의 후예」,
「무녀도」, 「황토기」, 「역마」들은 설화적 공간에 한국적 정서를 담아낸
작품들로 평가된다. 그러나 해방기 이후 김동리는 당대의 현실적 문제
를 작품의 중심 소재로 삼기도 하였다. 좌우 대립이나 한국 전쟁을 다
루면서 그의 작품은 더 이상 설화적 공간에 머물지 않았다.
　　김동리의 문학은 '순수문학'이라는 말로 집약할 수 있다. 문학에서 정
치적인 의도를 배제하고 문학 정신, 궁극의 정신 자체만을 추구해야 한

---

3) 이동하, 『김동리』, 건대출판부, 1996년, 17~18쪽.

다는 것이 그가 주장하는 순수문학의 내용이다. 그가 1930년대 후반부터 일관되게 주장해 온 '구경적 생의 탐구'나 '제3휴머니즘' 등은 실제로는 순수문학론의 다른 이름이었다. 그의 문학론은 순수문학 진영 내에서도 독보적이었으며, 조연현이라는 비평가를 통해 힘을 얻고 서정주나 청록파 시인들을 통해 날개를 달게 되었다.

하지만 우리 문학사에서 '순수문학'의 주장은 그 자체로 하나의 아이러니를 만들어낸다. 순수문학이 우리 문학사에서 주류로 대접 받았던 이유가 그 문학적 성취 뿐 아니라 비순수의 영역인 정치적 요인에서 기인한 것이기 때문이다. 문학에서 정치적 입장을 견지해서는 안 된다는 순수문학의 태도는 자유주의를 표방한 정치 이념의 승리라는 현실 정치의 조건에 의해 문학의 중심에 서게 되었다. 말하자면 순수문학은 순수하지 못한 정치적 조건 안에서 '순수'를 주장할 수 있었던 셈이다.

문학과 정치를 분리해서 사고해야 한다고 주장하는 김동리 식 순수문학의 이분법은 문학 비평과 창작에서 유사한 방식으로 나타난다. 비평에 있어서는 순수와 비순수의 대비나 궁극적인 것과 일시적인 것의 나눔이 여기에 해당한다. 그의 소설 역시 삶과 죽음, 인간과 자연, 의지와 운명이라는 이분법 안에서 변주된다. 이러한 이분법적 태도는 수용의 논리보다 배제의 논리를 앞세우게 되는데, 비평의 영역과 소설의 영역 간에 큰 차이는 없어 보인다. 이념적·문학적으로 우리 편과 상대편을 나누어 자신과 다른 문학 논리를 배제하는 것이 그의 비평 태도였다면, 운명(자연, 신) 앞에서 나약한 현실적 인간을 배제하는 것이 그의 소설이 취하는 이분법이었다.

그의 비평과 소설들은 보편적 인간과 보편적 정신을 강조한다. 여기서

'보편'은 우리의 과거·현재·미래를 아우르는 개념으로 사용되는데, 그가 강조하는 보편은 현재가 불확실하고 미래를 알 수 없음으로 해서 자연스럽게 과거 지향적으로 흐르게 된다. 실제로 김동리는 근대에 반하는 '전통'이나 현재를 지배하는 과거를 자주 강조하였다. 보편 지향이 낳은 과거의 강조는 그의 문학을 근대를 넘어서는 '근대 초극'으로 평가하는 근거가 되기도 한다. 반대로 보편의 강조는 현실의 복잡한 계기들을 무화시키는 데 의식적이건 무의식적이건 기여하게 된다는 지적을 받기도 한다.4)

2. 김동리 비평의 중심 – 궁극과 초월의 논리

문학 이념의 차원에서 말할 때 우리는 소설가 김동리보다 비평가 김동리에 주목하게 된다. 잘 알려진 바와 같이 김동리는 1930년대 후반 이후 현실과 문학의 관련성을 주장한 '여러' 문학적 태도에 맞선 대표적인 비평가이기 때문이다. 식민지 시대에는 유진오와의 논쟁으로 해방기에는 김동석 등과의 논쟁으로 한국전쟁 이후에는 '문협정통파'의 이론가·실력자로서 김동리의 활약은 눈부셨다고 할 수 있다.

김동리는 구체적인 현실에 밀착한 문학보다 보편적인 인간의 문제를

---

4) 2000년 이후 지난 근대를 돌아보는 분위기 속에서 김동리 연구는 새롭게 활력을 얻고 있다. 이전의 연구가 그의 문학사적 위치나 작품의 성과를 확인하는 데 치우쳤다면 최근의 김동리 연구는 작가론보다는 문화사적, 비평사적 관심에서 접근한 경우가 많다. 동양론과 관련하여 김동리의 동양적 사고방식에 대해 주목한다든지, 이데올로기적인 측면에서 그의 문학이 갖는 반공주의적 성격에 주목한 연구가 많이 나왔고, 이러한 과정에서 기왕의 평판작에 새로운 의미를 부여하는 연구도 많이 진행되었다.

다룬 문학을 '본격'적인 것으로 높이 평가한다. 이러한 문학론은 그의 작가 생활 내내 일관되게 유지된다. 그는 초기 대표 평론인 「신세대의 정신」에서 문학의 대상이 되는 인생은 "제 개성과 생명에서 발아하여 제 개성과 생활과 운명과 의욕의 유기적 '하모니' 속에 부단히 호흡하여 성장한 것"[5]이라고 말한다. 인간 보편의 정신과 함께 개성을 강조하고 있어 문학이 가진 본연의 핵심을 찌른다는 느낌을 준다.

그런데 이러한 주장은 늘 반대되는 대상을 전제하고 전개된다. 그는 인간이 각자 지니고 있는 고유한 개성과 인생관만이 문학의 진정한 내용이 될 수 있으며 거기에서 비롯되지 않은 사상과 내용은 생명과 개성의 구경을 추구할 수 없는 일시적이며 편향적인 것에 불과하다고 말한다. 그가 일시적이며 편향적이라고 지적하는 것은 구체적으로 이념지향의 문학 또는 이념과 연관된 문학이다. 생명이나 개성을 이데올로기와 대립시키는 이러한 이분법은 그의 비평이 가진 독특한 전략이다.

해방 이후에도 김동리는 일관된 입장을 유지하고 있는데, 해방기에 발표된 다음의 글은 그의 주장의 핵심을 파악하기에 적당하다.

> 참다운 문학적 사상의 주제는 시대와 사회를 초월하여 인간이 영원히 가지지 않을 수 없는 인간의 보편적이요 근본적(구경적)인 문제—다시 말하면 자연과 인생의 일반적 운명—에 대한 독자적 해석이나 비평에서만 가능한 것이며, '시대적 사회적 의의'니 공리성이니 하는 것들은 이 '주체적인 것'의 환경으로써 제2의적 부수적 의의를 가지는 데서 지나지 못하기 때문이다.[6]

---

5) 김동리, 「신세대의 정신」, 『문장』, 1940. 5, 84쪽.
6) 김동리, 「문학적 사상의 주체와 그 환경」, 『문학과 인간』, 1952, 청춘사, 94쪽.

　　문학이 ‘신’이나 ‘당’이나 ‘인민’이나 ‘황금’이나 일체 어떠한 우상의 예속물이 되어서는 안 된다고 하는 것은 곧 문학이 <u>인간의 전적 표현</u>되기를 바라는 정신이다. 문학이 ‘당의 문학’이 되고, ‘인민에 복무하는 문학’이 될 때는 당의 목적과 복무적 의식에서 그만큼 인간성을 제약하고 왜곡하고 硬化하므로써 인간성의 전모가 그 문학적 대상이 될 수 없으며 따라서 <u>인간의 전적 표현</u>이 될 수는 없는 것이다. 그러므로 폼人의 문학정신의 본령을 옹호한다는 것은 ‘문학이 <u>인간의 전적 표현</u>’되기를 바라는 정신이며 이에 문학정신을 지키려는 본격문학 계열을 총칭하여 ‘인간의 문학’이라 일괄한다.7)(이상 밑줄－필자)

　　첫 번째 예문을 통해 우리는 김동리가 내세우는 문학이 ‘초월’ ‘영원’ ‘운명’ ‘구경’ 등과 관계되어 있음을 알 수 있다. 스스로 ‘참다운’이라는 수사를 붙인 것으로 보아 이 주장이 논리적 차원보다 신념적 차원에서 이루어진 것임도 알 수 있다. 이 글에서 주장하는 문학은 ‘초월’, ‘영원’, ‘운명’, ‘구경’이지만 기실 관심의 초점은 “시대와 사회를 초월”하는 ‘문학’에 맞추어져 있다. 위 논지대로 하면 그것은 ‘인간의 보편적’이고 ‘일반적’인 운명이기도 하다. 시대와 사회를 초월하는 ‘참다운’ 문학이 있고 그 반대편에 “시대적 사회적 의의니 공리성”이니 하는 것들을 내세우는 문학이 존재하는 셈이다.

　　시대와 사회를 초월하는 문학에 대한 강조는 두 번째 예문에도 그대로 이어진다. 짧은 글에 ‘인간의 전적 표현’이라는 말이 세 번이나 등장한다. 그러나 인간을 전적으로 표현하는 문학이 무엇이라는 언급은 전체 글을 읽어도 찾아보기 어렵다. 첫 번째 예문에서 막연히 언급하고

---

7) 김동리, 「당의 문학과 인간의 문학」, 같은 책, 210쪽.

있는 초월, 영원, 운명, 구경 등이 인간의 전적 표현과 관계된다는 점을 미루어 짐작할 수 있을 뿐이다. 인간의 전적 표현은 곧 인간의 부분적 표현을 넘어서는 문학을 말하는 것일 터, 위 글만으로 보면 부분에 그치는 문학은 이념에 치우친 문학이 된다.

그런데, 초월, 영원, 운명, 구경 등을 내세우는 김동리의 비평은 인간의 현재와 미래를 통합하여 사고하는 듯 하지만 사실 '본질적인 것'에서 현재의 문제를 분리시킬 위험을 안고 있다. 과거·현재·미래를 아우를 수 있는 보편적인 주제란 결국 불확실한 현재나 알 수 없는 미래보다 과거를 향할 수밖에 없기 때문이다. 김동리는 "어떤 것이 참되고 가치 있는 문학이냐 하면 어떤 시류적이며 공리적인 목적을 위한 문학이 아니라 과거·현재·미래의 현실이 그 속에 들어 있는 이런 문학이야말로 진지한 의미에서 미래의 문학이라고 할 수 있는 것"[8]이라고 주장한 바 있다. 이는 본질적이고 심각한 주제를 이야기함으로써 현실적으로 보이는 구체적인 문제들의 의미를 희석시키는 결과를 낳게 된다.

그럼에도 불구하고 보편의 강조와 지향은 김동리 문학론이 힘을 실어준다. 커다랗고 심각한 그리고 보편적인 이야기를 할 경우 적확한 진리라는 느낌을 주지는 못하지만 오류를 지적받을 위험성도 적다. 실제로, '구경적 생의 형식' 같은 추상적인 주장은 구체적인 내용을 담고 있지 않기 때문에 상대방의 공격도 상대적으로 덜 받아왔다. 물론 김동리가 주장하는 영원성·보편성론은 인간에 대한 상식화된 지식들을 되풀이

---

8) 김동리, 「작가와 현실 참여―R군의 현실 참여에 대한 대화를 중심으로」, 『나를 찾아서』, 민음사, 1997, 379쪽.

함으로써, 인간에 대한 이해를 추상화시키는 면이 있다. 진정한 인간의 구경은 인간을 현실적 상황 하에서 조명함으로써만 입체적으로 드러나는 것이며 인간성의 옹호 역시 그러한 조명이 이루어진 아래에서 논의할 수 있는 것이기 때문이다.[9]

3. 김동리 비평의 전략 – 문학과 현실의 이분법

문학 권력에 대한 그의 끊임없는 도전과 좌절은 김동리의 순수문학이 가진 약점을 보여준다. 순수문학을 주장했던 문인이 문학 권력에 늘 가까이 있었다는 사실은 언뜻 모순된 것으로 느껴진다. 순수와 정치의 이러한 엇갈림은 김동리가 문학 행위와 문학 제도를 별개의 영역으로 사고한 데서 발생했다고 할 수 있다. 실제로 그가 주장한 순수의 논리가 관철될 수 있는 영역은 창작 행위에 한정된다. 문학 제도는 창작과 달리 정치와 현실의 영역이 될 수밖에 없어서, 문학처럼 추상적이거나 보편적인 영역으로 남기는 곤란한 분야이다. 그런데 문학과 현실을 구분하는 순수문학의 이분법 논리로 문학 제도에 접근한다면 정치 영역에의 '순수한' 집중은 전혀 이상한 일이 아니다.

문학 쪽에서 본다면 문학과 현실의 분리는 모든 비문학적인 요소에 대한 철저한 부정이라고 할 수 있지만, 현실 쪽에서 본다면 순수한 문학 대 순수하지 못한 현실이라는 선명한 대립구도가 만들어진다. 이러한 논리가 극단화되면 둘 중 하나의 선택이 가능해진다. 순수한 문학을

---

9) 이주형, 「김동리 〈순수문학론〉의 반현실주의」, 『김동리』, 살림, 1996, 724쪽.

위해 순수하지 못한 현실을 버리는 경우와 순수한 문학과 순수하지 못한 현실이라는 대립 구도를 통해 순수하지 못한 현실을 긍정하는 경우이다[10] 김동리가 선택한 것은 후자의 길이었다. 문학제도와 관련하여 순수가 현실 긍정을 선택하게 된다면, 다른 선택의 국면에서도 현실 긍정으로 흐를 수밖에 없는 것이 순수문학의 취약점이었다. 문학과 현실을 이분법적으로 사고한다면 결국 순수한 문학을 위해서 순수하지 못한 현실은, 부정되는 것이 아니라, 언제나 긍정되어야 하는 것이다.

이런 김동리 문학론의 결함은 이미 다음과 같이 지적된 바 있다.

> [그의 문학론이] 문학과 정치의 일원론에 대한 회의랄까 자의식이 목숨을 건 위기의식을 통해서 겨우 획득되었다는 사실은 강조되어 마땅한데, 그의 제일 취약한 부분 곧 아킬레스건이었던 까닭이다. 정치와 전혀 무관한 자리에서 문학이 성립되며, 그것은 각자의 운명과의 만남이라 우기는 김동리의 논리란 실상 정치 곧 문학이라는 일원론의 시적 표현에 지나지 않는다. 정치와 문학이 모순 개념으로 설정되어 있지만 실상 몸이 한데 붙은 샴쌍둥이임을 한국 근대문학사가 특수성으로 안고 있는 이상, 아무리 발버둥 쳐 보아도 부처님 손바닥의 손오공 신세를 면치 못한다.[11]

문학과 정치가 별개라는 주장의 정치성에 대한 지적이다. 이는 문학을 기타 인간 활동과 분리 고립된 무엇으로 보지 않았던 여러 논자들이 공통적으로 지적하는 내용이기도 하다. 김동리의 순수는 정치적 현

---

10) 류찬열, 「문학의 권력화와 정전화에 대한 성찰과 반성」, 『한국문학권력의 계보』, 한국출판마케팅연구소, 2004, 213쪽.
11) 김윤식, 『해방공간 문단의 내면 풍경』, 민음사, 1996, 65쪽.

실의 긍정이기도 하다. 그의 현실 긍정은 현실을 부정하는 문학에 대한 예민한 알러지 반응으로 나타난다. 60년대 이후 비 제도권 문학, 특히 비평에 대해 취한 매우 공격적인 태도는 그 대표적인 예라고 할 수 있다.

김동리의 문학론이 비록 '정통'으로 자리 잡기는 했지만 그것은 스스로 견고한 이론 체계를 갖춘 것은 아니었다. 유사한 이념을 가진 문인들과의 논쟁을 통해 오류를 수정하고 이론이 견고화되는 일반적인 과정 없이 단신으로 조직에 맞서며 싸우며 정리한 '야전'의 이론이었다. 그래서인지 김동리는 자신의 문학론을 펼치는 만큼(어쩌면 그보다 더 많은 지면을 할애하여) 상대방의 오류를 지적하는 데 힘을 기울이곤 하였다. 식민지 시대에는 기성과의 차별을 위해 해방기에는 자기 영역 확보를 위해 이후에는 '본격 문학'의 수호를 위해 상대방의 문제점을 집요하게 파고들었다. 이런 공격성은 사실 주류에 속한 이들의 비평 방법이기 보다는 우세한 상대방을 공격해야 살아남는 비주류의 비평 방법이다. 그런 특성 때문인지 문단의 중심에 섰을 때조차 그의 문학론에는 포섭의 논리보다는 배제의 논리가 우세하였다.

배제의 논리에는 원칙과 함께 균형 감각이 필요하다. 자신을 중심으로 했을 때 타자는 공통점을 가진 대상으로 쉽게 묶일 수 있다. 이때 중요한 것은 타자를 묶을 수 있을 만큼 자신의 이론이 튼튼한 논리를 갖추고 많은 지지를 얻을 수 있느냐이다. 타자들의 크기가 일방적으로 커 보인다거나 자신의 크기가 지나치게 작아 보일 경우 이는 자신의 이론이 가진 편협함을 반증하는 것이 될 수도 있다. 공통점으로 묶은 대상들이 실제로 큰 차별성을 가지고 있을 때 그들을 하나로 묶는 나의 이론은 편벽한 것이 되고 마는 셈이다.

그러나 문학은 김동리의 말대로 인간성의 본질을 추구하는 문학과 현실 당파의 이익을 대변하는 문학으로 나뉘지는 않는다. 인간성의 본질을 어떻게 보는지, 인간성의 본질을 추구하기 위해 어떤 가치가 유용한지 또 그것을 위해 문학은 무엇을 해야 하는지, 또는 할 수 있는지에 따라 다양한 스펙트럼이 존재하게 된다. 일곱 가지 혹은 그 이상이나 이하의 파장으로 나뉘는 것이 무지개이지만 배제의 논리에서는 파란색과 파란색이 아닌 것으로 무지개를 나눌 수도 있다.[12]

배제의 논리가 가진 이런 취약점에도 불구하고 김동리는 다행히 고비때마다 상대방의 결정적인 약점을 발견할 수 있었다. 그 약점은 주로 문학 외적인 것이었다. 해방기에는 찬탁과 반탁의 문제가 혼재였고, 한국 전쟁 이후 전쟁의 참상으로 이념이나 인간성에 대한 환멸이 크게 일어난 것도 모두 그에게 유리하게 작용하였다. 한 연구자의 지적대로 "<구경적 삶의 형식>이 김동리의 주 무기였지만, 이 무기의 힘보다도 상대방의 아킬레스건의 발견이 김동리의 승부수가 놓인 곳이었다."[13] 그리고 이후에는 굳이 상대방의 아킬레스건을 발견할 필요조차 없이 적이 제거된 상황에서 독주를 하게 된다. 전후, 근대화 과정을 통해 '순수'

---

12) 김동리에게 해방기의 상황은 적과 아를 분명히 가르는 '최초의 장면'과 같은 역할을 하였다. 자신과 상대되는 자리에 놓인 다양한 논리들이 하나의 공통점으로 묶이듯이 과거와 현재의 논리들도 유사점을 중심으로 묶인다. 문학 비평 활동이 같은 것을 묶고 다른 것을 갈라 바른 자리를 찾아주는 것이라고 할 때 김동리의 나누기와 묶기는 그 작업 자체의 유용성을 의심할 정도의 수준이었다고 할 수 있다.
13) 김윤식, 『해방공간 문단의 내면 풍경』, 민음사, 1996, 79쪽.

와 '전통'은 제도권 안에서 흔들리지 않는 최고의 문학적 가치로 대접
받았다. 오랫동안 유사한 이론 안에서의 투쟁만이 있을 뿐이었다.[14]

4. 김동리 소설의 중심 – 운명과 초자연의 논리

좌익 비평에 맞선 '탁월한' 비평가였지만 김동리는 스스로를 작가로
여겼으며, 문학의 본령인 작품에 대한 특별한 애정을 보였다. 작품으로
승부를 걸 수밖에 없는 '순수' 문학을 주장하였기에 이는 당연한 일이
었다고도 할 수 있다.

문학과 현실의 분리는 그의 비평이 갖는 정치성의 핵심이었다. 이러
한 이분법은 소설 작품 안에서의 현실적 계기들에 대한 경시로 이어졌
다. 현실 안에서 갈등이 발생하고 인물들 사이의 관계 풀이를 통해 그
문제가 해결되는 과정을 보여주기보다, 인물이 해결하기 어려운 문제들
이 현실 이상의 논리에 의해 풀려가는 과정을 보여주는 것이 김동리 소
설의 서사이다. 그것은 때로 비합리의 영역으로까지 나아가며 현실적인
가치들을 무화시키는 듯한 느낌마저 준다. 그가 비합리로 주장하는 것
들은 '전통'이라는 이름을 빌기도 한다. 따라서 비평 논리가 그렇듯이,
그의 소설 역시 구체적이고 현실적이라는 느낌보다는 일반적이고 추상
적이라는 인상을 주게 된다.

---

14) 문협 안에서의 주도권 다툼에 대해서는 홍기돈의 「김동리와 문학권력」(『한국문
　　학권력의 계보』, 한국출판마케팅연구소, 2004)과 김명인의 『조연현－비극적 세
　　계관과 파시즘 사이』(소명, 1994), 정규웅의 『글동네에서 생긴 일』(문학세계사,
　　1999)을 참조할 수 있다.

　　'전통'을 통해 이루어지는 이분법은 인간과 자연, 현실과 운명의 구분이다. 김동리 소설에서 인간과 자연은 분리되지 않은 하나처럼 다루어진다. 인간이 자연의 일부인 것처럼 느껴지기도 한다. 때로 자연은 인간이 살아가는 환경으로서의 자연 이상의 의미를 갖는다. 인간이 벗어날 수 없고 끝내 돌아가야 하는 섭리로서의 자연, 운명으로서의 자연이다. 인간이 개발하고 어울리는 자연이 아니라 인간이 거부해서는 안 되고 끝내 복종해야 하는 신과 같이 거대한 대상이다.

　　김동리의 소설을 가장 적극적으로 해석한 비평가는 조연현이다. 그는 김동리 문학의 특징을 '허무에의 의지'라 정의한 바 있다. 허무에의 의지는 「역마」, 「황토기」, 「무녀도」 등의 작품에서 가장 잘 나타난다고 한다.[15] 조연현의 논지와 무관하게 이들 작품에서 '허무'의 대상은 현실적 삶이라고 할 수 있다. 조금 비약해서 말하자면 허무에의 의지는 곧 '구경적 삶'에 대한 추구이다. 김동리 소설에서 인물들이 '구경적 삶'을 얻는 방법은 현실 안에서 인간 의지를 실현해내는 때가 아니라 운명 혹은 자연과의 합일 즉 죽음을 맞이할 때이다. 허무를 견디거나 극복하는 방법이 현실에서 주어지기보다는 현실을 넘어설 때 얻어지는 것이다. 결국 김동리 소설에서 죽음은 삶의 연속으로 존재하기 보다는 삶과 대척되는 지점에 삶을 넘어선 거리에 위치하게 된다.

　　이러한 생각은 산 것과 죽은 것, 한시적인 것과 영원한 것을 이분법으로 나누게 되고, 그 안에서 인물들은 끊임없이 영원한 것을 지향하게 된다. 그의 소설은 흔히 말하는 자아와 세계의 대결이 아니라 인간과

---

15) 조연현, 「김동리론」, 『동리 문학이 한국 문학에 미친 영향』, 중앙대학교예술대학문예창작학과, 1979.

천지(天地)의 대립을 다룬다. 그렇기 때문에 인간의 구경적 삶이란 인간 실존에 다름 아니며, 그것은 천지의 분신으로서의 인간이기에, 자연의 섭리에 순응함으로써 자기를 관철하기를 목표로 삼지 않을 수 없게 된다. 자연의 섭리(신)를 알아보겠다든가 그것에 도전하겠다는 생각은 당초부터 부재한다. 애초부터 있는 것이라고는 천지뿐이며 인간은 천지 속에서 살고 사라지는 존재에 지나지 않는다. 인간이 천지와 유기적 관련을 맺고 있다는 것, 그것만이 절대적이며 가장 분명한 것이다.16) 삶과 죽음의 문제를 다루고 있지만 김동리의 관심이 삶이 아닌 죽음 쪽에 기울어져 있다는 생각이 드는 이유가 여기에 있다.

　김동리 소설의 인물들에게는 그들이 돌아가 안주한 본향(本鄕)이 처음부터 설정되어 있었고, 그네들의 현세적 삶은 실제적으로 그들이 돌아가 안주할 그 영속적 세계에서의 외출 이상의 의미를 갖고 있지 않다는 인상을 준다.17) 이를 앞서 말한 삶과 죽음의 이분법이라 불러도 큰 무리는 없을 듯하다. 특히 그의 대표작이라고 할 수 있는 「무녀도」, 「달」, 「역마」, 「등신불」, 「사반의 십자가」 등은 현실적 삶과 그 삶을 넘어서는 죽음에 대한 인식이 이야기의 중심을 차지하고 있다. 물론 이러한 대립 끝에 작품이 주장하게 되는 것은 삶 쪽이 아니라 죽음 쪽이다. 현실의 문제는 인간 의지에 의해 합리적으로 해결되는 것이 아니라 인간 의지를 포기한 후, 삶을 포기하고 죽음 또는 운명 쪽으로 투신할 때 균형이 이루어진다. 이는 자연, 운명, 죽음을 통해 현실적 삶을 배제하는 방식

---

16) 김윤식, 「소설과 우연성의 문제」, 『한국근대문학사상연구2―문협정통파의 사상구조』, 아세아문화사, 1994, 127쪽.
17) 유금호, 「본향에의 향수와 외출의 의미」, 『김동리』, 살림, 1996, 333쪽.

이라고 할 수 있다.[18) 이 둘의 승부에서 항상 패배하는 쪽은 현실적 삶이다. 운명이라고 말하거나 자연이라고 말하거나 그 용어는 다르지만 결국 인간의 의지와 인간의 의지 이상을 이야기하게 되는 셈이다.

5. 김동리 소설의 전략 – 죽음과 부활 그리고 영원

김동리 소설에서 죽음은 불청객처럼 인물을 덮치는 불행이 아니라 현실의 고통을 벗어버리는 신성한 의식처럼 그려진다.

만적의 머리 위에 화관같이 씌어진 향로에서는 점점 더 많은 연기가 오르기 시작했다. 이미 오랫동안의 정진으로 말미암아 거의 화석이 되어 가고 있는 만적의 육신이지만, 불기운이 그이 숨골(정수리)을 뚫었을 때는 저절로 몸이 움칠해졌다. 그리하여 그때부터 눈에 보이지 않게 그의 고개와 등 가슴이 조금씩 앞으로 숙여졌다.

들기름에 결은 만적의 육신이 연기로 화하여 나가는 시간은 길었다. 그러나 그 앞에 선 오백의 대중(승려)은 아무도 쉬지 않고 아미타불을 불렀다. 신시(申時) 말(末)에 갑자기 비가 쏟아졌다. 그러나 웬일인지 단

---

18) 김동리 소설의 죽음에 대한 평가는 토속성·민속성에 대한 평가와 맥을 같이 한다. 다음의 평가가 대표적이다. "그들의 죽음은 비극적이고 처절한 것이지만, 원시적 인물들의 강인한 생명력과 소박하면서도 강렬한 신앙의 추구에 의해, 또 그들이 입사적 시련을 거쳐 스스로 죽음을 선택하고 받아들임으로써, 비극을 벗어나 재생적이며 자연회귀적 양상을 띤다. 이 공간 속에서의 죽음은 김동리 소설에 나타나는 죽음의 일반적 성격인 재생적 의미를 분명히 드러내며, 김동리의 문학적 신념인 <문학은 인간의 구경적 삶을 드러내는 것>이라는 점을 뚜렷이 보여주는 것이다."(유종렬, 「김동리 소설과 죽음의 모티브」, 『김동리』, 살림, 1996, 189쪽).

위에는 비가 내리지 않았다. 만적의 머리 위로는 더 많은 연기가 오르기 시작했다. 염불을 올리던 중들과 그 뒤에서 구경을 하던 신도들이 신기한 일이라고 눈이 휘둥그레져서 만적을 바라보았을 때 그의 머리 뒤에는 보름달 같은 원광이 씌어져 있었다.[19]

김동리의 대표 장편소설 『사반의 십자가』가 예수의 죽음으로 마무리된다면 「등신불」은 만적의 소신(燒身)으로 마무리된다. 위에서 보듯 죽음의 장면은 머리 뒤에 '보름달 같은 원광'이 나타날 만큼 신성하다. 만적은 현실의 고뇌에서 벗어나기 위해 스스로를 태워 부처가 되는데, 그 부처는 현실의 고통까지 안고 있어서인지 특별히 영험하다고 알려진다. 현실의 고뇌는 삶 속에서 해결되지 못하고 죽음을 통해 초월되는 셈이다. 영험한 등신불이 되고 난 후 만적이 삶 속에서 겪었던 고뇌는 아무 것도 아닌 것, 죽음에 이르기 위해 치러야 했던 하나의 과정 정도로 의미가 축소된다. 죽음을 통해 태운 것은 만적의 몸뿐이 아니라 현실에서의 고통과 고뇌였다.[20]

죽음에 대한 순응은 「무녀도」, 「바위」 등의 작품에서도 찾을 수 있다. 「무녀도」에서 욱이와 모화의 죽음은 둘의 차이를 무화시키는 역할을 한다. 「바위」에서의 죽음은 하나의 비참한 그림일 수 있다. 그러나 바위를 안고 죽은 여인의 경우 살아 있는 시간보다 죽음 이후가 더욱 평화롭다는 인상을 준다. 삶이 고통이라면 죽음은 그 고통의 중단이며 평화의

---

19) 김동리, 「등신불」, 『등신불』, 정음사, 1963, 280~281쪽.
20) 물론 만적이 죽는다고 해서 만적이 살아온 현실과 그가 남겨두고 가는 현재가 달라지는 것은 없다. 단지 만적이라는 개인이 현실과 다른 세상을 선택함으로서 현실을 잊을 뿐이다.

회복이다. 평안한 죽음은 세상의 차이를 무화하는 방식의 궁극점에 해당한다고 할 수 있다.

김동리 소설에서 죽음과 유사한 기능을 하는 것이 병(病)이다. 양상은 다르지만 많은 소설에서 인물들은 병을 앓고 있다.[21] 질병은 인간 개인의 존재 의미를 의심하게 만들기도 한다. 질병은 생명을 앗아갈 수 있는 것이기에 개인에게는 가장 큰 공포이다. 질병과 일대 일로 세울 경우 인간 생활의 자질구레한 일들은 큰 의미를 갖지 않게 된다. 일상을 환기시키고 보편적인 인간의 운명 등을 생각하게 하는 소재라 할 수 있다.

「역마」의 경우 주인공 성기는 크게 아픈 이후 엿판을 매고 길을 떠난다. 성기에게 있어 병은 자신의 운명을 받아들이는 과정, 생에 대한 새로운 깨달음은 얻게 되는 과정이었던 셈이다. 또 병은 운명을 거역하려 했던 과거를 청산하게 해준다. 다음은 성기가 병을 앓고 난 이후 길을 떠나는 장면이다.

> 그의 발 앞에는, 물과 함께 갈리어 길도 세 갈래로 나 있었으나, 화갯골 쪽엔 처음부터 등을 지고 있었고, 동남으로 난 길은 하동, 서남으로 난 길이 구례, 작년 이맘때도 지나 그녀가 울음 섞인 하직을 남기고 체장수 영감과 함께 넘어간 산모퉁이 고갯길은 퍼붓는 햇빛 속에 지금도 환히 장터 위를 구비 돌아 구례 쪽을 향했으나, 성기는 한참 뒤, 몸을 돌렸다. 그리하여 그의 발은 구례 쪽을 등지고 하동 쪽을 향해 천천히 옮겨졌다.
>
> 한 걸음, 한 걸음, 발을 옮겨 놓을수록 그의 마음은 한결 가벼워지어, 멀리 버드나무 사이에서 그의 뒷모양을 바라보고 서 있는 그의 어머니

---

21) 대표작 중 「무녀도」, 「달」, 「바위」, 「흥남철수」, 「역마」를 꼽을 수 있다.

의 주막이 그의 시야에서 완전히 살아져 갈 무렵 하여서는, 육자배기
가락으로 제법 콧노래까지 흥얼거리며 가고 있는 것이었다.22)

성기는 운명에 순응함으로서 '콧노래'까지 흥얼거릴 수 있게 되었다.
그는 일찍이 당사주에서 '시천역'이라고 일컫는 운명을 타고 태어났다.
그는 그러한 운명을 거역할 수 없으며, 그것은 또한 그의 할머니와 어
머니로 대물림하는 운명의 연속된 흐름이었다. 즉 천기(天氣)를 따르는
것이다. 「역마」는 인간이 자연의 질서라는 운명에 순응하면서도 그러한
운명에 맹목하거나 굴종하지 않아야 하며, 오히려 그러한 운명에 철저
히 몸을 던짐으로써 자신의 운명을 극복한다는 그의 시각이 풍수와 사
주, 그리고 무속이라는 전통적인 신선관념의 발현을 통해 제시되고 있
는 소설이다.23) 이렇게 볼 때 「역마」는 김동리의 문학관이 가장 온전히
발현된 작품이라고도 볼 수 있다. 동시에 김동리 식 전통의 내용을 확
인할 수 있는 소설이기도 하다.

또 다른 대표작 「황토기」에서 천기는 지기(地氣)로 대체된다. 주인공
억쇠와 득보는 타고난 힘을 억제하지 못하고 자신의 힘을 탕진하기 위
해 애쓴다. 타고난 힘은 마을을 타고 흐르는 산맥에서 받은 것이고, 힘
을 사용하지 못하는 이유는 그 맥을 누군가 끊어놓았기 때문이라고 한
다. 그런 운명을 타고 낳기에 이들은 자신의 처지를 운명처럼 여기고
살아간다. 그들이 하는 일이라고는 기껏 여자 하나를 두고 피투성이가
되도록 싸우는 정도가 고작이다. 이 역시 앞서 말한 '허무'에의 의지,

---

22) 김동리, 「역마」, 『실존무』, 인간사, 1958, 48~49쪽.
23) 박종홍, 「<구경적 생의 형식>의 서사화 고찰」, 『김동리』, 살림, 1996, 224쪽.

운명에의 순응으로 설명할 수 있다.

김동리가 참다운 문학이라고 생각한 "시대와 사회를 초월하여 인간이 영원히 가지지 않을 수 없는 인간의 보편적이요 근본적인 문제" 즉 "자연과 인생의 일반적 운명"은 현실 모두를 '영원'이나 '보편'과 상대되는 자리로 몰아내고, 죽음을 우리 삶의 중심으로 밀어 넣는다. 그의 많은 소설이 종교와 닿아 있다는 인상을 주는 이유가 여기에 있다. 이러한 문학이 가진 문제점은 분명하다. 문학은 삶과 유리된 곳에 있고, 따라서 문학은 생활이 아닌 감상의 유희라는 생각이 그것이다. 문학은 순수와 비순수, 보편적 문제와 정치적 문제로 단순히 나뉘는 것이 아니다. 반대로 다양함을 다양함 자체로 인정하는 것이 인문학 안에서의 문학이 가진 특수성이다. 결과적으로 김동리 문학의 이분법은 정치를 배제함으로써 가장 정치적인 발언을 한 것이었고, 김동리 개인에게 있어 이러한 시도는 매우 성공적이었다.

6. 순수문학과 근대화론

지금까지 김동리의 비평과 소설을 그의 문학이 가진 이분법적 특성에 기초하여 살펴보았다. 그의 비평은 영원과 보편, 자연과 운명을 강조함으로써 현실의 구체적인 문제 이상을 말하고자 하는 '순수' 문학적 입장에 서 있었다. 주목할 만한 것은 '순수'를 내세운 김동리의 논리가 '좌익' 비평을 지속적으로 공격하는 과정에서 공고해졌다는 사실이다. 포섭보다는 배제의 논리로 무장되어 있었기에 그의 비평은 넓은 수용의 폭을 가지고 있지는 못했다. 문학이 고유하게 가지고 있는 다양한 스펙트럼을 인정하기보다는 마땅히 지향해야 할 바를 애써 강조하는 문학을 주장하였다. 이런 그의 순수문학은 문학 제도를 향할 때 특히 약점을 드러내곤 하였다. 『현대문학』에 대항하기 위해 『월간문학』, 『한국문학』을 창간한 일이나 '서라벌 예대 사단'을 통해 문단에 세력을 구축한 일은 '순수'와 어울리는 행동은 아니었다.

비평과 마찬가지로 그의 소설 역시 현실과 영원, 인간과 운명의 이분법으로 이루어져 있다. 그의 대표작이라 불리는 「무녀도」, 「바위」, 「역마」, 「등신불」, 『사반의 십자가』는 삶 못지않게 죽음을 주제로 내세운다. 현실적 문제는 죽음이라는 큰 문제 앞에서는 작은 문제에 불과한 것처럼 다루어지기도 한다. 삶과 죽음이 하나의 선 위에 있는 것이 아니라 대립되는 점으로 존재한다는 인상을 준다. 이런 그의 소설은 소설의 현실이 갖는 의미를 쉽게 무화시키곤 하였다.

김동리 문학을 논할 때 빠뜨리지 말아야 할 것이 전통의 문제이다. 김동리 소설에 있어 전통은 근대 이후에 발견된 향수로서의 전통, 비합리주의로서의 전통에 가깝다. 상식적으로 이러한 전통이 현재에 되살릴 수 있는 실용적인 유산이 될 수 있을지는 의문이다. '가버린 시절'에 대한 수요와 공급이 늘어나는 것은 실제로는 '과거가 불가피하게 현재에 대해 요구하는 바를 거부'하려는 수단인 경우가 많고, 이럴 경우 향수로서 향유되는 과거는 진지하게 받아들일 필요가 없기 때문이다.[24]

그러나 김동리 문학의 전통은 근대화론과 호응하고 있다는 점에서 가

---

24) 하비 케이, 『과거의 힘』, 오인영 역, 삼인, 2004, 40쪽.

볍게 넘길 수 없는 문학사적 의미를 갖는다. 1960~70년대 근대화 담론에서는 과거와 현재, 서구와 한국, 물질적인 것과 정신적인 것, 다른 사회적 역할을 전담하는 여성과 남성 등에 관한 언설들이 혼재되어 가치의 새로운 배합을 만들어 내었다. 서구를 모델로 하는 경제 개발 방식의 도입은 기존의 사회관계에 하나의 위협이었는데, 한국 근대화 프로젝트에서는 이 문제를 물질과 정신의 분리, 동양적인 것과 서구적인 것의 분리, 그리고 제도와 문화를 분리하여 새롭게 재조합하는 것으로 해결하고자 하였다. 근대화론과 김동리의 전통주의가 가진 상동성은 그의 문학이 왜 우리 문단의 주류로 자리 잡을 수 있었는가를 해명하는 데 중요한 요소이며 근대화 이데올로기의 한 축을 해명하는 열쇠이기도 하다. 이에 대한 해명이 있어야 김동리 문학의 심층을 올바르게 설명할 수 있을 것이다.

제 2 부
비평가 김동리

김동리와 조선적인 것
—일제말 김동리 문학사상의 형성 구조와 성격에 대하여

1. 대항보편성(counter-universality)으로서의 '조선적인 것'

김동리는 만년의 한 수필에서 「무녀도」를 쓸 당시를 회고하며, "나는 우리 민족의 얼을 영원히 온 세계에 남겨야 하겠다고 생각했다. 그러기 위해서는 한국 고유의 가장 핵심적인 얼이 무엇인가를 찾아내어 그것을 문학적으로 형상화시켜야 하겠다고 생각했다. 기독교, 유교, 불교가 들어오기 이전 한국의 가장 중심적인 얼은 무엇이던가? 여기서 나는 샤머니즘과 만나게 된다"[1]고 말했다. 작가 자신의 이러한 회고에

---

* 한수영 / 동아대학교 국어국문학과 부교수.

1) 김동리, 「내 문학의 자화상」, 『꽃과 소녀와 달과』, 제삼기획, 1994, 23쪽. 비슷한

비추어 보자면, 김동리 문학에 관한 가장 전통적인 평가, 즉 "'무속신앙'이나 '화랑도'를 바탕으로 토속적이고 전통적인 한국인의 원형적 삶을 가장 잘 형상화한 민족주의 작가'라는 평가가 크게 어긋난 것이 아님을 짐작할 수 있다. 그러나, 자신의 문학관을 대화 형식으로 풀어낸 또 다른 글에서, 김동리는 이런 평가에 대해 강한 불만을 나타내면서, 등단 무렵부터 자신의 문학이 훨씬 더 큰 기획을 밑자락에 깔고 있었음을 토로한다.

> 그러니까 일제 시대나 해방 이후나 일부 평론가들이 나의 「무녀도」, 「황토기」 따위 작품을 두고, 일제의 정책에 반항하기 위하여 민족을 찾는다, 민족의 고유한 것을 찾는다 하여 그 방법으로 그러한 샤머니즘이나 토속 세계를 파헤치게 되었다고 본다면 그것은 너무나 단순하고 피상적인 관찰이 아닐까? 물론 나의 다른 작품들과의 관계에서 볼 때 이러한 샤머니즘이나 토속이 그러한 일면의 의의를 띠고 있는 것도 사실이지만 그것은 어디까지나 부차적인 것이라고 보네. <u>나는 나대로 서양 사람들의 근대 문학 내지 현대 문학의 결론에서 출발하여 미래의 문학을 시도한 셈일세.</u> 새로운 신의 성격을 찾고 새로운 인간의 구경을 탐

내용의 발언이 여러 차례 반복되었다. 거의 유사하지만, 약간 다른 형태의 다음과 같은 발언도 있다. "'농양석'을 한국에서 찾자. 한국의 고유한 '넋'이나 '얼'은 무엇인가? 한인의 유교나 인도의 불교에 해당될 만한 한국 고유의 정신적 바탕은 무엇일까?" 김동리, 「창작의 과정과 방법—'무녀도'편」(『신문예』, 1958. 11). 「무속과 나의 문학」(『월간문학』, 1978. 8)에서도 같은 내용이 나온다. 본고에서는 자신의 문학을 최종 정리하는 말년의 발언이라는 점에서 「내 문학의 자화상」의 글을 인용한다. 『꽃과 소녀와 달과』는 1994년에 발간되었지만, 서영은은 원고가 김동리 자신에 의해 수합·정리된 것이 1989년이었다고 '후기'에서 밝히고 있다. 인용문은 그의 문학사상의 등록상표라고 할 수 있는 '순수문학론'이라는 기호의 '기의'가 대부분 '조선적인 것'을 중심으로 형성되고 있음을 보여준다.

구하는 문학으로서, 시각을 동양으로 돌리고, 동양 하고도 한국으로 돌려서 손댄 게 샤머니즘과 토속과 불교, 그런 것이 되었다네.(밑줄 강조—인용자)[2]

이러한 발언에서 확인되는 중요한 사실 하나를 눈여겨 볼 필요가 있다. 김동리가 등단할 무렵부터 탐구했던 '한국 고유의 핵심적인 얼', 당대의 언어로 옮기자면 '조선적인 것'은, 하나의 '고유성'으로서 '민족' 내부로 환원되는 '특수성'에 머무는 것이 아니라, 서구(의 근대문학)가 봉착한 한계지점으로부터 새로운 돌파구를 여는 또 다른 '보편성'으로 설정되어 있었다는 사실이다. 해방 전에 제출된 자신의 문학론에 대한 해방 이후의 설명이라는 점에서 일정한 '시차'가 존재하고, 사후에 확대하거나 보완되었을 가능성을 감안할 필요가 있지만, 김동리 문학을 관류하고 있는 일관된 흐름을 생각할 때, 그 자신이 등단 무렵부터 지니고 있던 최초의 문학적 기획이 해방 후의 발언과 크게 어긋난 것이라고는 생각되지 않는다. 예컨대 다음과 같은 글에서 생략된 '이유'에 해당하는 것이 해방 이후의 발언들이라고 볼 수도 있을 것이다.

모화나 태평이들이 이 시대 이 현실에 대하여 별반 의의를 가지지 못함은 내 자신 잘 알고 있으나, 그러나 인간이 개성과 생명의 구경을 추구하여 영원히 넘겨보군 할 그러한 한 개의 길이라고 나는 믿는 것이다. 끝으로 나의 작품 세계에 가끔 민속을 도입함에 대해서는 또 이

---

2) 김동리, 「나의 문학을 말한다」, 앞의 책, 81쪽.

<u>밖에 나대로 다른 이유가 있으나 그것은 생략한다.</u>(밑줄 강조-인용
자)3)

그런 점에서, 이 글은 김동리가 일제말에 '조선적인 것'을 민족 내부
로 환원되는 '특수성'이 아니라, 서양(의 근대)을 넘어서는 일종의 '대항
보편성'으로 제시하고자 했음에 주목하고, 그러한 담론이 당대 전통담
론의 논의구조에서 차지하는 위치와 그 인식론적 성격의 일단(一端)을
살펴보기 위해 쓴다.

그런데, 허두의 인용문에 등장하는 '한국', '한국 고유의 얼', '서
양', '동양', '근대' 등은 경험적인 실재가 아니라 전부 일종의 '표상'
들이다. 표상의 성립에는 기본적으로 두 가지의 기제가 작동되어야
한다. 우선 어떤 표상도 관계를 전제하지 않고 그 자체 독단적으로
존재할 수 없다는 것.4) 동시에 표상은 표상의 대상에 대해 균질화된
동일성을 상상함으로써만 가능해진다는 사실이다. 김동리의 이 회고
에 등장하는 표상들은, 실제로 우리가 경험할 수 있거나 개념적 실
재로 포착할 수 있는 것들이 아니기 때문에, 표상이 실제로 그것이
가리키는 바의 내용으로 환원될 수 있는지, 혹은 환원된다면 표상과
내용은 일치하는지에 관해 어떤 기준도 마련할 수가 없다. 그보다
더 중요한 것은, 각각의 표상들은 이항대립의 구조 속에서 의미의
공간을 얻게 된다는 점이다. 예컨대, '한국' '동양' '서양' 등은 각각

---

3) 김동리, 「신세대의 정신-문단'신생면'의 성격, 사명, 기타」, 『문장』, 1940. 5, 92
　　쪽. 원문의 한자 중 상당부분은 인용자가 한글로 표기했다.
4) 니체의 『권력의지』에 등장하는 문장이다. 여기서는 고병권, 『니체-천 개의 눈,
　　천 개의 길』(소명출판, 2004), 159쪽에 정리된 내용을 빌려왔다.

지리적인 구체적 구획을 뜻하는 것이 아니라, '한국 / 동양', '동양 / 서양', 혹은 '한국 / 서양'과 같은 이항대립을 통해 서로가 서로를 구속하고 규제하는 관계 속에서 의미를 확보하게 되며, 이 이항대립은 공간적 구획이라기보다는 '근대'와 맞물리면서 오히려 시간적으로 구성되어 있다. 다시 말하면, 서양은 발전을, 동양이나 한국은 낙후나 퇴보를 표상한다. 따라서 이 구도는 당연히 비대칭적이고 권력적인 형태를 띤다.

이러한 표상들이 이항대립 구조 안에서 상호규제적으로 의미를 형성한다는 사실을, 김동리가 얼마나 의식하고 있었는가를 묻는 일도 중요하지만, 그에 앞서 우리의 궁금증을 유발시키는 것은, 김동리가 과연 어떤 위치에서 누구를 향해 표상형식에 기반한 이러한 문학적 포부와 의지를 나타내고 있었는가 하는 점이다. 예컨대 「무녀도」를 쓸 당시의 김동리는 '조선인 / 근대'의 위치에 있었던 것일까? 「무녀도」가 그의 의지대로 '조선적인 것'을 환유한다면, 그것은 '조선인'을 향한 것일까, '비조선인(서양인, 혹은 일본인)'을 향한 것일까? 혹은 그의 소망대로 '조선적인 것'이 '대항보편성'이 되어야 한다면, '동양적인 것'과는 어떤 관계에 놓이는 것인가?

이런 질문들은, 김동리의 '조선적인 것'을 서둘러 정치적 결과에 회부하는 일, 예컨대 그의 문학(론)을 두고 '친일 / 반일'을 따지거나, '전통론'이나 '동양론'이라는 당대의 담론 체계 안으로 포섭하여 일반화하는 작업보다도 좀 더 근본적인 것이라고 생각한다.

하나의 문학사상으로서 지녀야 할 논리적 정치(精緻)함에 대한 질문을 일단 미루어 두고, 김동리의 이러한 포부와 희망이 그의 문학(론) 내부에서 최소한의 내적 일관성을 지닌 것이라고 추인한다면, '김동리와 조선적인 것' 혹은 '김동리의 조선적인 것'에 관해 기존에 제출된 몇 가지 해석과 평가는 다시 생각해 볼 필요가 있다.

김동리의 문학론을 여전히 '민족주의'의 자장 안에 배치해 두기를 원하는 쪽에서는 결코 동의하기 어렵겠지만, 김동리의 주장대로, 그의 문학론이 초기부터 '민족' 단위의 '자기동일성' 확보의 근거와 수단이 아니라, 서구의 근대에 맞서는 새로운 담론5)으로서의 '보편성'을 지향하는 것이었음을 인정하는 순간, 일제말 제국주의의 '동아시아론'6)에 조응하고, 그 헤게모니에 편승한 논리의 하나였다는 사실을 부정하기는 어렵다. 홍기돈은 '근대 이후'를 지향한다는 점에서, 김동리의 '선(仙)의 이념'이 일제의 신체제론과 같은 방향으로 나아가는 것처럼 보일는지 모르지만, '그러나 이념의 중심에 선(仙)을 두는가 천황을 두는가는 아주 다른

---

5) 김동리의 문학론을 한국 근대문학사상 초유의 '반근대적 기획'으로 적극 재평가한 것은 김윤식이었다. 그는 김동리의 '반근대적 기획'을 조연현·서정주로 이어지는 이른바 '문협 정통파'의 문학이론으로 범주화한다. 그가 파악하는 김동리 문학의 핵심은 '구경적 삶의 형식'이라는 명제로 압축되는데, 이 '구경적 삶의 형식'으로서의 문학이 파탄에 이른 '근대 세계'와 그것의 예술적인 반영인 '근대문학'을 넘어서서, 새로운 지평으로 나아갈 수 있다는 것으로 요약된다. 김동리에 대한 김윤식의 연구는 『한국근대문학사상사연구2-문협정통파의 사상구조』(아세아문화사, 1994) 및 『김동리와 그의 시대』(민음사, 1995), 『미당의 어법과 김동리의 문법』(서울대출판부, 2002) 등으로 계속 연결된다.
6) 19세기 후반부터 20세기 전반까지에 걸친 일본의 '동아시아론'을 지칭하는 '기표'는 매우 다양하다. 아시아주의, 동아론, 동양론, 동양 담론, 대동아론 등이 그것이며, 각각의 명칭에 대응하는 내용도 용어와 담론의 등장시기와 세부 명칭(예컨대, '동아신질서', '동아협동체론', '동아연맹론' 등)에 따라 다르다. 이 글에서는 일괄해서 '동아시아론'으로 표기하기로 한다. 일본의 '동아시아론'의 역사에 관해서는 竹內好, 『일본과 아시아』(서광덕·백지운 옮김, 소명출판, 2004) 및 윤건차, 『한일 근대사상의 교착』(이지원 옮김, 문화과학사, 2003)을 참조.

것'이고 이것이 결정적으로 '친일인가 반일인가를 가르는' 중요한 기준이라고 주장한다.[7] 김동리를 굳건히 '민족주의'의 프리즘을 통해 이해하려는 이러한 입장은, 근본적으로 식민지 문학담론을 여전히 '친일/반일'의 이분법적 구도 안에서만 읽고 있다는 점에서 단순함을 면하기 어렵다. 이러한 논리가 지닌 기본적인 문제점은, '근대'와 '근대 이후'가 '민족주의'와 어떤 지점에서 접속하거나 길항하는가를 조밀하게 검토하려 하지 않는다는 것이며, 제국주의의 헤게모니 담론에 대응하는 식민지 주체의 담론이 오로지 흡수와 동의로만 나타나거나, 제국의 담론이 지닌 그 자체의 균열과 모순을 역이용하려는 시도가 반드시 '친일'이나 '협력'으로 귀결되는 것은 아니라는 점을 깊이 고려하지 않는 것이다.

이와는 달리, 김동리의 문학론을 당대의 지배 이데올로기이자 헤게모니론으로 제출된 '동아시아론'의 직접적인 영향 아래 형성된 것으로 보려는 관점[8]이 대두되었으며, 이것이 '전통론'과 관련된 최근의 김동리 해석의 주된 흐름을 이루고 있다. 이 관점은, 김동리의 '반근대론'이 동시대의 일본의 '반근대론'과 인식론적으로 동형 구조를 이루고 있고 그 영향 아래에서 형성된 것이므로 전혀 새로운 것이 아니라는 점[9]을 전

---

7) 홍기돈, 「김동리 문학을 이해하기 위한 몇 가지 코드─'무녀도'를 중심으로」, 『작가세계』, 2005년 겨울, 64~65쪽. 동일한 주장이 실린 글로 「仙의 이념과 근대초극 논리의 민족적 설정─김동리 반일의식의 사상적 근거에 대하여」, 『어문론집』 33집, 중앙어문학회, 2005. 6을 참조.

8) 김동리의 전통론을 일본발(發) 동아시아론과 그에 대응하는 조선 지식인들의 논리 사이에 구축된 담론 환경을 배경으로 하고 있다는 전제 하에 검토한 최근의 논의는 김예림, 『1930년대 후반 근대인식의 틀과 미의식』(소명출판, 2004)을 참조. 김동리와 제국의 지식권력이 서로 다른 목적으로 '무속'에 주목했으나 결국에는 동일한 결론에 이르렀다고 본 신정숙의 논문도 흥미롭다. 신정숙, 「식민지 무속담론과 문학의 변증법」(국제한국문학문화학회, 『사이』제4호, 2008. 5) 참조.

제하고 있으며, 논자에 따라서는 전전(戰前) 일본의 반근대론이 종국에 천황제 파시즘 국가로서의 '일본'을 용인하는 체제 이데올로기로 전락했듯이, 김동리의 문학론은 파시즘을 내장한 전통회귀론이라는 부정적 평가를 내리기도 한다.[10]

김동리의 '조선적인 것' 혹은 '전통론'을 이해하기 위해서는, 당대 담론의 콘텍스트를 통해 재구성해야 하며, 이러한 담론적 환경의 직·간접적 영향 아래에서 형성된 것이 김동리의 문학론이라는 시각에 대해 나는 기본적으로 동의하고 있다. 다만 이러한 평가나 규정만으로는 김동리 문학론이 지닌 개성(동시대의 유형적 유사성을 지닌 다른 담론들과의 '차이'를 뜻하는 것이고, 반드시 긍정적인 의미로 사용한 것은 아니다), 그리고 그 논리구조 내부에 잠재되어 있는 결락과 단층, 혹은 은폐되거나 증폭되는 이데올로기적 욕망을 충분히 읽어내기는 어렵다고 생각한다.

---

9) 김건우, 「김동리의 해방기 평론과 쿄토학파의 철학」, 『민족문학사연구』(통권 37호), 2008. 이 글에서 김건우는 일찍이 김동리의 창작방법을 일본의 九鬼周造와의 연관 하에 검토했던 김윤식의 논리를 더욱 적극적으로 밀고 나가, 김동리의 '순수문학론'을 둘러싼 세계관적 기반이 교토학파의 태두인 西田幾多郎의 존재론으로부터 빌려온 것이라고 주장한다. 해방 이후의 평론이 검토대상이긴 하지만, 김동리의 문학론이 해방전과 후를 넘나들고 있어서, 이러한 해석은 해방전의 김동리까지 확장될 수 있다고 본다.

10) 김철, 「김동리와 파시즘―'황토기'를 중심으로」, 『국문학을 넘어서』, 국학자료원, 2000. 김철은 김동리의 문학을 '근대성의 극단' 혹은 '초근대(超近代)', '울트라모더니티(ultra-modernity)'로 해석한다. 그는 김동리의 소설(또는 문학론)을 설화적 세계를 배경으로 한 퇴행적 복고주의나 전근대주의로 해석하는 방식, 또는 그 서사전략의 표면적 의미에 함몰해 '탈근대' 내지는 '반근대'로 해석하는 방식 둘 다를 부정하면서, 김동리야말로 근대성의 극단적 자기 확장의 욕망을 드러내는 '파시즘'적 산물이라고 본다.

사상사의 맥락에서 보자면, '조선적인 것'을 매개로 한 김동리의 문학론은, '근대의 내부'에서 '근대의 바깥' 혹은 '근대의 극복'을 사유했던 무수한 시도의 하나에 속하는 것이며, 그러한 시도는 지금도 여러 가지 변종을 양산하면서 계속되고 있다. 그런 점에서, 김동리의 문학론을 비롯해, 일제말 이른바 '전통론'이라는 담론장을 통해 제기된 많은 논의들이, '근대초극론'의 진원지인 일본 제국주의의 몰락을 거대한 '무덤'으로 삼아 일시에 종언을 고하는 것으로, 다시 말하자면 일본발 '동양담론'에 흡수·통합됨으로 말미암아 '탈근대'담론으로서의 유효성을 상실하고 '제국발(發)' 헤게모니론에 동의하는 결과로 전락하고 말았던 것이라고 간단히 부정하는 것으로는 충분하지 않다.

이 글은, 우선 일제말 김동리 문학론에서 '조선적인 것'이 하나의 표상으로 형성되는 인식론적 과정을 재구성하고, 그의 문학론에 빈출(頻出)하는 이러한 표상들의 이항대립 구조 내부에서 '조선적인 것'이라는 담론이 어떤 전략적 기반 위에 서있었던 것인가를 검토해 보기 위한 것이다. 그리고, 이를 통해 김동리의 문학론이 지닌 당대 전통담론에서의 개성, 그리고 그 의의와 한계를 비판적으로 검토해 보고자 한다.

2. '조선적인 것'의 형성과정과 이중구조 ─ 「불우선생」과 「화랑의 후예」의 거리

앞 절에서 잠시 살펴보았듯이, 김동리는 '샤머니즘'을 통해 '조선적인 것'을 창출하는 과정에서 이중의 과제를 자신의 문학론에 부여하고 있었다. 엄밀하게 보자면, 그 두 개의 과제는 하나의 목적, 즉 김동리식 표현에 따르자면 '결론에 도달한 서양 근대'의 대안으로 기여하기를 소망한 것이지만, 이러한 목적에 이르기 위해서는, 전제되지 않으면 안되는 선행 조건이 있었다. 그것은 '조선적인 것이 곧 동양적인 것'을 표상할 뿐 아니라, '조선적인 것'이 '동양적인 것'의 대표성을 띠어야만 하는 문제였다. '조선적인 것이 곧 동양적인 것'이기만 하면, 바로 '일본＝동양'이라는 도식 아래 전개되고 있던, 일본의 동양담론을 넘어서기 어렵기 때문이었다. '조선적인 것'이 곧 '동양을 대표하는 것'이고, 이를 통해 '서양/근대'라는 보편성에 대응하는 일종의 '대항보편성(counter-universality)'을 설정하고자 한 것이 일제말 김동리 문학론이 지닌 개성의 핵심이다.[11]

당대에 이미 다양한 전통담론들이 제기되었으며, 이들 중에는 위기에 봉착한 '서구/근대'라는 기존의 '보편성'에 맞서, '동양' 혹은 '아시아'의 사유와 문화가 그 대안적 보편성이 될 수 있다는 것에 공감한 논자들이 상당수 있었다. 그러한 논자들 중에서는 '조선적인 것'의 특수성이 '동양적인 것'이라는 대항보편성의 한 구성인자가 될 수 있다는 점을 강조한 경우도 많았다. 그러나, 김동리처럼 '샤머니즘'에 입각한 '조선적인 것'이 다른 모든 '동양적 가치'를 넘어서서 '대항 보편성'의 세계관적 기반이 되어야 한다고 주장한 논자는 없었다. 샤머니즘이 '조선적인

---

11) 신정숙도 주 8)의 논문에서 이러한 점이 당대 전통담론의 영역 안에서 김동리 문학론이 지닌 독특한 지점이라는 점을 지적했다. 다만, 그는 '무속'을 매개로 '조선＝동양'이라는 확장된 논리의 모순에 주로 논점을 맞추고 있어서, '조선적인 것'이 '동양적인 것'으로의 단순한 확장이 아니라, '동양적인 것'의 '대표성'으로 설정하고자 한 김동리의 기획과 그 인식론적 기반에 관심을 두고 있는 이 글의 논점과는 다르다.

것'의 고유성, 혹은 특수성을 표상하는 인자(곧 특수자)가 아니라, 곧바로 '보편자' 그 자체로 설정되는 방식이다. 이러한 논리적 비약이 지닌 문제점은 그것대로 다시 검토해 보아야 할 사안이거니와, 그보다 먼저 우리의 관심을 끄는 것은, '조선적 고유성'을 확보하기 위한 김동리의 '전술적 타자화' 과정이다. 여기서의 '전술적 타자화'란, 샤머니즘을 '조선적인 것'의 대표성이자 곧 새로운 '보편자'로 만들기 위해, 그가 당대에 제출된 전통론이나 또 다른 '조선적인 것'을 지우거나 배제하는 과정을 말한다. 즉, 그가 생각한 '조선적인 것'이 다른 논자들의 '조선적인 것'과 구별되는 지점이라고 할 수 있다.

이를 규명하기 위해, 우선 이태준의 당대의 평판작 「불우선생」(1932)과 김동리의 등단작 「화랑의 후예」(1935)를 다소 조밀하게 대조해 읽어보고자 한다. 주지하다시피, 일제말의 '조선적인 것'에 관한 논의에서 잡지 『문장』과 그 중심 성원이었던 정지용, 이병기, 이태준 등이 차지하는 의미와 역할은 각별하다.[12] 특히 이 그룹의 핵심 멤버이자, 잡지의 주간

---

12) 『문장』의 전통론을 검토한 대표적인 연구로 황종연, 「한국문학의 근대와 반근대」(동국대 박사논문, 1991)와 한형구, 「일제말기 세대 미의식에 관한 연구」(서울대 박사논문, 1992) 등을 위시해서, 최근의 차승기, 「1930년대 후반 전통론연구―시간 / 공간의식을 중심으로」(연세대학교 박사논문, 2002)와 이를 수정·보완해서 단행본으로 출간한 『반근대적 상상력의 임계들―식민지 조선 담론장에서의 전통·세계·주체』(푸른역사, 2009), 김예림, 『1930년대 후반 근대인식의 틀과 미의식』(소명출판, 2004), 정종현, 「식민지 후반기(1937~45) 한국문학에 나타난 동양론 연구」(동국대학교 박사논문, 2005) 등이 있다. 『민족문학사연구』 제31집(2006, 8)이 특집으로 마련한 '일제하 '조선적인 것'의 기원과 형성'에 실린 논문들, 그 중에서도 조현일의 「<문장>파 이후의 문학에 나타난 조선적인 것―김동리의 '비극적인 것'을 중심으로」의 성과도 주목할 만하다.

을 맡고 있던 이태준의 '상고취향'은 '전통론'에서도 당당히 하나의 계보를 형성할 만한 것이었다.13) 『문장』은 1930년대 중반의 조선학 운동의 연장선상에서 고전의 발굴과 재해석, 전통 장르의 부흥, 조선어 문장의 규범화 등에 앞장섰던 문화운동의 선도적 매체였다. 이러한 『문장』 그룹의 전통지향과 김동리의 그것이 어느 지점에서 겹치고 나누어지는가를 살펴보는 것은 김동리의 '조선적인 것'의 형성과정을 이해하는 데 의미 있는 시사점을 던져 준다.

김동리의 소설 등단작인 「화랑의 후예」는 『조선중앙일보』의 1935년도 신춘문예 당선작이었다. 그 전 해인 1934년 『조선일보』에 시 「백로」가 입선되면서 등단했지만, 중앙문단으로부터 별다른 반응이 없자 절치부심하여 새로 응모한 것이 「화랑의 후예」였다. 이 소설은 시골 문학청년이었던 김동리의 존재를 서울 문단에 다시 부각시키는 영예로운 것이기도 했지만, 그에게 이태준의 에피고넨이라는 딱지를 붙여 준 불명예의 계기이기도 했다. 「화랑의 후예」가 이태준의 「불우선생」 냄새가 난다고 지적한 것은 박태원이었다.14) 김동리는 후일 자서전 성격의 글에서 이때의 불쾌감을 다음과 같이 토로한다.

---

13) 이태준의 '전통론'에 관해서는 특히 차승기, 앞의 책과 배개화, 『한국문학의 탈식민적 주체성－이식문학론을 넘어』(창비, 2009)를 참조. 특히, 배개화는 '민족주의의 자기동일성'에 함몰되지도 않고, 제국주의의 헤게모니담론에도 동화되지 않은 '전통론'과 '조선학'의 가능성을 김태준과 임화, 그리고 『문장』파를 통해 확인하고자 시도한다.
14) 박태원, 「신춘작품을 중심으로 작가, 작품 개관」, 『조선중앙일보』, 1935. 2. 13. "이 작품을 읽으면서 이태준씨의 「불우선생」의 냄새를 맡게 되는데 그 '냄새'가 결코 불쾌하지 않습니다."

「화랑의 후예」가 당선되었을 때, 심사원이던 김동인씨로부터는 격찬에 가까운 말을 들었지만, 그달 월평에서는 박태원으로부터 이태준의 「불우선생」 냄새가 난다는 말을 들었던 것이다. 물론 박태원도 칭찬을 한 끝에 '다만……' 하고 덧붙인 말이긴 하지만, 잔뜩 코가 높아져 있던 나로서는 여간 화가 나지 않았다. 문체나 주제의 문제 같으면 모르지만, 소재의 공통점을 가지고 신인의 작품에 흠을 붙일 까닭이 무어란 말이냐 하는 불만도 있었지만, 하여간 그러한 불만이 제삼자의 솔직한 고백이라면 소재면에서부터 전인미답의 새로운 경지를 개척해 보이리라.[15]

'조선적인 것'을 대상화하는 방식에서 볼 때, 박태원의 '이태준의 에피고넨'이라는 규정이나 그에 승복하지 못하는 김동리의 반발은 중요한 의미를 지닌다. 대부분의 김동리 연구는 '(그렇다면) 소재면에서부터 전인미답의 새로운 경지를 개척하리라'는 김동리의 의지를 문면 그대로 받아들이고, 그 이후에 발표된 「바위」, 「무녀도」, 「황토기」의 계열들로부터 김동리 문학의 고유성을 인정한다.[16] 그러나, 「화랑의 후예」를 「불우선생」과 대조하며 다시 읽어보면 표면의 유사함과는 달리 박태원의 평가에 김동리가 승복할 수 없었던 나름의 미적, 논리적 근거들이 존재하고 있음을 발견할 수 있다. 그리고, 이것은 김동리의 '조선적인 것'에

---

15) 김동리, 「自傳記」, 『김동리대표작선집』6, 삼성출판사, 1967, 402쪽. 이 내용은 그의 사후 발간된 『나를 찾아서』(『김동리문학전집』 8, 민음사, 1997), 142쪽에서도 약간의 내용을 달리하여 반복 진술되고 있다.
16) 조현일, 앞의 글, 97쪽. 전반적으로 김동리의 미학적 기반이 『문장』그룹과는 뚜렷이 구별되는 것이라는 점을 정확히 밝히고 있다는 점에서 주목할 만한 '김동리론'의 하나이지만, 그럼에도 「화랑의 후예」에 그런 중요한 단초가 내재해 있다는 사실에 주목하지 않고, "이태준의 「불우선생」의 세계에서 벗어나지 못하고 있다"고 평가한다.

대한 인식이 이태준의 그것과 어떻게 다른 것인가를 이해할 수 있는 중요한 근거를 제공해 준다.

「불우선생」과 「화랑의 후예」의 가장 큰 차이는, 두 소설의 화자인 ‘나(혹은 우리)’가 묘사의 대상이자 주인공인 ‘송선생’과 ‘황진사’에 대해 유지하는 ‘태도’와 ‘거리’에서 비롯된다. 그리고 이것은 곧 ‘전통’이나 ‘조선적인 것’에 대한 심미적 거리나 태도와 연결된다. 우선 「불우선생」의 주인공인 ‘송선생’은 같은 여관에 기거하는 ‘나(우리)’의 존경의 대상으로 설정되어 있다는 점에서, 환멸의 대상인 「화랑의 후예」의 ‘황진사’와 뚜렷이 구별된다. ‘송선생’은 가난하고 남루하여 굶기를 밥 먹듯이 하며 여관에서 무전취식하고 있는 사람이지만, 도연명의 「어부사(漁夫詞)」를 암송할 만큼 고전에 해박하다. 고전에 관한 송선생의 박람강기에 “우리는 무조건하고 글소리만에 그에게 경의를 느끼었다”17)고 고백할 정도로 급속한 호감을 느끼게 된다.

송선생의 행적과 행색에 더러 우스꽝스러운 대목이 없지 않지만, 소설 전반에 걸쳐 화자인 ‘나’가 유지하고 있는 ‘태도’는 ‘경의’에서 크게 벗어나지 않는다. 정서적으로 ‘나’는 송선생에 대해 연민과 동정심을 느낀다. 그러나, 그것이 ‘태도’의 주조(主調)가 아님은 소설의 말미에 재확인된다. 거리에서 우연히 송선생과 마주친 ‘나’는 허기를 호소하는 그를 위해 청요리집에 들어간다. 그리고 전차에 부딪혀 죽다 살아난 그의 애기를 듣는다.

“아무튼 불행중 다행이십니다.”

17) 이태준, 「불우선생」(이태준 단편집 『달밤』, 한성도서, 1934), 6쪽.

"욕이죠. 이렇게 살아나서 이선생을 또 만나는 건 반가워도 이렇게 신세지는게 다 욕이 안요?"

"원 별말씀을……"

음식이 올라왔다. 나는 백알병을 들어 그의 잔을 가득히 부었다.

"네……그런데 요즘 일중문제가 꽤 주의를 끌지요?" 한다.

"글세요 저는 그런 방면엔 문외한이올시다." 하니

"그럴 리가 있소. 저렇게 발발한 청년시기에……요즘 극동풍운이 맹랑해지거든……"

하는 데는 불우선생은 돌연히 지난 여름 의신여관에서 보던 때와 같이 <u>형형(炯炯)한 정렬에 눈이 빛나기 시작하였다. 그리고 그는 나의 음식을 먹으면서도 나를 자기가 먹이는 듯 무엇인지 나를 압박하는 것이 있었다.</u>(밑줄 강조―인용자)[18]

「불우선생」은 무엇보다도 강한 자의식의 소유자다. 구슬픈 목소리로 '도연명'을 암송하고 일본과 중국을 비롯한 동양 정세에 훤한 박람강기의 소유자이면서도 그것의 소용과 무용함을 이미 간파하고 있다. 천석꾼이었다는 화려한 과거에 사로잡힌 '시대착오자'가 아니라, 현재의 자신의 처지와 조건을 누구보다도 냉철하게 꿰뚫고 있다. 더구나 끼니도 해결하지 못하면서 극동의 정세를 논하는 그의 자세가 희화적으로 그려진 것이 아니라, 송선생에 비해 한참이나 젊은 '나'가 그런 국제정세에 무관심한 것을 '송선생'의 시각을 빌려 비판적으로 묘사하기까지 한다. 그러므로, 그의 남루와 걸식은 결코 비굴한 느낌을 주는 것이 아니라 '나'에게 '나의 음식을 먹으면서도 자기가 먹이는 듯한 압박감'을 주는

---

18) 이태준, 「불우선생」, 16~17쪽.

것이다. 송선생에 대한 화자의 이런 태도는 이태준이 유지하는 '전통' 혹은 '과거'에 대한 그의 고유한 인식과 긴밀히 연결되어 있다. 화자에게 '송선생'은 일종의 '노스탤지어적 지향'의 대상이다.[19]

　'화자'로 하여금 '과거'를 환기시키는 하나의 계기 혹은 통로가 되고 있다는 점만 비교하자면, 「화랑의 후예」의 '황진사'는 '송선생'과 똑같은 기능을 하고 있음에 틀림없다. 그러나 '화자'가 대상인 '황진사'에 대해 취하는 '심미적 거리'는 「불우선생」과 사뭇 다르다. '나'는 숙부의 강권에 못이겨 '조선의 심볼'들이 모여 있다는 '중앙여관'의 골방인 '관상집'에 간다. 이 소설의 서두에 등장하는 '조선의 심볼'은 소설이 전개되면서 구체적인 사물로 환유된다. '조선의 심볼'에 해당하는 계열체들은 황진사가 밥이나 용돈을 얻기 위해 '나'의 집에 가져오는 것들로, 천하 명약이라고 건네준 '쇠똥 위에 개똥 눈 것', 친구 등에 얹어 온 '먼지 투성이의 작고 낡은 책상', '모퉁이가 다 닳은 필사본 주역'[20] 등이 그 것이다. 문제는 그 어느 것도 '나'로 하여금 심미적인 친화나 동경을 유발하지 않는다. 황진사라는 인물, 혹은 그가 가져온 '심볼'들은 오히려 환멸과 냉소만을 자아낼 뿐이다.

---

19) 차승기, 앞의 책, 152~161쪽. 차승기는 이태준의 전통 의식을 '노스탤지어적인 것'으로 명명하고, 이러한 시간 의식은 "보다 충만했던 과거의 어떤 시간 혹은 배경으로 되돌아가고자 하는 강렬한 욕망, 그리고 이전의 시대를 그것이 실제로 존재했던 것보다 더 매혹적으로 만드는 방식으로 과거의 요소들을 선택적으로 결정화(結晶化)함으로써 이상화하고자 하는 경향"이라고 요약한다.
20) 특히 「불우선생」의 도연명의 「어부사」와 「화랑의 후예」의 『주역』은 둘 다 중국의 고전(古典)이라는 공통점이 있지만, 텍스트 내부에서의 기능은 정반대다. 전자의 경우엔 화자에게 향수와 추모와 존경을, 후자의 경우에는 환멸과 조소를 자아낸다. 즉, 전자는 '동양적 세계'를 환기하는 '보편성'의 계기지만, 후자의 경우는 '조선적 고유성'을 확보하기 위한 '배제의 대상'으로 설정되어 있다.

　　나는 처음 관상소에서 그를 보았을 때부터 ‘하도 지모가 나지 않아 육효를 뽑아 보았노라’ 한 것을 들은 일이 있어서 그가 평소로 얼마나 이 ‘지략’과 ‘조화’를 부려 보고 싶어하는 위인인가를 짐작은 할 수 있었지만, <u>이와 같이 언제나 몸에 지닌 솔잎 한 줌과 네 귀 모즈러진 주역 속에서 우러난 음양오행의 지모 조화가 겨우 ‘쇠똥 위에 개똥 눈’ 흙가루 약과 친구의 책상을 들리고 다니는 것쯤인가고 생각할 때 내 자신도 모르게 한숨이 새여 나왔다.</u>(밑줄강조 — 인용자)21)

　　시대와 자신과의 불화(不和)의 이유를 객관화하고 있는 한, ‘시대착오’는 발생하지 않는다. 그 점에서 ‘송선생’은 자의식이 강한 인물이며 ‘시대착오자’가 아니다. 그러나, ‘황진사’의 성격에서 가장 문제적인 점은 자기의 주제를 모른다는 것이다. 사람들이 농삼아 ‘황진사’라고 부르기 시작한 것을 ‘그 자신은 조금도 어색해 하지 않고 아주 뽐내고 진사 행세를 한다’든가, 처지가 딱해 과부장가라도 들게 하려고 ‘나’의 숙모가 중매를 서자, 오십 대 중반에 빈털터리인 자신의 처지를 돌보지 않고 숙모에게 불같이 화를 내며 “황후암의 육대손이 그래 남의 가문에 출가했던 여자한테 장갈 들다니 당하기나 한 소리요”라고 호통을 치는 장면이 그 증좌다. 황진사의 이런 행동에 대한 ‘나’의 반응은 언제나 ‘우습다’는 것이다. 이런 냉소적인 태도는, 길에서 조우한 황진사가 ‘나’에게 은밀히 털어놓은 조상이야기 대목에서 정점을 이룬다.

　　그는 나를 한쪽 구석에 불러 놓고, 지극히 중대한 사실을 발견했노라고

---

21) 김동리, 「화랑의 후예」(김동리단편집 『무녀도』, 을유문화사, 1947), 142~143쪽. 원 발표는 『조선중앙일보』, 1935년.

한다. 나는 사정이 전과 다른 형편에 있던 터이라(숙부의 피검을 가리킴─
인용자) 혹시나 이런 데서 무슨 자세한 내용이나 알게 되나 하여 두군거
리는 가슴을 누르며 긴장한 낯으로 그를 쳐다보고 있는 것인데, 그는

　"아, 내 조상께서도 모르고 지낸 윗때 조상을 근일에 와서 상고 했구랴."

　이런 엉뚱한 소리를 하였다.

　나는 너무 어이가 없어 어리둥절해 있노라니,

　"왜 그루, 어디 편찮우."

한다. 괜찮으니 얼른 마저 이야기 하라고 하니,

　"아, 이런 수가……온, 내 조상이 대체 신라적 화랑이구랴!"[22]

피검된 숙부에 관한 무슨 소식이나 들을까 기대했던 '나'는, 아무 관
심도 없는 '황진사'의 조상 얘기가 나오자 실망한다. '나'가 마지막으로
본 황진사는 엉터리 약장수의 들러리를 서다가 순사한테 붙잡혀 파출소
로 끌려가고 있었다.

소설의 첫머리에 수차례 반복해서 나오는 '조선의 심볼'이란 단어를
주인공 '황진사'와 등가(等價)로 연결해서 읽는 것이 기왕의 해석이라고
할 수 있는데, 이는 「화랑의 후예」를 조밀하게 읽지 않은 탓이다. 「화랑
의 후예」는 오히려, '황진사'를 포함해 여관 골방을 메우고 있는 떨거지
인물들, 그리고 '엉터리 제조약'과 '낡은 책상', '닳아빠진 주역책' 따위
의 골동(骨董)늘이 '진정한 소선의 심볼'이 아님을 넉설하는 논리로 구조
화되어 있다.

요컨대, 「불우선생」과 「화랑의 후예」를 대조해서 읽음으로써 우리
가 잠정적으로 얻어낼 수 있는 결론은, 김동리의 '조선적인 것'에 대

---

22) 김동리, 「화랑의 후예」, 앞의 책, 152쪽.

한 지향이 이태준의 그것과 다르다는 것, 특히 이태준의 '전통'에 대
한 지향이 조선이든 중국이든 '동양적인 것' 속에 포섭되는 방식으로
소설 안에 배치되어 있다면, 김동리는 그것을 단연 부정하고 있다는
점이다. 『주역』을 부정하는 것이 아니라, 그러한 동양의 위대한 고전이
'황진사'와 같은 파락호들에 의해 전유되는 '현실'을 부정하는 것이라고
해도 결론은 달라지지 않는다. '조선적인 것'을 통해 '동양적인 것'을 구
상하는 김동리의 사유구조 내부에서 '역사화된 동양'은 처음부터 배제
되어 있기 때문이다. 다시 말하면, 김동리에게 『주역』은 중국의 고전이
고, 그 세계에서 벗어나지 못하고 있는 '황진사'는 중국의 영향을 받은
'조선의 과거'일뿐, '조선의 고유성'을 표상하는 것으로는 간주되지 않
는다. 역사화된 동양, 좀 더 사태의 구체성에 어울리게 표현한다면, 중
국(경우에 따라 인도)문화의 영향권 아래에서 형성된 유교나 불교라는 '역
사화된 동양문화'의 하위범주로 '조선적인 것'이 설정되는 한, '조선적
인 것'의 고유성은 확인하기 어려우며, 따라서 그것을 매개로 '서구 / 근
대'에 맞서는 대항 보편성을 구축하는 것은 어려울 수밖에 없다. 따라
서, '샤머니즘'은, 김동리의 선행연구23)들이 잘 밝혀 주었듯이, 그의 문
학에 내재하는 낭만주의적 성향에서 비롯된 신화적 세계로의 회귀욕구
나 합리주의에 대한 거부, 자연과 생명에의 기투(企投) 같은 것에서 말미
암는 부분도 분명히 존재하지만, 그의 문학론이 처음부터 설정하고 있

---

23) 낭만주의와 김동리의 문학을 연결지어 해석한 연구로는 진정석, 「김동리 문학연
구」(서울대 석사논문, 1993)를 비롯해, 박철화, 「김동리 문학에 대한 오해와 이
해」(『작가세계』, 2005, 겨울), 이찬 「김동리 비평의 '낭만주의' 미학과 '반근대주
의'담론」(『현대한국문학의 지도와 성좌들』, 월인, 2009), 그리고 조현일의 앞의
글 등을 참조할 수 있다.

던 '표상들의 집합구조' 내부에서 '조선적인 것'을 보편성으로 설정하기 위한 논리적 사유의 귀결점이기도 한 것이다. 그러므로, 「무녀도」는, '소재면에서 전인미답의 새 경지'를 열어 보이겠다는 김동리의 의지와는 별도로, '황진사'를 부정했을 때 '조선적 고유성'은 무엇을 통해 확인되는가에 대한 해답의 형식을 취하고 있는 셈이다.

3. '대항 보편성(counter-universality)'이라는 미망

"기독교, 유교, 불교가 들어오기 이전 한국의 가장 중심적인 얼은 무엇이던가?"라는 스스로의 질문에 대한 대답의 귀결로 선택된 것이 '샤머니즘'이라고, 김동리는 스스로 주장한다. 논리적인 맥락에서 보자면, '샤머니즘'이 먼저가 아니라, '조선적 고유성'이 무엇인가를 확인하는 과정으로서의 '전술적 배제', 즉 '역사화된 동양'의 타자화가 이루어지고 난 결과로 등장한 것이 '샤머니즘'이라고 할 수 있다. '역사화된 동양'을 전제하고서는 결코 '조선적인 것'이 '동양적인 것'의 대표성을 얻기가 어려워지기 때문이다. 여기서 말하는 '역사화된 동양'이란 문명론적 구획으로서 '동양적인 것'에 포섭되는 것, 예컨대 불교나 유교와 같이 시간적으로 소급해 그 '기원'을 확인할 수 있는 '동양적인 것'을 의미한다. 이러한 '역사화된 동양'이 '동양적인 것'의 표상이 되는 한, '조선적인 것'이 '동양적인 것'이 되는 것은 불가능하다. 그것은, 마치 '서구 / 근대'가 외부로부터 들어온 '타자로서의 보편'이듯이, '동양적인 것' 역시 외부로부터 들어온 '타자(들)'이기 때문이다. 그러므로, 김동리는

‘조선적인 것’의 고유성을 찾기 위해 ‘탈역사화’된 시 / 공간으로의 소급이 불가피해지는 셈이다. ‘샤머니즘’이야말로 이러한 ‘무시간성’ 혹은 ‘탈역사성’의 표상공간으로 제격이라고 할 수 있다.

> ‘무녀도’가 한 무녀를 주인공으로 삼은 것은 그냥 민속적 신비성에 끌려서는 아니다. 조선의 무속이란, 그 형이상학적 이념을 추구할 때 그것은 저 풍수설과 함께 이 民族特有의 이념적 세계인 神仙觀念의 발로임이 분명하다.(이점 무녀도에서 구체적 묘사를 시험한 것이다) ‘仙’의 영감이 道詵師의 경우엔 風水로서 발휘되었고, 우리 모화(무녀도의 주인공)의 경우에선 ‘巫’로 발현되었다. ‘선’의 이념이란 무엇인가? 不老不死 無病無苦의 常住의 세계다.(자세한 말은 후일로) 그것이 어떻게 성취되느냐? 限 있는 인간이 限없는 자연에 융화되므로서다. 어떻게 융화되느냐? 인간적 기구를 해체시키지 않고 자연에 귀화함이다. <u>그러므로 巫女 ‘모화’에게 있어서는 이러한 ‘선’의 영감으로 말미아마 인간과 자연사이에 상식적으로 가로놓인 장벽이 문어진 경우다.</u> (중략) 인간의 개성과 생명의 구경을 추구하여 얻은 한 개의 도달점이 이 ‘모화’란 새 인간형의 창조였고, 이 ‘모화’와 동일한 사상적 계열에 서는 인물로선 ‘산제’의 ‘太平이’가 그것이다. <u>모화나 태평이들이 이 시대 이 현실에 대하여 별반의의를 가지지 못함은 내 자신 잘 알고 있으나, 그러나 인간이 개성과 생명의 구경을 추구하여 영원히 넘겨보군 할 그러한 한 개의 길이라고 나는 믿는 것이다.</u> 끝으로 나의 작품 세계에 가끔 민속을 도입함에 대해서는 또 이밖에 나대로 다른 이유가 있으나 그것은 생략한다.(밑줄 강조 — 인용자)24)

‘민족 본래의 고유한 것’ 즉 원형으로서 ‘신선관념’과 그 현상형식의

---

24) 김동리, 「신세대의 문학정신」, 앞의 책, 91~92쪽.

하나로서 '무(巫)'의 세계를 상정하고, 그것이 현재의 세계에 여전히 유효한 것임을 강조하는 위의 논리는 주체의 발화 위치를 중심으로 놓고 볼 때, 다음의 발언과 선명한 대조를 이룬다.

> 세계의 어느 곳을 물론하고 그 원시문화에 있어 무격의 역할이 절대하였던 것은 주지의 사실이다. 넓은 의미의 무격적 종교는 실로 원시문화의 전반에 亘(긍)하여 그 정신적 기초가 되는 것이니 그러므로 우리가 원시문화를 연구함에 있어서는 이 무격적 신앙을 결코 泛然視할 수 없는 것이다. 원시시대뿐 아니라 이러한 신앙은 상고 세계를 지나 금일에 이르기까지 아즉도 오히려 그 세력을 우리들의 생활 속에 갖고 있으니 이것은 우리들의 모든 정신적 과학이 아즉도 무격적 그 것의 域을 완전히 버서나지 못한 탓일씨 물론이어니와 한편으로는 이 무격적 과학이 시대를 따라 그 시대 시대의 과학을 끄을어 온 까닭이었다. (중략) <u>이러한 무격적문화는 과학사상의 보급과 함께 당연히 없어질 것이며 또 없이하여 버리어야 할 것이지마는 그럴사록 우리는 학문을 위하여 그 자료의 모집에 만전을 기하여야 할 것이며 또 이것을 이러한 의미에서 이해하여야 할 것이다.</u>(밑줄 강조-인용자)[25]

샤머니즘에 관한 연구에서 당대의 대표적인 민속학자였던 손진태와 김동리는 동일한 대상을 다루고 있지만, 그 발화의 위치는 사실 정반대의 위치에 놓여 있다고 할 수 있다. 손진태는 '근대적 주체'의 위치에서 '무'를 대상화하고 있는 것이다. 따라서 '무'는 단지 수집과 연구의 '대상'에 불과하며, 그것이 수집과 연구의 '대상'이 되는 이유는 '무격'이 지닌 '역사성' 때문이다. 더구나 그것은 자동적으로 소멸되거나 소멸해야할

---

25) 손진태, 「무격(巫覡)의 신가(神歌)」, 『문장』, 1940. 9, 164~165쪽.

어떤 '대상'이다. '무'의 세계나 그 세계에 속한 인간들과 발화의 주체 사이에 어떤 '연속성'도 존재하지 않는다. 그러나, 김동리에게 그것은 '역사성'의 대상으로서가 아니라, 현실의 어떤 모순, 예컨대 '인간과 자연 사이에 상식적으로 가로 놓인 장벽'을 무너뜨릴 대안적 세계이자, '인간이 개성과 생명의 구경을 추구하여 영원히 넘겨봐야 할 한 개의 길'인 것이다. '자연과의 합일', '개성과 구경의 생명'은 그러한 원형으로서의 세계를 구성하는 일종의 '보편 원리'라고 할 수 있는데, 중요한 것은 이것이 김범부의 영향을 받은 것이든, 혹은 전래의 자연사상이든, '보편으로서의 서구'를 타자로 의식한 일종의 '대항 보편성'이라는 점이다.

그런데 한 가지 흥미로운 것은, 이러한 사유구조 안에서 과연 '일본' 또는 '일본적인 것'의 위치는 어떻게 처리되는가 하는 점이다. 1930년대 당대에 '전통론'의 자장 안에서 자기모색을 시도했던 많은 논자들은 '조선적인 것'을 통해 '동양적인 것'을 사유하는 과정에서, '일본 = 동양'이라는 제국주의의 헤게모니 담론과 어떤 형태로든 씨름해야 했다. '일본 = 동양'이라는, 일본발(發) '대항 보편성' 담론의 정치적 기능은, '서구/근대'라는 선행하는 보편성이 구축한 세계질서에 맞서, 아시아적 가치에 충실한 대안적 세계를 구축하는 데 기여하는 것이었다. 이를테면, 그것은 '반민족주의적 다민족적 국민국가'26)를 아시아에 건설할 수 있다

---

26) 사카이 나오키 · 니시타니 오사무, 『세계사의 해체』, 차승기 · 홍종욱 옮김, 역사비평사, 2009, 216쪽. 이른바 '세계사의 철학'에 내재하는 정치적 구상에 대한 이 해석방식은, 당대의 논의를 이해하는 데도 유용하지만, 전후에 일본의 우익이 미국 중심의 아시아재편 구도인 '집단방위체제'에 왜 동의하는가를 설명하는 것, 나아가서는 전전(戰前)의 사상체계가 전후의 냉전체제에 어떻게 계승/이월되는가를 설명하는 데에도 유용한 틀을 제공해 준다고 생각한다.

는 정치적 전망을 떠받치는 것이었고, 지금까지 실현된 적 없는 이 새로운 형태의 '비서구적 세계질서'의 가능성에 많은 논자들은 논리적으로 함몰되었다. 이러한 문학사적 현상을 떠올리면, 그 사유과정과 논리적 구조의 정합성 여부를 잠시 유보해 둔다고 가정할 때, 김동리는 스스로 내건 '조선적인 것으로서의 대항 보편성'이라는 기획 덕분에, 결과적으로 '일본＝동양'이라는 담론에 포섭되지 않을 수 있었다.[27]

그러나, 김동리의 논의 구조 안에서 '일본적인 것'을 어떻게 사유하고 있었는가를 가늠하는 일은 쉽지 않다. 우선, '일본적인 것'에 대해 직접 언급하는 경우가 드물기 때문이다. 그러므로, '일본'에 대한 김동리의 생각을 추출하기 위해서는 약간의 우회적 접근이 필요하다. 우선 당대의 일본문학에 대한 김동리의 견해부터 검토해 보기로 하자.

> 당시 일반 독서가들이 盛히 읽든 톨스토이나 東京文壇의 諸家들에게 自己(김동리 자신을 가리킴―인용자)가 흥미를 갖게 된 것은 前擧한 諸家들보다 오히려 뒤의 일이었으니, 그때의 自己의 생각으로는 톨스토이는 너무 범속적이고 진부하고, <u>東京文壇의 諸家들은 그 작품세계가 너무 瑣細하고 貧弱하다는 것이었다.</u>(밑줄 강조―인용자)[28]

이 인용문에 등장하는 '동경문단의 제가'들의 문학은 모두 근대문학일 터이고, 김동리가 이들에 대해 '쇄세하고 빈약하다'는 것은 물론 '근대문학'으로서의 그러한 성격을 말하는 것일 터이다. 이 글에 바로 이어

---

27) 이 지점이 일제말 김동리의 문학론과 개인사적 행적(일제말의 절필)을 '민족주의'의 틀 안에 굳건히 자리매김하려는 논자들의 중요한 논거가 되기도 한다.
28) 김동리, 「내가 영향을 받은 외국작가―요지경 팬의 변」, 『조광』, 1939. 3, 270쪽.

서 김동리는 중국의 근대작가인 루쉰(魯迅)에 대해서도 언급하는 바, "신문학의 세례를 받은 지 아직 일천한 그네들 중에서, 그 작품의 결구나 필치에 무리가 과히 없는 점은 의외로 놀랍게 뵈었으나, 같은 단편작가로서라도 체홉의 諸作에서 보는 그러한 심령적 요소가 빈약한 점이나, 모파쌍의 우수작(단편)에서 보는바, 영육의 軋轢, 분열 등이 결핍한 점으로, 자기와 같은 기질의 소유자에게는 별로 신통치 않았다"29)고 낮추어 평가하고 있다. 스스로 표현하고 있듯이 '譯文濫讀으로 세계문학의 지식을 다 얻는' 과정에 대한 상세한 기술30)에서 나타나는 것은, '세계문학', '일본문학', '중국문학'에 대해 그가 견지하고 있는 일종의 '위계'라고 할 수 있다. 이때의 세계문학은 응당 '서양(의 근대)문학'을 가리키는 것이고, 그에 비해 '일본문학'이나 '중국문학'은 '결여로서의 근대문학'으로 설정되어 있었던 것이다. 해방 이후의 회고인 까닭에, 이러한 위계적 인식의 직접적인 근거로 삼기에는 다소 주저되는 면이 없지 않지만, 다음과 같은 청년시절의 교우에 관한 회고도 문학의 계서(階序)에 대한 김동리의 인식의 한 단면을 보여준다는 점에서 흥미롭다. 그는 젊은 시절 새로운 벗을 사귈 때 종종 그의 독서경향에 대해 묻곤 했다.

---

29) 김동리, 앞의 글, 같은 쪽.
30) 김동리는 이 글에서 자신에게 영향을 끼친 작품과 작가를 (1) 자기의 초기 로맨티시즘에 영향을 준 작가, (2) 자기가 '소설'이란 것의 윤곽을 얻게 된 러시아 4작가, (3) 자기의 머리에 '희곡'이란 것의 윤곽을 넣어준 독일의 고전극작가, (4) 근대극을 배워 준 스칸디나비아의 2작가, (5)프랑스의 지드와 발레리 등, 같은 지면의 다른 작가들의 설문에 비해 매우 구체적으로 자신의 서양문학 독서편력에 대해 설명하고 있다. 물론 이때의 '譯文'은 '일본어'로 번역된 서양의 문학작품을 말한다.

① 우리는 그(김석수―인용자)를 찾아갔다. (중략) 첫눈에 당장 호감이 갔다. 그것은 그가 독학(獨學)의 문학도라는 데서 오는 인상인지도 몰랐다. 이야기를 해보니 세계문학에 대해서는 그다지 공부가 없는 듯했고 그 대신 일본 현역 작가―특히 사회주의 계통의 작가들에는 상당히 소상한 관심을 갖고 있었다. 따라서 나와는 독서 경향이나 문학관에 있어 일종의 거리감 같은 것이 느껴졌으나 (후략)[31]

② 그보다도 중요한 문제는, 그(최용―인용자)와 나의 문학관이 다른 데 있는 듯 했다. 그는 세계문학을 널리 읽는다기보다 일본 문학을 깊이 이해하는 편에 가까웠고 특히 '도꾸도미 로까(德富蘆花)의 전집을 해독하고 있었던 것이다.[32]

이때의 '세계문학'이란 물론 그가 읽은 독서 범위 내에서 한정하자면 도스토예프스키나 빅톨 위고 같은 18~20세기의 서구작가들의 작품을 가리킨다. 그는 "'세계문학'을 원서로 읽기 위해 '영어'공부를 시작했다가, 일역본 '세계문학전집'을 읽는 것으로 대신하기로 하고 영어 공부를 그만두었다"[33]고 회고하기도 했다. '문학관이 다르다'고 완곡하게 에둘러 말하고 있지만, 기실 김동리는 '일본문학'을 서양문학의 하위에 배치시키고 있으며, 습작 시절의 문학청년이었던 자신의 관심사항이 아닌 것처럼 묘사하고 있다(아울러 사회주의 계통의 일본 문학은 이중으로 배제되고 있다!).

'일본어'로 번역된 서양 문학작품들을 읽으면서도, 그것을 곧바로 서양의 문학을 직접 읽은 것처럼 오인하는, 이러한 '오도된 직접성'은, 세

---

31) 김동리, 「자전기」, 앞의 책, 386쪽.
32) 김동리, 「자전기」, 앞의 책, 395쪽.
33) 김동리, 「자전기」, 앞의 책, 377쪽.

계문학이란 '영어'로 이루어진 문학이라고 상상하는 것만큼이나 한편으로는 단순하고 한편으로는 무지하다고 볼 수 있다. 물론 이러한 '오도된 직접성'은 김동리 개인의 무지라고만은 할 수 없다. 여기서, 번역을 통해 하나의 언어가 다른 언어로 옮겨지는 교환 회로는, 먼저 번역되는 언어와 번역하는 언어가 모두 균질적이고 통일적 체계를 가진 언어라는 표상을 통해 가능하며, 이 과정에서 체계적 통일체로서의 언어가 생산된다는 사카이 나오키의 '번역의 쌍형상화 도식'34)을 다시 한번 떠올리게 된다. 김동리처럼 일본어로 번역된 서양 문학작품을 읽는 경우, 이 번역의 교환회로는 삼중(三重)의 가상을 만들어내게 된다. 더구나 이중번역의 과정35)에서 1차 번역어의 역할과 위치가 종종 사라지거나 은폐되고 직역 텍스트를 읽는 듯한 착각에 빠지듯이, 김동리의 회고에서 '일본'의 위치는 '서양/조선'의 직접적인 이항대립 구도에서 사라지게 된다. 이중번역의 교환회로에서 '일본'이 사라지고 직접 '서양/조선'이 번역의 양단(兩端)을 형성하는 것처럼 인식하는, 일종의 '착시'현상이 나타나듯, 문학의 위계에 관한 인식, 즉 '근대문학'으로서의 보편성과 그 결여에 관한 인식에서도 동일한 현상이 나타난다. 이것을 '일본 괄호치기'라고 부르는 것은 어떨까.

---

34) 酒井直樹, 『번역과 주체―'일본'과 문화적 국민주의』, 후지이 다케시 옮김, 이산, 2005, 118~129쪽.
35) 정확하게 말하자면, 서구 여러 나라의 문학작품을 일본어로 번역한 '일역(日譯) 텍스트'를 읽는 것은 '이중번역의 과정'이라고는 할 수 없다. 그러나 '서구 텍스트―일본어 번역 텍스트―(조선어가 모어인)조선인 독자'라는 구조를 염두에 둔다면, 번역어인 '일본어'가 다시 '조선어'로 '(가상)번역'되는 실제의 독서과정을 생각하지 않을 수 없고, 그런 의미에서 결국은 '일역된 서구의 텍스트'는 일종의 '이중번역' 과정을 통해 조선인 독자가 읽게 되는 셈이다.

‘서구 / 근대’를 하나의 보편으로 상정하는 동안은, ‘비서구’의 일원으로서의 일본과 한국과 중국의 위계는 그다지 중요한 것이 아니다. 왜냐하면, 정도의 차이는 있지만, 그것이 ‘결여로서의 근대’인 점은 모두 동일하기 때문이다. 앞의 인용문에서 확인되듯이, ‘내게 영향을 준 외국문학’에서 당대의 ‘동경문단’과 중국 최고의 작가 ‘루쉰’이 모두 ‘빈약하고 신통치 않은 것’으로 폄하될 수 있는 것은, ‘조선문학’이 그것보다 더 뛰어나서라기보다는, ‘결여로서의 근대문학’인 점에서는 어차피 같은 처지에 놓여 있다는 인식 때문이다.

그런데, ‘서구 / 근대’로 구축된 보편성의 세계가 균열을 일으키면서 ‘근대’에 대한 인식에 커다란 전환이 일어나고, 그에 연동되어 일종의 ‘대항 보편성’에 관한 강렬한 욕망이 형성되면서, 사정은 달라지게 되었다. 주지하다시피, ‘서구 / 근대’가 하나의 보편성으로 통용될 수 있었던 것은 일원론적인 시간 인식 때문이었다. 서양의 근대는 앞선 ‘시간’에 속하는 세계였고, ‘비서구’는 그 서양의 문화를 전범으로 삼아 열심히 뒤쫓아 가면서 배우고 모방하기를 갈망했다. 1930년대 접어들면서 국내외에서 나타난 일련의 사회문화적 현상들로 인해, 그때까지 유지·존속되어 오던 ‘근대성의 가치’에 관해 회의와 전도(顚倒)가, 그리고 주체와 대상의 관계 구도에 일정한 인식의 변화가 초래되었다. 타율적 근대화의 과정을 밟고 있고, 그 과정에서 식민지로 전락한 상태이긴 하지만, 추구해야 할 가치와 대상은 여전히 ‘서구 / 근대’이며, 이러한 근대화의 과정을 밟고 있는 동안은, 비서구의 식민지 주체도 스스로를 ‘보편적 주체’로 상정할 수 있었다. 그러나 이때의 ‘보편 주체’는 개념적으로 입도선매(立稻先賣)한 것일뿐, 실제로 그들에게 ‘서구 / 근대’와의 ‘시간적 거리’는 아득한 것으로 인식되고 있었음에 틀림없다. 바로 이 ‘시간적 거리’, 즉 ‘서구/근대’로부터 한참 낙후되었다는 사실이, 중국과 일본의 근대문학을 ‘보잘 것 없는 것’으로 폄하할 수 있었던 김동리 나름의 자신감의 원천이었다고 할 수 있다. 그것은, 앞서 말한 것처럼, ‘결여로서의 근대’라는 동심원 내부에서의 ‘차이’에 불과한 것이었기 때문이다.

그러나 ‘서구/근대’라는 ‘보편’으로서의 가치와 대상에 균열이 나타나고, 그에 수반되어 ‘주체’의 위치에도 일정한 수정이 불가피해진 상황이 일어나게 되면서 사태에 관한 인식이 달라지게 되었다. 이러한 인식의 전환기에 김동리가 꿈꾸었던 것은, “결론에 도달한 서구문학에서부터 새롭게 시작하여 미래의 문학을 준비하는 것”36)이었고, ‘결론에 도달한 서양문학’이 봉착한 ‘보편성의 위기’를 타개할 ‘대안의 보편성’을 ‘조선적인 것’으로 구성하는 것이 김동리 문학론의 야심찬 기획이었던 것이다. 이 과정에서, ‘서구/근대’라는 보편성을 추구할 때 ‘결여로서의 근대’로 ‘괄호’ 속에 묶였던 ‘일본적 근대’는, 보편성의 진행축이 ‘전통’ 혹은 ‘과거’를 향해 역전하면서 다시 ‘결여로서의 동양/비서구’로 김동리의 인식 구조 안에서 ‘괄호’ 속에 묶이게 된다. 명징하게 말하고 있지는 않으나, 그의 논리적 회로 안에서 ‘일본’은 ‘결여로서의 근대’이자 동양적 가치를 창출할 대표성으로서도 각인되기 어려웠던 탓이다. 요컨대, 김동리의 사유구조 내부에서, ‘일본’은 ‘근대’라는 축을 중심으로 놓았을 때도 ‘결여태(缺如態)’였지만, ‘반근대’ 혹은 ‘탈근대’로서의 ‘동양적인 것’이라는 역행축(逆行軸) 안에서도 또 다른 ‘결여태’였던 것이다.

36) 김동리, 「나의 문학을 말한다」, 앞의 책, 81쪽.

사카이 나오키는 "미리 타자에 대한 관계가 한정되어 있지 않다면 자기에 대한 관계도 한정할 수 없다"는 자기동일성 형성의 메카니즘을 전제로 '일본사상(의 가능성 혹은 고유성)'이라는 문제를 본질적으로 '모방성에 대한 욕망'으로 규정한다.

> 일본사상사를 발화구조로 볼 때 알게 되는 것은 일본사상사가 서양사상사와 대결하는 것으로 발상된다는 것이며, 서양에 사상이 있었다면 일본에도 사상이 있었어야 한다는 대칭성과 평등에 대한 요청에 의해 지배된 형태로 발상된다는 것이다. 서양에 철학이 있었다면 일본에도 철학이 있어야 한다는 결여의식으로부터 일본사상사는 출발할 수밖에 없었다. (중략) 일본사상사의 자기 언급적인 성격은 모방성에 대한 욕망을 매개로 해서 비로소 가능해진 것이다.[37]

그러므로 김동리에게 '민족 본래의 고유한 것'은 겉으로는 이미 주어진 그러나 오래도록 잊혀진 '원형'을 소환하는 간단한 행위로 포장되지만, 이것이 가능하기 위해서는 먼저 '민족 본래의 것이 아닌 것'이 무엇인지 상상되지 않으면 안되는 내부의 논리가 따로 작동하고 있다. 김동리에게 그것은 무엇보다도 '서양'이었다. 대부분의 비서양 근대 지식인들이 그러하듯이, 그에게도 서양은 '상상된 보편성'의 세계로 미리 설정되어 있었다는 점이고, 그는 이것을 종종 '서양'과 '세계'를 구분 없이 사용함으로써, '서양 = 세계 = 보편'이라는 도식에 깊이 침잠되어 있었다. '전통론'과 당대의 '동양담론'이 촉발시킨 '근대' 인식의 커다란 전

---

37) 酒井直樹, 앞의 책, 113~114쪽.

66   김동리

환기를 맞이하면서도, 이러한 미망(迷妄)은 '대항 보편성'으로서의 '동양적인 것'을 고민하는 데에도 그대로 반복되어 나타났다.

대항보편성에 대한 김동리의 욕망은, 그가 폄하했던 중국의 작가 루쉰과, 루쉰을 필생의 화두로 설정했던 타케우치 요시미(竹內好)의 '루쉰관(觀)'을 떠올리게 만든다. 앞서 살펴 본 것처럼, 김동리는 루쉰에 대해 "그 작품의 결구나 필치에 무리가 과히 없는 점은 의외로 놀랍게 뵈었으나, 같은 단편작가로서라도 체홉의 諸作에서 보는 그러한 심령적 요소가 빈약한 점이나, 모파쌍의 우수작(단편)에서 보는바, 영육의 軋轢, 분열 등이 결핍한 점으로, 자기와 같은 기질의 소유자에게는 별로 신통치 않았다"38)고 한마디로 일축한다. 루쉰을 어떻게 이해하고 평가할 것인가는 다양한 관점이 있을 수 있고, 그 점에서 '단편작가로서의 기법적 역량'이나 '영육의 알력'이라는 측면에서 그를 대단찮은 작가로 폄하한 김동리의 관점이 문제될 이유는 없다. 그러나, '조선적인 것'을 '서구/근대'의 몰락의 대안이자 일종의 '대항 보편성'으로 설정하고자 했던 그의 욕망에 비추어 보자면, 그의 이러한 '루신' 이해는 그의 근대 인식이 지닌 제한성을 이해하는 중요한 단서가 된다.

다케우치 요시미는 루신에 대해 이렇게 말한다.

루쉰과 같은 인간은 유형(類型)으로서 보자면 후진국형이고, 루쉰과 같은 문학가를 탄생시킨 중국문학은 후진국문학일 것이다. 중국문학을 후진국문학으로서 비추는 일본문학의 눈은 중국문학을 올바르게 비추는 것일 터이다. 올바르게―정말로 '올바르게'다. 카메라처럼 올바르게

---

38) 김동리, 「내가 영향을 받은 외국작가―요지경 팬의 변」, 앞의 책, 270쪽.

시공간을 이차원으로 다시 끌고 들어와서 보여주는 것으로의 ‘올바르게’이다. 그것은, <u>자신은 역사 속으로 깊숙이 파고 들어가지 않고서 역사라는 코스를 달려가는 경마를 밖에서 바라보는 것이다. 자신이 역사에 깊숙이 들어가지 않기 때문에 역사를 충실하게 하는 저항의 계기는 놓치게 되지만 대신에 ‘어떤 말이 이길까’는 잘 보인다.</u> 중국말은 뒤처지고 있다. 일본말은 자꾸자꾸 앞지르고 있다. 그것은 그렇게 보인다. 그리고 그렇게 보이는 것은 올바르다. 올바르게 보이는 것은 자신이 달리지 않기 때문이다. (중략) <u>국수주의와 일본주의가 유행했던 적이 있었다. 그 국수와 일본은 유럽을 추방한다는 것이지, 그 유럽을 확장했던 노예적인 구조를 추방하는 것은 아니었다.</u>[39](밑줄강조 – 인용자)

타케우치 요시미의 논법을 빌리자면, 김동리의 ‘대항 보편성’에 관한 담론적 욕망은 ‘보편’에 관한 미망을, ‘대항 보편’이라는 또 다른 미망으로 대체하는 방식으로 구조화되어 있다. 그것은 무엇보다도 두 개의 역사적인 질문을 소거(消去)한 상태에서 이루어진 것이다. 예컨대, 김동리의 문학론 내부에는 ‘서구의 근대’가 무엇인가에 대한 ‘역사적 물음’이 없다. ‘서구/근대의 몰락’, 혹은 그것이 문명사적으로 명운(命運)을 다했다는 것은, 그 자신의 진지한 탐구로부터 비롯된 것이 아니라, 이미 선재적인 조건이다. 동일한 이유로, ‘조선이 경험한 근대는 무엇인가?’에 대한 물음도 제기되지 않는다. 서론에서 이미 밝혔듯이, 이런 구체적인 질문들이 그의 문학론 내부에서 천착되지 않는 것은 ‘서양/

---

39) 竹內好, 『일본과 아시아』, 서광덕·백지운 옮김, 소명출판, 2004, 50~60쪽. 루쉰에 관한 타케우치의 이해방식을 인용한 것은, 그의 견해에 동조하기 때문이라기보다는, ‘루쉰’을 이해하는 방식이 김동리의 그것과, 특히 ‘근대’에 대한 이해라는 측면에서 선명하게 대비되기 때문이다.

동양’ ‘근대 / 반(전)근대’와 같은 표상형식이 지닌 추상성이 이미 이러한 ‘역사적 질문’을 봉쇄한 상태에서야 가능했기 때문이다.

4. 맺음말

이 글은, 샤머니즘이 과연 위기에 봉착한 서구의 근대 문화를 대신하는 새로운 사상일 수 있는가에 대한 답을 구하기 위해 마련된 것은 아니다. 사상의 내용보다는, 그것이 등장하게 된 인식론적 구조에 관한 하나의 시론이다. ‘서구 / 근대’라는 균질적인 보편자는, 그것 자체가 이미 하나의 추상이자 미망(迷妄)이다. 그러므로, 그것을 ‘타자’로 삼아 설정된 ‘대항 보편자’의 성격 역시 추상과 미망을 벗어나기 어렵다. ‘서구 / 근대’는 ‘동양 / 전근대’의 대립물이 아니라, 이미 ‘동양 / 전근대’가 ‘서구 / 근대’를 구성하고 있는 인자(因子)다. 김동리의 문학론에서 느끼게 되는 가장 아쉬운 지점은, 그의 사유가 시종일관 표상에 사로잡혀 있다는 것이다. 앞서 말한 바 있듯이, 김동리에게는 ‘조선이 경험한 근대’가 무엇인지에 대한 천착이 전혀 나타나지 않는다. 이를테면, “서양문화가 일정한 거리에까지 물러선 것처럼 동양문화도 한번은 어느 거리 밖에 물러가서 우리들의 새로운 관찰과 평가에 견디어야 할 것”40)을 주문하는 정도의 성찰이 보이지 않는다.

같은 아시아에 속한 작가 ‘루쉰’에 대한 그의 평가와, 어떤 아시아 작가보다도 ‘근대’에 관한 사유의 독창성에서 독보적이었다고 ‘루쉰’을 평

---

40) 김기림, 「‘동양’에 관한 단장」, 『문장』, 1941. 4, 241쪽.

가하고, 평생 그를 '학습'하는 것을 아시아 지식인으로서의 공안(公案)으로 삼았던 타케우치 요시미는, 이 지점에서 좋은 대조를 이룬다. 타케우치 요시미에게 평생의 공안이었던 '루쉰'이, 김동리에게 근대문학으로서의 '완숙한 기법의 결핍'이라는 이유로 일언지하에 '신통찮다'는 평가를 받았던 것은, 단지 취향이나 문학관의 문제 때문은 아니다. 그것은 일차적으로, 자기 당대의 삶을 역사화하고, 이질성과 '차이'로 가득찬 이 세계를 균질적인 상상의 시·공간으로 설정하는 보편성의 미망에 빠지지 않으려는 태도의 유무에서 비롯된다. 표상의 공간은, 기본적으로 표상되는 대상을 균질적으로 상상함으로써만이 가능하다. 그런 점에서, '서양/동양'이나 '서양/조선' 혹은 '근대/반근대' 등은 모두 표상들인 동시에 허구적 실재들이다. 김동리에게 왜 '샤머니즘'이 '조선적인 것'의 고유성의 표징인가에 대한 대답을 기대하기란 어렵다. '샤머니즘'이 과연 조선적 고유성이 될 수 있는가 없는가 하는 것은 부질없는 질문이다. 김동리의 사유구조 안에서 '샤머니즘'이 '조선적인 것'이라는 표상의 '의미' 부분을 담당하는 이치는, 마치 '의미'가 기호에 내장된 속성이 아니라, 구조 안에서의 '차이' 때문에 발현되는 것과 유사하다. '서구/근대'의 위기는 '비서구(동양)/전통'의 새로운 가능성으로 전화되며, 이 대안적 가능성은 인간적 진보나 발전의 척도인 '역사적 시간'을 넘어선 곳에서만 가능하다. '역사화된 동양'이 전제되는 한 '조선적인 것'이 동양적 가치를 대표할 수는 없다. '샤머니즘'은 이런 구조론적 사유의 과정을 통해 '조선적 고유성'이라는 '기의'를 획득한다. 그리고, 이것을 매개로 한 '대항 보편성'에의 강한 욕망이, 민족적 차이를 무화시키며, 서양에 맞서는 또 다른 보편성의 세계, 즉 '반민족주의적 다민족적 국민국가'의 구축이라는 헤게모니 담론에 그가 함몰되지 않도록 만들었다. 이 귀착점을 무엇이라고 부르든 상관없지만, 이 과정에서 우리가 경험한 근대는 무엇인가, 그리고 그것은 어떻게 극복이 가능한가 하는 질문의 대답을 구하기는 어려울 것이다.

해방 후 문화적 본질주의 글쓰기 양상 연구

－김동리의 『백민』 활동을 중심으로

1. 서론

"도둑같이"1) 찾아 온 해방의 기쁨은 잠시, 곧 환멸에 빠져든다. 미증유의 혼돈과 혼란 속에 한반도가 휩싸이고, 정파와 이념적 지향에 따라 대립과 분열은 극에 달하게 된다. 그러나 해방공간은 근대 국민국가적(a nation-state) 비전을 제시하고 그 이상을 구현하려는 시기였기 때문에 이념적, 사상적 갈등은 어쩌면 필연적이었다. 국가에 의해 의무교육조차 받지 못한 인민들이 대다수이고 국민적인 참정 경험이 전무한 상태에서

* 진영복 / 연세대학교 학부대학 교수.
1) 함석헌, 『뜻으로 본 한국역사』, 한길사, 2006, 395쪽.

새로운 근대 국민(민족)국가 만들기가 혼란스럽기 짝이 없었을 것은 당연하다.

해방 공간은 근대 국민국가의 이념적 지향과 원리를 모색하고 지금의 남북한 체재의 기본적 토대를 형성한 시기라 할 수 있다. 즉, 남북한 모두 민족주의와 국가주의를 결합시켜 근대 국민국가의 이념적 토대를 만든 시기인 것이다. 극심한 이념적 대립과 갈등으로 사회 정세가 더욱 불안해지고 혼란스러워지면서, 이 시기 작가들은 좌우 문단으로 양분된다. 사상적 입장을 확고히 하는 것 외에 민족의 구성 원리와 정치와 문학의 관계 설정에 대한 문제도 중요한 쟁점 중의 하나였다. 특히 남한은 중도파와 좌파, 우파가 함께 활동하던, 다양한 이념의 충돌 공간이었으며, 당시 발간된 잡지들은 대부분 이러한 이념을 구현하는 수단으로 이용되었다.

당시 우익민족진영을 대표하는 잡지는 『해동공론』, 『예술조선』, 『문화』, 『백민』 등이었다.2) 특히 『백민』3)은 창간 초기에는 정치 지향의 교양잡지를 표방하였으나, 독자층을 광범위하게 확보하기 위해 1947년 3월부터 문예중심으로 잡지 기획 방향을 변경하면서 절반 이상의 지면을 문학에 할애하게 된다.4) 따라서 김동리, 백철, 이헌구 등 전조선문필가

---

2) 이재선, 『현대한국소설사』, 민음사, 1991, 29쪽.

3) 『백민』은 1945년 11월 10일에 "미군정의 지시를 받"아 등록하여 1945년 12월호부터 1950년 6월호까지 총 23호를 발간하였다. 『백민』은 1945년 12월 창간 당시에는 월간으로 계획하였으나 대부분 격월간으로 발행되어, 1948년 1월호까지 21호를 발간한다. 그 후 1950년 6월에 중앙문화협회가 『문학』으로 제호를 변경한 후에 22호와 23호를 발간하였다. 이 잡지의 "집필자는 약 오·육십 명의 시인 작가 평론가였"다. 김송, 「배달을 상징한 『백민』과 해방문단」, 『현대문학』 128호, 1965. 8, 237쪽.

협회나 조선청년문학가협회에 가입했던 기성 문인들이나 좌익에 반대하는 우익 문인들이 서로의 문학관의 차이를 잠시 접어 두고 다수가 동인으로 참여하고[5] 유호, 손소희, 박연희 등이 신인으로 참여하게 된다.[6] 이 잡지의 창간사에서도 "조선의 현정세로 보아서 같은 민족 간의 착취와 피착취가 있어선 안 될 것이다. 자본가만 옹호하는 정치나 또는 노동자의 독재적 지배도 용납될 수 없다."[7]라고 할 정도로, 이 잡지는 민족을 중심에 두고 계급문학을 대타항으로 삼고 있다. 이 잡지의 발행인 겸 편집인이었던 김송은 "예상치도 않았던 두 개의 진영이 대립되고 서울을 중심으로 붉은 물결이 출렁거렸다." "나는 혼란기에 처하여 노골적으로 백의민족을 표현하고 싶어 『백민』 두 글자를 표제로 내세웠던 것이다."[8]라고 회고하여, 『백민』이 좌익에 맞서는 우익 잡지로서 창간되었음을 밝히고 있다.

김동리가 좌익에 맞서 순수문학 내지 민족문학을 주장하기 위해 적극

---

4) 다수의 기성문인과 신인들이 참여하면서 창간 초에 원고난으로 100페이지 미만 분량에 발행부수도 미미한 잡지의 틀에서 벗어나게 된다. 『백민 창작 33인집』을 발매한 지 "24시간 만에 초판이 다 팔려서 다시 재판을 인쇄했는데, 총판을 맡았던 서울역전 서점에는 장사진을 이루고 교통이 마비"되었다. 강진호, 『한국문단이면사』, 깊은 샘, 1999, 350쪽.
5) 『백민』은 후에 『문예』, 『현대문학』으로 이어지면서, 우익 문단을 형성한다. 이는 권력을 잡은 우익의 이데올로기를 드러내는 『신천지』와 구별된다. 김한식, 「『백민』과 민족문학」, 상허학회, 『상허학보』 20호, 2007, 238쪽 ; 권영민, 『해방직후의 민족문학운동 연구』, 서울대출판부, 1986, 226쪽.
6) 한국문인협회, 『해방문학 20년』, 정음사, 1971, 143쪽.
7) 「창간사」, 『백민』 창간호, 1945. 12, 6쪽.
8) 김송, 「백민 시대」, 『한국문단이면사』, 깊은샘, 1983, 275쪽. 이 잡지가 창간할 당시 발행인 겸 편집인은 김송이었으며, 1950년 22호 『문학』으로 제호가 변경된 이후부터 김광섭이 주간을 맡았다. 김광섭, 「문학으로 게재하면서」, 『문학』 6권 3호, 1950. 5.

적으로 참여했던 잡지 역시 『백민』이었다. 조선청년문학가협회9) 대표였던 김동리는 『백민』에 실린 총 121편의 소설 중 6편의 소설10)과 7편의 평론을 게재하였다. 이 시기 김동리 자신이 창작한 소설 총 18편 중 6편이나 게재한 것이다.11) 이 정도로 김동리는 이 잡지의 주요 필자이자 제일 날카로운 이론가12)였기 때문에 김동리의 『백민』지 문학 활동은 『백민』의 매체적 성격을 대표한다고 할 수 있다. 더욱이 『백민』에 실린 김동리의 소설과 평론은 해방 후 그의 문학 세계를 단적으로 보여준다는 평가를 받고 있다.13)

---

9) 조선청년문학가협회(1946. 4. 4)의 강령은 '자주독립 촉성에 문화적 헌신을 기함', '민족문학의 세계사적 사명의 완수를 기함', '일체의 공식적 예속적 경향을 배격하고 진정한 문학정신을 옹호함' 이 세 가지였다. 한국문인협회, 『해방문학 20년』, 정음사, 1971, 143쪽.

10) 김송은 13편, 최태응은 9편, 그 다음 김동리, 정비석은 각기 6편의 소설을 『백민』에 게재한다. 이와 같은 사실을 보더라도 김동리는 『백민』의 비중 있는 소설가였다. 이병순, 「『백민』 게재 소설 연구」, 한국현대소설학회, 『현대소설연구』 2권, 1995, 144쪽.

11) 「윤회설」(『서울신문』, 1946. 6. 6~26), 「지연기」(『동아일보』, 1946. 12. 1~19), 「미수」(『백민』, 1946. 12), 「혈거부족」(『백민』, 1947. 3), 「달」(『문화』, 1947. 4), 「이맛살」(『문화』, 1947. 10), 「상철이」(『백민』, 1947. 11), 「역마」(『백민』, 1948. 1), 「어머니와 그 아들들」(삼천리), 1948. 8), 「절 한 번」(『평화신문』, 1948. 8), 「개를 위하여」(『백민』, 1948. 10), 「심정(『학풍』, 1949. 3), 「유서방」(『대조』, 1949. 3~4), 「형제」(『백민』, 1934. 3), 「급류」(『조선교육』, 1949. 4~7), 「검군」(『연합신문』, 1949. 5. 15~28), 「해방」(『동아일보』, 1949. 9. 1~1950. 2. 16), 「인간동의」(『문예』, 1950. 5)

12) 김윤식은 김동리를 『백민』의 "가장 날카로운 이론분자"였다고 설명한다. 김윤식, 「봉황과 악작의 동시적 시름―이원조와 조지훈의 주고받기」, 『문학동네』 42호, 2005년 봄호.

13) 김윤식은 김동리의 소설 세계를 대표하는 작품으로 「혈거부족」, 「달」, 「역마」를 꼽았다. 이 중 「혈거부족」과 「역마」는 『백민』에 게재된 것이다. 김윤식, 『한국현대문학사』, 일지사, 1976.

일반적으로 이 시기 김동리 소설을 '역사적 현실을 소재로 이념 비판을 시도한 유형과 초역사적 공간 속에서 운명적 인물의 삶을 다룬 유형'[14]으로 구분하는데, 『백민』에 게재된 작품 역시 이 두 가지 유형으로 분류된다. 즉 「혈거부족」, 「상철이」, 「형제」가 전자에, 「역마」, 「미수」, 「개를 위하여」가 후자에 속한다고 할 수 있다. 전자의 유형의 소설은 좌익을 주장하는 사람들의 비도덕성, 비윤리성을 비난하는 것으로 일관한다. 반면에 후자 유형의 소설은 민족의 시원을 추구한다. 그런데 이 두 유형의 작품들을 분석해 보면, 표면적으로는 이질적인 듯하지만 '민족' 또는 '민족혁명' 이라는 공통항이 존재하고 있음을 알 수 있다.[15]

그 이유는 이 시기 김동리가 민족혁명과 민족국가 건설을 지향하고, 민족적인 것의 순수한 기원을 찾아 민족의 공통의 기억과 감각을 표상하고자 했기 때문이다. 김동리는 민족의 기원이나 본질을 발견하고 이렇게 발견된 것이 그전부터 있어왔던 것이며 순수한 기원을 지닌 본질로 인식하고 있는데,[16] 이는 문화적 본질주의에 다름 아니다. 문화적 본질주의는 문화를 통해 순수한 기원을 찾을 수 있고 이를 복원할 수 있다는 의식으로, 대상으로부터 역사적, 체계적 위치를 지운 뒤 문화나 민족적인 것을 순수한 기표로 만들어낸다. 김동리는 민족의 공통의 정서

---

14) 진정석, 「김동리 문학 연구」, 서울대 석사학위 논문, 1993.
15) 김동리는 조선청년문학가협회 기관지에서 이미 "민족혁명의 이념이란 대외적으로는 타민족에 대한 대등적 자주적 지위를 말하는 것이고, 자체적으로는 민족적 자각이며 민족정신의 앙양(혹은 자존)을 의미하는 것"이다. 따라서 "민족문학이란 곧 민족정신 발휘의 문학이며 동시에 문학상의 민족적 자각"이며, "세계문학의 일환으로서의 민족적 개성을 특징으로 하는 문학"이라고 천명한 바 있다. 김동리, 「조선문학의 지표」, 『청년신문』, 1946. 4. 2.
16) 小森陽一, 『日本語の近代』, 岩波書店, 2000, 25쪽.

나 향토 감각, 혹은 운명론을 통해서 민족적인 사상성과 공통감을 발견하고 이를 민족 고유의 기원으로 치환하고 있다. 즉 이 시기 김동리의 글쓰기 방식은 민족국가 수립에 필요한 상상적 공동체의 공통감을 제공하고 있다.

그러므로 문화적 본질주의라는 관점에서 해방 공간의 김동리의 글쓰기를 다루는 것은 김동리의 문학적 특성을 총체적으로 파악할 수 있기 때문에 의미 있는 작업이 될 것이다. 본고는 『백민』에 수록된 김동리의 소설과 평론을 대상으로, 김동리가 표상한 민족국가 건설과 민족적 시원을 구체적으로 분석해보고자 한다. 구체적인 작품 분석에 앞서 이들의 내적 연관성이자 그것의 주요한 작동원리인 문화적 본질주의에 대해서 먼저 고찰할 것이다.

2. 민족의 순수성과 문화적 본질주의

해방 후 김동리는 순수문학을 주장하며 문학가동맹 측과 맞선다. 문학가동맹 측은 김동리의 작품이 노골적으로 정치적 성격을 지닌다고 힐난한다.17) 이런 비판에도 김동리가 개의치 않은 이유는 그의 순수문학이 민족문학으로 귀결된다고 판단했기 때문이다. 이는 민족은 순수한 것이기 때문에, 민족을 추구하는 문학은 순수문학이 된다는 논리적 순환론에

---

17) 이동하 역시 "김동리 문학이 정치적 차원에서 볼 때 가장 순수한 의미를 지녔던 시기는 해방과 더불어 끝"났다고 평가하였다. 이동하, 「한국문학의 전통지향적 보수주의 연구」, 서울대 박사학위 논문, 1989, 63쪽.

근거한다. 김동리는 민족문학이란 “원칙적으로 민족정신이 기본 되어야
하는 것이며 민족정신이란 본질적으로 민족 단위의 휴머니즘”[18) 이외의
아무 것도 아니기 때문에 순수문학과 민족정신이 기본 되는 민족문학과
는 별개가 아니라고 피력한다. 이러한 김동리의 입장의 토대는 다음과
같은 논리적 과정을 통해 나온 결과일 것이다. 민족은 친족이나 고향과
같이 선택의 여지가 없이 인간이 자연적으로 연결된 단위이기 때문에
이데올로기가 아닌 자연스런 것이다. 민족됨은 피부색, 성, 태생, 출생
시기 같이 사람이 어떻게 할 수 있는 여지가 없는 운명적이고 자연적인
성격을 지닌다. 바로 이 자연적 연결에서 사람들은 공동체(gemeinschaft)의
아름다움 같은 것을 느끼게 된다. 바꿔 말하자면 그러한 연결이 선택된
것이 아니라는 그 이유 때문에 그들은 사심 없음의 빛으로 둘러싸여 있
다.[19) 따라서 민족적 주체는 이해관계와는 무관하게 텅 비어 있는 순수
한 것이며 바로 그 이유 때문에 민족은 사람들에게 희생을 요구할 수 있
게 된다.

　순수와 민족, 개인과 공동체, 개인의 운명과 민족적인 것의 유기적 연
결을 강조하는 김동리의 입장에서 민족은 절대적인 가치를 지닌다. 그는
민족을 “일정한 지역과 혈연과 언어와 역사와 습속에 있어 어떤 특수한
공통적 운명을 지닌 생활군”[20)으로 정의하는데, 이러한 입장에는 민족
은 시원부터 있어 왔고 앞으로도 영속적이고 영원한 실체로서 같은 운

---

18) 김동리, 「순수문학의 진의」, 『서울신문』, 1946. 9. 14, 『김동리 전집』 제7권, 민
　　음사, 1997, 80쪽.
19) Benedict Anderson, 윤형숙 옮김, 『상상의 공동체』, 나남출판, 2002, 186쪽.
20) 김동리, 「문단 일 년의 개관」(1947), 『김동리 전집』 제7권, 민음사, 1997, 127쪽.

명공동체라는 인식이 깔려 있다. 그러므로 우리 민족은 단군의 한 자손으로 한 핏줄의 가족이나 마찬가지라는 단일민족론에 기대어 동일한 핏줄과 동일 운명을 강조한다. 이러한 민족 이해는 민족을 문화 민족(Kulturnation)의 개념으로 파악하는 전형적인 예이다. 문화 민족은 언어, 공통의 문화유산, 종교, 관습 등과 같은 객관적 기준을 민족의 기초로 강조하며, 민족은 국가에 선행하며 공통의 역사적 가치와 사회적 유대에 기초를 둔 실재라고 인식한다. 즉 민족적 유대감은 국가나 정치 형태에 관계없이 존재하며, 민족주의라는 것도 실상은 이러한 원초적 유대감이 왕조적 충성심을 거쳐 양적으로 성장한 것에 불과하다고 본다.21)

민족 개념을 문화 민족으로 파악하는 김동리의 입장은 주관주의적인 민족 이론인 국가 민족(Staatsnation)으로 민족을 이해하는 좌파의 민족 개념과 뚜렷이 대립된다. 좌파의 대표적인 철학자인 박치우는 잡종이면서도 동일족을 구성하고 동포감을 충분히 가질 수 있다는 사실을 들어 민족은 혈연이나 흙의 산물이 아니라고 주장한다. 박치우는 불란서 혁명을 통해 신분적 차이가 사라진 후 국민의 문화생활에서 동질성이 증가하였기에 국민은 비로소 국민으로서만이 아니라 민족으로서의 공동성을 확대 내지 자각할 수 있게 되어, 비로소 참된 의미에서 민족으로서의 데지태의 기반을 얻게 되었다고 주장한다. 따라서 불란서 혁명이 민족 발견의 단초를 지은 것이라고 지적되는 이유는 실로 여기에서 연유한다고 설명한다.22) 즉 박치우는 민족 공동체에 기꺼이 자신을 귀속시키고

---

21) 임지현, 『민족주의는 반역이다』, 소나무, 1999, 22쪽.
22) 박치우, 『사상과 현실』, 백양당, 1946, 142쪽. 박치우는 만약 우리들 사이에서 조선 사람은 '천손'이며 세계에 으뜸가는 민족이라든가 우리글과 문화가 덮어

자 하는 민족 성원의 주관적 의지가 민족을 만든다는 국가 민족 입장에 있는 것이다. 국가 민족 이론은 민족 공동체에 대한 인민들의 자발적 귀속 의지를 불러일으킨 역사적 계기로 프랑스 대혁명을 꼽는데, 이 보편적인 인민 주권론이 세속주의 및 국민적 시장권과 결합되면서 봉건 사회의 왕조적 충성심에 질적 전화를 가져와 근대적 민족주의를 낳았다고 파악한다. 이러한 국가 민족의 민족 개념에서 이원조는 "민족이란 개념은 시민 사회의 발생과 함께 생긴 개념이고 봉건 사회에서는 없었던"23) 것으로 규정하고, 현단계를 '부르주아 민주주의 혁명의 단계' 즉 시민사회의 근대 국가를 건설하는 단계로 파악하고 문학 역시 민족 문학을 수립해야 한다고 주장한다.

이러한 논의에 대해 김동리는 그들이 주장하는 민족문학은 부르주아 민주주의 단계의 민족문학이며 한시적인 민족문학이기에, 종국에는 프롤레타리아트 문학을 지향하는 계급문학이 될 수밖에 없다고 비판한다. 김동리에게 민족은 영원한 운명 공동체이며 18세기에 팽배했던 민족의식이란 그러한 고유 의식의 앙양 혹은 강화에 불과한 것이다.

민족은 사심 없는 순수한 공동체라는 착시 효과 때문에 김동리는 계

놓고 세계에 제일이라고만 주장하여 외국문화의 자유롭고 활발한 섭취를 방해하는 자는 바로 국수주의자이며, 또 이 같은 국수주의적 정신의 발판위에서 민족감정에 불을 질러서 정치적 야심을 만족시키려는 자가 정히 별다른 게 아니라 파시스트라고 단언한다. 결론적으로 박치우는 민족을 떠나면 문화가 발전할 수 없다고 믿는 사람들은 아메리카 문화를 살펴보라 하고, 문화의 본질을 과거에서 찾을 것이 아니라 살아 있는 현재에서 찾을 것을 주장한다. 박치우, 위의 책, 173쪽.
23) 이원조, 「「문화단체총연맹」의 민족문학론」, 『문학』 창간호, 조선문학가동맹, 1946. 7, 125쪽.

급적 이해를 목적으로 하는 계급문학과 달리 민족문학을 순수문학이라고 규정할 수 있게 된다. 따라서 민족혁명을 지상명령으로 하는 김동리에게 반 좌익적 '정치'의 주장은 이데올로기적 주체24)의 행위가 아니라 지사적 책임을 일깨우는 전통의 추구로써 비정치적, 비이데올로기적 행위가 된다. 순수한 목적의 민족혁명을 추구하기에 행위자의 정치성마저도 탈각되기 때문이다. 따라서 민족국가 수립을 방해하는 모든 세력의 실천은 자연스럽지 못한 행동이 되고, 민족혁명을 추구하는 행동은 자연스런 실천 행위가 되는 것으로 구별하면서 논리적 대립 지점을 설정한다. 민족적인 것의 지향은 사심 없는 순수한 행위이지만 좌익은 계급적 이익을 앞세우는 순수하지 못한 비윤리적인 것으로 간주하기에 이른다. 이러한 위계적인 관계 지움을 통해 좌익을 담론의 동등한 타자로 인정하지 않는다. 좌익의 담론과 언어는 민족적 주체를 옹호하는 권위적 서술자의 일방적인 목소리에 의해 파편적으로 제시되거나 폄하되어 제시될 뿐이다.

따라서 김동리는 해방기 당면과제인 민족문학과 민족국가 수립이라는 목표에 부응하여 민족의 사상적 형식을 탐구하고 민족 독립의 현실적인 전술을 실천하기 위해, 민족을 매개로 하여 문학의 제도화를 도모한다. 자본주의적 기계문명과 소련식의 획일주의에서 벗어나 개인의 영혼의 깊이를 민족의 역사적 영혼의 깊이와 매개함으로써 개인의 인류적

---

24) 알튀세르는 모든 주체를 이데올로기적 주체로 파악한다. 즉 인간은 상상적 주체 속에 자리 잡은 구성적 권력 하에서만 의식적일 수 있으며 이데올로기가 개인을 주체로 호명하기 때문이다. Bill Ashcroft 외, 이석호 옮김, 『포스트 콜로니얼 문학이론』, 민음사, 1996, 274쪽.

실체를 민족의 사상 형식에서 확장하여 구성하고자 한다. 시대의 변동 속에서도 민족의 삶을 안정되게 유지할 수 있는 변함없는 원리로 민족을 그 본질로 구성하고, 이런 전범적인 원리들에 따라 일상생활을 재조직하고자 한다. 완결되고 변함없는 과거를 전범 삼아 현재를 조절하고 주체와 경험이 영원히 지속되는 문화적 형식을 창조하려고 한다. 이런 점에서 해방기 김동리의 글쓰기는 문화적 본질주의를 통해 역사를 극복할 수 있다는 믿음의 산물이라 할 수 있다. 민족의 초역사적 사상과 가치들의 힘을 확신하기 때문에, 그의 민족적 시원의 추구는 비시대적인 (untimely) 기이함(uncanny)의 형태를 띨 수 있는지도 모른다.[25] 또한 민족적 사상성이자 원상을 표상함으로써 이를 통해 탈서구적이고, 탈식민적인 과정을 수행하고 동시에 민족국가 건설에 필요한 공통감[26]을 형성할 수 있었던 것이다. 과거의 지식이나 민족의 공통감을 '문화적인 지식'에 근거하여 재구성하고, 새로운 민족주의적 틀에 적응하도록 '기억'을 만들고 생산하는 역할을 수행한 셈이다.

그러기에 김동리는 '문학적 주체 의식'이 민족에 있느냐 혹은 계급에 있느냐는 구분법을 통해 민족문학의 진정성을 판단하고자 한다. 이러한 구획 속에서 진정한 민족문학을 수립하기 위해 그의 글쓰기는 두 개의

---

25) 「윤회설」에서 "만주서 아버지는 왜놈이라고만 하면 여자나 아이들까지고 보는 족족 다 잡아 죽이고 그뿐만 아니라 죽여서는 반드시 목을 찔러서 피를 받아 마셨다"(『김동리 전집』 제7권, 민음사, 1996, 36쪽)는 표현이 그 단적인 예이다.
26) 베네딕트 앤더슨에 따르면 "민족은 가장 작은 민족의 성원들도 대부분의 자기 동료들을 알지 못하고 만나지 못하며 심지어 그들에 관한 이야기를 듣지도 못하지만, 구성원 각자의 마음에 서로 친교(communion)의 이미지가 살아있기 때문에 상상된 것"이라고 한다. Benedict Anderson, 앞의 책, 186쪽.

방향을 향하고 있다. 하나는 민족혁명을 통해 민족국가를 수립하는 방향 모색이다. 주로 소련 국가 체제와 사회를 대타항으로 삼아 새롭게 건설해야 하는 민족국가 체제의 가치를 모색한다. 다른 하나는 민족의 사상성의 내용과 방향을 모색하며 민족적인 것의 시원과 기원을 찾아나가는 것이다. 공통된 민족의 세계관을 탐사하고 민족이 지향해야 하는 보편적인 세계관과 휴머니즘을 제3휴머니즘으로 정립하여 제시한다.

3. 민족주의의 전유와 좌익의 배제

김동리의 민족국가 수립의 의지는 소련과 좌익에 대한 대타의식에서 구성된다. '민족이냐 계급이냐'라는 언표는 좌파와 차별성을 부각하면서 민족진영의 중심점을 세우는 데 가장 효과적인 것이었다. 민족주의는 철학적으로 설명하기 어려운 난제지만 정치적으로는 강력한 효과를 지닌 이데올로기이기 때문이다. 또한 대립항인 소련과 좌익은 세계사적으로 이미 극복해야 하는 제2휴머니즘에 속하고 김동리 자신의 입장은 이를 극복하고 나온 제3휴머니즘이라고 설정함으로써 좌익의 주장이나 담론은 대등한 이데올로기가 아니라 이미 지양된 혹은 현실에서 지양해야 하는 부정과 대립의 대상일 뿐이다. 그러므로 좌익에게 유리할 것 같은 사실이나 입장은 배제하거나 그 문맥을 바꾸는 등의 고도의 정치성을 발휘하기도 한다. 김동리의 이러한 행보는 민족국가 수립을 둘러싸고 양보할 수 없는 대립적인 상황에서 배제와 수렴의 운동인 것이다.

평론 「좌우간의 좌우」에서는 좌우익의 상관관계를 고찰하면서 민족국가의 방향성을 제시한다. 조선의 소연방화와 미식민지화를 동시에 배격하면서 민족국가를 수립해야 하는 당위론을 제기하면서도 현재 지구상의 모든 국가의 좌익의 배후엔 소련의 원조가 있고 모든 민족의 우익의 배후엔 또한 미국의 동정(同情)이 있다는 현실론을 편다. 따라서 미소 중 어디를 더욱 신뢰하는가의 여부가 좌우익을 구분하는 중요한 기준이며 민족국가의 수립에서 중요한 필수조건이 된다. 또한 "소위 다수 표방에 있어 계급의식을 대립시켜서 이것을 표준으로 다수를 추출하려는 것이 좌익이라면, 민족의식을 기간으로 한 초계급적 절대다수를 추출하려는 것은 우익이"27)라며 다수의 추출방법을 좌우익의 구분법으로 제시하여 민족국가의 성격을 구분한다. 그런데 김동리는 이 두 세계 사이의 중간적인 지대나 절충적인 지점은 존재할 수 없다고 단언한다. 미소를 선택해야 하는 절대적인 상황에 처해 있는 조선에서 좌우합작은 현실적으로 불가능하기 때문이다. 미국과 소련의 두 개의 극점은 충돌할 수밖에 없다는 냉전체제를 예견한 현실적인 판단이기도 하다. 따라서 초계급적 민족국가 건설을 주장하는 김동리는 "탁치 오개 년을 겪어서 독립하자는 것보다 단번에 독립을 전취하자는 것은 여간 급진적이 아니다."28)라고 주장함으로써 신탁통치를 반대하고 민족국가를 수립해야 한다는 입장에 선다.

이러한 김동리의 입장이 투영된 소설이 「혈거부족」이다. 이 소설은 해방 후 만주에서 귀환한 전재민인 순녀 모녀와 평안도에서 이남한 월남민 황생원 모자를 중심으로, 방공굴을 무대로 한 피난민의 삶을 그린

---

27) 김동리, 「좌우간의 좌우」, 『백민』 제2권 4호, 1946. 10, 21쪽.
28) 위의 글, 22쪽.

작품이다. 순녀는 봉천에서 해방을 맞이한 후, 남편과 함께 안동, 신의주, 평양을 거쳐 서울에 도착한다. 고향인 경상도 영천으로 가려고 하지만 여비가 떨어져 서울에 머무르게 되고 남편이 죽자 양담배 장사를 하며 생계를 꾸려 나간다. 그때 고구마 장사를 하고 있던 황생원의 어머니 소개로 방공굴을 얻게 되어 딸 옥희와 살게 된다. 이처럼 정치적 상황을 주체적으로 판단할 수 있는 위치에 있지 않은 기저층 사람들의 비참한 삶을 극대화한다.

이들의 방공굴 생활은 처참하기 그지없다. 장마에 굴이 무너져 사람이 죽는 일이 발생하여도 사람들은 모두 무기력하게 지켜보기만 한다. 단지 이들은 산 아래 도심에서 떠도는 정치적 상황을 파편적으로 조합하여 여기에 자신의 소망을 투사할 뿐이다.

「아 신탁통치레 독립인가?」
하였다.
「독립은 아닌 모양인게지」
하는 것이 여섯째 구멍의 노인,
「아 그러갓게 우리레 이런 고생하디 독립되슴야 이러고 있갓오?」
하는것은 또 황생원 모친이다.
「독립되도 별수 없을게라는 사람도 있두만서도……」
여덜재 구멍의 여인이 또 혼잣말 같이 이렇게 말하니, 황생원 모친과 여섯재 구멍의 노인이 한꺼번에,
「누구래, 그런 쌍……」
「천만엣……」
하고, 분연히 반박을 했다.
「독립만 되면야 이럴리가 있나요?」

　한 것은 셋재 구멍의 사나이의 말, 그러자,
　「독립이나 얼른 돼 봤으면 죽어도 원이 없겠다.」
　순녀도 한마디 하였다.
　황생원은, <으으응>하고 신음하는 소리와 같이 한숨을 내쉬었다.
　그러자 <신탁통치>가 되면 태극기도 못쓰게 되리라는 소문에, 이왕
이면 그것으로 숙자의 앞치마라도 만들어 줄가부다고 망설이다 둔, 그
여섯재 구멍의 여인도, 이러고 보면 역시 그대로 뒤두기를 잘했다고 혼
자 속으로 가만히 한숨을 내쉬었다.29)

　인용에서 보듯이, 해방의 환멸과 비참한 생활이 '독립'으로 종식되리
라는 기대감을 극대화하고 있다. 이러한 극에 달한 처참한 생활과 환경
은 독립에의 열망으로 단순히 수렴되고, 신탁통치는 독립을 연기하는
반민족적인 것으로 쉽게 규정된다. 마치 고난의 현실이 민족독립과 분
리되어 나타나는 분리의 고통이듯이 분리의 결합을 통해 온전한 결속을
회복할 수 있다는 이미지를 창조한 것이다. 특히 고통을 겪고 있는 기
저의 하층민의 소망이기에 그것에 대한 소망은 더욱 강렬하게 표현된
다. 이러한 설정은 신탁통치 문제에 대한 이성적인 토론이나 접근은 무
의미하고 불필요한 것으로 만들어버린다. 태극기라는 상징을 통해 신탁
통치 찬반여부를 민족적/ 반민족이라는 틀로 대립화하는 한편, 좌익에
대한 비판 잣대는 이념이 아니라 윤리성으로 대체되어 버린다. 즉 황생
원의 처는 이북에서 소련병사에게 겁탈을 당해 자살한 것으로 그려지
고, '공산주의 자유주의 시대'를 지지하는 윤가는 순녀를 겁탈하려 하고
방공굴을 다른 이에게 팔아먹은 수완까지 발휘하는 파락호로 재현된다.

---

29) 김동리, 「혈거부족」, 『백민』 3권 2호, 1947. 3, 42쪽.

그러므로 하나의 인륜적 총체를 이루는 민족국가는 비윤리적인 부류를 배제하고 구성될 수밖에 없으며, 이는 '현실'의 요구이며 상황이라고 표현하고 있다.

이와 같은 민족국가 세우기 과정에서 김동리가 좌파에 대한 적대감을 노골적으로 드러내고 배제하는 것은 필연적이다. 『백민』에 글을 게재하기 이전인 1946년 6월에, 그의 해방 후 첫 소설인 「윤회설」(서울신문, 1946.6.6~26)에서 이미 주인공 종우의 언술을 통해 소련의 공식적 기계주의와 몰개성성을 비판하면서 반좌익적인 입장을 확고히 세운 바 있다. 좌익의 담론이나 주장은 성찰되지 않은 채 반윤리적인 것으로 재현되어 되어 폄하와 조롱의 대상이 된다.30) 김동리는 평론 「문학과 자유의 옹호」에서 북조선 원산에서 발생한 '시집 응향 사건'을 좌익에 대한 세 가지 비판적 근거로 다루고 있다. 즉 이 사건은 소련과 좌익에 대한 비판과 부정의 구체적 증거이며, 소련과 좌익의 문학적 원리가 기계적이고 정치적인 것임을 입증하는 증거이다. 그리고 북조선이 소련의 공식주의적 사회상을 그대로 추종하고 있다는 결정적 증거로 간주한다. 그래서 김동리는 "개성의 자유를 봉쇄하는 획일주의적 기계시(機械視) 속에만 자유가 있고 인간성이 있다는 소연방주의자와 및 그 주구들과 우

---

30) 「윤회설」에서도 좌익 경도자인 성란에 대한 도덕성을 문제 삼는다. 성란은 좌익단체에 가입하지 않은 오빠 종우를 인신공격하고, 그와 혜란의 사랑에 이간질을 한다. 특히 독립 투쟁을 하다 옥사한 아버지의 제삿날에도 참석하지 않는 성란을 통해 김동리는 좌익을 비윤리적이라고 낙인을 찍고 민족의 범주에서 배제한다. 그러므로 이원조는 이 소설을 "순수문학의 냄새만 풍겼지 실은 엄청난 정치소설"이라고 비판한다. 이원조, 「허구와 진실―서울신문 단편리레를 읽고」, 『서울신문』, 1946. 9. 1.

리와의 사이에는 이미 언어가 통치 않게 되었"[31]고 이들과의 적대적 거리를 절대화한다. 그는 아무리 사회제도가 완성된다 하더라도 인간 자신이 영원히 불완전한 이상, 우리의 현실은 영원히 우리에게 불만일 것이기 때문에 작가란 영원히 현실에 대하여 부정적이어야 한다는 원론적 입장에서[32] 북조선의 인민의 문학, 당의 문학을 목적 문학으로 간주하고 이를 거부한다. 왜냐하면 "목적이 좋다는 것은 어디가지나 일방적인 주장이다."[33]라며 그 목적이란 것 자체도 유한한 인간이 추구한다는 점에서 절대적 성격을 지닐 수 없음에도 불구하고 이를 절대화하는 것은 문제가 있다고 보기 때문이다.

이러한 소련 체제와 좌익 사상에 대립하고 투쟁하는 것이 인륜성을 지키는 실천의 의미를 갖게 된다는 사실을 「상철이」, 「형제」에서 구체화하고 있다. 「상철이」의 주인공 상철은 동무들의 권고에 따라 대한독촉청년회라는 청년 단체에 들었다. 힘이 세고 일찍이 복싱 경험이 있는 그는 특별히 <별동대>에 들어가 한 달에 몇 번이고 청년회에서 나오라고만 하면 언제나 일을 쉬고 뛰어나가는 열성을 보인다.[34] 상철이가 어떤 정치적, 철학적 이유에서 이러한 선택과 행동을 하는지는 전혀 제시되어 있지 않지 않으면서도, "독립은 어찌돼?"라는 아버지의 물음에 "빨갱이 땜에 안 돼요."라는 대답이 반복되면서 작품은 끝난다. 사상 문제에 관한 담론이나 담화를 전혀 제시하지 않은 채 적대적인 반공의식을

---

31) 김동리, 「문학과 자유의 옹호, 시집 「응향」에 관한 결정서를 박함」, 『백민』 3권 4호, 1947. 7, 51쪽.
32) 위의 글, 53쪽.
33) 위의 글, 55쪽.
34) 김동리, 「상철이」, 『백민』 3권 6호, 1947. 11, 81쪽.

그대로 노출하고 있을 뿐이다. 그 대신에 상철이라는 인물에게 의리와 효와 같은 인륜성을 부여한다.

> 상철이가 그 어머니를 따라 지금의 의붓아버지의 집에 와 살게 되었든 것은 그의 나히 여섯 살 났을 때였다. 의붓아버지의 전처 자식으로는 그 해 열한 살 먹은 아들아이가 하나 있었는데, 그의 어머니는 이 아이를 전처 자식이라 하여 미워하는 눈치였으나, 그(전처 자식)와 그 아버지는 상철을 조금도 미워한 적이 없었다. 그때부터 상철은 마음 한구석에서 어머니보다 아버지편이 되기 시작하였든 것이다. 세상에 무엇이든 아주 옳은 일이 한 가지 있는 게라고 그는 믿기 시작했던 것이었다. 그가 구간(球竿)을 다루고 복싱을 배우고 하기 시작한 것도 <아주 옳은 것>이 있으리라고 믿었기 때문이었다.[35]

이처럼 상철은 정의에 관한 윤리적 감각과 성실한 생활 태도를 갖고 있는 청년이다. 그래서 그의 이복형과 어머니가 일찍이 세상을 떠나고 아버지마저 해수병으로 일을 못하게 되자, 살림살이와 아버지의 병간호까지 혼자서 기꺼이 도맡는다. 이러한 상철이의 인간적 윤리성이 '아주 옳은 일'인 것임을 강조함으로써, 상철이가 속해 있는 청년회의 활동 역시 '아주 옳은 일'임을 간접적으로 제시한다. 즉 청년회 활동의 정당성은 인륜성을 수행하는 상절의 행농 이미지에 의해 뒷받침된다. 또한 청년회는 서로의 관계가 기계적이고 추상적인 것이 아니라 목숨까지 담보한 절대적인 책임 주체라는 인식이 밑바탕에 내재되어 있다.[36]

---

35) 위의 글, 81쪽.
36) 김동리는 『동아일보』에 연재한 『해방』(1949.9.1~1950.2.16)에서 청년회 활동을 하는 상철이라는 인물을 다시 등장시킨다. 이 소설은 대한청년회 회장이 좌익

인륜성의 문제는 「형제」에서 더욱 확대된다. 이 소설은 1948년 10월 여수 사건을 모티프로 하고 있는데, 주인공 인봉이는 우익 단체인 대동 청년단에서, 그 아우 신봉이는 좌익 단체인 농민조합에서 활동한다. 좌익의 파르티잔 활동으로 "과연 세상이 뒤집어져 돌연 인민공화국 천하가 되어 버린 이날"에 인봉이의 두 아들 윤수, 정수가 그 삼촌인 신봉이에 의하여 참살을 당한다. 신봉은 5 · 10선거 방해로 경찰서에 구금되었던 것이 인봉이 때문이라고 오해했기 때문이다. 신봉이는 형인 인봉이마저 찾아 죽이려 찾아다닌다. 그러다 국군이 들어오자 성난 군중들은 이번엔 '빨갱이 씨도 남기지 말고 죽여단당게'라며 "신봉이와 마찬가지로 농민조합 출신의 남로당원으로 이번에 반란군의 앞잡이가 되어 경관과 학생과 량민들을 학살하는데 특히 활약한 사람 중의 하나"37)인 이종석의 열세 살 난 딸마저 죽인다. 군중들이 신봉이의 아들이자 인봉의 조카인 성수를 죽으려 하자, 신봉과 달리 인봉은 성수를 데리고 도망한다. "지금 성수를 업고 다라나는 자기는 분명히 신봉이요, 자기 뒤를 쫓아 따라오는 박생원과 대청 동지들이 흡사 자기 자신인 것 같았다."38)는 인봉의 생각으로 소설은 끝난다. 이러한 소설의 결말은 사상적 대립의 와중에서 좌익은 인륜마저 짓밟으며 자신의 조카를 죽이지만, 이에

쪽의 테러로 피살되면서 시작되는데 그의 이복동생인 상철이 감찰부장으로 활동하며 이것의 범인을 찾아내는 데 성공하지만 이 과정에서 청년회의 회원이 또 한 명 희생되고 심문과정에서 범인 역시 죽는 사건이 발생한다. 이처럼 청년회의 활동은 목숨까지 담보한 것으로 사상성보다는 인륜성의 공동체로 그려진다.

37) 김동리, 「형제」, 『백민』 5권 3호, 1949. 3, 79쪽. 이 작품은 『실존무』에 수록 될 때 「광풍 속에서」로 개제되고 작품 내용도 대폭 수정된다.

38) 위의 글, 81쪽.

비해 민족 진영은 사상의 차이보다는 혈육의 생명이 우선된다는 윤리성을 보여주어 민족적 정서의 공감을 얻어내고 있다.

이처럼 김동리는 좌익을 민족공동체를 배신하는 반인륜적 집단으로 부정적으로 표상하면서 민족국가와 민족혁명을 지향한다. 민족은 순수하며 자연스런 것으로 유구한 세월 속에 함께 해온 관계의 총화로서 유기체적 인격을 이루고 있다고 믿고 있기 때문에 민족을 부정하는 것은 비인륜적 행위라는 유교적 의식을 보여 준다. 민족적 과거를 이상화하고 민족을 하나의 인격으로 보려는 유기체적 민족관은 민족이라는 집단적 자아를 소망하게 하고 민족 혁명에 대한 낭만적 열정을 불러일으킨다. 김동리가 좌익의 인물을 성적으로 무분별한 인물들로 그리거나 지적 탐구 능력에서 권위적 인물보다 저열한 것으로 부정적인 형상화로 그릴 수 있었던 것은 민족의 유기체적 인격으로부터 일탈한 좌익은 몰인격적이라고 판단했기 때문이다. 또한 이들이 주장하는 사회 계급 간의 모순이나 정치경제적 문제는 낭만주의적 민족 혁명의 과정에서 파생되는 우월한 감성과 상상력으로 간단하게 극복가능한 문제로 파악했기 때문이다.

4. 제3휴머니즘과 민족적 원상(原象)의 창조

김동리는 민족국가의 방향과 성격을 좌익에 대한 부정과 비판으로 대타항적인 방식으로 제시하면서, 다른 한편으로는 민족국가의 세계관과 이를 뒷받침한 민족문학의 내적인 사상성과 내용을 모색하여 영원한 생명력을 갖는 문학, 구경(究竟)의 문학을 제창한다.

평론 「민족문학과 경향문학」에서는 순수문학—본격문학—민족문학의 연쇄고리를 논한다.[39] 조선의 본격문학인 '제3휴머니즘 문학'만이 민족문학이 될 수 있다고 판단하고 계급문학을 민족문학 범주에서 배제해버린다. 이렇듯 김동리는 제3휴머니즘을 조선에서 건설해야 할 사상성으로 제시한다. 그는 과학주의, 물질주의, 기계주의를 근대주의(자본주의 사회)라고 규정하고 이를 초극해야 할 대상으로 파악한 후[40] 이 극복의 과제가 제3휴머니즘[41]에 있다고 본다. 한편 마르크시즘은 사회관에서는 근대주의(자본주의 사회)에 강경히 항거하였음에 불구하고 유물론적 사상

---

39) 김동리, 「민족문학과 경향문학—문학의 각태」, 『백민』 3권 5호, 1947. 9, 20쪽.

40) 이러한 김동리의 문제의식은 해방 전부터 비롯된다. 조연현은 이광수의 무정에서 출발된 근대정신이 최명익과 이상에 이르면 해체과정을 겪고, 이렇게 붕괴된 근대정신이 직면하게 된 것은 허무이며, 이 완전히 붕괴된 근대정신을 정리하고 청산하려는 최초의 획기적인 작품이 바로 김동리의 <황토기>라고 말한다. (조연현, 「근대조선소설사상계본론서설」, 『문학과 사상』, 세계문학사, 1949, 53~60쪽) 김동리는 자신의 창작의도를 다음과 같이 드러낸다. "모화가 파우스트와 대체될 새로운 세기의 인간상이란 것을 아무도 모를 것이다. 내가 그렇게 말한다면 남들은 비웃을 것이다. 그러나 백 년만 두고 봐라! 모든 것이 증명될 것이다! 역사가 증명해 줄 것이다." 김동리, 「창작의 과정과 방법—<무녀도> 편」, 『신문예』, 1958. 11, 10쪽.

41) 『대조』에 실린 「본격문학과 제3세계관의 전망」에서도 '제3휴머니즘'이 서구적 근대주의와 소련식 공식주의를 벗어나는 것이라는 입장을 드러낸다. "근대주의의 말로에서 도달된 과학 만능주의와 물질 지상주의와 기계 문명주의 등은 고대에 있어서의 신화적, 미신적 제신의 우상처럼, 중세에 있어서의 계율화한 전제신의 압제처럼, 또다시 한개 새로운 근대적 우상이 되어 인간에게서 꿈과 신비와 낭만과 그리고 구경적인 욕구를 박탈하게 되었다. 여기서 인간은 이 과학주의, 물질주의, 기계주의를 비판하고 이를 초극하고자 하는 새로운 의욕에 도달하게 된 것이며 이것이 곧 제3휴머니즘이란 표어로서 대표되는 제3세계관에의 지향이라 일컫는다." 김동리, 「본격문학과 제3세계관의 전망」, 『대조』, 1947. 8, 92쪽.

체계의 세계관과 방법이 과학주의, 물질주의, 기계주의와 동일한 것이므로 근대주의의 연장에 불과한 것이라고 주장한다. 이와 같이 근대주의 사회의 모순과 결함을 근본적으로 시정하는 한편, 마르크시즘 체계의 획일적 공식적 메카니즘을 지양하여 새로운 고차원의 제3세계관을 확립하는 제3휴머니즘을 지향해야 한다고 판단한다. 김동리에게 제3휴머니즘론은 문학이 본격적으로 민족의 사상성을 탐구해 들어가게 하는 방식이며, 민족문학과 본격문학을 매개하는 방식인 것이다.

「문학하는 것에 대한 사고(私考)−문학의 내용(사상성)적 기초를 위하여」는 제3휴머니즘의 내용적 사상성을 본격적으로 탐색하여 정연한 의미체계를 완성한 글이다. 이 글에서 문학이 추구해야 할 제3휴머니즘을 '구경적 생의 형식'[42]이라고 설명한다.

> 인류는 그가 가진 무한무궁에의 의욕적 결실인 신명을 찾게 되는 것이다. 신명을 찾는다는 말이 거북하면 자아 속에서 천지(天地)의 분신을 발견하려 한다고 해도 좋을 것이다.
> 이 말을 부연하면, 우리는 한 사람씩 한 사람씩 천지 사이에 태어나 한 사람씩 한 사람씩 천지 사이에 살아지고 있다는 사실을 통하여, 적어도 우리와 천지 사이엔 떠날래야 떠날 수 없는 유기적 관련이 있다는 것과 이 <유기적 관련>에 관한 한 우리들에게는 공통된 운명이 부여되어 있다는 것을 발견하게 되는 것이다. 우리는 우리들에게 부여된 우리의 공통된 운명을 발견하고 이것의 타개에 지향하지 않으면 안 된다. 우리가 이 사업을 수행하지 않는 한 우리는 영원히 천지의 파편에 그칠

---

42) 김동리, 「문학하는 것에 대한 사고(私考)−문학의 내용(사상성)적 기초를 위하여」, 『백민』 4권 2호, 1948. 3, 45쪽.

따름이요, 우리가 천지의 분신임을 체험할 수는 없는 것이며, 이 체험을
갖지 않는 한 우리의 생은 천지에 동화될 수 없기 때문이다.[43]

김동리의 언급은 교토학파의 니시타니(西谷啓治)의 "신비주의 특색은
대체로 절대적이고 초월적인 것으로서 받아들여지는 신, 그리고 동시에
그것과 자기 사이의 생명적 합일을 추구하므로, 물론 거기에는 '나'의
부정이 있"[44]다는 철학적 입장과 상통한다. 김동리의 글쓰기에서 구경
이란 전통적, 신화적인 우주에로의 영원한 회귀를 지향하는 거대 리듬
에의 융화를 말한다. 또한 죽음이란 인간이 자연으로 돌아가는 존재적
길일뿐만 아니라 존재와 의미 있는 관계를 맺을 수 있는 유일한 존재론
적 통로가 된다. 그러므로 자신의 유한성을 태초의 영원 속에 던짐으로
써 소멸을 통한 절정을 갈구한다. 따라서 죽음은 유한 존재의 불가항력
적인 패배가 아니라 자연과 신에의 영원회귀를 위한 일종의 제의가 된
다. 이미 일제 말기 「황토기」를 통해 이러한 세계를 탐구했던 김동리는
해방기에서는 이런 전통적 미학과 생명관을 민족의 문화적 본질로 규정
하고 재현함으로써 이를 민족국가의 에네르기로 수렴시킨다.

「개를 위하여」는 스물일곱여덟 가량의 청년 영욱과 개의 두 주체 간
의 온전한 합일을 형상화한다.

그들 사이에는 모든 것이 진실로 잘 통해 있었다. 영욱이가 허리를
굽혀 패랭이나 들국화 같은 것을 꺾을 양이면 개의 그 움쑥하고 식컴언

---

43) 위의 글, 44쪽.
44) 나카무라 미츠오·니시타니 게이지 외, 「좌담회 <근대의 초극>」, 이경훈 외 옮
    김, 『태평양 전쟁의 사상』, 이매진, 2006, 68쪽.

두 눈은 환희와 안심을 담고 그것을 바라보는 것이며, 영욱이가 문득
가슴의 거북함을 느낄 때에는 개도 한숨 쉬듯 그 뻐끔뻐끔 뚫린 두 콧
구멍을 벌름거리며 가만히 외면하고 앉아 있곤 하였다.[45]

그런데 영욱의 운명은 영욱을 양아들 삼은 서녁 무당뿐만 아니라 개
역시 예감한다. 이러한 신비주의적인 샤머니즘의 세계와 죽음을 통해
영원한 합일의 세계가 그려진다.

그러나 그는 웬일인지 영욱이가 누워 있는 방에는 들어가지 않았다.
툇마루에 앉아 한참 동안 뜰 앞을 멀거니 바라보고 있더니, 수건에 싸
온 석류와 감을 툇마루 위에 끌러놓고는 그대로 섬돌 위로 내려가 거기
누워 있는 누렁이의 머리를 쓸어주며 혀를 몹시 껄껄 찰 뿐이었다. 개
는 꼼작도 하지 않고 가만있었다. 그러다 서녁 무당이 훌쩍 일어나 삽
작 밖으로 나가 버리자 개는 고개를 들어 그의 뒷모양을 한참 바라보고
있다가 낮은 음성으로 <으응>하고 신음하는 소리를 내었다.[46]

영욱이가 죽던 날부터 누렁이는 마루 밑으로 깊이 들어가 나오지 않
다가 이후 죽은 채 발견된다. 이 소설은 개체성을 떠나 우주적 조화와
죽음을 통한 영원한 합일의 사상을 민족적인 샤머니즘의 시선으로 재구
성하고 이를 민족적 원상으로 구현한다.[47] 그러나 이 작품은 우주관과

---

45) 김동리, 「개를 위하여」, 『백민』 4권 5호, 1948. 10, 22쪽.
46) 위의 글, 23쪽.
47) 「달」(『문화』, 1947. 4) 역시 샤머니즘의 세계를 보여준다. 모랭이(毛良) 무당은
    달을 품는 꿈을 꾸고 굿을 마치고 돌아오던 화랑과 관계하여 아들 달을 낳는다.
    이후 달이 서당 스승의 딸 정국과 사랑에 빠지고 정국은 달을 처음 볼 때부터
    달과의 사랑으로 자기가 죽을 것임을 예감한다. 이 둘의 사랑은 소문이 나고 정

역사가 구별되지 않고 세계의 기원과 인간의 기원이 본질적으로 동일하다고 보는 시간의 개념 위에 있음으로써, 존재의 일상적인 숙명성(죽음, 상실, 예속)을 우주론적 섭리에 두고 이를 실체화하고 본질화한다. 이는 서구적 근대의 극복이 아니라 근대 이전으로 되돌아가는 것과 같다. 과학주의를 극복하자는 김동리의 의도가 근대 이전의 전통적인 종교의 세계로 회귀해버린 것이다. 한편 이 신비주의와 죽음을 통한 합일이 주체 안에 있는 타자성이나 주체 밖의 타자의 타자성을 상기시키는 계기가 된다면 모르겠지만 민족적 자아와 유기적 전체성을 강조하고 여기에 '무아(無我)의 주체성'이라는 로맨티시즘이 결부되어 민족을 이데아처럼 동경하고 추구하는 열망에 싸인다면 상황에 따라 전체주의적 민족(국민) 이데올로기가 될 수 있는 위험성이 있다.

민족의 사상성에 대한 탐구는 「문학적 사상의 주체와 그 환경―본격문학의 내용적 기반을 위하여」로 이어진다. "문학은 문학적 사상의 문학적 표현이다."[48]라는 명제를 토대로 하여 모든 문학이 사상을 갖는다는 것, 그러나 문학의 진정한 사상성은 공리주의적, 정치주의 문학이 아니라 "시간적 항구성과 공간적 보편성"[49]을 갖고 있을 때 달성된다고 주장한다. 시대와 사회를 초월하여 인간이 영원히 가질 수 있는 인간의 가장 보편적이요 근본적인 문제에 대한 고도의 해석이나 비평―이것이

국은 자살한다. 달은 하늘의 달과의 일체화를 경험하고 자살한다. 이처럼 김동리는 '죽음의 미학'을 통해 세계와의 절대적인 일체화를 꾀하는 낭만주의를 지향한다.

48) 김동리, 「문학적 사상의 주체와 그 환경―본격문학의 내용적 기초를 위하여」, 『백민』 4권 4호, 1948. 7, 4쪽.

49) 위의 글, 8쪽.

문학에 있어서의 참된 사상성 다시 말하면 '문학적 사상의 주체'가 된다는 것이다.[50] 그러므로 구경적 생의 형식 추구가 본격문학의 과제라고 주장한다. 이 둘은 "시대와 사회를 초월하여 인간이 영원히 가지지 않을 수 없는 인간의 보편적이요 근본적(究竟的)인 문제—다시 말하면 자연과 인생의 일반적 운명—에 대한 독자적 해석이나 비평에서만 가능한 것"[51]이라는 공통점에 서 있기 때문이다. 생의 구경적 형식을 통해 문학의 사상성을 전취하는 본격문학과 제3휴머니즘 추구를 조선의 과제로 제시한 민족문학의 결합을 통해 김동리는 민족 문화적 원상과 민족적 사상성을 추구하여 민족국가에 필요한 공통적 감각과 상상력을 재현한다.

소설 「미수」는 민족의 사상성으로 '운명'에 대한 한 사례를 제시하고 이것의 의미를 해석한다. 딸의 제사상 차림을 둘러싸고 죽은 딸의 어머니와 사위의 현재 처인 윤성네의 갈등으로 소설은 시작한다. 노파는 자신이 죽은 후에 제사를 지내줄 사람이 없다는 사실에 한스러워한다. "사람이 살어서야 여간 고생을 하더라도 죽은 뒤의 복을 타야지, 한 해 한 번씩 떳떳이 제사 지내줄 사람도 없다면 그 무궁한 세월을 또 어떻게 굶주리며 도라 다니단 말인가."[52]라며 딸의 제삿날에 함께 오기 위해 지살을 시도한다. 노파는 남은 여생이 괴로움과 사후 세계이 외로움을 피하고자 자신의 운명일을 딸의 제삿날로 맞추고자 했지만 달성하지 못한다. 사후의 운명을 위해 현세의 운명을 인위적으로 조절하고자 한

---

50) 위의 글, 9쪽.
51) 위의 글, 10쪽.
52) 김동리, 「미수」, 『백민』 3권 1호, 1946. 12, 81쪽.

셈이다. 그러나 현세의 운명은 자살 미수로 인해 "금년 신수에 구설수가 들었던가보다고, 그러나 모든 것이 결국은 자기의 팔자소관이라고 생각하는"[53] 윤성네의 푸념 속에서 더욱 비참해질 자신의 말년의 생애를 예감하는 것으로 마무리된다.

이처럼 이 소설은 노파를 통해 운명에 관한 주체적인 행위가 무기력하게 좌절됨을 드러낸다. 즉 이 소설은 자연의 숨겨진 힘을 바꾸고 재편성하려는 근대적인 과학적 입장이 아니라 운명이라는 절대성에 패배하는 인간의 무력감을 드러내어 종교의 절대성에 복종하고 귀의하는 신비주의적 입장에 서 있다.

이 운명의 절대성은 소설 「역마」에서 정밀하게 완성된다. 운명에 대한 민족적인 믿음과 향토에 대한 정서가 정밀하게 맞물려 민족의 원상을 완성하고 있다.

> 장이 서지 않는 날일지라도 인근 고을 사람들에게 그곳이 그렇게 언제나 그리운 것은, 장터 위에서 화갯골로 뻗쳐 앉은 주막마다 유달리 맑고 시원한 막걸리와 펄펄 살아 뛰는 물고기의 회를 먹을 수 있기 때문인지도 몰랐다. 주막 앞에 늘어선 능수버들 가지 사이사이로 사철 흘러나오는 그 한 많고 멋 들은 진향조 단가 육자바기들이 있기 때문인지도 몰랐다.[54]

장터, 주막, 막걸리, 육자배기의 감각적인 연쇄로 향토의 풍경과 서정의 이미지를 민족적인 기층문화의 실체적이면서 가상적인 현전으로 바

---

53) 위의 글, 89쪽.
54) 김동리, 「역마」, 『백민』 4권 1호, 1948. 1, 60쪽.

꾸어 민족적인 공통 감각을 창출하는 데 성공한다. 「역마」에서는 운명의 우연성에 의해 인물들이 생겨나고 인물들은 운명적인 삶을 그대로 수용한다. 풍토와 운명의 결합은 민족과 개인의 운명적 결합을 암시한다. 여기에는 서구 시민 사회에서 등장하는 욕망 주체의 능동성은 존재할 여지조차 없다.

> 설흔 여섯 해 전에 곡 하룻밤 놀다 갔다는 젊은 남사당의 진양조 가락에 반하야 옥화를 배게 된 할머니나, 구름같이 더 돌아다니는 중과 인연을 맺어서 성기를 가지게 된 옥화나 다 같이 화개장터 주막에 태어났던 그녀들로서는 별로 누구를 원망할 턱도 없는 어미 딸이었다.[55]

주인공 성기가 당사주에 시천역(時天驛)이 들었다 하여 이 운명을 바꾸어보려고 할머니는 열 살 때부터 절에 보내어 중질을 시켰고, 어미 옥화는 곁에 두고 장터 책장사를 시켰다. 그러나 이복 이모임을 모르고 사랑하게 된 성기는 이 사실을 알고 자신의 역마살이라는 운명을 수용하여 엿판을 메고 방랑을 떠난다.

이처럼 『역마』는 신을 잃어버리고 신을 찾는 근대인으로 끝없이 미지의 것을 강제 받고 끝없이 새로운 것을 추구하는 서구의 근대적 개인이 아니라, 우수적 질서와 운명에 순응하여 일체화하여 확장하는 우수적 존재론을 민족의 문화적 본질로 제시한다. 체념을 통해 운명에 몸을 맡기는 무아(無我)를 통해 새로운 자아상을 찾음으로써 세계와의 유기성을 회복하려는 전략을 보여준다. 즉 서구적인 것에 대한 대립항으로써

---

55) 위의 글, 62쪽.

민족적이고 동양적인 운명 혹은 천(天)의 사상을 펼친다. 그러나 김동리의 부정론은 부정의 대상이 개성의 자유로운 창의가 되어 반실체론, 반섭리론, 열린 사고로 발전하는 방향이 아니라 실체론, 섭리론, 닫힌 사고로 종교적 세계로 귀결된다. 바꿔 말하면 운명론이 실체화되어 종교적 입장으로 회귀하는 점이 문제인 것이다.

김동리는 일상을 특수한 것에서 예외적인 것으로, 현재에서 과거로 전환하여, 일상을 예술 창조의 원천이 되는 영원한 정서적 가치들로 변형시켜 시간성과 역사성을 탈각시켰다. 문화적 본질로 실체화된 민족 사상이나 전통은 실재적인 공간과 무관하게 시간을 내면화하고 탈물질화하고 탈역사화 할 수 있는 문화적 형식으로 재생산된다. 그러나 역사 그 자체를 초월한 신비하고 토착적인 미학적 유산을 영속화하려는 김동리의 문화적 본질주의는 현재적 일상을 과거와 현재를 초월한 영원한 핵심가치들을 찬양하고 문화적 가치에 특권을 부여하는 장소로 왜곡시킨다. 즉 김동리의 구경적 삶이 민족적인 것으로 전개될 때에 민족 전통론의 다양한 문화적 형태들은 단일하고 동질적인 역사적 연속체로 환원되고 만다. 민족문화 혹은 역사는 사회형태와 관습에 따라서 다르게 경험되는 역사적 시간에 대한 의식이자 특정한 문화형식이라는 점56)을 알지 못한 채 이를 단일한 차원의 본질주의로 수렴시켜 버린다.

김동리가 '제3휴머니즘'으로 생의 구경적 형식을 추구하는 것은 스스로를 불완전한 존재나 결여태가 아니라 자기 충족적이고 충만한 주체로써 자신을 표상하고자 하는 욕망에 다름 아니다. 이것은 또한 서구적

---

56) Harry Harootunian, *History's Disquiet*, 윤영실 · 서정은 옮김, 『역사의 요동』, 휴머니스트, 2006, 143쪽.

근대와 식민주의를 넘어서 민족국가의 수립을 향한 열망을 분출한 것이다. 즉 김동리의 글쓰기는 민족적인 시원과 사상성을 민족적 본질로 재현(representation)함으로써 민족적 에네르기를 수렴하여 민족국가 수립에 필요한 공통의 기억을 작동시키는 장치로 기능한다.57) 그러나 문제는 김동리의 민족적인 토착문화에 대한 호소야말로 바로 김동리가 지향했던 탈근대적인 것이 아니라 근대성의 기호이며, 근대주의에 대한 저항이라기보다 근대주의의 이데올로기적인 프로그램에 속한다는 사실이다. 즉 제3휴머니즘을 앞세워 서구의 근대주의를 초월하고자 했지만 오롯이 그 논리에 포섭되고 만 셈이다.

5. 결론

이상과 같이 해방기 민족주의 진영의 중심 잡지인 『백민』에 실린 김동리의 소설과 평론을 중심으로 김동리의 글쓰기 양상을 고찰해 보았다. 해방 후 김동리는 순수문학을 주장하면서 문학가동맹 측과 맞서며, 순수와 민족, 개인의 운명과 민족적인 것의 유기적 연결 속에 민족에 순수하고 절대적인 가치를 부여한다. 민족의 개념을 문화 민족으로 파

---

57) 김동리는 소설 「검군」(『연합신문』1949.5.15~6.27)을 통해 신라의 화랑정신을 민족적인 원형을 재현해낸다. 이러한 신라주의는 김동리가 정신적 스승으로 삼고 있는 김범부와 서로 통하고 있다. 김범부는 1954년 해군본부정훈감실에서 『화랑외사』를 펴냈는데, 화랑의 정신을 국가주의와 결합시키고, 국민도덕의 원칙 역시 화랑의 정신과 행동에서 구하고 있다. 사다함 화랑처럼 국가와 민족을 위한 열정에 바쳐지는 죽음에서 개인적 삶의 가치를 찾고, 그런 죽음의 정서를 자연스러움과 숭고함으로 치환하고 있다.

악하면서 국가 민족으로 파악하는 좌익의 입장을 소연방의 예를 들어서 민족 허무주의라고 비판한다. 이를 통해 해방기에 수행된 민족 이해에 대한 두 가지 접근 태도를 민족적인 것과 반민족적인 것이라는 대립틀로 단순화한다. 민족은 사심 없는 순수한 공동체라는 착시 효과 때문에 김동리는 계급적 이해를 목적으로 하는 계급문학과 달리 민족문학을 순수문학이라고 규정할 수 있게 된다. 이런 토대 위에서 해방기 당면과제인 민족문학과 민족국가 수립이라는 목표에 부응하여 민족의 사상적 형식을 탐구하고 민족 독립의 현실적인 전술을 실천함으로써 민족을 매개로 하여 문학의 제도화를 도모한다.

따라서 김동리는 '문학적 주체 의식'이 민족에 있느냐 혹은 계급에 있느냐는 구분법을 통해 민족문학의 진정성을 판단하고자 한다. 이러한 구획 속에서 진정한 민족문학을 수립하기 위해 그의 글쓰기는 두 개의 방향을 향하고 있다. 하나는 민족혁명을 통한 민족국가 수립을 위한 방향모색이고, 다른 하나는 민족의 사상성의 내용과 방향을 모색하며 민족적인 것의 시원과 문화적 본질을 찾아나가는 것이다.

김동리의 민족국가 수립의 의지는 소련과 좌익에 대한 대타의식에서 구성된다. 따라서 해방기의 김동리의 글쓰기에서 좌익의 부정적인 형상화를 통해 간접적으로 우익에 의한 민족국가 수립의 정당성을 부여하고 있다. 결국 좌익을 유기체적 인격인 민족을 배신하는 반윤리적 집단으로 부정적으로 표상하면서 민족혁명을 지향하고 있는 셈이다. 또한 김동리는 민족국가의 세계관과 이를 뒷받침한 민족문학의 내적인 사상성과 내용을 모색하여 영원한 생명력을 갖는 문학, 구경(究竟)의 문학을 제창한다. 김동리의 글쓰기는 일상을 특수한 것에서 예외적인 것으로, 현재에서 과거로 전환시켜버렸다. 그 결과 항구성과 보편성을 지향하는 구경적 생의 추구가 일상을 예술 창조의 원천이 되는 영원한 정서적 가치들로 변형시켜 시간성과 역사성을 탈각시켰다. 문화적 본질로 실체화된 민족 사상이나 전통은 실재적인 공간과 무관하게 시간을 내면화하고 탈물질화하고 탈역사화 할 수 있는 문화적 형식으로 창출되었다.

해방기 김동리의 글쓰기 방식은 문화적 본질주의를 토대로 한 민족혁명과 민족국가 건설을 지향하고, 민족적인 것의 순수한 기원을 찾아 민족의 공통의 기억과 감각을 제공하고 있다. 즉 김동리는 민족의 공통의 정서나 향토 감각, 혹은 운명론에 대해 천착하게 되는데, 이러한 민족적인 사상성과 공통감을 발견하고 이를 민족 고유의 것으로, 기원으로 치환하고 있다.

그러나 좌익을 반인륜적 집단으로 표상하는 태도는 좌익의 사상이나 행동은 합리적 생성이 불가능한 닫혀진 것으로 판단하고 배제하고 폐기해버리는 한계를 노출한다. 또한 민족적 시원과 사상성의 창조는 근대주의에 대한 저항 방식이지만 이것 역시 근대성의 기호로 근대주의의 이데올로기적인 프로그램에 속하는 것이기 때문에 그의 탈근대는 실패하고 만다. 해방기 김동리의 문화적 본질주의 글쓰기는 민족의 사상성을 신비하고 토착적인 미학적 유산으로 영속화하지만, 현재적 일상을 과거와 현재를 초월한 영원한 가치들을 찬양하고 문화적 가치에 특권을 부여하는 장소로 왜곡시키고 있다.

문명 전환기와 김동리의 '네오 르네상스'

1. 오독되는 김동리의 작가정신

김동리의 작가의식은 처음부터 끝까지 변치 않는 하나의 지향을 유지하고 있다. 1935년 소설 「화랑의 후예」로 『조선중앙일보』 신춘문예를 석권하며 문단에 등장할 때부터 그러했다. 김동리의 이러한 측면에 대해 김윤식은 다음과 같이 지적한 바 있다. "그에게는 당초 성장소설적 요소가 없는데, 사상적인 내적 변화랄까 발전이 전무한 까닭이다. 어째서 한 신진작가가 당초부터 불변하는 사상을 자기 것으로 확립할 수 있었을까. 이것만 해도 놀라운 일인데, 이 사상을 평생토록 한 치도 양보

---

* 홍기돈 / 가톨릭대학교 국어국문학과 교수.
** 어문론총(한국문학언어학회) 55호, 2011. 12 발표.

하거나 수정하지 않을 수조차 있었음이란 더욱 놀라운 일이 아닐 수 없다."[1] 김동리가 일찌감치 확보하고 있었던 '당초 불변하는 사상'이란 아마도 다음 두 문장으로 집약할 수 있을 것이다. "높고 참된 의미에 있어서의 '문학하는 것'이란 무엇인가.// 그것은 어떤 구경적(究竟的)인 생의 형식이 아니어서는 아니된다고, 나는 생각 한다."[2]

그런데 '구경적(究竟的)인 생의 형식'이란 너무나 추상적인 표현인 까닭에 오해를 불러일으키기 십상이다. 예컨대 해방기 김병규와의 논쟁에서 펼쳐 나갔던 다음과 같은 주장을 보자. "唯物史觀的 世界觀은 資本主義社會의 矛盾과 缺陷과 崩壞를 指摘한點에있어 一面的 妥當性을 가졌으나 다른 一面, 近代主義 의延長이란 意味에있언마땅히 止揚하여야할 科學主義 物質 主義機械主義(매카니즘)公式主義의 結晶體라고 볼수밖에 없다."[3] 김동리가 마르크시즘에 대해 통렬하게 비판을 가했던 것은 사실이지만, 그렇다고 해서 자본주의 체제를 옹호하는 방향으로 기울어졌던 것은 아니다. 정작 그가 주장하고 싶었던 바는, 자본주의와 사회주의를 근대의 양면으로 묶어 그 한계를 지적하고 난 뒤, 새로운 사회 체제로 나아가기 위하여 '르네상스 휴머니즘'을 모색해야 한다는 데 있었다. 인용문의 제목에 나타나는 '제삼세계관'은 바로 이를 가리킨다. "第三휴맨이즘은 이와같이 資本主義社會의 矛盾과缺陷을 根本的으로 是正하는 一方, 맑시즘 体系의 劃一的 公式的 메카니즘을 止揚하는데서 새로운 高

---

1) 김윤식, 『한국근대문학사상연구』2, 아세아문화사, 1994, 59~60쪽.
2) 김동리, 「문학하는 것에대한 사고―문학의 내용(사상성)적기초를 爲하여」, 『白民』, 1948. 3, 43쪽.
3) 김동리, 「순수문학과제삼세계관―김병규씨에답함」, 『대조』, 1947. 8, 23쪽.

次元의 第三世界觀을 確立하려는데에 그 志向이 있다.”[4] 그럼에도 불구하고 근대의 두 축, 그러니까 자본주의와 사회주의의 대결 구도 위에서 접근한다면, 김동리는 마르크시즘에 맞섰던 자본주의 체제 옹호자로 기억될 수밖에 없다.

식민지시대 김동리의 주장 역시 오독되기 일쑤이다. ‘구경적(究竟的)인 생의 형식’을 추구했던 김동리였기에 그의 관심은 인간의 근원적인 존재 방식에 관한 지점으로 열려 있었다. 가령 인간과 자연의 관계를 자기 나름의 방식으로 설정하려는 다음과 같은 시도를 보자. “‘仙’의 理念이란 무엇인가? 不老不死 無病無苦의 常主의 世界다. (仔細한말은後日로) 그것이 어떻게 成就되느냐? 限있는 人間이 限없는 自然에 融和되므로서다. 어떻게 融和되느냐? 人間的機構를 解體시키지않고 自然에 歸化함이다.”[5] 자연으로부터 떨어져 나와 자연을 정복하고자 나선 근대적인 인간관에 대한 경계가 드러난 대목이다. 그렇지만 이러한 인식은 파시즘에 침윤된 결과라는 비판에 직면하곤 한다. “모더니티의 부정적 속성을 비합리적 힘과 종교적 신비주의에 대한 믿음 또는 야성적 본능에 기댐으로써 치유하고자 하는 파시즘적 사고와 깊이 연관되어 있다.”[6] 이성

---

4) 위의 글, 23쪽.
5) 김동리, 「신세대의 정신―문단‘신생면’의 성격, 사명, 기타」,『문장』, 1940. 5, 91쪽.
6) 김철, 「김동리와 파시즘」,『국문학을 넘어서』, 국학자료원, 2000, 57쪽. 김철은 이 글에서 파시즘을 다음과 같이 규정하고 김동리와 연결시켜 분석해 나간다. “정치적 이데올로기로서의 파시즘이 드러내는 특징들은, 국수적 민족주의, 국가지상주의, 반(反)자유주의, 반개인주의, 인종주의, 배외주의, 동양주의 등으로 요약될 수 있다.”(33쪽) 필자 역시 이러한 규정 위에서 파시즘 논의를 전개하도록 하겠다. 다만 ‘동양주의’에 대해서는 수긍할 수 없는 바, 그 까닭은 본문에서 설명하는 것으로 한다.

중심주의(logocentrism)를 완고하게 틀어쥐고 있는 입장에서 보자면, 인간과 자연의 관계를 근대 바깥에서 새롭게 설정하려고 했던 김동리의 시도는 비합리적 신비주의로의 경사로 이해될 수밖에 없다.

　요약하건대 김동리의 작가의식은 완결적인 면모를 드러내고 있으나, 그 내용과 의미는 아직껏 온전하게 해명되지 못하고 있는 실정이다. 이유는 크게 두 가지로 정리할 수 있다. 첫째, 특정 이념이나 이론에 입각한 연구 태도가 먼저 강조되다 보니 김동리의 주장은 연구자의 편의에 맞게 규정되어 버리기 일쑤였다. 이는 김동리가 격렬한 논쟁을 통해 자신의 문학적 입장을 개진해 나간 탓에 나타나는 결과로 볼 수 있겠다. 즉 연구자로 하여금 필요 이상의 대결 의식을 불러일으키고 있다는 것이다. 둘째, 탈근대의 지평 위에서 김동리의 사상을 가늠하고자 하는 시도가 제대로 진행되지 않고 있다. 기실 탈근대로의 경로란 다양할 수밖에 없다. 상대성에 입각하여 진리를 파악해 나가야 한다는 다원성 담론이 탈근대 논의의 중요한 항목이기 때문이다. 그렇다면 탈근대를 모색하는 다양한 시도의 한 갈래로 김동리의 사상을 검토해 볼 수도 있을 터인데도, 샤머니즘이니 전근대니 하는 선입관이 너무 강하게 작용하고 있었다. 따라서 이 논문은 새로운 '르네상스 휴머니즘'을 주장했던 김동리의 사상을 해명하는 데 목적을 둔다. 이를 위하여 우선 그의 사상 전개 방식에서 드러나는 보편성을 확인할 것이며, 이를 바탕으로 하여 그에게 가해지는 비판들의 문제점들을 검토하고 난 후, 그가 지향했던 사회 모델의 특징을 정리하고자 한다. 그리고 마지막으로 김동리 사상이 1948년을 경과하며 노정하게 되었던 현실 위에서의 공전(空轉) 문제를 짚어볼 것이다.

2. '네오 르네상스 휴머니즘' 전개 방식의 보편성

김동리는 「신세대의 정신」(『문장』, 1940. 5)에서부터 근대의 몰락을 적극적으로 주장하고 나섰다. 즉 "르네쌍스精神의 眞髓"란 "'神'이라는 專制的偶像에의 隸屬에서 人間이 各各 제 個性과生命에 復歸하여 그것을 擁護하고 發展止揚시킨다는 뜻"인데, "이러한 個性과生命의 究竟追求를 基本으로한 人間性 探求의 精神은, 十九世紀末 二十世紀 初頭에 걸쳐 왼 世界를 風靡한 物質主義精神에 席捲되고" 말았다는 것이 그의 판단이다.[7] 서구 르네상스에서 발원한 근대정신이 막다른 벽에 부딪쳤으니 이제 이전과는 다른 '르네상스 휴머니즘'을 확립하여 새로운 시대를 열어 나가는 작업은 당연한 수순으로 제기된다. 그런데 이는 새로운 인간형의 제시와 함께 진행될 수밖에 없다. 어째서 그러한가. 르네상스(Re-naissance)라는 용어가 이미 함의하고 있는 바와 같이, 낡은 인간이 죽고 새로운 인간이 부활해서 출현한다는 것이 르네상스의 정신이기 때문이다. 따라서 김동리가 제3휴머니즘을 들고 나올 때, 여기에는 그에 합당한 새로운 인간형이 하나의 모델로 제시되어 있다고 이해하여야 한다.

물론 새로운 인간형으로 제시된 대표적인 인물은 「무녀도」의 주인공 '모화'다. 다음과 같은 김동리의 확신이 이를 증명한다. "모화가 파우스트와 대체될 새로운 세기의 인간상이란 것은 아무도 모를 것이다. 내가 그렇게 말한다면 남들은 비웃을 것이다. 그러나 백 년만 두고 봐라! 모든 것이 증명될 것이다! 역사가 증명해 줄 것이다!"[8] 「신세대의 정신」

---

7) 김동리, 「신세대의정신-문단'신생면'의성격, 사명, 기타」, 『문장』, 1940. 5, 83쪽.
8) 김동리, 「창작의 과정과 방법-「무녀도」 편」, 『신문예』, 1958. 11, 10쪽.

을 살펴보면, 작가가 표나게 강조하는 모화의 특징을 두 가지 꼽을 수 있다. 첫째, 인간과 자연 사이의 경계를 넘어서고 있다. "巫女'모화'에게 있어서는 이러한 '仙'의靈感으로 말미암아 人間과 自然사이에 常識的으르 가로놓인 牆壁이 문어진 境遇다."9) 둘째, "東洋精神의 한象徵으로서 취한'毛火'"10)라고 하였으니, 이러한 인간형은 동양의 전통 속에서 건져 올린 것이다. 이 두 가지 특징에 비한다면, '시나위가락'에 몸을 맡김으로서 자연의 율동으로 귀화·합일하였으니, 모화가 "表面으로는 西洋精神의 한代表로서 取한 예수敎에 敗北함이 되나 다시 그本質世界에 있어 悠久한勝利를 갖게 된다는 것이다."11)라는 승패의 문제는 부차적이라고 할 수 있다. 여기에 논의되는 승패란 결국 인간과 자연의 관계 맺기 방식에 대한 신념의 문제로 귀착되기 때문이다.

모화에게서 드러나는 두 가지 특징은, 구체적인 내용에 있어서는 변별성이 있으나, 전개 방법의 측면에서 본다면 사상사적 보편성이 확인된다고 할 수 있다. 먼저 첫 번째 특징, 인간과 자연 사이에 존재하는 장벽을 건너뛰는 면모에 대해 살펴보자. 기실 인간과 자연의 관계 정립 여부는 인류사의 보편적인 과제였다. "자연에는 자연의 원리(physis)가 있다면 인간의 삶에는 그래야만 하는 가치 척도와 규범(nomos)이 존재한다. 그것은 동서를 마론하고 인류의 시작부터 있어 왔던 부편적 사유이기도 하다. 여기서 규범을 일컫는 윤리는 일반적으로 이해하듯이 단순히 도덕적 덕목을 가리키는 말이 아니다. 윤리의 근본 의미는 인간과

---

9) 김동리, 「신세대의정신―문단'신생면'의성격, 사명, 기타」, 『문장』, 1940. 5, 91쪽.
10) 위의 글, 92쪽.
11) 위의 글, 92쪽.

자연 실재, 세계의 규준이 되는 척도를 정초하는 것이며, 인간이 맺는 그들과의 관계 설정을 뜻한다.”12) 그러니까 새로운 윤리의식, 새로운 시대의 인간형을 제시하기 위해서 인간과 자연의 관계 설정 방식으로 눈을 돌리는 것은 당연한 과정이라 할 수 있다. 현재 진행되는 탈근대 논의가 이러한 지점으로 수렴하는 현상도 결코 우연이 아니다. “환경 철학은 단순히 생태계 오염의 문제가 아니라 소외되고 왜곡된 구조를 문제시한다. 가장 기본적인 인간 조건인 자연 세계와 생활 세계라는 넓은 의미의 환경이 왜곡됨으로써 인간 또한 왜곡된다는 측면에서 자신의 올바른 모습을 구현하려는 노력이다.”13)

두 번째 특징, 모화가 동양정신의 상징이라는 주장을 이해하기 위해서는 인문주의의 위기에 대응하는 보편적인 방식을 떠올릴 필요가 있다. “인문주의 구제론은 두 가지 경향을 보여준다. 하나는 인문주의의 숨겨진 잠재력을 진작하기 위하여 전통으로 복귀하는 경향이다. 다른 하나는 인문주의의 핵심적 이념으로서 인간을 재규정하는 것이다.”14) 기실 서구 르네상스 역시 그리스 정신으로 돌아가 여기서 착안하여 이끌어낸 내용이 결코 적지 않다. 전통으로 복귀하여 성공한 하나의 사례가 되는 셈이다. 김동리가 주장하는 새로운 ‘르네상스 휴머니즘’ 또한 과거의 전통으로 복귀하는 경향을 보인다는 점에서는 이와 다를 바 없다. 다만 서양의 전통으로 기울어지는 대신 동양정신으로 눈을 돌렸다

---

12) 신승환, 「현재의 인문학」, 『지금, 여기의 인문학』, 후마니타스, 2010, 36쪽.
13) 위의 글, 35~6쪽.
14) 김상환, 「해체론 시대의 인문주의」, 『해체론 시대의 철학』, 문학과지성사, 1996, 318쪽.

는 측면에서 변별될 따름이다. 이때 왜 복귀하는 전통이 하필 서양정신이 아닌 동양정신인가를 시비 거는 태도는 무분별한 서양 추종주의자의 푸념에 불과하다. 오히려 제3휴머니즘을 이끌어갈 새로운 주체를 모색하기 위해서는 우선 제 자신을 둘러싼 여건부터 면밀하게 둘러볼 필요가 요청된다. 김동리의 경우가 그러했다. "全體的으로 傳統自體가 貧弱하다던가 環境的條件이 成熟해있지 못할때엔 그外來의 思想 或은 原理란 그것을 信奉한 모든 知識人의 理念的偶像에만 끌이고마는 現實을 우리는 過去 모든民族의 精神史上에서 보아온 바이다."15)

오해를 피하기 위하여 덧붙이자면, 김동리는 진리를 상대적인 것으로 파악하고 있었다. 유진오와의 논쟁에서 그러한 입장을 피력한 바 있다. "眞理가 하나뿐이란 말은 一定한 空間, 一定한 時間, 一定한 客觀, 一定한 主觀等 을 條件으로하고 成立된 말이다. 卽, 그 境遇에 그 眞理는 하나뿐이란 말이다.// 그러므로 뉴우톤의 眞理와 李太白의 眞理는 同一한것이 아니다. 原來 自然이란 어떤 定着된 存在가 아니기 때문에 '그 境遇'란 無限한것이오, 그境遇가 無限함에 따라서 眞理의 數爻도또한 無限한것이다."16) 따라서 김동리가 그려낸 예수교를 상대로 거둔 모화의 승리는 문화의 상대성이란 측면에서 이해할 필요가 있다. 서양 르네상스에서 발원하여 한 시대를 이끌어 나갔던 체제는 이제 역사적인 소임을 다하여 시효가 만료하기에 이르렀고, 이를 대체해 나갈 체제가 동양정신에 입각하여 출현하리라는 상징으로 해석해야 한다는 것이다. 이를 곧장 정치군사적인 맥락 속으로 끌어들여 일제가 내세웠던 '귀축영미(鬼畜英美)'로 치환해버리면 진

---

15) 김동리, 「신세대의정신−문단'신생면'의성격, 사명, 기타」, 『문장』, 1940. 5, 82쪽.
16) 김동리, 「'순수' 이의−유씨의 왜곡된 견해에 대하야」, 『문장』, 1939. 8, 148쪽.

리를 상대적이라 파악했던 김동리의 입지는 사라지고야 만다.

이렇게 정리한다면, 김동리가 주창하는 새로운 '르네상스 휴머니즘'의 사유 전개 방식은 그동안 인류 사상사에서 인문주의의 위기에 직면하여 이를 극복하고자 했던 보편적인 방식과 일치함을 확인할 수 있다. 뿐만 아니라 탈근대를 모색하는 최근 논의들과 상당 부분 일치한다는 사실도 드러난다. '르네상스 휴머니즘'의 사유 전개 방식에서 확인되는 이러한 보편적인 측면은 충분히 강조될 필요가 있다. 탈식민주의의 무분별한 적용을 넘어서기 위해서이다. 한국에서 탈식민주의를 적용하는 대부분의 연구자들은 제국주의와 식민지를 동렬에 놓고 평가하는 경향을 보여준다. 역사학자 이영호가 적절히 지적하고 있는 것처럼, 이들은 "주변주의 저항민족주의는 제국주의의 거울반사에 불과하며 궁극적으로 양자는 적대적 공범관계를 형성하고 있다"는 가설에서 출발한다는 것이다.17) 일단 이러한 입장을 견지하게 되면 사유 전개 방식의 보편성조차도 친일 파시즘의 증거로 활용된다. 다음 절에서 논의할 내용은 이러한 견해에 대한 반박이다.

3. 김동리 사상이 파시즘과 변별되는 몇 가지 지점들

동양정신으로 복귀하는 김동리의 지향을 파시즘으로 규정하려는 시도는 이미 낯설지가 않다. 가령 다음과 같은 주장을 보자. "1930년대 후반을 지배한 전형적인 인식틀이었던 동서양의 대립, 나아가 이보다 더

---

17) 이영호, 「한국에서 '국사' 형성의 과정과 그 대안」, 『국사의 신화를 넘어서』, 휴머니스트, 2004, 459쪽.

정치적이고 과격한 동양의 승리라는 설정을 김동리만큼 잘 보여주는 작가도 없을 것이다."[18] 일제가 유포해 나간 파시즘 논리를 김동리가 내면화하였다는 혐의 위에서 가능해진 문장이다. 앞에서 언급했던 김철의 논리도 이와 유사하며, 「남성성 회복의 서사와 파시즘」[19]의 논리 또한 이의 연장이다. 이러한 견해 옆에는 김동리의 사상을 전근대에 머무른 데 지나지 않았다고 폄하하는 입장이 놓여 있다. "과학으로부터 인간을 구출하는 제 3 휴머니즘의 '정신'이란 무엇이었던가. 그것은 고작 샤머니즘에 지나지 않았던 것이다."[20] 이러한 견해들은 모두 중요한 사실을 빠뜨리고 있다. 일제의 파시즘에서든, 전근대의 샤머니즘에서든 하늘의 뜻과 땅의 질서를 매개하는 존재가 핵심적으로 자리하는 반면, 김동리의 사상에서는 이러한 인물이 존재하지 않는다는 사실이다. 그리고 김동리의 사상에서 자연은, 신(神)의 위상을 차지하는 경배의 대상이 아니라, 다만 인간이 합일해 나가야 할 대상으로서 위치한다는 사실이다.

우선 김동리의 사상에서 차지하는 자연의 역할은 김윤식의 논의를 참조할 수 있겠다. 그는 자연이란 무엇인가, 라는 물음에 대한 인류사의 답변을 세 가지 범주로 정리하였다. (1) 자연이란 절대적인 것이어서 공포의 영역이므로 숭배의 대상이다. (2) 계몽주의(근대주의)에서는 자연이 돌연 정복의 대상으로 전락하였다. (3) 인간계란 자연에 폭력(작용)을 가해도 안 되며 자연 쪽이 인간에게 작용을 가해와도 안 된다는 중도적 사

---

18) 김예림, 「데카당스의 역사철학과 문학적 상상력」, 『1930년대 후반 근대인식의 틀과 미의식』, 소명출판, 2004, 211쪽.
19) 이혜령, 『한국소설과 골상학적 타자들』, 소명출판, 2007.
20) 신형기, 『해방직후의 문학운동론』, 화다, 1988, 153쪽.

상이 있는데, 만물에서 불성(佛性)을 찾아내는 불교와 무위자연(無爲自然)을 내세우는 중국의 노장사상이 이에 해당한다. 김윤식이 보기에 김동리는 (3)에 속한다. "인간과 자연은 저마다의 분수를 지키며 '저만치 각각 혼자서' 존재한다는 것, 이 '저만치'의 거리란 '절대적'이어서 어떤 방식으로도 단축되거나 접근되거나 또한 멀어지지 않는다는 것. 각자 자기의 본성(불성)을 지니고 있다는 것."21) (1), (2)와 변별되는 (3)의 입장에 관한 이해에서 다소 오해의 여지가 있으므로 제5절에서 자세한 논의를 펼치도록 하겠다. 다만 김동리가 인간과 자연의 공존을 지향하였다는 사실만은 분명하게 제시되었으므로 여기서는 일단 이를 취하고자 한다.

다음으로 샤먼(shaman)의 개입 여부를 살펴보자. 샤머니즘에서 샤먼의 존재가 중심이라는 사실이야 동어반복에 가까운 당연한 진술이므로 더 이상의 논의는 생략한다. 일제 파시즘에서는 만세일계(萬世一系)라고 선전되었던 천황이 샤먼의 역할을 담당하였다. 따라서 일제 파시즘의 모든 가치와 의미는 천황으로부터 규정될 수밖에 없었다. 천황이 모든 질서의 중심이라는 사실은 천황귀일(天皇歸一) 논리가 온 세상이 하나라는 뜻의 팔굉일우(八紘一宇) 논리와 병행한다는 데서 확인할 수 있다. 반면 김동리는 이러한 세계로부터 결별할 계기를 제공하였다는 점에서 서구의 르네상스에 후한 점수를 부여하고 나섰다. "르네쌍스精神의 眞髓란, 世稱, '人間性擁護'란 것이니, 이말은 卽, '神'이라는 專制的偶像에의 隷屬에서 人間이 各其 제 個性과生命에 復歸하여 그것을 擁護하고 發揮止揚시킨다는 뜻이었다. 그러므로 近代文學情神을 人間性探求라 할제 그

<hr>

21) 김윤식, 「그리움으로서의 청산 ― 김동리의 「청산과의 거리」」, 『해방공간 한국 작가의 민족문학 글쓰기론』, 서울대학교출판부, 2006, 219쪽.

것은 人間의 個性과 生命의 究竟的 意義를 探求한다는 뜻이다."22) 그러한 까닭에 「무녀도」의 주인공 모화는, 자연을 초월적인 대상으로 격상시키거나 자신이 자연의 계시자로 올라서는 대신, 스스로를 비워가며 자연의 율동에 제 몸을 맡겨 버리는 존재로 그려졌다. 일제의 천황이 세상의 질서를 주재하는 신의 후예로서 결코 빈틈이 허용되지 않는 존재라는 사실을 염두에 두면 그 차이는 더욱 선명해진다.

기실 파시즘의 심리기제에서 샤먼 역할을 수행하는 지도자의 존재는 퍽 중요하다. 집단 심리에 관한 프로이트의 논의가 이를 보여준다. 프로이트는 인간이 한 우두머리의 통솔을 받는 집단 속의 개체라고 주장한다('군집 동물Hordentier'). 무리를 지어 사는 '군거 동물(Herdentier)'과 변별된다는 것이다.23) "집단의 지도자는 여전히 두려움의 대상인 원시적 아버지이고, 집단은 권위에 대해 극단적인 애착을 갖고 있다. 르봉의 말을 빌리면, 집단은 복종하고자 하는 열망을 갖고 있다. 원시적 아버지는 집단의 이상이고, 자아 이상을 대신하여 자아를 지배한다."24) 군거 본능이 폭발하면 그 사회는 "자아 이상을 하나의 공통된 대상으로 대치하고, 그 결과 자아 속에서 자신들을 서로 동일시하게 된 개인들의 집단"으로 굴러가게 되며, 파시즘이란 이러한 원시적 군거 본능을 효과적으로 이끌어 내는 이념이자 체제라고 할 수 있다. 프로이트는 이를 다음과 같은 도표로 정리하였다.25)

---

22) 김동리, 「신세대의정신 ─ 문단'신생면'의 성격, 사명, 기타」, 『문장』, 1940. 5, 83쪽.
23) 지그문트 프로이트, 「집단 심리학과 자아 분석」, 『문명 속의 불만』, 열린책들, 2009, 135쪽.
24) 위의 글, 143쪽.
25) 위의 글, 129쪽.

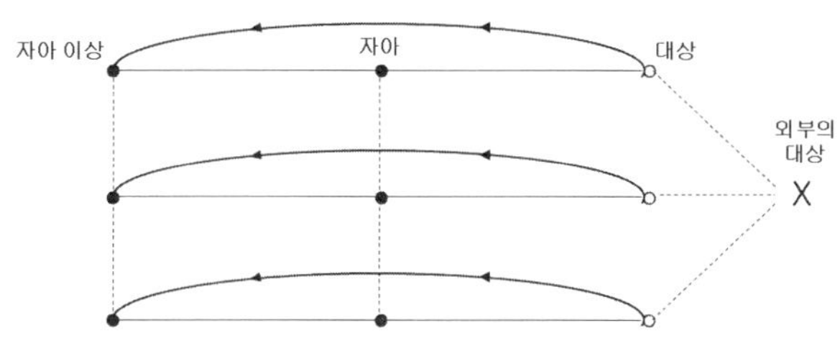

일제의 천황, 독일의 히틀러 따위는 '외부의 대상 X'이면서 각 개체의 공통된 '자아 이상'으로 대치되는 데 성공한 사례이다. 그리고 '자아 이상'의 자리로 올라앉은 '외부의 대상 X'를 매개로 하여 1930년대 중·후반, 1940년대 초·중반의 일본국민과 독일국민들은 각각 서로를 동일시하며 하나의 견고한 집단으로 운영될 수 있었다. 멸사봉공(滅私奉公)이라는 신념 아래 스스로를 산화시켜 나간 가미가제 특공대원, 아무런 죄책감 없이 유대인 수용소에 독가스를 살포할 수 있었던 독일의 '교양인' 아이히만 등은 바로 이러한 심리 기제의 산물이다. 파시즘을 경계할 때 고대신화와의 연관성에 주의하는 까닭은 여기서 찾아야 한다. 인간의 내면에는 원시적 군거 본능이 잠들어 있고, 잠들어 있는 군거 본능을 깨워 일으키는 창구로 고대신화가 활용될 수 있다는 사실. 그리고 그 중심에 집단의 이상을 한 몸에 체현한 신인(神人)이 중요한 역할을 담당한다는 점에 유의해야 한다는 것이다.

다시 말하거니와, 김동리 역시 근대 이전의 동양정신으로 복귀하였다. 전해 내려오는 설화에 관심을 기울여 이를 바탕으로 「황토기」(『문장』, 1939.5), 「두꺼비」(『조광』, 1939.8), 「윤회설」(『서울신문』, 1946.6.6~26.),

「을화」(『문학사상』, 1978.4) 등의 작품을 완성하기도 했다. 그렇지만 동양 정신으로의 복귀를 일제가 벌여나갔던 전근대('원시적 아버지'로서의 천황)와 근대(자본주의)의 착종을 통한 파시즘 확립과 동일한 것으로 규정해서는 곤란하며, 설화를 통해 민족의식의 확인으로 나아가려는 시도에 대하여 원시적 군거 본능 작용을 위한 고대신화의 활용이라 딱지 붙여서도 안 될 것이다. 샤먼의 개입 여부에 대해서야 이번 절에서 충분히 설명하였으니, 민족정신과 관련된 사항에 대해서는 다음 절에서 다루기로 한다.

4. '민족 단위 휴머니즘'의 함의

과연 모든 민족주의는 배척당하고 해체되어야만 하는 위험한 이념일까. 파시즘을 경계하는 연구가 의미를 획득하기 위해서는 이러한 물음 위에서 논의를 전개할 필요가 있다. 주지하다시피 근대의 역사를 되돌아보면, 어떤 민족국가는 파시즘으로 경사했지만, 어떤 민족국가는 파시즘 반대로 나아갔다. 민족의식을 형성해 나가는 방식의 차이가 이러한 결과를 낳았던 것이다. 따라서 민족주의 일반을 부정하기에 앞서서 역사적 사례를 차분하게 따져보는 작업이 먼저 진행되어야만 한다. 역사학자 김기봉은 "독일 민족주의는 왜 선량한 시민이나 애국적인 국민 대신에 나치주의자와 같은 광신자를 낳았는가?"[26]라고 묻고 나서 다음과

---

26) 김기봉(金基鳳), 「'정치종교'로서의 민족주의 – 독일 민족주의를 중심으로」, 『서양에서의 민족과 민족주의』, 까치, 1999, 183쪽.

같이 답하고 있다. "독일인들은 자신들의 민족적 정체성을 부정적인 방식으로, 곧 배제의 원칙에 따라 확립했다. 근대적 혁명정신을 통해서가 아니라 인종적(ethnic) 범주를 통해서 민족을 규정했던 독일인들은, '우리'와 '적' 간의 영원한 이분법을 전제로 하여 민족 정체성을 정의했다."27) 물론 프랑스 민족에게도 적은 있었으나, "프랑스인들은 혁명이 지향했던 보편적 이념에 따라서 사회의 내적 통합을 이룩함으로써 민족적 정체성을 이끌어냈다."28) 그러니까 독일 민족의 경우 누가 우리의 적인가라는 '정체성의 타자 규정'으로 나아갔던 반면, 프랑스 민족은 보편적인 이념 위에서 우리가 누구인가와 같은 '정체성의 자기 정의'를 취했던 것이다.

일제 파시즘은 독일 나치즘의 사례와 일치한다. 예컨대 일본 중의원을 지냈던 고테라 겐키치(小寺謙吉)의 『대아세아주의론』(大亞細亞主義論, 보문관, 1916)을 보라. 여기서 고테라 겐키치는 "무릇 피는 물보다 진함에" 근거를 두고 "황인종연합론"을 주창하고 있다. 그리고 백화론(白禍論 : 백인종이 황인종의 생존권을 위협한다는 사상)을 강변하면서 자신들의 침략정책에 정당성을 부여하고 있다.29) "대저 인종주의는 같은 인종간의 쟁투를 영원히 방지하고 또 인종과 인종의 균세에 의해 다른 인종간에 일어나는 전쟁을 막아내는 점에서 평화의 일대 복음임을 잃지 않는다."30)

---

27) 위의 글, 207쪽.
28) 위의 글, 211~2쪽.
29) 小寺謙吉, 『大亞細亞主義論』, 보문관, 1916, 1~4쪽, 강창일, 『근대일본의 조선침략과 대아시아주의』, 역사비평사, 2003, 311~2쪽에서 재인용.
30) 小寺謙吉, 『大亞細亞主義論』, 보문관, 1916, 258쪽, 강창일, 『근대일본의 조선침략과 대아시아주의』, 역사비평사, 2003, 314쪽에서 재인용.

이러한 일제의 '정체성의 타자 규정'이 파시즘으로 이어져 나갔음은 주지의 사실이다. "그의 대아시아주의는 한일병합의 완료, 중국 신해혁명의 발발과 군벌 지배체제, 서구열강의 제국주의적 경쟁의 심화와 제1차 세계대전이라는 국제적 상황을 배경으로 하여 탄생하였다. 그의 비이성적이고 퇴영적인 인종주의는 이러한 정세를 틈탄 원초적 감각에 호소하면서 여론을 선동할 수 있었다. 그리고 이 감각주의는 곧 전체주의의 토대가 되었는데, 이는 이후 파시즘의 역사가 증명한다."31)

그렇다면 김동리의 민족정신은 과연 어떠하였던가. 김동리는 자신의 민족정신을 "世界史的휴맨이즘의 連續的必然性에서오는民族單位의휴맨이즘으로서 規定할수 잇는것"이라고 단언하고 난 후, 그 내용에 관하여 다음과 같이 설명하고 나섰다.

우리가目的하는民族文學이世界文學의一環으로서의民族文學인것처럼 우리의民族精神이란것도 世界史的휴맨이즘의一環인 民族單位의휴맨이즘 으로서 規定될것이며 이러한 民族單位의휴맨이즘을 世界史的角度에서 內包하고잇는것이 오늘날 純粹文學의文學精神인 것이다. 여기 '世界史的 角度'라고한것은 上述한바와가치 世界精神史의 第3期的휴맨이즘에의 '志 向'을意味하는것인데이第3期휴맨이즘의 本格的出發은 東西精神의'創造的 止揚'에서의 새러운 精神的 源泉의養成으로서만 可能할것이다.32)

여기서 먼저 주목할 사항은 "第3期휴맨이즘의 本格的出發은 東西精神의'創造的止揚'에서" 가능해진다는 진술이다. 김동리는 서구 르네상스

---

31) 강창일, 『근대일본의 조선침략과 대아시아주의』, 역사비평사, 2003, 317쪽.
32) 김동리, 「순수문학의 진의－민족문학의 당면과제로서」, 『서울신문』, 1946. 9. 15.

이후의 역사를 깡그리 부정한 바 없다. 앞에서 살폈듯이, 오히려 인류사 전개에서 차지하는 서구에서 발원한 근대의 의미를 적극적으로 끌어안았다. 다만, 왼편으로 저었던 노를 그 다음엔 오른편으로 저으며 나룻배가 나아가듯이[陰陽論], 이번에는 동양의 전통에서 역사 추진력을 확보할 수 있으리라고 주장했을 따름이다. '동서정신의 창조적 지양'이란 바로 이를 가리킨다. 따라서 김동리의 사상은 일제 파시즘에서 노정하고 있었던 인종주의와 무관하다고 할 수 있다. 다음으로 주목할 대목은 "世界史的휴맨이즘의一環인 民族單位의휴맨이즘"이라는 규정이다. 김동리는 자신이 창조한 '모화'가 괴테의 '파우스트'를 대체할 새로운 세기의 인간상이라고 주장한 바 있다. 그런 만큼 그의 새로운 '르네상스 휴머니즘'은 당연히 세계사적인 의미를 획득할 수 있어야만 한다. 그런데 이때 새로운 '르네상스 휴머니즘'은, 민족 단위로 변별되는 지점을 부정하면서가 아니라, 민족 단위로 변별되는 지점을 인정하면서 가능해진다는 점이 특징적이다. 이 특징의 근거를 알아보기 위해서는 김동리의 백형(伯兄) 범부의 논의를 참조할 필요가 있다.

범부(凡父)는 김동리의 사상적 거점 역할을 했던 인물이다.[33] 범부는 국가 형태와 관련하여 인류의 역사를 다음과 같이 진단한 바 있다. "國家는 原始部族國家時代에서 오늘날까지 발전해 오는 歷史的 過程에 있어서 民族國家로서 완료되고 있읍니다."[34] 그렇다면 제국주의의 출현은 어떻게 이해해야 하는가. "帝國主義 내지 資本主義가 일어나지 않았으면 이 世界는 開拓되지 못하였을 겁니다. (중략) 國家는 民族國家로

---

33) 이에 관한 자세한 사항은 졸고, 『김동리 연구』(소명출판, 2010) 참조.
34) 김범부, 「국민윤리 특강」, 『화랑외사』, 이문사, 1981, 196쪽.

서 完了하였는데 世界開拓을 위하여 帝國主義 資本主義가 일어나서 世界開拓을 하였으니 이제는 帝國主義가 退場해야 합니다."35) 그러니까 제국주의가 각 지역의 민족의식을 자극하여 전세계에서 민족국가 건설의 촉진제 역할을 담당하였다고 파악하는 한편, 그 역할이 끝나는 순간 제국주의는 여러 민족국가들의 견제 속에서 퇴장할 수밖에 없으리라고 전망하였던 셈이다. 이로써 펼쳐지는 국제 질서는 다음과 같이 작동한다고 여겼다. "모든 國家가 전부 제 個性을 가지고 제 自主獨立을 유지하면서 완전한 國際社會라는 것이 이로부터 오는 世界社會의 形態입니다. 어떤 個性이 어떤 個性을 征服하고 全世界를 統一할 수 있느냐 하면 절대로 안돼요. 民族國家의 個性은 個性대로 남고, 個性과 個性間의 調和에서 世界平和는 올 것이고 世界社會는 展開될 것입니다."36)

김동리가 주장하는 '世界史的 휴맨이즘의 一環인 民族 單位의 휴맨이즘', 즉 각 민족이 개성(특수성)을 발휘하고 이것은 세계적인 보편적 원리 안에서 부합할 수 있으리라는 근거는 이러한 전망 속에서 확보되었다. 여기서 다시 쓸데없는 논란을 피하기 위해 한 마디 덧붙일 필요가 있는데, 김동리가 민족의 개성(특수성)을 강조하기는 했으나 국가주의자로 나아가지 않았다는 사실이다.37) 오히려 그는 "나치스文學, 소聯邦主

---

35) 위의 글, 197~8쪽.
36) 위의 글, 201쪽.
37) 이와 관련하여 김동리가 '민족 단위의 휴머니즘'이라고 표현하고 있음에 주목해야 한다. '민족'에 기초한 사유와 '민족 단위'에 기초한 사유는 분명히 변별된다. 여기에 대해서는 다음 진술을 참조할 수 있다. "'민족'은 또 하나의 주체가 아니라 여러 주체들이 각각의 생산 및 사회관계 속에서 겪는 문제들이 작동하는 하

義文學, '大東亞戰爭文學', 하는 따위들과같이 어떤 政治的 軍事的 國策
的 目的에 依하야 그 對象이 이미 制限된 人間性을 前提하고"[38] 있는
문학을 강력하게 거부하였다. "文學精神이란 어떠한 戒律에도 偶像에도
抑壓되지 않고, 隸屬되지 않고, 凝滯됨이 없는 自由無碍한 人間性의 全
貌를 文學的 對象으로서 保障하려는 精神이며, 나아가서는 그것의 究竟
을 究明하려는 情熱"[39]이라고 판단하였기 때문이다. 그렇다면 김동리의
사상은, 오해의 가능성을 무릅쓰고 굳이 근대사상의 범주 내에서 설명
할 경우, 민족주의(nationalism)를 매개로 하는 세계주의(cosmopolitanism) 정
도가 되지 않을까 싶다. 이는 일제의 파시즘과 분명히 다르다. '주변부
의 저항민족주의는 제국주의의 거울반사에 불과하며 궁극적으로 양자는
적대적 공범관계를 형성하고 있다'라는 가설이 적용되지 않는다는 것이
다. 물론 '저항적 민족주의 대 제국주의'라는 이항대립의 틀을 깰 필요
는 있겠지만, 제국주의와 맞서는 모든 노력을 무위로 돌려세우는 방식
이어서는 곤란하지 않을까 싶다. 김동리는 그 이유를 증명하는 하나의
사례가 된다.

나의 관계망이며 개인, 지역, 국가, 세계의 문제들이 구체화되는 하나의 프레임
이라고 할 수 있다. '민족' 개념은 이렇듯 개인과 계급, 지역과 국가 그리고 세
계라는 다중적 차원에서 전개되는 현재의 여러 문제들을 올바르게 인식하고 사
유하는 유효한 인식도구로서, 하나의 개념 단위로 재정립되어야 한다."(김명인,
「민족문학과 민족문학사 인식의 전환을 위하여」, 『자명한 것들과의 결별』, 창비,
2004, 317~8쪽.)
38) 김동리, 「순수문학과제삼세계관 — 김병규씨에답함」, 『대조』, 1947. 8, 16쪽.
39) 위의 글, 15~6쪽.

5. 에피스테메의 변동 : '개별자–합체 세계관'에서 '통체–부분자 세계관'으로!

에피스테메(épstémè)가 바뀌면 인간의 생활 유형과 세계관 또한 달라지게 마련이다. 김동리가 주장했던 새로운 '르네상스 휴머니즘'은 바로 에피스테메의 변동을 가리킨다. 따라서 논의를 보다 풍부하게 이끌기 위해서는 이러한 지점으로까지 나아가야 한다. 제3절과 제4절에서 김윤식의 분석에 유보조항을 달았던 까닭이라든가, 김동리의 사상을 근대사상의 프리즘 속에 배치하는 데 머뭇거렸던 까닭은 여기서 말미암는다. 이는 여전히 근대의 틀 안에서 진행된다는 한계를 노정하고 있다는 것. 이러한 방법으로는 김동리가 내세웠던 '구경적(究竟的)인 생의 형식'이 함의하는 바를 따라잡을 수 없다. 에피스테메의 변동이란 측면을 고려하기 위해서는 근대 사회를 구획하는 인식론의 근거를 먼저 살펴보고 난 후, 김동리의 구상이 이와 어떻게 변별되는가를 비교해 보면 될 것이다.

주지하다시피 근대사회가 구축된 데에는 데카르트주의의 영향이 지대하였다. 그들은 "모든 것의 전제로서 개인을 설정해 놓고, 사회를 개인의 외시에 따라 구성하거나 해체할 수 있는 집합체와 같은 것으로 설명"한다. 즉 각각의 개별자(個別子, individual)들이 모여서 사회계약설에 근거하여 만들어 나간 합체(合體, assemblage)를 사회라고 파악한다는 것이다. 이러한 인식론이 에피스테메로 굳어지면, 그 사회는 개별자의 욕망이 해방되고 충족되는 방향으로 나아가게 된다. 그리고 "개별자의 실현을 위해서는 다른 개별자를 침해하지 않는 범위에서 모든 것이 허용될 수 있어야 한다. 이러한 요구에 부응하기 위해 주장된 이념이 개별자의 자유와 평등이다. 합체로서 사회는 개별자의 의사에 반하여 간여하는 일이 최대한 적게 일어나도록 역할을 최소화하도록 해야 한다." 이러한 모델로 구성된 사회의 세계관을 '개별자—합체 세계관'이라고 부를 수 있을 것이다.[40)]

김동리가 구상했던 사회의 구축 방식은 이와 달랐다. 다음과 같은 대목은 그 차이를 분명하게 드러내어 보여준다.

> 우리는 한사람씩 한사람씩 天地 사이에 태어나 한사람씩 한사람씩 天地 사이에서 살아지고 있다는 事實을 통하여, 적어도 우리와 天地 사이엔 떠날래야 떠날수 없는 有機的 關聯이 있다는 것과 및 이 '有機的 關聯'에 關한限 우리들에게는 共通된 運命이 賦與되여 있다는 것을 發見하게 되는 것이라. 우리는 우리들에게 賦與된 우리의 共通된 運命을 發見하고 이것의 展開에 志向하지 않으면 안된다. 우리가 이 事實을 遂行하지 않는限 우리는 永遠히 天地의 破片에 그칠 따름이요, 우리가 天地의 分身임을 體驗할수는 없는것이며, 이 體驗을 갖지 않는限 우리의 生은 天地에 同化될수 없기때문이다. 그리고 우리는 우리에게 賦與된 우리의 이 共通된 運命을 發見하고 이것의 打開에 努力하는 것, 이것을 가르쳐 究竟的 삶이라 부르는 것이다. 웨 그러냐 하면 이것만이 우리의 삶을 完遂할수 있는 길이기 때문이다.[41)]

우선 두드러지는 사실은 '우리'—인간과 '천지(天地)'—자연 사이에 도

40) 최봉영, 「문화와 욕망의 형성과 실현」, 『주체와 욕망』, 사계절, 2000, 236~9쪽.
41) 김동리, 「문학하는 것에대한 사고—문학의 내용(사상성)적기초를 위하여」, 『백민』, 1948. 3, 44~5쪽.

저히 떼어낼 수 없는 '유기적 관련'이 있는 것으로 파악하고 있다는 점이다. 이러한 사유는 "인간과 자연은 저마다의 분수를 지키며 '저만치 각각 혼자서' 존재한다는 것"(김윤식)과는 거리가 멀다. '저만치 각각 혼자서'라는 표현은, 인간과 자연의 '유기적 관련'을 부정하고, 인간이 자연으로부터 떨어져 나왔을 때에나 가능해지기 때문이다. 따라서 '우리'—인간과 '천지'—자연은 '유기적 관련'에 묶여 '여기에 서로 함께' 존재하고 있다고 파악해야 한다. 그렇다면 여기서 말하는 '유기적 관련'이란 대체 어떤 것인가. '우리'—인간은 "天地의 分身임을 體驗할" 수 있어야 하며, 그래야만 "우리의 生은 天地에 同化될수" 있으리란 진술에 해명의 단서가 있다. '우리'—인간이 '천지'—자연의 분신이라면, '천지'—자연은 '우리'—인간에 선행하여 존재하는 통체(統體, whole)가 된다. 이렇게 세계를 통체와 분신의 관계로 사유하는 방식은 동아시아 사상 전반에서 널리 발견되는 바다. 예컨대 성리학의 경우를 보자. "개체는 전체인 태극으로부터 성분(性分)을 본분(本分)으로 부여받아 직분(職分)으로 실천하는 분적(分的) 존재이다. 태극은 계속적인 생성과 전개를 통해 영원한 반면에 분적인 존재는 일회적 존재로서 유한하다."[42] 여기서 '태극'의 자리에 '천지'라든가 '자연'을 갖다 놓으면 김동리가 주장하는 바와 일치한다. 개체가 통체의 분신으로 존재한다는 측면을 강조하여 부분자(部分子, positioner)라는 용어로 규정한다면, 이러한 사유체계는 '통체—부분자 세계관'이라 정리할 수 있을 것이다.

이 정도까지 나아가면 "높고 참된 意味에 있어서의 '文學하는 것'이

---

[42] 최봉영, 앞의 글, 243쪽.

란 무엇인가.// 그것은 어떤 究竟的인 生의 形式이 아니어서는 아니된다고, 나는 생각 한다.”라는 말의 의미가 드러난다. 위에서 김동리는 “우리에게 賦與된 우리의 이 共通된 運命을 發見하고 이것의 打開에 努力하는 것”을 가리켜 “구경적(究竟的) 삶”이라고 말하고 있다. 무한자 ‘천지’－자연으로부터 ‘우리’－인간에게 “賦與된 共通된 運命”이란 일회적 존재가 끌어안아야만 하는 유한함일 터이다. 그러니 이 유한함과 마주하여, 유한함에 맞서면서 나름의 의미를 발견해 내고자 노력하는 것이 “구경적(究竟的) 삶”에 해당하지 않을까. 또한 여기에는, “우리의 生은 天地에 同化될수” 있어야 한다고 하였으니, ‘우리’－인간은 자신을 스스로 비워가며 끊임없이 생성하고 변화하는 ‘천지’－자연의 속성에 닮아가야 한다는 의미까지 포함되어 있을 것이다. 김동리는 다른 글에서 이를 다음과 같이 풀어내기도 하였다. “時代와 社會를 超越하여 人間이 永遠히 가지지 않을수 없는 人間의 가장 普遍的이요 根本的인 問題에 對한 高度의 解釋이나 批評, ―이것이 文學에 있어서의 참된 思想性 다시 말하면 文學的 思想의 主體가 되는 것이다.”[43]

6. 김동리 사상 이해의 요철화가 요구되는 까닭

김동리에게 ‘문학하는 것’이란 동사형 사유 위에서만 가능해지는 작업이다. 이는 ‘종교적 수행’을 명사형 사유의 범주로 파악하여 ‘문학하

---

43) 김동리, 「문학적사상의 주체와 그 환경－본격문학의 내용적 기반을 위하야」, 『백민』, 1948. 7, 9쪽.

는 것'과 비교하는 장면에서 선명하게 드러난다. 그는 "'文學하는 것'과 宗敎的 修行과의 關係"를 다음과 같이 비교·정리하고 있다. "于先 그 形式에 있어 宗敎는 讚頌하고 祈禱하고 歸依하지만 文學은 思索하고 想像하고 創造(表現)하는 것이다. 그리고 그 內容에 있어 宗敎는 이미 發見되고 體現된 神에 對하여 服從하고 信仰하고 歸依하지만 文學에 있어서는 各自가 自己自身 속에 或은 自己自身들을 通하여 永遠히 새로운 神을 찾고 求하는 것이다."44) 끊임없이 생성하고 변화하는 것이 자연인 까닭에, 자연은 "이미 발견되고 체현된" 그 무엇일 수 없으며, 누가 어디서 어떻게 바라보느냐에 따라 그 형질은 달리 포착될 수밖에 없다. 일찍부터 "眞理가 하나뿐이란 말은 一定한 空間, 一定한 時間, 一定한 客觀, 一定한 主觀等 을 條件으로하고 成立된 말"에 불과하다고 규정하였던 김동리였으므로 이를 분명하게 인식하고 있었을 터이다. 김동리에게 '문학하는 것'이란 이러한 자연에 닮아가려는 노력을 의미하였다. 그런 까닭에 그의 '문학하는 것'이 동사형의 사유로 전개되는 것은 당연한 귀결이었다.

그렇지만 이러한 사유가 한국전쟁 이후 커다란 굴곡을 겪고 있는 측면은 명확히 들여다봐야 할 지점이다. 김구 노선이 궤멸되고 남한에 단독정부가 들어서자 김동리는 자신이 사상이 현실 속에서 펼쳐지기 어렵다는 사실을 절감하게 되었다.45) 1949년부터 1950년까지 『동아일보』에

---

44) 김동리, 「문학하는 것에 대한 사고-나의 문학정신의 지향에 대하여」, 『문학과 인간』, 백민문화사, 1948, 101쪽.
45) 김동리와 김구 노선의 관계에 대해서는 졸고, 「새로운 르네상스 기획이 좌초하는 과정」(『김동리 연구』, 소명출판, 2010) 참조.

연재되었던 장편소설 『해방』에서 그러한 조짐이 먼저 확인된다. "좌익이니 우익이니 하는" "이 '두 개의 세계'를 동시에 지양한 '제三의 세계'의출현을 상상할 수는 없는가?"라는 물음에 김동리는 등장인물을 통해 다음과 같이 단언하고 있다. "자네와 같은 이상이나 희망으로는 가능하겠지. 그러나 가장 현실적이요 구체적인 방법은 그 어느 '한개의 세계'가 다른'한개의 세계'를 극복하는 길 밖에 없어."46) 이는 분명히 "第3期휴맨이즘의 本格的出發은 東西精神의'創造的止揚'에서의 새러운 精神的 源泉의養成으로서만 可能할것"이라는 주장에서 현격히 후퇴한 것이라 판단할 수 있다. 사상이 현실과 더불어 진행되기가 어려워졌을 때 김동리는 과연 어떠한 선택을 내렸던가. 문학을 현실로부터 괴리된 영역에 감금함으로써 문학사상을 유지하기, 이것이 그가 선택한 길이었다.

> 작가가 작품을 쓴다는 것은 작품 속에 자아를 투입하는 일이다. 사회를 대상으로 자아를 개방한다는 것은 작가가 작가임을 포기하는 거나 같은 행위가 아닌가. 왜냐하면 작가가 사회를 대상으로 참회를 한다는 것은 심한 윤리적(倫理的)인 충동의 발로라고 보아야 하는데, 윤리적 충동으로 쏠린 작가의 자아가 미적 충동이란 이중 임무(二重任務)를 겸행한다는 것은 원칙에 있어 모순된 일이며, 가능하다고 하더라도 예외적인 일이며 부차적인 것이라고 볼 수밖에 없는 것이다.47)

본디 김동리는 문학의 현실 개입을 부정하지 않았다. 다만 그러한 지

---

46) 김동리, 『해방』 149회, 『동아일보』, 1950. 2. 9.
47) 김동리, 「성자도 신도 아닌 것을」, 『끝나지 않은 빙하—고독의 에세이』, 진문출판사, 1976, 73쪽.

점에 머물러서는 곤란하고, "구경적(究竟的) 삶(生)"을 다루는 데까지 나아가야 한다는 입장이었다. "이 '職業的 삶'의 最高 理想이 무엇이냐 하면, 終局 좀더 公正한 秩序와, 均等的 所有와 科學에依한 便利한 職業과 經濟的 潤澤과, 좀더 많은 노리를 가저 보자는데 끄친다. 나는 勿論 이것을 나쁘다고 말하지 않는다. 뿐만 아니라 나아가서 이것의 實現을 爲하야 努力해야 할것이라고도 생각 한다.// 그러나 여기에는 生의 連續性은 없다. 또 그 다음은 어떻게 되느냐 하는 것이다."48) 그렇지만 위에서 보았듯이, 그는 점차 문학을 현실로부터 분리시켜 떼어내는 방향으로 나아갔다. 뿐만 아니라 1970년대 말 '사회주의적 사실주의 논쟁'을 일으킬 즈음에 이르러서는 "功利性과 社會性에 偏重된 文學"과 "永遠性과 普遍性을 아울러 지닌 文學"을 대립하는 항으로 설정하여 전자를 일러 "올바르지 못한 잘못된 길"이라고 주장하는 한편, 당대의 리얼리즘 문학 경향에 대해 "사회주의적 내지 진보주의적 사실주의"라고 딱지 붙이기에까지 이르렀다.49) 박제화 된 문학세계에 스스로를 유배시킨 꼴이다. 그렇다면 1970년대에 이르면서부터 그가 굳건하게 부여잡았던 것은, 처음 출발할 당시의 그 우뚝했던 사상이 아니라, 새로운 '르네상스 휴머니즘'의 앙상한 잔해에 불과했다고 파악할 수 있지 않을까. 김동리로서는 전혀 의도하지 않은 결과였겠지만 말이다.

이 땅, 대한민국의 근대사는 급격하게 요동쳤다. 이에 따라 김동리의 삶

---

48) 김동리, 「문학하는 것에 대한 사고―문학의 내용(사상성)적 기초를 위하여」, 『백민』, 1948. 3, 44쪽.

49) 김동리, 「한국적 문학사상의 특질과 그 배경―한국문학의 나갈길」(『월간 문학』, 1978. 11) 참조.

도 파란만장하게 전개되었고, 그의 사상 역시 영향을 받지 않을 수 없었다. 이를 제대로 이해하려면 김동리의 사상을 '요철화(凹凸化, dénivellation)'할 필요가 있다. "이는 어떤 목적론적 체계에 따라 매끈하게 연결되어 있는 선(線)을 다시 울퉁불퉁하게 만드는 것을 의미한다."50) 특정한 시기에 한정되는 김동리의 면모를 한창 유행하는 외국이론이나 이념으로 침소봉대하여 매끈하게 다림질해 내려는 유혹에서 벗어나야 하리라는 것이다. '본격문학'이니, '순수문학'이니 하는 용어가 애초의 의미로부터 변질되어 훗날 현실을 묵인하는 알리바이로 활용되었던 장면만 떠올리더라도 그 필요성은 분명해진다. 김동리의 '네오 르네상스 휴머니즘'에 관한 접근은 이러한 태도 위에서 비로소 가능해진다.

---

50) 이정우, 「푸코 용어 해설」, 『담론의 질서』, 새길, 1993, 180쪽.

순수문학론의 세 층위

─김동리와 순수문학

1. 문제 제기

한국 현대사에서 반공주의는 모든 이념을 압도할만한 최고의 가치이며 국시로 여겨졌음에도 불구하고, 공산주의에 대한 반대라는 주장 이외에는 고정된 내용을 갖지 않은 이데올로기였다. 그러나 반공주의는 다른 다양한 이념들과 접합하여 존재하는 담론 구성체였기 때문에 더욱 강력한 힘을 발휘할 수 있었다. 반공주의는 그 내용의 경직성 보다는 그 무내용성으로 인해 무소불위의 위력을 떨칠 수 있었던 셈이다.[1] 반

---

* 김한식 / 상명대학교 한국어문학과 교수.
1) 김정훈・조희연, 「지배담론으로서의 반공주의와 그 변화」, 『한국의 정치사회적

공주의의 빈 내용을 채우는 것은 주로 '반북주의'나 '친미주의'였다. 반공주의는 정치적이고 철학적인 내용을 갖춘 일반적인 '공산주의 반대'로 출발했다기보다는 현실적으로 존재하는 '북한'이라는 적(敵)에 대한 대응 논리로 자리 잡았던 것이다. 처음에는 이념적·정치적 차원의 대립 수준에 머물던 반북(反北)은 한국전쟁이라는 강렬한 경험을 통해 강한 설득력을 얻게 되었다. 한국전쟁이라는 최초의 경험은 이후 시시때때로 호출되어 반공주의를 강화하는 데 결정적인 역할은 한다. 정치적으로 '반공'은 친미를 드러내기 위한 수단이나 친일 행적을 숨기기 위한 도구로 사용되기도 했는데, 여기서 '반공 = 반북 = 친미'라는 공식이 형성되었다.

반북주의를 기반으로 한 반공주의는 다양한 이데올로기를 접합하여 때로는 억압의 수단으로 때로는 동원의 수단으로 활용되었다. 민족주의, 권위주의, 발전주의 등은 필요에 따라 반공주의와 접합된 대표적 이데올로기였다. 해방기 이후 반공주의는 공산권의 '세계정복' 책략에 대항하는 민족주의적 성격을 갖고 있었으며 박정희 시대 반공주의는 경제성장이라는 발전주의와 결합하여 강한 국민동원력을 발휘하였다. 여타 이데올로기와의 결합 과정에서 반공주의는 외부의 적에 대한 대항이념으로서뿐 아니라 내부의 반대를 억누르는 억압 이데올로기의 성격을 갖게 되었다. 반공 또는 승공을 위해 내부의 '작은' 문제는 마땅히 감내해야 하는 것으로 취급되었으며, 문제점을 지적하는 것만으로도 이적행위가 될 수 있었다.

지배담론과 민주주의 동학』, 함께 읽는 책, 2003, 124쪽.

　반공주의가 낳은 가장 큰 비극은 '적'과 '아'를 이분법적으로 구분하고자 하는 흑백 논리를 확산시켰다는 데 있다. 반공주의의 이분법은 개개인의 삶을 지배하는 '중요한' 원칙으로 자리 잡아 일상을 구속하고 강제하는 역할을 수행해 왔다. 이분법은 이쪽 아니면 저쪽을 선택해야 하는 상황으로 개인을 몰아갔으며 다양하고 복잡한 사고 자체를 애초에 차단하여 우리 사회 전체를 획일화하는데 영향을 미치게 된다. 논리적 사고나 토론 문화와 같은 민주주의의 기본마저 무시하는 전근대적인 사회 풍토를 조성하는 데도 반공주의의 영향은 절대적이었다. 메카시즘적 보수주의는 물론 지역주의와 학벌주의 등 다양한 파벌주의도 반공주의가 강요한 이분법과 무관하지 않다. '적'과 '아'가 나누어지는 살벌한 사회에는 생존을 위해 어느 한 쪽 '편'이 되지 않으면 안 되었기 때문이다. 중립은 곧 양쪽 모두에게 '적'으로 의심받기도 하였다.

　문학도 반공 이데올로기의 영향에서 결코 자유로울 수 없었다. 특정한 문학 경향에 대한 '접근 금지'는 그 대표적인 사례이다. 80년대 중반까지 중등학교 교과서에는 정부에서 허락한 작가들의 작품만이 실렸고, 주로 연구자들이 보는 영인본 도서에도 일부 작가들의 이름은 복자로 처리되어 있었다. '금지'된 작가의 작품은 공식적인 경로로 출판할 수 없었으며 대학 강의실에서도 잘 다루지 않았다. 이런 상황에서 문학사의 복원이라는 것은 원천적으로 불가능했다. 단정 이후 오랜 시간동안 반쪽 문학만이 존재했다고 해도 지나친 말이 아닐 것이다. 더욱 심각한 것은 이렇듯 왜곡된 환경 속에서 이루어진 문학 교육 탓에 대다수 국민들에게 문학에 대한 편협한 생각이 자리 잡게 되었다는 사실이다. 토속적인 것이 민족적인 것으로, 현실 상황에 대해 고민하지 않는 것이 본격적인 것으로, 이루지 못할 추상적인 꿈을 추구하는 것이 낭만으로 오랫동안 이해되어 왔다.

제도권 문단은 문학에서의 반공 이데올로기 확산에 기여한 바가 크다. 남쪽의 제도권 문단은 실상 반공을 받아들이고 그것의 확산에 기여한 문인들에 의해 성립되었다. 해방 후 혼란기 속에 만들어진 남쪽의 문단은 좌익 문학과 치열하게 대결했던 문인들이 세운 것이라 할 수 있기 때문이다. 전쟁기간 동안은 '자유 민주주의 수호'를 위해 활동했거나 '적'들을 피해 고난을 겪었던 이들이 모인 단체가 남쪽의 제도권 문단이었다. 그들의 수용한 지배 이데올로기가 반공이었다면 문학 이념으로 내세운 것은 '순수'였다. '예술지상주의'와는 층위를 달리하는 남쪽 문단의 순수문학은 반공주의 못지않게 내포가 분명하지 않은 개념이지만, 순수문학을 내세움으로서 이들은 '순수하지 못한' 문학들에 대항해 나갔다.

주지하다시피 순수문학이 문단의 주도권을 장악하게 된 결정적 계기는 반공주의의 정치적 승리였다. 따라서 애초에 순수문학의 문단 장악은 문학논리의 정교함이나 설득력과는 무관했다고 할 수 있다. 단정 수립과 전쟁, 분단 과정을 거치면서 남측의 문학경향은 자연스럽게 좌익 이념과 거리가 먼 쪽으로 자리를 잡게 되었던 셈이다. 일단 수중에 들어온 문단의 주도권을 유지하는 방법은 발표 매체의 확보와 교과서의 장악이었다.[2] 발표 매체의 확보가 구미에 맞는 문학을 재생산하기 위해

---

2) 김동리가 해방기 좌익 문인들과의 논쟁을 통해 확립한 순수문학—본령정계의 문학이 교과서에 가장 확실히 반영된 것은 70년대이다. 유신의 전통 강조, 민족 강조가 김동리의 문학론과 닿아 있었기 때문이라고 생각한다. 또 이때는 정권이 반

중요한 일이었다면 교과서 장악은 새로운 세대의 문학관 형성을 위해 중요한 일이었다. 『문예』, 『현대문학』, 『월간문학』, 『한국문학』 등은 이러한 목적에서 창간된 잡지들이었다.[3]

　해방기 <청년문학가협회>를 이끌었던 김동리, 조연현, 서정주, 박목월, 조지훈 등이 이 '문단주도세력'[4]에 해당하는 문인들이다. 이들 중 김동리의 역할이 특별히 중요한데, 그는 '순수문학'으로 '비순수문학'에 대항한 대표적 이데올로그였을 뿐 아니라 주요 문예잡지를 창간, 주관하였고 교과서에서 수용된 문학사, 문학론을 생산한 이론가였기 때문이다. 이념이 개입된 듯한 문학에 공산주의 이미지를 덧씌워 '반공주의'를 유별나게 드러냈다는 점에서도 김동리는 주목할 만한 인물이다. 또 김동리는 자신의 문학 주도권을 유지하는 과정에서 지속적으로 이분법적 타자 배제의 논리를 활용했다. 타자 배제의 논리는 반공주의와 구조적 상동성

공주의를 국가 전 영역에 관철시킬만한 힘이 생긴 시기이기도 하다. 그 이전 특히 50년대는 '문단주도세력'이 문단을 장악하고 있었지만 교과서의 문학 부분이 이들의 논리를 십분 수용하고 있다고 보기는 어렵다. (차혜영, 「문학교육과 정전 구성의 원리」, 『상허학회 심포지움 발표 자료집』, 2005. 5. 28, 참조)

3) 순문예지에 대한 애착은 '문단주도세력'이 일제 말 『문장』을 통해 데뷔했거나 『문장』을 주 활동 무대로 삼았던 이들이라는 사실과 무관하지 않은 것으로 보인다. 알다시피 『문장』은 가람, 상허, 지용이 주관한 잡지로 그들의 문학적 취향이 그대로 녹아 있는 잡지였다. 김동리가 상허의 에피고넨으로 청록파가 지용의 에피고넨으로 불렸던 사실은 이 잡지의 영향력이 얼마나 컸었던가를 짐작하게 한다. 특히 비평이 아닌 창작을 통해 자신의 입지를 굳혀야 했던 이들에게는 발표 지면의 확보가 다른 무엇보다 중요하였을 것이다.

4) 조연현은 <청년문학가협회> 출신으로 <문학가협회>, <문인협회>를 구성한 문인들을 '문단주도세력'이라고 부른다. 명명법과 대상은 김윤식이 '문협정통파'라고 부른 것과 크게 다르지 않다. '혁명주체세력'이 주는 어감과 유사한 이 말은, '정통파'라는 말이 주는 주관적 느낌이 적다.

을 가진 것으로써 우리 문학사의 왜곡을 가져온 주된 원인이었다.

이 글에서는 '문단주도세력'의 문학론을 대표하는 김동리의 순수문학론이 시대의 흐름에 따라 어떻게 변화하게 되는가를 살피려 한다. 앞서 말한 대로 순수문학은 문학에서 반공주의의 내면화에 절대적 영향을 미쳤다고 생각하기 때문이다. 이는 반공주의 이데올로기가 문학에 미친 영향을 살피는 일인 동시에 순수문학론 자체가 가진 한계를 점검해보는 작업이 될 것이다.[5]

2. 반공주의와 순수문학

순수문학의 주체 확립 전략은 반공주의의 그것과 매우 유사하다. 개념을 생산하여 내포를 채워나가는 것이 아니라 상대방의 문제를 지적함으로서 스스로의 정당성을 확보하는 방향을 택한다는 점, 상대방에 대응하기 위해서는 이질적인 요소를 기꺼이 포섭한다는 점에서 그렇다. 일상적인 용어 사용 방법을 넘어서고 있다는 점에서도 둘에는 유사한 점이 있다. 반공이 '공산주의' 이상을 반대하는 것과 마찬가지로 '순수'도 '비순수' 이상을 공격하는 경우가 많다.

반공주의가 그렇듯이 순수문학도 수용의 논리보다는 배제의 논리를

---

5) 이 글에서는 노골적으로 공산주의 혹은 북에 대한 적개심을 드러낸 문학을 다루지 않는다. 실제 반공주의를 그것들을 통해 확인할 수 있는 것이 사실이지만 문학적으로 영향력이 지속적이지 못했고 문학적 가치 면에서 보잘 것 없는 문학을 다루는 일은 무용하다고 생각하기 때문이다. 그보다는 문학인 또는 일반 독자들의 내면에 큰 영향을 준 '순수문학' 안에 내재된 반공주의, 또는 반공주의에 의한 변화를 살펴보는 것이 반공주의의 실체에 다가가는 길이라 생각한다.

주로 사용한다. 배제의 논리가 가진 약점은 자신과 대적할 수 있는 뚜렷한 대상이 존재할 때는 나름대로 논리적이고 체계적이라는 느낌을 주지만 대결 대상이 사라졌을 때는 자기 논리의 정당성을 확보하는 데 어려움을 겪게 된다는 데 있다. 따라서 배제의 논리가 설득력을 얻기 위해서는 끊임없이 배제의 대상을 찾아야 한다. 이때 무리하게 배제의 논리를 확대하다 보면 제한된 자기 동일성 영역을 제외한 모든 것에 대한 거부로 이어질 수도 있다. 이 경우 타자에 대한 정당한 인식이 어려워지고 스스로의 논리도 불구로 떨어질 가능성이 크다. 비록 적대적일지라도 주체를 세워주는 것은 타자의 존재인데 타자의 상실은 스스로의 주체성도 잃게 만들 수 있다. 배제해야 하는 대상이 사라졌을 때 자신은 텅 비게 되고, 그 텅 빔은 다시 적대적 세력을 필요로 하는 악순환을 겪게 된다.

배제의 논리가 가진 이러한 함정을 김동리의 순수문학론을 통해 확인할 수 있다. 식민지시대부터 1970년대까지 일관되게 유지되어 온 그의 문학이념이 특히 중요하게 부각되는 시기는 해방부터 전후에 이르는 몇 년간이다. 이 시기는 문학적·정치적으로 새로운 국가의 기초가 형성되는 시기였다고 할 수 있다. 국가의 기초를 만드는 이 시기에 김동리는 좌익 문학에 대한 공격과 민족과 전통, 인간 본성이라는 개념을 앞세워 남쪽의 문학 이념을 선도하였다. 그가 상대해야 했던 '적'들이 생활과 구체를 '지나치게'(또는 생소하게) 강조했기에 이에 대항하기 위한 논리로 추상과 보편을 내세웠던 셈이다. 이 시기 김동리의 논리는 상대방의 논리가 갖는 상대적인 취약점을 지적하고 이를 통해 반사 이익을 얻는 길을 택한다. 그러나 50년대 중반 이후 김동리의 비평은 상대방을 갖지 않은 상태에서 자신의 논리를 반복하는 데 그치고 만다. 대적할만한 논리적 대타를 전혀 갖지 못한 데서 생긴 문제이다. 시대와 어울리지 않는 순수문학의 논리는 동시대 작품에서 창작적 성과를 발견하는 데도 어려움을 겪게 되는데, 이때 김동리가 선택하는 길은 이념이 의심스러운 현재 문학에 대한 공격이나 세계문학이라는 더 큰 범주로의 탈출이었다.

다양성을 상실한 문학적 상황은 문단 권력에 대한 과도한 집착으로 이어졌다. 단정 이후 단일한 이념이 지배하는 상황에서는 이념의 대결이란 의미가 없어지고, 개인의 욕망은 그 이념을 실현하기 위한 제도를 장악하는 데 집중된다. 여기서 제도란 <한국문학가협회> 또는 <한국문인협회>라는 기구와 '문예잡지'라는 매체였다. <한국문인협회>는 61년 쿠데타 이후 이전 문학 단체를 해산하고 1961년 12월 30일 결성된 통합 문인 단체로 이전에 활동하던 <한국문학가협회>, <자유문학자협회>, <시인협회>, <소설가협회>, <전후문학가협회>의 구성원들이 참가한 단체이다. 그러나 실제는 <한국문학가협회>가 주도한 단체로 볼 수 있다. 초기 이사장은 전영택, 부이사장은 김광섭, 이희승, 김동리가 맡았으나 1965년 당시 이사장은 박종화, 부이사장은 김광섭, 김동리, 모윤숙이 맡았다.6) 이 시기 이사장을 맡았던 전영택과 박종화는 문단의 어른이기는 했지만 실제 일을 주관하지는 않았다. 실제로 협회를 움직인 인물은 김동리였다. 박종화가 자리를 물러난 1970년부터는 김동리와 조연현이 교대로 이사장을 맡으며 예전 <청년문학가협회> 출신 문인들이 협회를 주도해간다. 김동리는 문

---

6) 한국문인협회 편, 『해방문학 20년』, 정음사, 1965.

예잡지에도 지속적으로 관계한다. 해방 직후『문예』의 창간과『신천지』의 편집에 관여하고, 이후 문인협회장이 되어서는『월간문학』을 창간하고 협회장에서 물러난 후『한국문학』을 창간한다. 잘 알려진 대로『월간문학』과『한국문학』은 조연현이 주관으로 있었던『현대문학』에 대응하기 위해 김동리가 역량을 모아 창간한 잡지였다.7)

문학 권력에 대한 김동리의 도전과 좌절은 순수문학이 결정적인 약점을 드러낸 지점이다. 순수문학을 주장했던 문인들이 끊임없이 문학 권력에 도전했다는 점은 언뜻 모순된 것으로 보인다. 순수문학은 기본적으로 문학의 영역과 정치의 영역을 분명히 구분한다는 것이 일반적인 상식이기 때문이다. 그러나 이 점에서 김동리의 순수문학이 갖는 고유한 면이 드러난다. 그는 문학에서 현실적인 요소들을 부인했음에도 불구하고 문학 외적인 영역에서의 현실 관여는 거부하지 않았다. 이는 그의 문학론이 해방기 좌익 문인들과의 논쟁을 통해 정립된 것이라는 사실과 무관하지 않아 보인다. 좌익 문인들에 대결하는 문학의 논리는 순수여야 했지만 그것을 가지고 현실적 싸움을 벌이기 위해서는 정치의 영역에 들어가야 했던 것이다. 자신의 목소리를 낼 수 있는 마당을 확보해야 한다는 필요가 제도에 대한 집착으로 이어졌다 할 수 있다. 멀리 보면 그의 문학론이 기득권을 쥐고 있는 기성문인과의 대결로 시작되었다는 점과도 관련된다.

---

7) <한국문인협회> 안에서의 주도권 다툼과 문예지의 창간에 대해서는 조연현의 「내가 살아온 한국문단」(『조연현 문학전집』1권, 정음사, 1975), 홍기돈의 「김동리와 문학권력」(『한국문학권력의 계보』, 한국출판마케팅연구소, 2004)과 김명인의 『조연현─비극적 세계관과 파시즘 사이』(소명, 1994), 정규웅의『글동네에서 생긴 일』(문학세계사, 1999)을 참조할 수 있다.

사실 순수의 논리가 관철될 수 있는 영역은 창작 행위에 그칠 수밖에 없다. 문학 제도는 창작과 달리 정치와 현실의 영역이 될 수밖에 없어서, 문학처럼 추상적이거나 보편적인 영역으로 남기는 곤란한 분야이다. 그런데 문학과 현실을 구분하는 순수문학의 이분법 논리로 문학 제도에 접근한다면 정치 영역에서의 '순수한' 태도를 지향하게 되는 문제를 낳게 된다. 문학 쪽에서 본다면 문학과 현실의 분리는 모든 비문학적인 요소에 대한 철저한 부정이라고 할 수 있지만, 현실 쪽에서 본다면 순수한 문학 대 순수하지 못한 현실이라는, 서로 다른 것들이라는, 선명한 대립구도를 낳는다. 이러한 논리가 극단화되면 순수한 문학을 위해 순수하지 못한 현실을 버리는 경우가 생길 수 있고, 반대로 순수한 문학과 순수하지 못한 현실이라는 대립 구도를 통해 순수하지 못한 현실을 긍정하는 경우도 생길 수 있다.[8] 김동리를 비롯한 문단 주도 세력들이 선택한 것은 후자의 길이었다. 문학제도와 관련하여 순수가 현실 긍정을 선택하게 된다면, 다른 선택의 국면에서도 현실 긍정으로 흐를 수밖에 없는 것이 순수문학의 취약점이었다. 문학과 현실을 이분법적으로 사고한다면 결국 순수한 문학을 위해서 순수하지 못한 현실은, 부정되는 것이 아니라, 언제나 긍정될 수밖에 없는 것이다.

반공주의는 문단을 순수문학 일변도로 만들어 놓았는데, 문단에서 타자의 부재는 작품의 빈곤과 편향을 낳게 된다. 좌우익 대결 후 10여 년 동안은 그 편향이 매우 크게 나타나는데, 해방 이전 수준을 회복하는 데도 오랜 시간을 필요로 하게 된다. <문인협회>가 해방 이후 문단사

---

8) 류찬열, 「문학의 권력화와 정전화에 대한 성찰과 반성」, 『한국문학권력의 계보』, 한국출판마케팅연구소, 2004, 213쪽.

를 정리한『해방문학 20년』의 소설 부분 정리를 보면 반공주의 또는 순수문학이 미친 부정적 영향을 짐작해 볼 수 있다.[9] 다분히 비평적인 성격이 짙어 진위를 분석해 볼 필요가 있는 글이기는 하지만, 당시 소설의 흐름을 간접적으로 확인해 볼 수 있는 자료이기는 하다. 이 글의 내용은 해방 이후에는 이전의 주도적 경향이 크게 약화되었다는 것 정도로 정리할 수 있다. 여기서 특별히 눈길을 끄는 것은 첫 번째 항, 노동자 소설이 없어진 이유에 대한 분석이다. 그 이유는 “작품들이 대부분 지식인으로서, 공장 기타의 노동자의 생활을 알 수 없는 것도 있겠고, 한편으로는 자칫 잘못 하다간 공산주의자로 오인 받을까 봐 두려워서인 것도 있을”[10] 것이라고 한다. 노동자를 다루는 것이 작가들 사이에서 금기처럼 작용하고 있었음을 짐작할 수 있는 말이다. 생활을 알 수 없다는 말은 다른 항에서도 동일하게 사용된다. 해방 후 소설에 새롭게 나타난 특징도 정리하고 있는데, 다음과 같이 다섯 가지를 제시하고 있다. 첫째, 전쟁소설, 정치소설 등이 나타난 것이 새로운 국면이고, 둘째

9) 이 책에서 소설부분의 정리를 맡은 정태용은 소설에서 해방 전에는 있었으나 해방 후에는 없어진 것과 해방 전에는 없었으나 해방 후에는 생긴 것들을 나열하고 있다. 그는 해방 이전에 있었으나 해방 이후 소설에서 찾아보기 어려워진 것을 다섯 가지로 정리한다. 첫째는 노동자의 소설이 없어졌다는 점, 둘째는 농민소설이 완전히 없어지지는 않았으나, 아주 적어졌다는 점, 셋째는 봉급생활자, 소시민을 다룬 소설과 지식인의 소설도 드물어졌다는 점, 넷째는 인간을 다루는 데 있어서, 양심의 문제는 거의 망각되어 가고 있다는 점, 다섯째는 자연의 묘사나 자연미가 소설에서 제외되어 가고 있다는 점이다. 위의 다섯 가지 요소들은 사실 근대 소설이 시작된 이후 우리 소설이 지속적으로 관심을 보이던 대표적인 제재들이다. 노동자 농민, 소시민의 삶은 소설 제재의 대부분을 차지했다고 보아도 무리는 없을 것이다.(한국문인협회 편,『해방문학 20년』, 정음사, 1965, 34쪽.)
10) 한국문인협회 편,『해방문학 20년』, 정음사, 1965, 34쪽.

깡패소설의 등장 셋째 창부 소설이 나온 점을 든다. 넷째는 해방 전의 연애소설이 차츰 성(性)소설로 발전해 가고 있음을 느끼게 한다는 점이며, 다섯째는 실존주의와 함께 프랑스의 앙띠·로망이 시도되고 있다는 점이다. 당시 유행한 소설 경향이 무엇인지 짐작할 수 있을지언정 참신한 경향의 소설을 찾아보기는 어렵다. 주로 소재 차원의 새로움이라 할 수 있다.

현재의 시점에서 문학에서의 반공주의를 문제 삼는 이유는 위에서 드러난 바와 같은 편향성 때문이다. 단일한 정치적 견해가 지배할 경우 전체주의로 이어지듯이 단일한 문학 이념이 대응 이념 없이 오래 지속될 경우 문학은 다양성을 상실하고 자유로운 정신을 잃게 된다. 이는 문학의 장점이자 존재 이유인 타자에 대한 이해와 다양한 삶에 대한 깊이 있는 천착을 불가능하게 한다. 김동리의 순수문학론이 이를 보여주는 대표적인 사례일 것이다.

3. 세대론의 전략―인간 개성과 생명의 구경

김동리 순수문학론의 원형을 발견할 수 있는 것은 1930년대 후반 신세대 논쟁에서이다. 이 논쟁은 그 전개 과정 자체가 깊이 있는 이론 전개를 보여 주어서가 아니라 이 논쟁에서 얻어진 문학정신의 본질에 관한 이론가들의 견해가 해방 이후 우리 문단에 매우 큰 영향을 미쳤다는 점에서 중요하다. 특히 인간성 옹호론과 순수문학 이론의 접합이 이 논쟁의 전개과정을 통하여 이루어졌다는 사실은 여러 번 강조되어 마땅하다.[11] 사실 인간성 옹호라는 말은 30년대 후반 휴머니즘 논쟁과 맥을 같이하는 것일 터, 순수문학과는 쉽게 연결되지 않는 논의이다. 그러나 김동리는 휴머니즘의 인간중심주의를 경향문학과 대비시킴으로써 그것을 순수문학 안으로 끌어들이려 했다. 그의 순수문학론이 갖는 독특함이 여기에서 비롯된다고 할 수 있다. 김동리 평론에서 전가의 보도로 사용되는 '인간의 개성과 생명의 구경 탐구'가 구체화되기 시작하는 것도 이때이다.

이 시기 김동리의 순수문학론은 세대론의 성격을 띠고 있었다. 그는 기성의 작품에는 전 작품 세계를 압도하며 흐르고 있는 어떤 우상적인 이념에 지배되어 있음에 비해 신세대의 작품에는 개성과 구경에 대한 탐구가 두드러진다는 주장을 내놓는다. 이때 '우상적인 이념'이 무엇을 의미하는지는 명확하다. 세대론을 통해 구분하고자 했던 이전의 문학경향, 즉 경향문학을 의미한다. 그러나 경향 문학에 대한 부정이 특정한 이념에 대한 적대적인 거부인지는 분명하지 않다. 기성 문인들의 경향이 가진 문제점을 지적하고 자신들(신세대)의 문학이 가진 정당성을 주장하기는 하지만 비판의 초점은 '우상적인 이념' 일반이라고 볼 수 있다.

여기서 김동리가 말하는 우상은 근대정신의 일정한 흐름 전체를 말한다. 그는 자본주의의 물신주의나 마르크시즘 그리고 일본의 군국주의조차 근대정신의 흐름으로 비판한다. 구체적으로는 경향문학을 거부하고 있지만 그 거부는 특정한 이념 하나에 제한된 것은 아니었다. 우상적인 것의 현상태가 마르크시즘이었다면 그것과 유사한 형태의 우상도 거부

---

11) 김영민, 『한국문학비평논쟁사』, 한길사, 1992, 512쪽.

할 수 있다는 것이 이 시기 김동리의 생각이었다. 이는 이후에 근대의 초극 등으로 평가되기도 한다. 근대정신에 대한 전반적인 거부는 그것의 한 발현 형태인 군국주의 시대를 맞아 과감히 붓을 꺾고 고향으로 내려갈 수 있었던 정신적 근거가 되기도 한다.[12)]

그가 물질주의 정신을 비판하는 기준은 경향문학이 '사조적인 이념적 우상에 예속'되어 있다는 데 있다. 그는 경향문학과 관계된 이들이 "사조에 휩쓸리게 된 다른 일면의 진의"를 이해한다고 말하고 자신의 논의가 "중세의 '신'이나 근대의 '물질' 자체의 사상적 의의를 시비"하는 것은 아니라고 말하다. 단지 문학적 측면에서 그러한 노력이 이념적 우상에의 예속으로 떨어질 '운명적인 조건'(전통 빈약, 비개성)을 가지고 있다는 의미에서 문제라고 말한다.[13)] 이념에 대한 명확한 판단을 드러내고 있지 않다.

세대논쟁에서 순수라는 말을 먼저 사용한 것은 유진오이다.

하여간 나는 일개 문인으로서 문학에 있어서의 '순수'라는 것을 생각하기 요새보다 더 절실한 적이 없다. 순수란 별다른 것이 아니라, 모든

---

12) 따라서 김동리의 세대론을 <문장>파와 관련짓는 것이 가능하다. 김윤식은 <문장>의 전근대적, 고전적 복고주의의 폐쇄적 세계관은 한국이라는 민속적 이념과 부합되었다고 말한다. 그것과 연관되는 순수라든가 인간성 탐구 혹은 개성과 생명의 구경탐구는 문학가로서는 처세하기 힘든 시기에 가져야 될 모랄 문제였다고 지적한다. 김남천의 모랄론이 자기 고발의 형식을 띠고, 프로문학을 초극하려 했을 때 나타난 것이라면, 세대론은 신체제를 앞에 놓고 나타난 제2의 모랄론이라 할 수 있다는 것이다. (김윤식, 『근대문예비평사연구』, 384~385쪽) 이렇게 보면 김동리가 가진 장점이란 결국 문장파가 가지고 있는 장점과 크게 다르지 않다는 말이 된다.
13) 김동리, 「신세대의 정신」, 『문장』, 1940. 5, 95~96쪽.

비문학적인 야심과 정치와 책모를 떠나 오로지 빛나는 문학정신만을 옹
호하려는 의열(毅烈)한 태도를 두고 말함이다. 문단의 사조가 전면적으
로 혼돈 속에서 헤매고 있을 때 문학인－지식인의 긍지와 특권을 유지
옹호해주는 것은 오직 순수에의 정열이 있을 뿐이다.14)

순수는 김동리의 고유한 용어가 아니라 이 시기 문학의 화두 중 하나
였다. 위 예문에서는 유진오가 주장하는 순수의 모습을 확인할 수 있다.
유진오가 말하는 순수의 핵심은 "비문학적인 야심과 정치와 책모를 떠나
오로지 빛나는 문학정신"을 옹호하는 태도에 있다. 이처럼 순수를 새삼
강조하는 이유는 문단이 전반적으로 혼란에 빠져 있기 때문이라고 말한
다. 흔히 전형기로 평가되는 30년대 말, 빛나는 문학정신만을 지키자는
주장은 주변의 영향에서 자유로울 수 있는 방법의 모색이라는 의미를 갖
는다. 비문학적인 것에 의해 문학이 압사당하기 직전이었기 때문에 이런
생각은 유진오만의 고유한 것일 수 없었다. 비록 이후 유진오의 행적이
어떠했든 간에 시대의 고민을 담고 있는 주장이었음은 분명하다. 그가
말하는 빛나는 문학정신은 "순수 중의 순수로 자타가 공유하는 그들의
문학은 실로 심각한 인간고의 표현"이며 세계적 수준의 "순수를 계승하
기 위해 좀 더 시대적 고민 속으로 몸을 던"15)지는 데 있었다.
　이 논쟁이 시작될 무렵 김동리는 공격의 위치에 있다기보다는 방어하
는 자리에 있었다. 신세대의 각성을 촉구하는 기성세대에 대해 이미 신
세대들은 변화된 시대에 맞게 변화된 관점으로 문학을 하고 있다는 점

---

14) 유진오, 「순수에의 지향」, 『문장』, 1939. 6, 139쪽.
15) 같은 글, 136쪽.

을 강변하는 입장이었다. 그는 신인에 대해 "신인으로서 기성 작단에 대립할 새 성격을 가진 자"라고 정의하지만 새 성격의 실체를 하나로 묶지는 않는다. 그 이유는 "새 성격 그 자체가 다분히 주관적이라고 보매, 동시에 또 개성적이 아닐 수 없"기 때문이었다. 하지만 신세대들을 묶을 수 있는 성격은 "이론보다, 작품이 앞서게 되는 것"이라고 주장하였다.[16)]

「순수이의」에서 거론된 이런 초보적인 수준의 세대 언급은 다른 글 「신세대의 정신」에서 구체화된다. 논의 수준도 조금은 공격적이 된다. 여기서 김동리는 "경향문학 퇴조 이후 현저한 변모를 갖게 된 이 땅 문단의 신생면, 이것이 우리 문단현실이요 세대론의의 대상"[17)]이라고 분명히 규정한다. 세대론은 단순히 나이의 문제가 아니라 새로운 국면에 처한 문단 현실 자체를 대상으로 삼는다는 말이다. 예전 경향문학 중심의 시대가 가고 새로운 시대가 왔으니 그 시대를 다루는 것이 세대론이라는 말이다. 김동리는 신세대의 의미를 적극적으로 규명하고 문학적 특질도 구체적으로 분석한다.

> 한 세대를 형성할 이념으로서 크던적던(나는 적다고 하지 않는다) 그것이 제 자신에서 배태하여 제자신에게 빛어진 정신이 아니면, 이 땅 문단과 같이 전통이 빈약한 데서는 도저히 진정한 신세대는 출현할 수 없는 법이다. 비단 문학만이 아니라 종교나 철학의 경우를 보더라도 외래의 어떤 위대한 사상이 타민족에 들어가려면, 그 민족 본래의 어떤 고유한 개념이 범주를 거쳐(거기서 소화되어서) 그 민족 특유의 체취와 형태를 띠고 발휘되는 것이었다. 그것이 다만 그러한 개념의 범주의 문

---

16) 김동리, 「순수이의」, 『문장』, 1939. 8, 148쪽.
17) 김동리, 「신세대의 정신」, 『문장』, 1940. 5, 81쪽

148 김동리

제에만 끝이지 않고, 전체적으로 전통자체가 빈약하다든가 환경적 조건
이 성숙해 있지 못할 때엔 그 외래의 사상 혹은 원리란 그것을 신봉한
모든 지식인의 이념적 우상에만 그치고 마는 사실을 우리는 과거 모든
민족의 정신사상에서 보아온 바이다.18)

그가 말하는 순수는 상대방을 배제하려는 의도보다는 주체성 정립을
위해 끌어들인 개념에 가까웠다. 상대방에 대한 공격도 기왕의 것들에
서 벗어나 새로운 것이 정당성을 얻으려는 노력 정도로 이해할 수 있다.
'인간의 개성과 생명의 구경 탐구'라는 문학의 본래 기능을 다하기 위
해 필요한 것으로 김동리는 민족 본래의 것에 대한 추구를 주장한다.
민족 본래의 것을 추구하는 데는 이전 문학이 가진 문제에 대한 진단이
따르는데 그 진단에 따르면 우리 문학의 문제점은 외래의 사상이나 원
리에 대한 경도이다. 이를 극복하기 위해 "민족 특유의 체취와 형태"를
띠고 발휘되는 것이 새로운 세대의 정신이다.

　민족과 전통의 강조는 김동리의 이후 비평에서도 매우 중요한 의미를
갖는다. 그는 위기의 시대에 문학을 하는 자신들의 위치가 절실할 수밖
에 없다는 것을 "어떤 원리나 주의가 외부로부터 사조적으로 들어와 피
동적으로 덮어씌워진 것이 아니라, 한 절벽에 이르러 꺾이느냐 일어나
느냐 하는 문단생리의 배수진에서 그것(신생면)이 출발했기 때문"이라고
표현한다. 그런 폐해를 없애는 것이 신생면의 세대론이다. 따라서 세대
론에서는 "본질적으로 한 민족을 단위로"하기 때문에 "'세계사(문화)적
조류로서'라는 견지를 떠나서, 어느 한 민족의 문학이나 미술 등의 세대

---

18) 김동리, 「신세대의 정신」, 『문장』, 1940. 5, 82쪽.

문제를 논의함이 가능할 뿐”이다. 이는 “인간이 각자 지니고 있는 고유한 개성과 인생관만이 문학의 진정한 내용이 될 수 있”고, 사상이나 이념이라는 것도 여기에 기초하지 않으면 그것은 “생명과 개성의 구경 추구일 수 없으며, 한갓 ‘이념적 우상에의 예속’에 불과하다”는 주장이기도 하다. 생활과 운명과 의욕의 조화를 강조한다든지 이데올로기의 폐해를 지적한다는 점에서 해방기와 전쟁 이후의 비평과 큰 흐름에서는 일치한다.

물론 “인간이 각자 지니고 있는 고유한 개성과 인생관”이 무엇을 말하는 지가 명확하게 밝혀져 있지 않으므로 그의 주장을 드러난 그대로 수용하기는 힘들다. 그가 강조한 민족과 전통의 실체에 대해서도 의심의 눈길을 주기에 충분하다. 전통이란 발견되는 것이기에, 어떤 이념에 의해 선택되느냐의 문제가 중요하지 전통을 강조한다는 것 자체는 특별한 의미를 갖지 않기 때문이다. 김동리의 경우 민족적 특성에서 전통을 발견한다고 해야 그것은 ‘민족적 = 전통적 = 한국적 = 토속적’이라는 애매모호한 개념 사용에 바탕을 두고 있는 것이 현실이다.[19) 또 민족과 전통의 강조는 계급을 강조하는 좌익 이념에 대한 대응 개념으로 자주 언급되는 것이기도 하다. 통시적인 고찰을 통해 계급의 의미를 약화시키고 막연한 심정적 공동체인 민족을 정치적 동원 단위로 설정하는 방식은 해방 이후의 논쟁에서 분명해진다. 그 전조를 30년대 후반 김동리의 글에서 발견할 수 있는 것이다.

이 글이 무조건적인 배제의 논리 이상을 보여준다는 판단은 김동리가

---

19) 이경수, 「순수문학의 구축 과정과 배제의 논리」, 『한국문학권력의 계보』, 한국출판마케팅연구소, 2004, 83쪽.

평론가가 아닌 소설가의 자리에 서 있음을 확인하면서 더욱 분명해진
다. 김동리는 막연히 문학론을 설파하는 것이 아니라 구체적인 작가의
작품 경향을 들어 주장의 설득력을 얻으려 노력한다. 최명익, 허준, 정
인택 등의 작품을 분석하기도 한다. 그는 민족의 정신 사상에서 나온
문학의 하나로 자신의 「무녀도」를 들어 설명한다. 김동리는 자신이 「무
녀도」에서 다룬 것은 민속적 신비성이 아니라 조선의 무속이 "민족특유
의 이념적 세계인 신선관념의 발로"[20]라는 생각 때문이라고 한다. 한
인간이 자연에 융합되는 모습을 그리고 싶었다는 것이 그의 주장이다.
이러한 작품 판단의 옳고 그름을 떠나 김동리의 논리 체계가 가진 일관
성은 발견할 수 있다.

그러나 김동리가 유진오의 지적에 대해 답하지 않는 부분도 있다. 애
초에 유진오는 "비문학적인 야심과 정치와 책모를 떠나"는 것에서 순수
의 의미를 찾았다. 김동리는 순수를 말하며 문학 외적인 활동과 문학과
의 연관을 언급하지 않는다. 사실 이는 기성들에게 돌릴 말이기도 하다.
문학 외적인 여건에서 유리한 지점을 점령하고 있는 기성과 신세대라고
할 수 있는 김동리의 입장이 다를 수밖에 없었던 것은 분명하다. 또 비
평가와 작가의 입장이 달랐을 것이라는 짐작도 가능하다. 그가 늘 스승
처럼 생각했던 문장파의 이태준과 정지용은 비록 순수문학을 한 사람들
이지만 <문장>이라는 잡지를 가지고 있었다. 비평가를 갖지 못한 신세
대의 입장에서 평론가들에 맞설 수 있는 방법은 잡지를 경영하는 것이
었을지 모른다.

---

20) 김동리, 「신세대의 정신」, 『문장』, 1940. 5, 91쪽.

　대체적으로 이 시기 김동리의 논리는 경향 문학이 득세하던 이전 시기에 대한, 평론가 그룹에 대한 거부반응에서 나온 것으로 보인다. 그렇다고 김동리의 문학론이 그들에 대한 완전한 배제의 논리로 발전한 것은 아니다. 그의 고민은 동시대를 살아가는 문학인들 모두에게 해당하는 것이었고, 새롭게 창작활동을 시작하는 작가들에게는 더욱 절박한 문제였다. 이 시기 김동리는 기성 문인들이 생각의 전환을 이야기할 때 신세대는 이미 변화된 모습으로 활동을 하고 있다고, 자신들이 정체성을 문단을 향해 강력히 주장하고 있었다.

4. 해방기의 김동리−계급문학과 민족문학

　문인들에게 해방기는 문학론의 선택이 체제 선택과 직결되는 시기였다. 이를 바꾸어도 참이 되는데, 체제를 선택하면 문학론도 그 체제에 맞는 것이 선택되어야 했다. 그러나 선택할 수 있는 체제는 다양하지 않았다. 남 아니면 북, 계급주의 문학 아니면 순수문학만이 주어져 있었다. 남을 선택한 경우에는 북의 그것을 펼 수 없고, 북을 선택한 경우에는 남의 그것을 펼 수 없었다. 정치 체제의 확정과 함께 문학론도 확정되는 기이한 상황이 해방기에 벌어졌고, 이런 상황은 최근까지도 이어져 왔다. 김동리가 해방 공간에서 마주한 것도 이런 현실이었다.

　김동리가 해방기에 본격적으로 주창하게 되는 순수문학의 내용은 해방 전 「신세대의 정신」에서 언급했던 내용과 본질적으로 다른 것은 없다. "문학정신의 본령정계의 문학"을 내세우고 그것이 인간성 변호와

개성향유를 전제하고 있다는 것을 강조한다는 점에서 그렇다. 하지만 주변의 상황은 크게 달라져 있었다. 세대론의 대상은 경향문학의 퇴조 이후 갈팡질팡하던 선배문인들이었고, 이 시기 김동리가 다투어야 하는 대상은 이념에 대한 확신을 가지고 있는 좌파 문인들이었다. 세대론의 경우 비록 유진오와 논쟁을 하기는 했지만 변화된 현실에 대한 반응이라는 점에서 앞선 문인들과 굳이 적대적인 관계가 될 필요는 없었다. 이에 비해 해방기의 논쟁은 사활을 건 치열한 것이었다. 문학만으로 그칠 수가 없는 환경이 강요되고 있었던 셈이다.

김동리가 문학론과 정치적 상황이 분리될 수 없음을 이해하고 있었다는 사실은 해방 후 주목할 만한 최초의 글 「순수문학의 진의」에서부터 드러난다. 그는 이 글에서 문학론과 함께 정치 체제를 거론한다. 그는 개성의 자유와 인간성의 존엄을 목적으로 하는 조류를 데모크라시로, 과학이라 불리는 현대적 우상을 숭배하는 과학주의적 기계관의 결정체를 유물사관으로 보고 있는데,[21] 스스로 유물사관에 반대하는 자리에 서야 한다는 것을 자각하고 있었다. 세대론에서도 경향 문학에 대한 입장을 분명히 보여주기는 했지만 그것은 시차를 두고 벌이진 문학 조류에 대한 반응이어서 대립과 선택을 강요한 것은 아니었다.

계급 문학에 맞서는 순수문학의 논리는 '민족문학'이었다. 여기서 민족문학은 민족의 당면한 현실에 대한 고민을 최우선 과제로 하는 경향이 아니라 민족 전통 혹은 민족의 운명이라는 추상적인 지향을 드러내는 민족문학[22]이었다.

---

21) 김동리, 「순수문학의 진의」, 『문학과 인간』, 청춘사, 1952, 107쪽.
22) 민족문학이라는 용어는 당시 계급문학과 순수문학 양쪽에서 함께 사용한다. 어

문학정신의 본령이 인간성 옹호에 있다고 볼 때 오늘날과 같은 민족적 현실에서의 인간성의 구체적 앙양은 조국애나 민족혼을 통하여 발휘되어 있는 것이며 이것의 진정한 문학적 구현이야말로 문학 이외의 목적의식에서 경화(硬化)한 것이 아니라면 — 참된 순수의 정신에도 통해 있다고 하지 않을 수 없을 것이다.[23]

민족문학론이 유물론과 비교하여 강조하는 것은 민족 '정신'이다. 위의 예문에서 볼 수 있듯이 민족정신은 결국 조국애나 민족혼으로 이어진다. 조국애나 민족혼의 발현이 인간성 옹호의 문학적 구현이라고 볼 때, 여기서 배제되는 계급문학은 인간보다 다른 무엇을 강조하는 것이 된다. 목적의식에 경도된 계급 문학은 순수문학에서 벗어난 것이 된다. 여기서 조국애나 민족혼은 조국과 민족이라는 개념의 내포에 의해 설명되는 것이 아니다. '목적의식에 경화한 것'을 제외하면 '참된 순수의 정신'이 된다는 배제의 논리로 설명된다.

김동리의 문학론이 구체화되는 것은 신진 비평가들에 의해 순수문학이 공격을 받고부터이다. 주요 공격 내용은 순수문학이 상아탑류의 문학이라는 점이다. 이에 대응하여 순수문학과 다른 문학을 분명하게 구분하여 설명하고 있다는 것이 「본격문학론과 제3세계관의 전망」[24]이라는 글이

떤 것이 민족문학이냐에 대한 견해에 있어 큰 차이가 있었던 셈이다. 김동리는 "지금까지 '당의 문학' 계열의 문학인들은 자기 자신들의 문학적 표어를 정면으로 '계급문학'이니 '경향문학'이니 하지 않고 슬그머니 '민족문학'이란 잠칭을 사용하여 왔"다고 말한다. 이는 볼셰비키 정치단체들이 민주주의를 내세우는 것과 같다는 것이다.(김동리, 「당의 문학과 인간의 문학」, 『문학과 인간』, 209쪽) 그러나 이러한 생각은 민족문학이 민족의 현실과 어떻게 관계 맺어야 하는가를 고민하는 문학이어야 한다는 진지한 고민을 받아들이지 못하고 있다.

23) 김동리, 「문학과 문학정신」, 『문학과 인간』, 153쪽.

다. 이 글에서 김동리는 계급 문학에 대해 정면으로 대응한다. 이 글은 김병규의 글에 대한 반론의 성격을 띠고 있는데, 논쟁에 어울리게 자신과 논쟁자 사이의 세계관적 모태에 대해서 문제 삼는다. 즉 유물사관을 문제 삼고 있는 것이다. "물질적 생활 자료의 산출 방법이 사회적, 정치적 및 정신적 일반생활상의 과정을 결정한다"는 유물론 원칙에 의해 지배되는 것이 계급문학이고, 이것은 일면의 진실을 가지고 있지만 "일반생활에 있어서 그 자유향상의 욕구와 방법은 사회적 정치적 및 물질적 일반 생활의 과정을 결정한다."(123쪽)고 하여 말보다도 의미가 단순하다고 지적한다. 그리고 정신과 물질 이전의 '생명력'을 내세운다. 이어 "이 자유지향의 욕구라는 주체적 조건과 물질적 생활 자료의 산출방법이라는 객관적 조건이 상호제약하며 상생상극하야 인간 역사의 변증법적 전개를 초래하고 있다는 것을 알지 못한다."고 공격한다. 자본주의 사회의 지양을 외치는 유물사관은 일면 타당해 보이지만 결국 "일면 근대주의의 연장이란 의미에서 있어선 마땅히 지양되어야 할 과학주의 물질주의 기계주의 공식주의의 결정체라고 볼 수밖에 없다"(125쪽)는 것이 김동리의 주장이다. 사실 이러한 비판은 실제 사회주의 이론 전체에 대한 것이 아니라 자신의 경험에 의해 해석한 제한된 사회주의에 대한 공격이다. 논리적, 과학적 차원이기보다는 경험론적 차원의 비판이라 할 수 있다.

계급문학에 대한 김동리의 생각은 현실에서 구체적인 사건을 만나게 된다. 좌우익의 이념 대결의 영향이 문학에서 어떻게 나타날 수 있는지를 알려준 사건이 1947년의 '응향 사건'이었다. '응향 사건'이란 <북조선

---

24) 김동리, 「본격문학과 제3세계관의 전망」, 같은 책.

문학예술총동맹>의 지부에 해당하는 <원산문학동맹>의 이름으로 나온 시집『응향』에 실린 일부 시에 대한 <북조선문학예술총동맹> 차원의 비판과 이에 따른 결정을 일컫는 말이다. 이 시집은 강홍운·구상·노향근·박경수 등의 시를 싣고 있는 것으로 <북조선문학예술총동맹>은 이 중에서 구상의 「길」을 포함한 일부의 시들이 당시의 진보적 민주주의의 현실과는 관계없는 조선 현실에 대한 회의적·공상적·퇴폐적·현실 도피적·절망적 경향을 띤 것으로 파악하고 1947년 1월에 「시집『응향』에 관한 결정서」를 발표했다.[25] 그 결정서의 내용은 문학이 '인민'에게 복무해야 한다는 말로 집약된다. 김동리는 이 사건에 대해 「문학과 자유를 옹호함」이라는 글을 썼거니와 이 사건은 이전까지 써왔던 계급 문학에 대한 부정적인 인상이 강화되는 계기가 된다.

신세대 논쟁에서 출발한 순수문학의 논리는 기성과 다른 자기 세대의 독특함을 내세우는 데서 시작했지만 해방기 논쟁 과정을 겪으면서 점차 배제의 논리로 기울게 된다. 배제의 논리를 펼 경우 배제 대상들 사이의 차이들은 쉽게 무화되곤 한다.

> 그러므로 문학은 어떠한 목적을 막론하고 목적달성의 도구가 되어서는 아니 된다는 것이다. 게르만의 피를 선동하기 위한 나치스 문학이나, 황도 정신을 고취하기 위한 일제의 소위 황도 문학이나 소연방주의를 구가선전하기 위한 '인민신'의 문학이나 그것이 다 같이 국책문학인 점에 있어, 또 정치주의적 목적문학인 점에 있어서는 아모 것도 다를 것이 없는 것이다.[26]

---

25) 김재용, 『북한문학의 역사적 이해』, 문학과지성사, 1994, 128쪽.
26) 김동리, 「문학과 자연을 옹호함」, 『문학과 인간』, 청춘사, 1952, 143쪽.

위 글은 문학을 목적 달성을 위한 문학과 그렇지 않은 문학으로 양분하는 김동리의 논리를 보여준다. 다른 글을 참고해 보아도 김동리가 보는 문학은 현실적 목적을 달성하기 위한 문학과 인간 본령 정계를 위한 문학으로 양분된다. 김동리에게 나치스 문학＝황도문학＝'인민신'의 문학이라는 등식이 성립되는 이유가 여기에 있다.

위 글의 구분에 의하면 공리주의 문학들은 그 정치성에 있어서 서로 같은 것이며, 공리주의 안에서의 차별성은 무시해도 좋은 것이 된다. 현실적 가치를 주장하는 것 자체가 문제이지 그것들 사이의 차이는 중요하지 않기 때문이다. 이런 주장은 표면적으로 다양한 공리적 문학을 문제 삼는 것 같지만 실제로는 현재 의미 있는 또는 직접적인 관련이 있는 공리주의 문학을 공격하는 것이 된다. 특정한 문학의 논리를 본격적으로 공격하지 않아도 자연스럽게 공격 대상이 좁혀지는 셈이며, 그때마다 사용하는 무기는 늘 같은 칼이다. 공리성을 문제 삼을 수만 있다면 어떤 문학이라도 같은 방식으로 공격할 수 있는 것이다.

자신을 중심으로 했을 때 타자는 공통점을 가진 대상으로 쉽게 묶일 수 있다. 이 때 중요한 것은 자신의 이론이 전체에서 차지하고 있는 비중이다. 타자들의 크기가 일방적으로 커 보인다거나 자신의 크기가 지나치게 작아 보일 경우 이는 자신의 이론이 가진 편협함을 반증하는 것이 될 수도 있다. 공통점으로 묶은 대상들이 실제로 큰 차별성을 가지고 있을 때 그들을 하나로 묶는 이론은 편벽한 것이 되고 마는 셈이다. 사실 문학은 김동리의 말대로 인간성의 본질을 추구하는 문학과 현실 당파의 이익을 대변하는 문학으로 나뉘는 것이 아니다. 인간성의 본질을 어떻게 보는지, 인간성의 본질을 추구하기 위해 어떤 가치가 유용한

지 또 그것을 위해 문학은 무엇을 해야 하는지, 또는 할 수 있는지에 의해 다양한 스펙트럼이 존재하게 된다. 자기중심의 타자 배제 논리는 이런 스펙트럼을 모두 놓치고 만다.

배제의 논리로 이어지는 논리는 현실에서 설득력을 갖기가 매우 어렵다. 그러나 이런 취약한 이론에도 불구하고 김동리는 다행히 고비 때마다 상대방의 결정적인 약점을 발견할 수 있었다. 그 약점은 주로 문학 외적인 것이었다. 해방기에는 찬탁과 반탁의 문제가 호재였고, 한국 전쟁 이후 전쟁의 참상으로 이념이나 인간성에 대한 환멸이 크게 일어난 것도 모두 그에게 유리하게 작용하였다. 한 연구자의 지적대로 "<구경적 삶의 형식>이 김동리의 주 무기이지만, 이 무기의 힘보다도 상대방의 아킬레스건의 발견이 김동리의 승부수가 놓인 곳이었다. 해방기의 경우 하룻밤 사이에 반탁에서 찬탁으로 표변하는 180도 전향이 바로 상대방이 노출한 아킬레스건이었다."[27] 그리고 이후에는 굳이 상대방의 아킬레스건을 발견할 필요조차 없이 적이 제거된 상황에서 독주를 하게 된다. 전후, 근대화 과정을 통해 '순수'와 '전통'은 최고의 문학적 가치로 대접받았다.

김동리 문학론이 가진 가장 큰 문제점은 자신이 뿌리내리고 있는 현실에 대한 구체적인 파악을 결하고 있는 점이다. 경험에 기초하여 심정적 비판을 하고 있기는 하지만 그것이 논리적이거나 체계적이라고 볼 수는 없다. 그가 계급에 맞서 내세우는 민족과 전통은 오래되고 고유한 것을 말함으로써 현재를 제거하는 논리로 동원된다. 해방기의 민족과

---

27) 김윤식, 『해방공간 문단의 내면 풍경』, 민음사, 1996, 79쪽.

전통의 강조는 일제 말기 전통과 민족을 말하면서 무언가를 지키려 했
던, 또 지킬 수 있었던 상황과는 매우 다른 것이다. 초월, 영원, 운명,
구경 등을 내세워 민족과 전통을 이야기하면 인간의 현재와 미래를 통
합하여 사고하는 것처럼 보이지만 사실 '본질적인 것'에서 현재를 물러
서게 하는 결과를 낳게 된다. 과거·현재·미래를 아우를 수 있는 보편
적인 주제란 결국 불확실한 현재나 알 수 없는 미래보다 과거를 향할
수밖에 없기 때문이다. 이는 커다랗고 위대한 주제를 이야기함으로써
자잘해 보이는 구체적인 문제들의 가치들을 하찮게 만들어 버리는 보수
주의자들의 전통적인 전략에서 크게 벗어나지 않는다. 실제로 '구경적
삶의 형식' 같은 추상적인 주장은 아무런 내용을 담고 있지 않기 때문
에 구체적인 공격을 상대적으로 덜 받아왔다. 일관된 주장임에도 불구
하고 김동리의 문학론이 의미를 갖는 시기가 특별히 있는 이유가 여기
에 있을 터 한국 전쟁 이후에는 문학론 내의 원리가 아니라 문학 외적
인 논리가 주장의 정당성을 부각시켜주었던 것이다. 김동리가 주장하는
영원성·보편성론은 인간에 대한 상식화된 지식들을 되풀이함으로써,
인간에 대한 이해를 추상화시킬 위험을 안고 있는 것이다. 진정한 인간
의 구경은 인간을 현실적 상황 하에서 조명함으로써만 입체적으로 드러
나는 것이며 인간성의 옹호 역시 구체화될 수 있는 것이기 때문이다.[28]
　그의 문학이 갖는 이러한 성격은 한국 전쟁 이후 우리 근대의 발전
과정과도 통하는 면이 있다. 근대화 '발전 이데올로기'가 물질적인 면에
서는 서구의 그것을 추종하지만 정신적인 면에서는 전통적인 것을 추구

---

28) 이주형, 「김동리 <순수문학론>의 반현실주의」, 『김동리』, 살림, 1996, 724쪽.

하는 불균형을 노정해 왔다는 사실은 잘 알려져 있는 바, 비합리적 세계인식을 보여주는 김동리의 문학은 이러한 발전 과정에서 중요한 이데올로기로 동원되었다고 할 수 있다. 근대화를 통해 물질적으로 부강해지는 사회는 지향하지만, 서구의 자유 민주주의나 개인주의에 기반 한 문화나 정신은 받아들이지 않은 것이 우리 현대 정치사의 독특한 측면이었다. 따라서 물질적 서구화와 정신적 한국화를 지향하는 문화적 장치가 근대화 기획 속에서 구축되기에 이른다.[29]

김동리 문학에 있어 전통은 근대 이후에 발견된 향수로서의 전통, 비합리주의로서의 전통에 가깝다. 여기서 전통이 현재에 되살릴 수 있는 실용적인 유산이라는 보장은 없다. '가버린 시절'에 대한 수요와 공급이 늘어나는 것은 실제로는 '과거가 불가피하게 현재에 대해 요구하는 바를 거부'하려는 수단인 경우가 많고, 이럴 경우 향수로서 향유되는 과거는 진지하게 받아들일 필요가 없기 때문이다.[30]

5. 김동리와 반공주의—현실 긍정과 체제 순응의 논리

김동리에게 해방기의 상황은 적과 아를 분명히 가르는 '최초의 장면'[31]과 같은 역할을 하였다. 그에게는 자신과 상대되는 자리에 놓인

---

29) 김은실, 「한국 근대화 프로젝트의 문화 논리와 가부장성」, 『우리안의 파시즘』, 삼인, 2000, 116쪽.
30) 하비 케이, 『과거의 힘』, 오인영 역, 삼인, 2004, 40쪽.
31) 그 밖에 김동리에게서 최초의 장면을 확인할 수 있는 가장 좋은 텍스트는 「밀다원 시대」가 아닌가 생각한다. 더 이상 밀려날 곳이 없는 땅 끝으로 밀려났다는 생각은 상대방에 대한 공포와 적의를 키우기에 충분할 조건이었으리라 짐작한

다양한 논리들이 하나의 공통점으로 묶이듯이 이후에는 과거와 현재의 논리들도 유사점을 중심으로 묶인다. 문학 비평이 같은 것을 묶고 다른 것을 갈라 바른 자리를 찾아주는 활동이라고 할 때 한국 전쟁 이후 김동리의 나누기와 묶기는 그 작업 자체의 유용성을 의심할 정도의 수준에 이른다. 타자를 구분해 내는 김동리의 이분법이 극에 달하는 것은 1970년대 후반이다. 현실과 정치의 이분법이 현실 긍정으로 이어지고 자신이 긍정하고 있는 현실에 대한 부정에 대해 민감하게 반응하는 단계에 이른다. 현실 부정은 곧 사회주의나 북에 대한 긍정으로 의심 받는다. 이런 생각 역시 논쟁의 형식으로 드러난다.

70년대가 마무리되어 가는 1978년 김동리는 「한국문학이 나아갈 길」이라는 강연을 한다. 강연의 주 내용은 현재의 문학이 공리성과 사회성에 치우침이 우려할 수준에 이르렀다는 것이다. 그 구체적인 대상으로 계간지를 중심으로 활동하는 비평가들을 지목하고 있다. 이 강연 내용이 소개된 뒤, 구중서·임헌영·홍기삼 등이 반론을 제기한다. 이 반론에 대하여 김동리는 「문학엔 임무가 있을 수 없다」, 「이럴 수도 저럴 수도 있는 것이 아니다」라는 글로 대응에 나선다. 이 밖에도 김동리는 「한국문학 어디서 와서 어디로 가는가」라는 백철과의 대담을 통해서도 자신의 의견을 강하게 내세운다.

논쟁은 김동리가 비평가들의 비평 경향을 공격하는 방향으로 이루어진다. 김동리가 가장 불만을 갖는 것은 현장 비평가들의 평가 기준, 나아가 그들의 가치관이다. 당시 김수영과 신동엽을 높이 평가하는 비평

다. 이에 대해서는 다른 논의가 필요할 것 같다. 최초의 장면에 대한 탐구는 월남한 작가들의 다양한 내면을 살피는 데도 중요한 역할을 할 것이라고 생각한다.

가들의 태도에 대해 "유치환의 철학이나 박목월의 서정보다 김·신(김수영, 신동엽) 양씨의 현실부정의 깃발을 내세워야 하는 경위와 저의가 무엇이냐"32)고 공격하는 것이 대표적이다. 그들의 문학적 성취를 객관적으로 고평한 것이 아니라 그들의 문학이 가지고 있는 공리성을 지나치게 평가한 것이 아니냐는 주장이다. 여기서 김동리는 김수영과 신동엽의 시가 유치환, 박목월의 그것보다 우수할 수 있다는 가능성에 대해 전혀 고려하지 않는다. 그들은 공리적인 문학을 했기 때문이다.

그렇다면 김동리가 새삼스럽게 나이를 잊고 논쟁에 뛰어든 이유는 무엇인지가 궁금해진다. 50년대 이후에도 문학의 공리성을 내세우는 비평가들은 많이 있었다. 순수 참여 논쟁으로 총칭되는 문학 논쟁은 사회참여 논쟁, 앙가제 논쟁, 시의 불온성 논쟁 등이 있었다. 이때는 특별한 대응을 하지 않던 김동리가 때늦게 직접 논쟁에 나선 것은 이례적임이 틀림없다. 이에 대해서는 두 가지 가능성을 생각해 볼 수 있다. 하나는 '순수문학'의 자장에서 벗어난 문학론은 많이 있었으나 그것은 주로 비평가들의 문학 논쟁이었다. 그러나 이 시기의 김동리가 문제 삼은 것은 구체적인 문학 작품에 대한 평이다. 순수 영역으로 김동리가 늘 강조하던 문학 작품에 대한 평가에 민감하게 반응할 정도로 생각할 수도 있다. 그러나 그가 직접 논쟁에 나선 이유는 이 시기에는 김동리, 조연현으로 대표되는 '문단 주도 세력'을 대신해서 공리주의 문학과 싸워 줄 비평가가 없었기 때문이다. 60년대 순수·참여 논쟁은 사실 김동리와 조연현을 스승으로 둔 신인들이 전면에 나선 논쟁이었다. 그러나 70년대 후

---

32) 김동리, 「문학엔 임무가 있을 수 없다」, 『우리문학의 논쟁사』, 어문각, 1985, 473쪽.

반에 들어서 문단 내에서 순수의 설득력은 매우 약해져 있었다. 바야흐로 문단의 주도권이 옮겨져 가는 상황에서 원로들이 직접 나설 수밖에 없었다고 할 수 있다.33)

이 시기 김동리의 글에서는 순수문학을 주장하던 시절의 날카로움은 사라지고 상대방에 대한 비논리적 인신공격만이 두드러진다.

> 자기가 공산체제를 원하든 원하지 않든 자유체제를 공격하는 일이 자유체제를 육성시키고 발전시키는 것보다 반대 체제에 함수관계로 플러스하는 것이 열에 아홉입니다. 그래서 작가가 어두운 면을 보는데 문제가 있다고 봅니다. 어두운 면을 그리는 자체는 사실 할 수 없다고 봅니다. 내 자신도 대다수의 작품이 어두운 것 그린 게 많습니다만. 그러니까 작가가 어두운 면 그린다고 해서 그것이 체제 탓이라고 책임 돌리는데 문제가 있습니다. 어두운 면 그린다는 그것이 체제 탓의 의도가 아니더라도 평론가가 하느냐 안하느냐에 문제가 있습니다.34)

> 인도와 박애는 숭고한 사상이지만, 국가와 민족은 우리의 모든 이해와 운명이 직결되는 핏줄 같은 것이지만, 그리고 억울한 자, 가난한 자가 부와 권력에 짓눌리는 현실의 일각은 정의의 피를 끓게 하지만, 그렇더라도 문학이 그들 편에 서고, 그들을 돕기 위한 목적으로 사용되어서는 안 된다.
> 문학은 인간자체와 더불어 그 어떠한 다른 가치에도 종속될 수 없기

---

33) 물론 이 시기 김동리의 글은 식민지시대나 해방기의 글과 비교해 볼 때 질적인 면에서 매우 떨어진다고 할 수 있다. 그러나 이 글에서 김동리의 이 시기 글을 문제 삼는 이유에는 그 글의 논리적 타당성이나 이론의 정교함과 함께 김동리의 변화를 확인한다는 측면도 있다.
34) 김동리·백철 대담, 「한국문학 어디서 와서 어디로 가는가」, 『현대문학』, 1979. 6, 318~319쪽.

때문이다. 문학이 '누구 편'에 서거나 그러한 목적을 위해 '사용'될 때 그것은 경향문학이나 목적주의 문학에 불과하며 진정한 인간의 문학이라 할 수 있는 본격문학에서 이탈될 수밖에 없기 때문이다.[35]

위 예문에는 문학 작품을 통한 정치 행위, 나아가 비평 활동을 통한 정치 행위에 대한 거부감이 그대로 드러나 있다. 비평에 비해 노골적인 이념공세라는 인상을 강하게 준다. 문학의 문제를 넘어 그런 문학론을 펴는 비평가의 이념을 문제 삼고 있는 것이다. 이념 문제는 당연히 이적행위의 가능성으로 이어진다.

이념의 문제를 넘어 위 예문에는 체제 수호의 문제까지 거론된다. 체제의 문제가 현실 긍정의 이유로 동원되고 있는데, 상대 체제를 이롭게 할 수 있으므로 우리 체제에 대한 비판을 자제해야 한다는 반공 이데올로기의 전형을 볼 수 있다. "자유체제를 공격하는 일이 자유체제를 육성시키고 발전시키는 것보다 반대 체제에 함수관계로 플러스하는 것이 열에 아홉"이라는 주장은 현실의 언로를 막는 전형적인 방법이다. 내부의 문제에 대한 건강한 비판을 '이적행위'로 몰아가는 가장 확실한 현실 긍정의 정치학이라고 할 수 있다. "자유체제에 대한 모순을 지적하고 거부한다면 결국 사회주의 체제밖에 올 게 없"[36]다는 주장은 문학도 아니고 문학 제도도 아닌 순수한 정치의 영역에 닿아 있는 것이다. 말하자면 어두운 면을 그리더라도 체제는 건드리지 말아야 한다는 주장이

---

35) 김동리, 「이럴 수도 저럴 수도 있는 것이 아니다」, 『우리문학의 논쟁사』, 어문각, 1985, 489쪽.
36) 김동리·백철 대담, 「한국문학 어디서 와서 어디로 가는가」, 『현대문학』, 1979. 6, 316쪽

다. 또 설령 작가가 어두운 면의 문제를 체제 탓으로 그렸더라도 평론가가 그렇게 말해서는 안 된다고 한다.

예문에서는 심지어 '인도와 박애', '국가와 민족', '가난한 자가 부와 권력에 짓눌리는 현실'까지도 관심의 대상에서 제외해야 한다고까지 말한다. "억울한 자, 가난한 자가 부와 권력에 짓눌리는 현실의 일각은 정의의 피를 끓게 하"지만 그렇더라도 문학은 그들의 편을 들어서는 안 된다고 말한다. 문학은 어떤 가치에도 종속될 수 없는 것이기에 당장 눈앞에서 피를 끓게 하는 현실에도 눈을 감아야 한다는 것이다. 여기에까지 이르면 문학이 할 수 있는 일은 사실 '순수' 외에 아무것도 남지 않게 된다. 신세대 문학논쟁에서 시작하여 해방기를 거치면서 확신을 얻은 인간 구경의 탐구는 이 시기에 오면 절박한 현실적 가치들을 무시할 만큼 비대해졌다. 여기서는 계급문학이라는 대타 논리는 차라리 부수적인 데 머문다. 순수문학의 타자 배제의 논리는 체제 긍정과 수호의 논리로 사용되기 시작한다.

사실 박정희 정권 말기에 해당하는 70년대 말 이념에 대한 공격은 공격을 당하는 이들에게는 내용의 사실 여부와 관계없이 치명적인 상처가 될 수 있었다. 주지하다시피 이 시기는 반공주의가 최고점에 달한 때였다. 이승만 시기가 한국전쟁을 통해 군대, 경찰과 같은 국가의 물리적 억압기구들을 급속히 확대하면서 사회를 전시동원체제화 하였지만 국가의 감시체제 및 국가의 시민사회에 대한 통제력이 상대적으로 약했던 반면, 박정희 정권은 정치, 경제, 사회, 문화의 전 영역에 걸쳐 확고한 통제력을 확보하였을 뿐 아니라 그것을 병영적으로 통제했다.[37) 이런 시기에 문단의 원로로 대접받고 있었던 김동리의 공격은 큰 파괴력을 가질 수 있었다. 문학이 문학 외의 영역으로 넘어간다고 생각할 때 문학외적인 영역을 통해 문학내의 '바르지 않은 길'을 바로잡아 주려 했던 것이 김동리의 이 시기 모습이라고 할 수 있다.

과거의 경험으로 현재를 재단할 때 생길 수 있는 폭력은 다음 글에서도 확인된다.

> 자네는 시나 소설은 모름지기 부정부패를 척결하는 기계같이 알지만, 나의 의견은 다르다네. 부정부패는 수사 기관과 또는 정치 활동을 통하는 것이 훨씬 직접적이고 효과적이라고 보네. 소설이나 시도 그런 일을 할 수 있지만, 직접 법과 행동으로 하는 데 비하면 약하고 비능률적일세. 더구나 문학은 작가의 개성과 문학관이 다르므로 모든 문학이 다 그런 정치적인 보조 기관 노릇이나 해서는 안 되네. [……]
> 해방 직후의 공산주의 문인들도 꼭 자네와 같이 말했다는 사실을 잊지 말기 바라네. 그들도 겉으로는 공산당을 표방하지 않았지만, 그들의 속셈은 공산당에 플러스하는 것이 유일한 목적이었네.[38]

과거의 '잘못된' 이론과 유사한 면이 있으므로 현재의 이론도 당연히 '잘못된' 것이라는 논리를 펴고 있다. 이는 매우 폭력적인 일반화이다. 이러한 일반화의 기원을 찾아가보면 해방 직후 좌익 문인들에 대한 고정된 이미지가 결국 현재의 문학을 판단하는 기준이 되고 있음을 알 수 있다. 주장의 유사성을 들어 의도나 효과까지 같을 것이라 추정하는 것이다. '겉으로'는 표방하지 않지만 '속셈'은 다르다는 주장은 논리의 차

---

37) 김정훈·조희연, 앞의 글, 130쪽.
38) 김동리, 「작가와 현실 참여─R군의 현실 참여에 대한 대화를 중심으로」, 『나를 찾아서』, 민음사, 1997, 379쪽.

원으로 반박할 수 없는 억지에 가깝다. 문학론을 두고 논쟁을 벌이기에 앞서 그를 주장하는 사람에 대한 불신이 전제되어 있기 때문에 논리적인 설득의 길도 막혀 있다. 또 하나 인상적인 대목은 "정치 활동을 통하는 것이 훨씬 직접적이고 효과적"이라는 첫 문단의 표현이다. 앞서 살폈듯이 자연인으로서 김동리는 현실 정치에 완전히 거리를 두고 있지는 않았다. 오히려 정치에 더 적극적으로 참여한 문인으로 기억된다.

이 글의 마지막이 다음과 같이 마무리 되는 것도 우연이 아니다.

> 나는 자네가 현실 참여란 정치적인 복선을 치지 말도록 충고하고 싶을 뿐일세. 그리고 나는 자네 이상으로 현실 참여를 하고 있다는 사실을 잊지 말기를 바라네.39)

위는 김동리 순수문학의 본질을 보여주는 예문이라고 할 수 있다. 정치적 목적을 가진 문학은 굳이 현실참여라는 말을 붙이지 말고 노골적으로 정치적 의도를 드러내라는 주장이다. 또 자신은 문학작품으로 현실 참여를 하고 있지는 않지만 더 직접적인 참여를 하고 있다는 말도 덧붙인다. 앞서 살폈듯이 순수문학은 현실 참여 문학을 배제하는 것 같은 인상을 준다. 그러나 실제로 김동리가 거부하는 현실 참여는 특정한 경향에 한정되는 것일 뿐이다. 그 결과로 남은 김동리의 문학은 정치적으로는 현실을 긍정하고 작품에서는 현실의 문제를 '초월'한 것이었다. 반대로 말하면 현실의 문제를 초월한 듯한 김동리의 문학은 그 초월로서 현실 정치에 참여하고 있는 것이 된다. 이 과정에서 나와 다른 타자

---

39) 같은 글, 381쪽.

들은 상대를 이롭게 하는 이적행위자로 몰리기도 한다.

70년대 후반 김동리의 태도는 해방기 "응향 사건"에 대해 보인 자신의 반응을 부정하는 것이기도 하다. 「문학과 자유를 옹호함」이라는 글에서 김동리는 "작가는 불완전한 현실에 대해 부정적이어야 한다."[40]고 말한다. 작가가 만약 정치적 현실을 긍정하려 하거나 선전하려 하는 행위는 '문학의 타락'이라고 말한다. 이 글은 특별히 '당의 문학'을 비판의 대상으로 삼고 있지만 현실 또는 현재의 정권에 안주하는 모습을 보인다는 점에서 70년대의 김동리를 설명해 주기도 한다. 김동리는 스스로 그렇게 비판하던 '목적문학'을 하고 있는 셈이다. 이는 순수문학이 상대와의 투쟁을 통해 애써 만들어놓은 논리가 결국 마지막에 이른 곳이다.

6. 순수문학론이 남긴 것

김동리는 1930년대 후반부터 1970년대 후반에 이르기까지 일관되게 개성과 생명, 그리고 궁극을 내세우는 순수문학론을 펼쳤다. 주로 논쟁을 통해 모양이 갖추어진 그의 문학론은 같은 내용의 반복처럼 보이지만 시대적 조건의 변화에 따라 조금씩 달라진 모습을 보였다. 몇 번의 논쟁을 거치면서 김동리는 자신의 생각을 점점 배타적인 것으로, 정치적인 것으로 바꾸어 간다.

식민지 시대 김동리는 달라진 상황에 대응하기 위한 논리, 자기 세대의 문학을 변호하기 위한 논리로 '본령 정계의 문학'을 내세웠다. 비록

---

40) 김동리, 「문학과 자유를 옹호함」, 『문학과 인간』, 청춘사, 1952, 140쪽.

경향문학에 대한 거부감을 가지고 있기는 했으나 그것이 상대방에 대한 전면적인 거부로 이어졌다고 보기는 어렵다. 비평가로서의 견해 차이를 확인할 수 있는 정도에서 논쟁이 이루어졌다. 해방기는 자신이 선택한 문학론이 곧 체제의 선택과도 이어지는 상황이었다. 이 경우 문학론의 선택은 체제의 선택이었고, 중간은 허락되지 않았다. 좌익 문인에 대한 공격의 범위가 정치 사회적인 사상에까지 이르는 것이 이 시기의 특징이었다. 상대방에 대한 거부도 전면적이다. 이데올로기로서의 반공주의가 확립되기도 전에 이미 반공은 피할 수 없는 것으로 받아들여졌다. 반공주의가 그렇듯이 이 시기 김동리의 이론은 철저히 배제에 기초한 이론이 된다.

단독 정부 수립 이후 순수문학은 경쟁 대상을 잃고 있었다. 그러나 70년대 후반 현실 비판을 내세우는 비평가들이 '득세'하자 김동리는 다시 그들과 논쟁에 나선다. 이때의 논쟁은 김동리의 일방적인 공격으로 진행된다. 공격의 방법으로는 과거의 경험을 현재로 불러내는 방식을 택하고 있다. 적과 아의 구별이 논리적 차원에서보다는 심리적 차원에서 이루어지는데 현재와 과거와의 비교나 보이지 않는 위험에 대한 언급으로 현실 안주를 추구하는 보수주의의 전형을 보여준다. 이는 노쇠한 문단원로의 반응으로 단순히 취급할 수 있는 것이기도 하지만 반공주의의 만연으로 인한 한국 문단의 불구성을 보여주는 것이기도 하다. 타자 없이 자기 안에 갇힌 문학의 마지막이며 현실에 순응하고 체제에 안주하는 문학의 결말이기도 하다.

본론에서 살핀 대로 김동리식 비평의 가장 큰 문제는 다양한 문학의 가능성을 애초에 부정하게 된다는 점에 있다. 문학이 하나의 가치를 향해 열병하는 것이 아니라, 현실에서 발견하는 구체적 가치들을 통해 일반화·추상화된 가치들을 확인하거나 거기에 충격을 주는 것이라면 다양한 문학을 말살하는 어떤 비평도 생산적일 수 없다. 만약 순수문학을 주장할 수 있으려면 현실에서 가치들의 옳고 그름을 따지기 이전에 다양한 가치의 공존 또는 경쟁을 인정해야 한다. 그러나 김동리 식의 순수는 어느 쪽 정치 논리를 받아들이느냐에 따라 순수와 그 반대가 성립되어도 좋은 불평등한 순수였다 할 수 있다.

김동리 비평에 나타난
세계주의의 의미 : 김동리론

1. 김동리의 문학비평과 세계주의 지향

김동리의 문학비평은 일제 말기의 세대론, 해방 후 1950년대의 순수
−민족문학론, 그리고 1970년대 사회주의적 리얼리즘 논의로 이어지는
논쟁 속에서 그 성격을 드러내고 있다. 순수, 인간성 옹호, 구경적 생의
형식 등으로 압축되는 김동리 비평은 바로 이 용어들의 개념과 형성과
정을 밝히는 작업 속에서 문학비평사적 의미를 점검받아 왔다.

선행연구들[1]은 대체로 김동리의 비평이 현실성을 배제한 관념적이고

* 이은주 / 관동대학교 교양학부 교수.
** 이 논문은 『상허학보』18집(2006. 10)에 실렸던 「1950년대 문학비평의 세계주의
　　와 미국적 가치 지향의 상관성」을 일부분 수정하여 재수록한 것이다.

무역사적인 논의라고 비판하는 데 의견을 같이 한다. 특히 해방 후 1950년대의 민족문학론에서 말해지는 순수, 휴머니즘, 인간성 옹호는 비평 내용이 구체성을 갖지 못하고 실천의 매개도 없는, 관념적이고 일반적인 용어 나열일 뿐이라고 비판 받는다[2]. 그럼에도 불구하고 김동리의 비평은 1950년대의 정치적 지향과 결부된 현실 맥락 속에서 당대 남한 문단을 지배하였던 것이 또한 사실이다.

본 논문에서 주목하는, 1950년대 김동리의 민족문학론에서 표상되고 있는 세계주의는, 선행연구들이 무역사적 용어라고 비판하는 인간성 옹호, 휴머니즘, 순수의 의미를 구체화할 수 있는 핵심어이다. 1950년대 김동리의 비평에서 논의되는 세계문학, 세계주의, 세계성 등은 당대의 다른 텍스트들과의 상호 관련 속에서 인간성옹호, 휴머니즘, 순수의 1950년대적 의미를 엮어내고 있기 때문이다.

세계주의(세계지향[3])는, 1950년대 문단 개관의 적확한 큰 틀을 제시하

---

1) 김윤식, 「'구경적 삶의 형식'의 문학관 형성과정에 대한 연구」, 『한국학보』71호, 1993 여름, 일지사.
  김윤식, 「<구경적 생의 형식>의 문학사상사적 위상」, 『작가세계』67호, 2005 겨울.
  김흥규, 「민족문학과 순수문학」, 「한국문학의 현단계 IV』(백낙청·염무웅 편), 창작과비평사, 1985.
  류양선, 「세대-순수논쟁과 김동리 비평」, 『진단학호』78권, 1994.
  류양선, 「해방기 순수문학론 비판」, 『실천문학』38호, 1995 여름.
  박종홍, 「해방기 김동리의 문학비평 연구」, 『어문학』58호, 1998.
  송희복, 「순수문학의 비평적 소명」, 『해방기 문학비평 연구』, 문학과지성사, 1993.
2) 반면 김윤식은 김동리가 비근대적(비합리적) 요소를 통해 근대를 비판하고 근대성의 한계를 넘어서고자 하는 방향성을 보여주었다고 평가하기도 한다.
3) 세계주의라는 말을 쓰는 것은 1950년대 세계문학 논의에서 비롯된 것이다. 김동리, 조연현, 정태용, 최일수, 김양수 등이 '세계문학'이라는 용어를, 조용만, 최일수 등은 '문학의 세계성'이라는 말을 사용했다. 조용만은 '세계성 또는 국제성'(「한국

고 있는 김현의 「테로리즘의 문학」에서부터 이미 언급되었던 것이다. 여기에서 김현은 '50년대에는 지식인을 한 곳으로 묶을 과제가 없어 당대 문학은 보편주의와 세계주의의 미로를 헤매인다'고 전제한다. 그리고 외국이론에 대한 경사 현상을 '미로 헤매기의 한 흔적'으로 이해하면서 비평(평론)은 유럽, 미국적인 것에 대한 '악질적인 면모4)'를 드러낸다고 진단한 바 있다. 이것은 새것콤플렉스라는 평가로 1950년대를 이해하는 한 잣대가 되어 왔다.

이후, 1950년대 세계지향은 '무차별적 서구문화 수입, 서구지향적 사고, 서구사회와 유사한 풍토에 놓여 있다는 환상5)'이라는 비판적 평가로 이어졌다. 이러한 평가는 1950년대 세계주의에 대한 김현의 입장을 그대로 내포하고 있다. 즉 허상뿐인 세계주의, 감정적 동일시의 환상이라는 비판으로 일반화되고 있는 것이다.

세계주의 열망은 문학비평에서만이 아니라 1950년대 한국을 조망하는 데 중요한 요소이다. 그런데 선행연구들은 이것을 결과론적으로 평가할 뿐, 당대의 그 세계주의가 어떻게, 무엇을 중심으로 담론화되고 있는지, 그것의 본질적 내용은 무엇인지에 대해서는 함구하고 있다. 따라

문학의 세계성」, 『현대문학』, 1956. 10)이라는 언급도 했으며, 홍순민은 '세계의 문학'(「세계의 문학과 행동성」, 『자유문학』, 1957. 11)이라고도 썼다. 세계문학으로서의 민족문학에 대한 입장을 전개하는 데에는 차이가 있지만, 이들의 사용하고 있는 세계 개념에는 큰 차이가 없다. '세계를 일체화한, 세계적인 것에 육박하는, 보편적 인간에게 가치가 있는' 정도의 의미를 공통분모로 하고 있기 때문이다. 따라서 본 논문은 세계 공통의, 전 세계적인 것에의 지향을 내포한 입장들을 일컫는 포괄적 의미로 '세계주의, 세계지향'이라는 말을 사용했다. 이는 선행연구에서 사용된 보편주의와 다르지 않으며, cosmopolitan의 의미를 갖는다고 보면 된다.
4) 김현, 「테로리즘의 문학」, 『문학과 지성』, 1971. 여름, 244쪽.
5) 최유찬, 「1950년대 비평연구」, 『1950년대 남북한 문학』, 평민사, 1991, 14쪽.

서 본 논문은 1950년대 비평에서 말해지고 있는 세계주의(세계지향)가 무엇을 의미하고 어떤 작용을 하고 있는지를, 비판의 중심에 놓여있다고 볼 수 있는 김동리의 논의를 중심으로 살펴볼 것이다.

2. 민족문학론의 세계주의와 미국적 가치 지향

1950년대 비평담론의 주요 논제인 민족문학은 한국 근대문학 초기부터 현재까지 다양한 입장6)과 의미의 내포를 보여주고 있는 주제이다. 논의의 다양성은 민족문학 개념의 역사성뿐만 아니라 한 시대 내에서의 입장의 차이에도 적용되는 말이다. 1950년대 민족문학 논의 역시 예외는 아니다.

1950년대 민족문학 논의는 세계문학과 민족문학, 문학의 세계성, 세계문학과의 유기성 등의 표현으로 당대의 특수성을 드러낸다. 당대를 지배했던 이 세계주의는, 선행연구의 표현을 빌리자면, '허상뿐인 세계주의에 빠져있는 현실7)'을 증명하는 것으로, 또는 '당시 지식인에게 만연되어 있던 보편주의 세계주의에의 지향'을 드러낼 뿐인 것으로 치부된다. 혹은 현실 감각을 상실한, 현실 도피적인 지식인의 무조건적인 서구(미국) 추수, 서구동일시, 방황의 흔적8) 등으로 이야기되기도 한다. 그

---

6) 서영채, 「한국 민족문학론의 개념과 역사에 대한 소묘」, 『문학의 윤리』, 문학동네, 2005 참조.
7) 박헌호, 앞의 글, 243쪽.
8) 김현, 「테로리즘의 문학」, 앞의 책, 243~244쪽 ; 박헌호, 앞의 글, 220, 233, 243, 244쪽 ; 최유찬, 앞의 글, 12~13쪽.

래서 이 세계주의의 내용이 무엇인지, 그 내용은 어떻게 구성되고 있는지에 무관심했던 것이 사실이다.

그러나 이 '허무맹랑한 세계주의'는 1950년대 민족문학 논의에서 당대 현실과의 교섭을 전제로 한 특수한 계기[9]로서 설정된 것이라는 사실만으로도 주목해야 할 가치가 있는 논제이다. 논의의 구체성이 담보되지 않는다는 이유에서 추상적 보편주의자로 비판받고 있는 김동리의 논의에서 출발해 보자.

김동리는 1950년대 민족문학이 나아갈 방향을 세계문학으로의 도약으로 설정하고, 민족문학이 인간주의적 문학이 될 때 세계문학이 될 수 있다[10]고 역설했다. 그런데 여기에서 문학의 질적 수준이나 텍스트 내적 문제와 관련되는 이야기는 언급되지 않는다. 따라서 김동리의 세계문학 논의에서 중요한 것은 세계문학의 조건으로 제시된 '인간주의적 문학'이라는 것이 무엇인가 하는 것이 된다. 김동리는 그것을 '인간 개성의 자유와 인간성의 존엄을 중시하는 민주주의의 이념[11]'과 관련되는 것으로 서술하고 있다.

김동리가 시공간을 초월한 절대가치로서의 보편적 인간성 회복을 문학의 중심에 두고 있어 추상적 휴머니즘에 기대고 있다는 비판을 받아왔지만, 궁극적으로 그가 이야기하는 인간주의는 '개성의 자유와 인간성의 존엄을 목적하는 휴맨이즘에의 세계사적 의욕[12]'에 도달하는 것이었다. 이 휴맨이즘에의 세계사적 의욕이 '민주주의'를 의미한다는 것은

---

9) 서영채, 앞의 글, 77쪽.
10) 김동리, 「민족문학의 이상과 현실」, 『문화춘추』, 1954. 2, 624~625쪽.
11) 김동리, 「순수문학의 진의─민족문학의 당면과제로서」, 『문학과 인간』, 청춘사, 1952, 107~108쪽.
12) 김동리, 「순수문학의 진의」, 앞의 책, 107쪽.

같은 글에서 확인할 수 있는 내용이다.

결국 김동리는 한국의 현대문학이 세계문학 속으로 편입될 수 있으려면 민주주의 이념에 충실한 문학으로 거듭날 때 가능하다는 말을 하고 있는 것이다. 그렇다면 민주주의가 내포하고 있는 의미를 파악하는 것이 김동리가 지향하는 문학의 핵심을 이해하는 길이 되겠다. 이 의미는 본문이 진행되면서 드러나게 된다.

세계사적 흐름인 민주주의에 동참하지 못하고, 그것을 주도하고 있는 미국 선진문화를 받아들이지 못할 때 문학은 물론 국가의 후진성을 벗어나지 못한다는 김동리의 논의는, 민주주의는 세계사적 흐름이고 이 세계사적 흐름은 미국이 주도한다는 것으로 정리할 수 있다. 여기에는 다음과 같은 논리가 개입되고 있다.

민주주의 ≤ 세계사적 흐름 ≤ 미국 주도

그러므로 우리는 민주주의(선진문화)에 동참하는 것으로 세계성을 획득할 수 있으며, 이것은 곧 세계를 주도하는 미국 선진문화에 가까워지는 것(후진성 벗어나기)이 된다. 따라서 김동리 논의에서 민주주의 강조와 세계 지향 반복은 미국에 대한 선망에 비례한다는 서술적 공식을 낳게 된다

이러한 맥락은 1950년대 민족문학과 세계문학에 대한 논의에서 어렵지 않게 찾아볼 수 있다. 정태용, 정병욱, 김양수, 백철13) 등은 하나 같이 우

---

13) 정태용, 「민족문학론」, 정병욱 「우리문학의 전통과 인습」, 김양수 「민족문학 확립과제」, 『1950년대 비평의 이해1』(남원진 편), 역락, 2001 ; 백철 「미국문화와 그 영향의 문제」, 『국제평론』2, 1959. 5.

리의 '후진성'을 이야기하면서, 세계와 인류라는 곳으로 눈을 돌리고 우리를 세계에 알리고 문화교류를 활발히 하는 것이 한국이 후진성을 벗어날 수 있는 길이며, 민족문학이 나아갈 방향이라고 말하고 있다. 민족문학이 세계와 함께 해야 한다, 세계 속에 편입되어야 한다는 것은 부연설명이 필요 없는 당위적 명제처럼 1950년대를 압도하고 있었던 것으로 보인다. 이 현실은 다음과 같은 극단적 서술에서 상징적으로 드러나고 있다.

> 6. 25동란은 우리에게 헤아릴 수 없는 災難과 불행을 가져왔지만, 그러나 그 중에서 단 한 가지 억지로 위안되는 일을 골라낸다면, 그것은 '코리어'라는 이름을 널리 세계에 선전하여 준 것일 것이다[14].

물론 글쓴이는 억지로 위안되는 일을 고른다고 전제했지만, 그것이 전쟁이 더 길어지지 않았다는 등의 것이 아니고 한국의 이름 알리기에 초점이 맞추어지고 있다는 것은 주목해야 할 사항이다. 당대 매체가 대외관계의 폐쇄성을 한국의 후진성과 연결시키면서 세계주의(세계지향)를 더욱 부추기고 있기 때문이다. 다음과 같은 서술도 이를 뒷받침해 준다.

> 옛날부터 隱士國으로 되어 있는 이 나라는 근대에 이르러 대원군의 쇄국정책으로 인하여 歐美諸國과 접촉할 모든 기회를 잃어버렸고……침략에 호시탐탐한 强隣의 틈바구니에 끼어서 어쩔 줄 모르는 동안에 국세는 날로 기울어져 필경 失國을 보게 되었다. 일본의 羈絆아래에 있던 40년 동안은 되도록 외국의 이목을 끌지 않게 하자는 것이 그들의 통치책이어서……그러던 것이 다행이 해방을 보게 되었고, 독립국가를 이룩

---

14) 조용만, 「한국문학의 세계성」, 『현대문학』, 1956. 10, 40쪽.

하여 세계적 무대에 올라 볼려고 하던 차에 사변이 勃發하였다. 이 사변은 자유국가 대 비자유국가의 세계적인 규모의 전쟁으로 확대되어, 미국을 비롯한 우방 17개국의 군대가 우리나라에 派遣되어 공산군 擊滅의 성전에 참가하게 되었고 이 전쟁이 3년동안 계속되는 동안, 날마다 전황이 세계 각국의 신문에 발표되어 '코리어'의 이름이 세계 각국에 알려지게 되었다15).

민주주의는 만민의 자유, 평등을 근본이념으로 하느니만치 내가 내민족 내 나라일을 하면서도 세계적인 大調和 안에서 그 소재를 찾는 것이다. 특히 우리나라는 세계자유진영 諸國과의 관련에서 독립되었고 세계 국가의 연합체에 의하여 자유 옹호의 투쟁을 계속하느니만치 무엇이나 '세계적'인 관심과 '세계적'인 조화 속에서 내나라 내민족의 일을 규정지어야 할 것이다.16)

인용문은 조선시대의 쇄국정책, 일본 식민지, 6.25전쟁의 원인을 한국의 개방성 부족에서 찾고 있다. 그리고 독립, 해방, 휴전 등이 세계 국가와의 연합관계에 의하여 가능한 것이었다고 진단한다. 따라서 과거와 같은 역사의 반복을 피하기 위해서라도 1950년대 한국의 나아갈 방향은 세계사적 흐름에 동참하는 것이 될 수밖에 없는 것이다. 1950년대의 세계사적 흐름이자 의욕은 인용문에서 나타나듯이, 미국을 포함한 우방국들 즉 세계자유진영 연합과 뜻을 같이 하는 것이 된다. 그 뜻이 단일한 하나의 모델로 정형화될 수 있는 것은 아니지만17) 인간 개성의 자유와

---

15) 조용만, 앞의 글, 40쪽.
16) 김재준, 「민주주의론」, 『사상계』1권, 1953. 4, 150~151쪽.
17) 민주주의의 내용과 영향은 각국에 따라 상이하며, 한국의 민주주의는 미국의 대외 정책에 의해 보급된 미국식 자유민주주의를 모델로 한다.

인간존엄을 강조하는 민주주의를 의미한다는 것은 앞에서 살펴 본 바다.

따라서, 김동리를 위시한 1950년대 대다수의 세계문학 논의가 문학의 수준이나 주제를 이야기하는 문학 내적 차원이 아니라, 문화교류와 관련되면서 세계 속에서의 국가존망의 문제와 연결되는 논의로 확대되고 있는 것은 위와 같은 정황과 연계되어서 이해되어야 한다. 민족문학의 세계성에 대한 논의가 서구문명 수용으로서의 현대화, 세계주의, 후진성 벗어나기, 문화교류 등으로 확장, 비약되는 가운데, 최일수는 이 복잡 다양한 논의들의 핵심이 무엇인지를 잘 정리해 주고 있다.

> 美國문학의 '실용' 佛國문학의 자유, 영국문학의 전통 등으로 그들 문학의 민족적인 특수성을 찾아 볼 수 있는데 그들 문학이 세계적인 문학으로 된 것은 물론 오래인 역사적 기반에서 오는 전통 속에서도 그 원인이 있겠으나 실은 美國문학의 경우만 보더라도 그 전통적 기반보다는 오히려 현대 문학을 세계적으로 교류시켰다는 데서도 볼 수 있는 것이다……참으로 문학을 세계적으로 교류시켜준 원동력은 다름 아닌 문명의 이기였으며 그 문명의 이기는 정신문화의 한 방법으로서 일찍이 이를 개척한 서구의 문학들은 어느 지역의 민족들 보다 빨리 세계화했으며 미개지의 민족들이 울안에서 좁디좁은 울안의 사고에 골몰하고 있을 때 그들과 그들의 문학을 이 문명의 이기를 빌어서 세계적으로 진출시키면서 교류했던 것이다. 문명이란 다시 말하면 문학을 세계적으로 교류시켜준 가장 유일한 역군이었다.[18]

박찬표, 「반공체제의 강화와 자유민주주의의 제도화」, 『한국의 국가형성과 민주주의』, 고려대출판부, 1997, 300~301쪽.
18) 최일수, 「문학의 세계성과 민족성③」, 『현대문학』, 1958. 2, 165쪽.

물론 최일수는 김동리로 대표되는 인간성 옹호로서의 세계주의를 이야기하는 사람들과 입장을 달리하는 논자이다. 그는 김동리의 인간 개념이 개념적 추상에 불과하며, 김동리 등이 애기한 문학의 세계성을 '막연한 인간주의, 가공적인 코스모포리타니즘'이라고 비판하면서 민족의 특수성을 지각, 의식하여 질적인 독자성을 확립하는 것이 문학의 세계성을 획득하는 길이라고 말하고 있다.

그러나 최일수 역시 경제발전을 토대로 세계 각국과 교류할 수 있는 현대화(문명화)에 동참할 수 있을 때 세계성 획득이 가능하다는 이야기를 하고 있다. 그리고 나아가 세계문학이 된다는 것은 국력과 무관한 것이 아니라는 것을 역사와 전통이 길지 않은 미국문학을 예로 들어 설명하고 있는 것이다. 즉 현대화, 문명화, 인간성옹호, 민주주의 등으로 이야기되는 세계화의 내용은 미국이라는 표상에 포섭된다고 볼 수 있다. 다시 말해 미국이라는 표상이 1950년대 한국에서 지니는 의미가 바로 앞서 이야기한 것들이 되는 것이다.

1950년대 한국에서 미국이라는 표상이 내포하고 있는 이와 같은 의미는 『사상계』가 특집으로 마련한 <아메리카니즘> 논의를 통해 보다 분명히 드러난다.

20세기에 일어난 두 개의 대전은 미국이 국제적 지위를 얻는데 있어서 중대한 계기를 줄 것이며 이 계기를 유익하게 잡은 것은 어디까지나 미국의 독자적 힘의 결과이다. 월슨 대통령은 미국의 참전 목적을 '민주주의를 옹호하기 위해서'라고 했고 루즈벨트 대통령은 그것을 '인류의 자유를 위해서'라고 했다. 그러나 1940년 6월 던커크에서 영국군이 철수할 무렵 대미방송에서 처칠수상이 미국에 호소한 '우리에게 도구를 달라' 하는 그 도구를 미국이 제공할 능력이 없었다면 과연 윌슨이나 루즈벨트의 참전 목적이 의미를 가질 수 있었겠는가. 다시 말하면 미국은 그가 갖는 기술과 생산력으로써 그 자신이 차지할 정당한 지위를 얻게 된 것이다[19].

미국은 민주주의, 인류의 자유를 중시하는 인간성 옹호의 정신과 함께 현대화(문명화-기술과 생산력)와 밀접한 맥락 속에서 엮이고 있다. 그리고 이 세계사적 흐름의 선봉에 선 미국의 지위는 정당한 것으로 평가되고 있다. 나아가 이것은 미국의 평등과 자유에 대한 옹호로 이어진다.

평등과 자유에 대한 미국인의 가치관념을 절대적인 이념으로서 이해하는 것은 잘못이다……그 관념들은 미국인이 밟아온 역사적 과정과 사회조건에 의해서 특정한 한계를 갖고 있다. 그들이 높은 가치를 인정하는 평등은 결코 절대적인 관념으로서의 평등이 아니라 '기회의 평등'이며 기본적인 권리의 평등이다……자유의 관념은 식민지적 통치로부터의 해방, 중상주의적 抑壓에 대한 반항, 旣成교권체제에 대한 항거에서 시작하였다. 그리고 그것은 오늘날 여하한 절대적 권위도 인정하지 않고 개인적 기본권리를 지키는 관념으로 발전했으며 더 뚜렷한 형태로서는 기업가의 경제적 자유로 구현되고 있는 것이다[20].

자유와 평등이, 식민통치로부터의 해방과 권위에 대한 항거, 독립국가 건설이라는 미국적 상황 속에서 만들어진 개념이므로 이를 올바로 이해해야 한다고 설명하고 있다. 이 맥락은, 유사한 역사적 경험을 지닌

---

19) 이보형, 「미국문명은 流産될까」, 『사상계』72권, 1959. 9, 402쪽.
20) 이만갑, 「미국인의 가치관념과 대중사회」, 앞의 책, 389쪽.

우리에게도 자유와 평등이 낯설지 않은 것이 되어야 하며, 정확한 개념의 지표로서 미국식 개념을 알고 있어야 한다는 당위를 담고 있다. 이것은 전쟁과 식민체험을 모두 가진 한국에서 매우 설득력 있게 받아들여졌을 것이라고 짐작할 수 있다. 미국에 대한 이러한 선망은 마침내 다음과 같은 지향을 드러내게 된다.

> 우리는 진정한 의미의 아메리카니즘을 배워야 할 것이다. 진정한 아메리카니즘은 인간에 대한 신념이라고 볼 수 있다. 인간의 창의성, 존엄성, 자유성 등에 대한 신앙이 그들의 생활을 움직이고 있기 때문이다[21].

생활 속에서 인간에 대한 신념을 실천하는 것이 진정한 아메리카니즘이라고 말하면서 이것을 배워야 한다고 주장하는 이 선언적 언술은 당대 매체를 통해 일반 대중에게 폭넓게 전달되면서 미국에 대한 동경, 선망을 보다 일반화시켰을 것이다. 물론 실질적인 내용면에서 인간에 대한 신념이 어떻게, 얼마만큼 실천되었는지는 알 수 없다. 그러나 미국과 엮이고 있는 의미들이 생활어처럼 한국의 일상 속으로 들어왔다는 것은, ‘1950년대 한국에서 현대, 문화, 민주주의라는 말이 인습적으로 사용되고 있다[22]’는 당대의 진단으로도 검증되고 있다. 미국적 가치에의 선망이 한국에서 생활 속으로 침투하고 있었다는 것은 다음과 같은 말에서도 확인할 수 있다.

---

21) 김하태, 「한국에 있어서의 아메리카니즘」, 앞의 책, 425쪽.
22) 이철범, 「실존주의와 휴머니즘의 관계」, 『문학예술』, 1957. 12, 190쪽.

반항할 아무런 앙상, 레짐도 없이 자유로운 시민사회의 평등한 계약
에서 탄생한 이른바 '투명한 자본주의 국가'에 있어서 일찍이 아메리카
인의 어법에 대한 애칭이었던 '아메리카니즘'은 오늘날 생활의 習度는
물론 방대한 사상체계와 빅 비지네스를 다스리는 새로운 신화로 군림하
고 또 세계적인 규모로 팽창해가고 있다[23].

1950년대 한국의 생활은 물론 사상체계와 모든 관심사가 미국과 관
련되면서 미국주의가 새로운 신화로까지 이야기되는 맥락은 주목해야
할 부분이다. 현대화, 인간성옹호, 세계적인~, 민주주의 등의 표상이 사
회 문화적, 정치적인 영역 구분 없이 일상 속으로 침투하여 생활의 일
부로 용해되고 있는 것이 우연한 일은 아니기 때문이다.

미국은 이미 2차대전 이후 민주주의 원칙의 세계적 확산을 국가 목표
로 공언하였다[24]. 그리고 그 일환으로 한국에서 자유민주주의를 인간다
운 삶에 대한 세계사적 의욕으로 계몽, 선전하고 있었다. 미국이 해방
이후부터 「농민주보」, 「세계신보」, 「주간신보」등 각종 서적, 팜플렛, 전
단, 포스터, 영화, 라디오 등을 통해 민족청년단의 이름으로 유포[25]하고
있었던 다음 내용을 보자.

미국정부 및 미국 시민에 있어 민주주의는……인간은 신성불가침의

23) 박종홍, 「미국사상의 특징」, 『사상계』72권, 1959. 9, 380쪽.
24) 강정인, 「서구중심주의의 세계사적 전개과정」, 『계간사상』, 2003. 가을, 212~216쪽
25) 「농민주보」의 경우 해방 후 초기에 80만부까지 발행되었다고 한다. 당시 주요
    일간지가 6~7만부 발행임을 보면 엄청난 규모였음을 알 수 있다.
    박찬표, 「반공체제의 강화와 자유민주주의의 제도화」, 『한국의 국가형성과 민주
    주의』, 고려대출판부, 1997, 311쪽.

권리를 가지고 있고 남의 권리를 침해하지 않는 한 타의 위협이나 압박
에 강제되지 않고 자기 마음대로 자기의 마음과 정신을 계발할 수 있는
권리를 포함한다. 언제 남에게 강제로 잡혀갈지 모른다는 공포심 없이
안심하고 자기신념, 확신을 자유로 발표할 수 없다면 민주주의 사회가
아니다. 또 법률을 준수하는 시민으로서 그들이 연고 없이 취업을 거부
당하거나 생명, 자유, 행동 등의 추구를 박탈당하는 등의 공포 중에서
생활한다면 자유사회라 할 수 없다(「농민주보」65호, 1947. 4. 5)[26].

개인의 존엄, 자유, 생명존중 등을 내용으로 하는 민주주의의 선전에
는, 미국이 그들의 자유민주주의를 개인의 자유, 휴머니즘 등과 등치시
키면서 삶의 방식으로 가르치는 원리가 작용한다.

한국에서 미국식 민주주의를 정책적으로 교육 홍보하던, 군정청 공보
부 여론국에 있던 피쉬[27]의 말을 들어 보자. 그는 민주주의가 가장 빈
번하게 우리 생활면에 접촉되는 곳은 우리의 가정이라고 했다. 그리고
민주주의의 진정한 가치는 국민의 생활에 나타난다고 말하면서 가정,
학교, 교회, 상점, 은행, 농장, 직장, 운동경기, 신문, 오락기관, 공중위생,
의사, 경찰, 군대, 사법행정, 예술 심지어 동물대우에까지 민주주의적 생
활이 무엇인가를 가르치고 있다[28]. 미군정은 교육을 자유민주주의 전파
와 이식의 중요한 수단으로 이용하였는데 피쉬는 군정 하에서 교육고문

---

26) 박찬표, 앞의 글, 311쪽.
27) 듀이의 제자로 1919년에서 1935년까지 연희전문 교수로 있었고, 군정 하에서
   교육 고문으로 활동했다. 미군정의 교육정책과 교육이념을 대변했던 오천석이
   듀이의 사상을 그대로 도입하였다고 한다.
28) J.E.Fisher, 『민주주의적 생활』, 군정청 공보부여론국 정치교육과, 1947. 박찬표,
   앞의글, 315쪽 재인용.

으로 활동하였고, 미군정의 교육 정책과 교육이념을 대변했던 오천석은
이 사상을 그대로 도입하여 민주주의가 하나의 생활 방식임을 강조하면
서 미국의 자유민주주의를 가르쳤다.

> 민주주의는 하나의 생활 방식이다. 이것은 인간관계를 율하는 하나의
> 원리이다. 민주주의 정신은 모든 사람으로 하여금 의식적으로 자율적인
> 인간으로서 가장 풍요하게 살 수 있는 공정하고 평등한 기회를 확보하
> 려는 데 있다[29].

앞서 살펴본 바와 같이 개인의 자유, 평등, 인간성 옹호, 현대화(문명
화), 문화교류, 세계화, 민주주의 등은 모두 미국식 자유민주주의 속으로
포섭되고 있다. 그러므로 미국이 가르쳐 주는 (미국식)민주주의를 생활
속으로 끌어들이면 우리의 삶은 자동적으로 세계사적 흐름 속에 놓이게
된다. 그 실천방법을 피쳐가 가르쳐 주고 있는 것이다.

미국적 가치를 지향하는 것이 곧 세계성을 획득하는 것이 된다는 이
러한 맥락의 논의들이 해방 직후부터 한국에 유포되고 있었던 사정을
고려하면, 김동리가 「문학과 자유의 옹호」 「휴맨이즘의 본질과 과제」에
서 세계문학으로서의 인류보편적 가치를 인간성 옹호, 인간주의, 휴머니
즘으로 표상하는 가운데 그것을 민주주의 이념으로 연결시키고 있는 맥
락의 의도는 분명해 진다.

이것은 김동리가 <조선문학가 동맹>을 자유주의와 휴맨이즘의 적이
라고 비판하는 데[30] 초점을 맞추고 있는 논의를 두고 「문학과 자유의

---

29) 박찬표, 앞의 글, 315쪽 재인용.

옹호」로 표제화하고 있는 데서 잘 나타난다. 이 글에서 그는 휴맨이즘과 민주주의의 새로운 세계를 창조할 수 있도록 하는 문학, 개성의 자유와 자유가 있는 인간성을 옹호한다고 하면서, 소연방주의자 및 그 주구(走狗)들과는 이미 언어가 통하지 않게 되었다고 선언한다. 그리고 휴맨이즘의 내핵이 메카니즘(공식주의)에 반발, 항거, 불만을 갖게 되는 인간성이라고 규정하면서 근대문명의 모든 정신적 기반이 휴맨이즘에서 나오는데 이 휴맨이즘을 해치는 것이 '공산주의, 문예상의 메카니즘'[31]이라고 말하고 있다.

김동리의 이러한 논리는, 모더니즘을 비판하는 근거로 '구호처럼 선전'(미국처럼 생활 속으로 침투하는 선전이 아니라)하는 것의 과오를 제시하는 데에서, 그리고 맑스주의에 대해 '민족문학 수립의 해악'이라고 비판하는 데에서도 잘 드러나고 있다.

세계문학 논의로부터 출발한 김동리의 논의는 이렇게 여러 논의를 통해 미국식 자유민주주의에의 동참을 역사적 당위로 만들면서 보다 대중적인 방식으로 미국적 가치를 지향하는 담론을 만들고 있다. 보다 대중적이라고 말할 수 있는 이유는 김동리 논의의 핵심키워드가 '개인과 자유, 그것을 위한 반항'으로 요약되는 미국식 자유민주주의 내용의 동어반복인데, 이것은 미국이 인간다운 삶을 위한 생활 방식으로 이미 해방 직후부터 전국 단위로 선전, 계몽하고 있었던 내용이기 때문이다.

그런데 이것은 김동리만의 지향은 아니었음을 우리는 앞에서 확인했다. 이러한 미국적 가치 지향은 1950년대 한국 사회분위기와 무관하지

---

30) 김동리, 「문학과 자유의 옹호」, 『백민』, 1947. 7.
31) 김동리, 「휴맨이즘의 본질과 과제」, 『현대공론』, 1954. 9, 124쪽.

않다. 해방 이전 민족(문학)논의는 그것이 좌우파의 방향성을 내재[32]하고 있었다고 해도 탈식민주의를 하나의 목표로 하고 있다는 점에서 독립국가에의 염원과 동일시하여도 큰 문제가 없었다. 그러나 한국전쟁 이후 남북한은 각각 미국과 소련을 중심으로 하는 냉전질서에 편승하고자 하는 노선을 고수한다. 남한 노선의 성격은 이승만의 다음과 같은 말에 잘 나타나고 있다.

> 만일 내가 한국을 희생시킴으로써 미국의 지위를 강화시킬 수만 있다면 나는 그렇게 할 것이오. 왜냐하면 미국이 국가 간에 지도적 위치를 확보하고 있는 한, 한국은 언젠가는 다시 살아날 수가 있기 때문이오. 그러나 만일 미국의 영향력이 쇠퇴한다면 자유세계는 희망이 없을 것이오[33].

미국의존이 극명하게 드러나고 있는 이러한 발언은, 꼭 같지는 않을지라도 냉전질서에 편승하고 있는 1950년대 남한의 분위기를 짐작할 수

---

32) 이를테면, 1920년대 문학논의에서 공동의 목표는 조선문학의 건설이었다고 할 수 있다. 그러나 그 공동 목표 아래에서도 좌우파의 논의가 논쟁적으로 이루어지고 있었다. 좌우파의 대립은 계급의식과 민족의식의 대립으로 이야기되거나(권영민, 『한국현대문학사』, 218쪽.), 정치적 공식주의와 국수적 잔재, 예술지상주의(김영민)로 말해지기도 한다. 김기진으로 대표되는 카프계열과 최남선, 양주동, 염상섭 등의 논의를 주목할 수 있다. 이는 해방직후의 민족문학론에서도 마찬가지이다. 좌파 측에서는 계급적 당파성을 강조하는 한효와 대중성 확보에 많은 관심을 갖는 임화가 주목되며, 우파 측에서는 조연현과 김동리가 논의를 주도했다. 자세한 내용은 김영민 『한국근대문학비평사』『한국현대문학비평사』 참조.
33) 올리버, 박일영(역), 『이승만 비록』, 한국문화출판사, 1982, 490쪽.
    서중석, 『배반당한 한국민족주의』, 성균관대출판부, 2004, 261쪽. 재인용.

있게 해 준다. 이러한 분위기 속에서 이미 다른 노선을 걷고 있는 이북과 단일한 민족으로서의 공통의 정체성을 확인하는 작업을 해야 한다는 것은 단순한 문제가 아니[34]었을 것이다. 게다가 전쟁 경험을 통해 이념과 노선의 차이가 생명과 직결될 만큼의 인간적 거리를 노정한다는 사실을 체험[35]한 이들에게 북한을 동족으로 수용해야 하는 일은 무의식적으로라도 배제될 수밖에 없었을 것이다. 이것은 문단이나 정치적 현실에서나 다를 바 없는 문제였다.

이렇게 혼란스러운 전쟁 후의 분위기 속에서 국가수립은 무엇보다 중요했다. 그러나 국가수립을 위해 필요한 공동의 정체성이 노선을 달리하는 이북과의 공조 속에서 만들어지기는 어려웠다. 따라서 남한의 단정 국가수립 정책은 반공과 냉전체제 강화로 남한 국민 공동의 정체성을 형성하게 된다. 이것이 1950년대 김동리가 보여주고 있는 세계주의를 지향하는 민족문학 논의의 특수성을 결정짓고 있다.

즉 미국 중심의 반공 냉전 질서체제를 따르는 정치적 메커니즘이 그대로 작동하고 있는 김동리의 민족문학 논의는 통일지향의 민족담론을 담아낼 수 없었다. 통일을 담론화할 수 없는 김동리는 민족문학의 세계성, 세계문학으로의 도약이라는 주장을 통해 미국중심 자유진영 체제의 우월성을 인정하고 강화하는 논리를 재생산하게 되는 것이다.

1950년대 한국에서 '현대, 문화, 민주주의'라는 말이 인습적으로 사용되고 있다는 당대의 증언[36]과 함께 김동리식의 세계주의는, 미국중심의

---

34) 박지향 외, 『해방 전후사의 재인식』, 책세상, 2006, 664쪽.
35) 고은, 『1950년대』, 향연, 2005.
36) 이철범, 앞의 글, 190쪽.

경제발전과 민주주의에의 편입을 근대화, 세계화라는 명제[37]로 담론화하는 미국 중심의 세계사적 전개과정에 우리가 얼마나 깊게 밀착되어 있었는지를 다시 한번 확인시켜 준다. 여기에서 우리는 자유민주주의의 이념을 탈정치화하여 하나의 삶의 방식으로 상투화[38]시키고자 했던 미국의 세계화 전략과 위력을 또다시 상기하지 않을 수 없다.

3. 1950년대의 현실맥락과 미국적 가치 지향의 문제

1950년대 문학비평의 주제였던 문학에서의 세계주의는 한국의 구체적 현실과 특수한 상황을 배제하고 있다, 혹은 간과하고 있다고 비판받아 왔다. 그래서 상아탑 속의 학문, 현실경시, 현실도피로 언급되기도 했다. 본 논문은 이 지점에서 비판의 중심에 있는 김동리의 논의를 대상으로 그가 말하는 세계주의의 내용을 구체화시켜 보고자 했다.

1950년대 김동리의 문학비평은 미국 중심의 세계화 과정에 편입되는 당대 남한의 정치적 상황과 성격을 같이 한다. 이때 한국이 제도적으로 지향했던 미국식 자유민주주의의 정착 과정은 현대화 과정으로 불리었고 이것은 김동리의 문학비평에서 중요한 키워드가 된다. 즉 개인의 자유, 인간성 옹호, 현대화(문명화), 문화교류, 세계화, 민주주의, 풍요한 삶 등의 표상은 1950년대 국가 수립의 중심 이념이었던 미국식 자유민주주의에의 지향 속으로 포섭되면서, 생활 속에서 미국적인 것에의 지향을

---

37) 강정인, 「서구중심주의의 세계사적 전개과정」, 『계간 사상』, 2003. 가을, 203, 213쪽.
38) 박찬표, 앞의 책, 315쪽.

강화하게 된다.

통일 논의 자체가 용공시되고, 용공은 곧 반미라는 인식이 일반화되다시피한[39] 1950년대 남한에서, 김동리가 민족문학을 이야기하면서 미국을 중심에 둔 세계주의로 논의를 전개시키는 것은 민족(문학)을 이야기하지만 반미가 아님을 강조하는 맥락으로 볼 수 있다. 김동리가 주장하는 '개성의 자유와 인간성의 존엄, 그것을 위한 반항'은 궁극적으로 해방 이후 미국이 한국인의 생활 속으로 침투시키고자 전략적으로 선전, 계몽, 유포하였던 미국식 자유민주주의의 핵심 내용과 연계되고 있기 때문이다. 즉 김동리의 논의는 배타적 대상을 설정한 미국식 자유민주주의를 이념으로 남한 단일정부를 수립하고 있었던 국가체제에 순응 내지 체제를 긍정하는 논리에 의해 조직되고 있는 것이다.

그러나 미국을 구심점으로 하는 1950년대 세계주의를 무조건적으로 비판할 수만은 없다. 미국의 원조를 가장 많이 받고 있었던 1950년대 한국의 정황과 미국의 정치적 전략이라는 현실적 맥락을 고려하지 않을 수 없기 때문이다.

오히려 주목해야 할 부분은, 해방 이후 미국이 어떤 방식으로 한국에 개입해 왔는지, 그리고 체제순응 내지 체제긍정적 담론이 어떻게 작동하고 있는지에 관한 것이다 김동리의 미국적 가치 지향은 정치성을 노골적으로 드러내지 않아야 한다는 미국의 세계화 전략을 충실히 따르고 있었기 때문에 보다 폭넓은 독자층을 확보할 수 있었을 것이다. 지식인

---

39) 강만길, 「한국 민족주의론의 이해」, 『한국의 민족주의운동과 민중』(리영희, 강만길 편), 두레, 1987, 17~18쪽 ; 오유석, 「1950년대 남한에서의 민족주의」, 『한국 현대사의 민족주의』, 집문당, 1996, 111쪽.

담론의 논리와 신념이 한시대의 공적 담론이 되고 그것이 지배이데올로기와 결합되었을 때 구체적인 독자 대중은 무의식적으로 그것에 강요당하게 될 수밖에 없다[40]고 하니, 세계주의를 표방한 김동리의 비평문은 1950년대 일반 대중에게 퍼져 있던 미국에 대한 선망을 더욱 공고히 하는 역할을 하고 있었던 셈이다.

---

40) 이것은 1950년대 미국식 자유민주 개념을 유포하던 당사자들의 전략에 이미 예견되어 있던 것이었다. 주한미군본부 직속의 공보원(OCI)의 활동, 전단살포, 영화상영 및 제작, 사진전시, 교육 등의 구체적 활동과 내용은 박찬표, 앞의 책, 304~309쪽 참조. 대표적 문서는 「*Ambassador Edwin W. Pauley to president Truman*」(46.6.22), FRUS, 1946, VIII, pp.706~9. 「*president Truman to Ambassador Edwin W. Pauley, at Paris*」(47.7.16), FRUS, 1946, VIII, pp.713~4. 박찬표, 앞의 책, 301쪽.

제 3 부
소설가 김동리

식민지 무속담론과 문학의 변증법

－김동리 무속소설 「무녀도」, 「허덜풀네」, 「달」을 중심으로

Ⅰ. 들어가는 말

김동리 문학관의 핵심은 <개성과 생명의 구경추구>로 요약된다. 김
동리는 <문학하는 것>이 곧 <구경적 생의 형식>이며, <종교적인 것>
을 수행[1]하는 것이라는 논리를 통해서, 문학 행위를 종교의 위치로 격
상시킨다. 이러한 논리의 비약은 그의 문학관이 기본적으로 조선 무속[2]

* 신정숙 / 연세대학교 강사.

1) 김동리, 「문학하는 것에 대한 사고(私考)－나의 문학 정신의 지향에 대하여」, 『문
   학과 인간』, 김동리 전집 7, 민음사, 1997, 73쪽.
2) 무속과 샤머니즘이라는 용어는 때에 따라서 혼용되는 경향이 있지만, 무속이 곧
   샤머니즘이라는 등식이 항상 성립하는 것은 아니다. 그러므로 이 논문에서는 이
   두 개념을 구별해서 사용하고자 한다. 무속은 무당뿐만 아니라 무당이 모시는 신

의 종교적 기능과의 밀접한 연관관계 속에서 형성되었다는 점에서 비롯된 것이다. 그는 무속이 "조선 민족에게 불교나 유교가 들어오기 이전의 원초적인 종교적 기능"[3]을 했었다는 점에서 조선 민족의 고유한 전통이자 신앙으로 규정한다. 그는 '우리 민족의 가장 근본적인 것, 혹은 정신적 지주가 되는 것을 찾기 위해서는 상고시대로 소급할 수밖에 없었고, 거기서 만난 것이 샤머니즘이었다'[4]라고 말한다. 이러한 그의 언급을 통해서, 무속에 대한 새로운 해석과 의미부여가 조선의 정체성을 찾고자 한 노력의 일환이자, 일제에 대한 대항 이데올로기로서 제시되었음을 알 수 있다. 즉 무속은 종교적 차원이 아닌 정치적 차원에서 새로운 해석과 의미가 부여되었고, 조선의 근원적인 전통으로 담론적, 이데올로기적인 차원에서 재정립되었던 것이다. 한편 1910년대까지 음사로서 규정되었으며, 더욱이 경찰의 처벌 대상이었던 무속이 조선민족의 고유한 전통으로 재정립되는 과정은 일제의 식민 규율 권력과 밀접한 연관성을 갖고 있다. 일제의 조선 무속에 대한 담론은 조선 전통의 원시성 및 내선일체(內鮮一體)를 정당화하고, 조선 민족의 열등성과 정체성(停滯性)을 합리화함으로써 식민 통치를 보다 효율적으로 진행시키기 위한 전략이었다. 이 과정에서 김동리는 일제의 식민 무속 담론이란 규율

령, 무당을 찾는 단골들과의 관계에서 비롯되는 여러 현상을 포괄하는 개념이다. 반면에 샤머니즘은 특정 지역에서 특수한 능력을 가진 인물이 그의 능력에 의해 겪게 되는 특수한 정신적 체험을 핵심으로 한 개념이다. 그러므로 이 논문에서는 샤머니즘이라는 용어 대신에 무속이라는 용어를 사용할 것이다(전남대 사회과학연구소 편, 『한국 여성과 무속』, 전남대 사회과학연구소, 1988, 5~8쪽).
3) 김동리, 「무속과 나의 문학」, 『월간문학』, 1978. 8, 151쪽.
4) 김동리, 위의 글, 277~278쪽.

권력과의 변증법적 관계 속에서 자신의 독특한 문학세계를 형성하게 된다. 그의 문학세계는 근본적으로 피식민지 지식인의 관점에서 서양과 대비되는 조선의 "고유"하고, "순수한" 것을 추출, 분리해내고, 이를 "관념적"으로 심미화, 신화화하는 방식으로 창조된다. 이는 조선을 기준으로 내적 / 외적 세계를 구분하고, 외적 세계를 타자화 하는 전략이다. 즉 이 전략은 일제에 의한 제국주의적 모순과 억압이 공고하게 체제화된 사회, 역사적 상황에서, '분리'와 '배제', 그리고 '신화화'라는 이데올로기적, 제국주의적 전략을 통해 조선의 정체성을 창조하고자 하는 역설적 방법[5]이었다고 볼 수 있다.

이러한 관점에서 이 논문에서는 김동리 문학이 지닌 이중적, 혹은 역설적 성격을 분석하기 위하여 1930년대 일제의 식민지 규율 권력으로서의 무속 담론, 민족 담론으로서의 무속 담론이 상호 대립하고 포섭되는 양상과, 이 복잡하고 이율배반적인 메커니즘이 김동리의 문학 속에서 어떠한 독특한 변증법적 양상으로 형상화되는가를 고찰할 것이다.[6] 이를 위한 기본 텍스트는 김동리의 무속소설 「무녀도」[7](1936), 「허덜풀네」[8]

---

5) 김예림은 김동리가 "근대의 이념적 전제들에 대한 철저한 부정 속에서 새롭게 유포된 제국의 담론을 깊숙이 내면화"한 인물로 규정한다(김예림, 『1930년대 후반 몰락 / 재생의 서사와 미의식 연구』, 연세대 국어국문학과 박사논문, 2002, 11쪽).
6) 일본의 식민지 정책과 무속의 위상 변화에 주목한 연구 논문으로는 박진숙의 「한국 근대문학에서의 샤머니즘과 '민족지'(ethnograpgy)의 형성」(『한국현대문학연구』 제19집, 2006. 6)이 유일하다. 이 논문에서 저자는 무속이 한국 문학 속에서 한국의 고유한 정서적 토대가 되는 경로를 김동리의 「무녀도」, 「산화」, 정비석의 「성황당」의 분석을 통해서 밝히고 있다.
7) 「무녀도」(1936, 원작)는 총 세 번의 개작을 거치게 되는데, 1차 개작은 『무녀도』(을유문화사, 1947)에, 2차 개작은 『등신불』(정음사, 1963)에 각각 수록되어 있다. 마지막으로 3차 개작이 장편 『을화』(문학사상사, 1978)이다.

(1936), 「달」9)(1947)로 한정한다. 그 이유는 위의 작품들이 1930년대 사회, 역사적 상황 속에서, 혹은 그의 영향 하에서 탄생한 작품으로서, 김동리의 문학관이 조선의 무속 담론들과의 어떠한 변증법적 관계 속에서 형성되었는지를 선명하게 보여주는 작품들이기 때문이다.

II. 식민지 규율권력과 무속담론

일본의 조선에 대한 식민정책은 물리적, 제도적 차원에서 뿐만 아니라 문화와 관련된 담론의 체계와 밀접한 연관성을 갖고 있다. 식민시기 일제에 의해서 생산된 문화담론은 문화 제국주의적 입장에서 식민지를 효율적으로 통치하기 위한 방식으로 주요한 기능을 담당하게 된다. 즉 일제의 식민정책학으로서의 문화담론은 조선을 일제의 지배의 틀 속에 가두는 문화적 장치와 담론의 체계라고 할 수 있다.10) 일본은 1920년대 이후 일본인 학자와 조선인 학자로 구성된 학술단체를 구성하고, 조선의 고유 신앙에 대한 각종 조사를 벌이게 되는데, 이는 조선을 하나의 앎/지식의 대상으로 파악함으로써 식민지 통치의 효율성을 높이려는 일본의 새로운 식민지 전략의 일환

---

8) 이 소설은 『풍림』(1936. 12월호)에 발표되었으나, 이후 「성문(城門) 거리」로 개작되어, 『사상계』(1965. 6월호)에 게재되었다.

9) 「달」은 1947년에 발표된 소설이다. 그러나 김동리가 실제 이 소설에 대한 소재를 얻고, 착상이 이루어진 시기가 1940년 전후라는 점에서, 이 논문에서는 「달」을 1930년대 말 무속 담론의 영향 하에 쓰여진 소설로 간주한다(김동리, 「무속과 나의 문학」, 『월간문학』(1978. 8), 151쪽 참조). 한편 이 소설 역시 개작되어 『씨나리오문예』(1959. 1)에 「달이와 낭이」로 발표되었다.

10) 제국주의와 문화 담론의 관계에 대해서는 강상중, 『오리엔탈리즘을 넘어서』, 이경덕・임성모 역, 이산, 1997, 참조.

이었다.11) 이러한 일본의 식민정책 하에서 무속은 공간적으로는 조선 문화의 기층에, 시간적으로는 그 기원에 위치하고 있는 "원형적 전통(archetypal tradition)"으로서 새롭게 위상이 정립되게 된다.12) 조선 무속의 위상 변화과정은 일본의 조선 민간 신앙에 대한 정책변화 과정에서 선명하게 드러난다.

조선의 무속은 1910년대까지만 해도 일제 총독부의 ≪경찰범처벌규칙(警察犯處罰規則 : 총독부령 제45호, 1912년 3월)≫13)에 의해 철저하게 억압되고, 처벌되는 대상이었다.14) 이는 일제가 무속 신앙을 식민 사회의 근대화를 저해하는 미신(迷信)으로 규정하고 있었다는 것을 의미한다. 그러나 1920년대에 접어들면서 담론의 차원에서 무속은 일본 지식인 및 조선의 토착 지식인에 의해서 조선 전통문화의 원류로 격상되게 된다. 일제의 무속 담론은 전시체제에 들어간 1930년대에 본격적으로 진행된 농촌진흥운동과 더불어 한국의 일본화, 즉 내선일체(內鮮一體)라는 정치적 훈육(discipline)을 위

---

11) 이영진, 「식민지시기 '무속 담론을 둘러싼 쟁점들과 무속 담론의 전화(轉化)─상처 입은 제국주의 중에서'」, 『민속학술자료총서 무속 8』, 우리마당 터, 2005, 124~130쪽.

12) 김성례, 「무속전통의 담론 분석─해체와 전망」, 『한국문화인류학』 22집, 1990, 214쪽.

13) 일제는 ≪경찰범처벌규칙(警察犯處罰規則)≫에서 "함부로 길흉화복을 설하고, 부주(符呪)를 써주거나, 미혹하는 행위를 하는 자", "병자에 대한 금염(禁厭), 기도(祈禱), 부주(符呪) 또는 정신요법을 시술하고 신부(神符), 신수(神水) 등을 주고 의료를 방해하는 자"를 경찰의 처벌 대상으로 규정하고 있다(『조선총독부 관보』, 제470호, 933~934쪽).

14) 매일신보에 실린 미신 타파에 관한 기사를 정리하면 다음과 같다. 「迷信과 衛生경찰」(1910. 12. 4), 「미신악습 엄금」(1912. 3. 8), 「미신악습의 폐해」(1913. 5. 20), 「조선의 종교정책」(1916. 1. 18), 「경찰처벌과 주의」(1913. 7. 5), 「是何迷信之遇擧」(1914. 1. 8), 「무녀를 체포취조」(1916. 6. 21), 「무녀취체 益嚴」(1916. 6. 22), 「무녀鼓者를 검거」(1917. 6.27), 「巫鼓를 설유 본정 경찰서에」(1917. 7. 24) (이영진, 위의 글, 32쪽 주석 인용)

한 역사적 담론으로서 식민사관을 확립[15]하는 데 중요한 역할을 담당하게 된다. 조선무속에 대한 새로운 가치평가는 일제에 의해서 시행된 "심전개발운동(心田開發運動, 1935)"과 밀접한 연관관계를 가지고 있다.

> "…… 心田開發運動의 근본적 用意에 관한 내 의견을 서술하고자 한다. 우리들은 다음 綱領과 같은 思想, 信念을 주는 것을 敎化의 目的으로 삼고 있다.
> 1. 우리들은 社會發展의 法則에 따라서 人類의 樂土建設에 寄與하기를 期한다.
> 2. 우리들은 日本國體의 情神에 맞추어서 建國의 理想實現에 貢獻하기를 期한다.
> 3. 우리들은 人間生活의 本質에 기초하여 각자 人格完成에 努力하기를 期한다."[16]

위의 인용문을 통해서 알 수 있듯이, 심전개발운동은 조선인의 '정신교화'를 목적으로 추진된 것으로, 일본에서의 "국체명징(國體明徵)에 따라서 조선 농촌사회의 전통성의 중심에 미신(迷信) 대신 일본의 의사전통성(擬似傳統性)인 국체관념을 위치시키려고 한 시책"이었다.[17] 1936년부터 신도(神道)가 조선 민중을 교화시키는 대표적 이데올로기로 자리 잡으면서, 조선의 무속 및 민간신앙이 새롭게 수복받기 시작했던 것이다. 그 이유는 조선 문화의 원류로서 무속과 일본의 고대 신도의 유사점이 동화 정책을 만들어내는 데 중요한 역할을 할 것으로 기대되었기 때문

---

15) 이영진, 앞의 글, 133쪽.
16) 진전영, 「心田開發の根本的用意」, 『조선』, 1936. 3, 20쪽.
17) 최석영, 『일제하 무속론과 식민지 권력』, 서경문화사, 1999, 132쪽.

이다.[18] 조선 무속과 일본 신도와의 관련성은 1930년대 후반에 보다 강조되었는데, 이는 국민정신총동원 운동을 합리화하기 위한 내선동조(內鮮同祖)의 강조[19]와 밀접한 연관성을 갖고 있다. 한편 일제의 조선에 대한 무속 담론은 식민지 조선의 문화적 열등성과 조선인의 역사적 운명을 논증하기 위한 자료로 이용되었다.[20] 즉 일제에 의해 생산된 조선 무속 담론은 내선일체화 전략과 조선인에 대한 식민사관 주입이라는 목적 하에 진행되었던 것이다.

이러한 일제의 사회, 문화적 식민 정책 속에서, 1930년대 이능화, 최남선, 손진태 등의 식민지 지식인들이 만들어낸 무속 담론, 나아가 '민족' 담론들은 결국 식민지배 측이 만들어낸 담론들을 보완하는 담론으로 돌변하게 된다. 조선의 전통정신이 고유 신앙에 있다고 보고, 그 부흥을 제창하였던 최남선은 조선의 고유 신앙을 일본의 고신도(古神道)와 연결시킨다.[21] 한편 이능화는 조선과 일본을 가족관계로 설정하고, 이를 서열화 시키는 독특한 방식에 의해서, 일제 무속담론에 적극적으로 동조하는 모습을 보여준다.

> "친척의 아들을 양자로 맞이하였을 때 그 양자로 간 그 조상을 먼저 존경하고 그리고 다음에 본래 낳아 준 조상을 숭배 존경하는 것과 같은 것입니다."[22]

---

18) 이영진, 앞의 글, 151쪽.
19) 최석영, 앞의 책, 155쪽.
20) 임돈희·로저 제널리, 「한국민속학사의 재조명 : 최남선의 초기 민속연구를 중심으로」, 『비교민속학』 5집, 1989, 3~42쪽.
21) 『宇垣一成日記』2, みすず書房, 1970, 37쪽.
22) 이능화, 『宇垣一成日記』2, みすず書房, 1970, 52쪽. 여기서는 최석영의 『일제하

위의 예문에서 알 수 있듯이, 이능화는 조선을 "친척에게 간 양자", 일본은 양자를 맞이한 "양아버지"로 설정함으로써, 일본과 조선을 아버지 / 아들의 관계로 서열화 시킨다. 이 서열화 논리에 의해서, 그는 '조선이 양아버지인 일본을 섬겨야 하며, 또한 아버지의 조상신인 일본신을 섬겨야 한다'고 주장한다. 또한 그는 최남선과 마찬가지로 단군을 "원시의 무녀(무당)"이었을 것이라고 추측하고, 조선의 고유 신앙과 일본 신앙의 일치점을 제시한다.[23] 위와 같이 조선 지식인들의 무속담론이 일본의 무속담론 속에 동화 혹은 포섭되는 과정은 일본의 제국주의적 식민정책과의 관련성 속에서 설명될 수 있다. 그 이유는 먼저 이들이 일제의 식민 정책의 일환으로 구성된 '학술'단체의 일원이었다는 점에서 객관적인 연구를 하는 데 근본적인 한계를 가지고 있었기 때문이다. 또 다른 이유는 무속에 관련된 식민 담론과 민족 담론이 모두 일제 식민지 시대라는 역사적 상황에서 식민지배와 이에 대한 저항이라는 서로 대립되는 역사적 관계[24] 속에서 형성된 것이기 때문이다. 이들 양자는 각기 그 목적은 다르지만, 무속을 조선 문화의 고유한 전통으로 상정한다는 측면에서 동일한 담론전략을 취하고 있었다. 이 전략은 상고성(원시성)에로의 회귀를 통해서, 특정 민족(국가)의 정체성을 추구한다는 측면에서 근본적으로 동일한 전략이다. 이 방식은 특정 민족이 "고유한 것", "순수한 것"을 추구함에 의해서 각 민족(국가)의 독자성을 강조하는 측면을 지니고 있지만, "상고성(원시성)"으로의 시간의 소급은 각 민족(국가)

무속론과 식민지 권력』, 서경문화사, 1999, 143쪽 재인용.
23) 최석영, 앞의 책, 141쪽.
24) 김성례, 앞의 글, 216쪽.

이 지닌 경계를 무화시키고, 보편성 내지 보편주의로 환원 될 수 있다는 점에서 이중적인 성격을 내포하고 있다고 볼 수 있다. 그러므로 조선 지식인들의 민족주의적 무속 담론이 일제의 무속담론에 동조하는 담론으로 변질될 수 있었던 것은 근본적으로 이들이 생산한 무속담론이 일본 측에서 만들어지고 있었던 무속 담론과 동일한 방식을 취하고 있었다는 점에서 기인된 것이다. 즉 민족담론으로서의 무속담론은 일제의 무속담론에 효과적으로 편입 혹은 포섭되어 오히려 식민 지배를 정당화하는 담론으로 전환될 위험성을 내포하고 있었던 것이다.[25]

Ⅲ. 김동리 문학(관)과 "선택된" 전통

1930년대 식민지 조선의 문화운동 및 학술 운동에서 핵심적인 단어는 단연 "전통"이다. <신간회> 해체 후 1930년대 전반부터 민족주의 계열에 의해 조선적인 전통과 고전에 대한 탐구를 중심으로 하는 문화운동이 전개되고, 이것이 각종 학술운동과 결합하여 1930년대 후반 문학의 전통·고전회귀 경향으로까지 이어지게 된다.[26] 이러한 전통부흥운동은 일제 제국주의의 억압과 서양문명의 종말이라는 당대의 인식 하에서 조선의 문화적 정통성을 회복함에 의해서 이러한 위기를 역으로

---

25) 이영진, 「식민지시기 '무속 담론'을 둘러싼 쟁점들과 무속 담론의 전화(轉化)－상처 입은 제국주의 중에서」, 『민속학술자료총서 무속 8』, 우리마당 터, 2005, 137~138쪽.
26) 차승기, 『1930년대 후반 전통론 연구－시간·공간 의식을 중심으로－』, 연세대 박사논문, 2002, 25쪽.

극복하려는 방식이었다. 이 시기 존재했던 조선연구의 경향은 총독부에 의해 정책적으로 추진된 '조선학', 『동아일보』와 『조선일보』를 중심으로 1930년대 초부터 진행되었던 민족주의 계열의 문화운동과 '조선주의 문화운동', 그리고 역사적 유물론에 입각하여 이루어진 '조선학' 등 크게 세 가지 경향으로 구별할 수 있다.27) 그런데 김동리의 전통주의는 민족주의 계열의 문화운동, '조선주의 문화 운동'에 완전히 포섭될 수 없는 독특한 차이점을 갖고 있는데, 이는 김동리가 무속을 다른 전통과 변별되는 조선의 고유한 전통적 원형으로 상정하고, 이를 적극적으로 문학화 했다는 사실과 밀접한 연관성을 갖고 있다. 김동리에 의해서 조선 민족의 원형적 전통으로 재정립된 무속은 실질적 의미에서 정치적 이데올로기에 의해서 "선택된 전통(selective tradition)"이다.28) 여기서 주목해야 할 점은 김동리가 자신의 문학관을 확립하는 과정에서 조선의 무속을 민족 고유의 전통으로 재정립하는 방식이다. 그는 「무속과 나의 문학」(1978)이라는 글에서 조선 무속과 자신의 문학(관)과의 연관성을 다음과 같이 설명하고 있다. 1970년대에 쓰여진 이 글을 통해서, 김동리의 1930년대 무속소설의 의미를 분석／평가하는 작업은 사후 평가일 가능성이 높다는 점에서 근본적인 한계를 지닐 수밖에 없다. 그러나 이 글은 김동리 문학(관)과 무속의 관계를 이해하기 위한 중요한 단서가 될 수 있

---

27) 차승기, 앞의 책, 26~27쪽.
28) "선택된 전통"은 특정 과거를 현재와의 연관관계 속에서 '진실된' 어떠한 것으로 상정함으로써, 현재 헤게모니의 중요한 요소들을 지지하거나, 적어도 반대하지 않는 형식으로 전환되기도 한다. 전통의 사회, 정치적 이데올로기적 특성에 관해서는 레이몬드 윌리암스의 *Marxism and Literature*(Oxford University Press, 1977) 참조.

다는 점에서 정밀하게 고찰할 필요가 있을 것이다.

> "着想의 動機와 過程을 간단히 적으면 다음과 같다.
>
> 첫째 民族的인 것을 쓰고자 했다.
>
> 당시는 民族精神이라든가 民族的 個性에 해당되는 모든 것이 抹殺되어가는 일제총독 치하의 암흑기였기 때문에, 현실적으로 이에 맞설 수 없는 실정이라면 문학을 통해서나마 이를 구하고 지켜야 한다고 생각했던 것이다. 여기서 가장 근본적이며 핵심적인 민족의 얼이요. 넋이 되는 것은 무엇일까 하는 문제를 생각하게 되었다. 그렇다고 그 해답으로써 당장 巫俗을 생각해낸 것은 아니다. …… 우리 民族에 있어서 佛敎나 儒敎가 들어오기 이전, 이에 해당하는 民族固有의 宗敎的 機能을 담당한 것은 무엇일까 하는 문제였다.
>
> 내가 샤머니즘에 생각이 미치게 된 것은 이러한 과정을 거쳐서였고, 따라서, 오늘날의 巫俗이란 것이, 우리 民族에 있어서는 가장 原初的인 宗敎的 機能이라고 볼 때, 그 가운데는 우리 民族固有의 精神的 價値의 核心이 되는 그 무엇이 內在하여 있을 것이라고 생각했다. ……
>
> 둘째, 世界的인 課題에 도전코자 하였다. 이 문제는 간단히 설명하기가 어렵지만 그런대로 端的으로 언급한다면 그것은 소위 世紀末의 과제를, 우리의 文學에서, 특히, 샤머니즘을 통하여 처리해 보고자 하는, 野心的이라면 무척 野心的인 포부였다.
>
> 世紀末의 課題라고 하면 대단히 광범하고 거창한 내용을 가리키게 되겠지만 그 가운데서도 가장 핵심적인 문제는, 神과 人間의 문제요, 自然과 超自然의 問題로 科學과 神秘의 問題라고 나는 생각했다."29)

위의 예문을 토대로, 그가 「무녀도」를 창작하게 된 근본적인 동기를

---

29) 김동리, 「무속과 나의 문학」, 『월간문학』, 1978, 151쪽.

요약하면 다음과 같다. 첫째 "민족정신", "민족적 개성"이 말살되어 가는 일제총독 치하의 암흑기에 "민족적인" 것을 쓰고자 했다는 것이다. 이는 일제의 제국주의에 대한 소극적인 대항 이데올로기로서 조선의 전통에 대한 추구가 적극적으로 기획되었다는 것을 의미한다. 이러한 측면에서 김동리의 보수적 전통주의는 근본적으로 정치적인 의도에서 출발하고 있었다는 점을 알 수 있다. 둘째, "세계적인 과제에 도전", 소위 세기말의 과제인 "신과 인간의 문제", "자연과 초자연의 문제"를 해결하고자 했다는 것이다. 이 주장은 1930년대 후반 조선 사회에 만연해 있던 근대에 대한 위기의식과 연결되어 있다. 이 두 가지 측면의 주장에 의해서, 김동리가 무속소설을 쓴 근본적인 동기가 조선의 특수한 역사적 현실과 인간 삶이 직면한 보편적인 문제를 무속이라는 조선 고유의 종교를 통해서 극복하고자 한 것임을 알 수 있다.

여기서 문제가 되는 것은 그가 조선 무속을 "가장 근본적이며, 핵심적인 민족의 얼"로서, "우리 민족에 있어서 불교나 유교가 들어오기 이전"의 "민족 고유의 정신적 가치의 핵심"으로 파악하고 있다는 점이다. 그의 민족적 "순수성"에 대한 지향성은 시간을 소급해 올라가 "상고성(원시성)에 회귀하는 방식으로 전환된다. "상고성(원형성)"으로의 회귀욕망은 문학 속에서 끊임없이 재생, 반복되는 중요한 모티브다. 이는 심미화, 신화화라는 기제를 통해서 초월성이 강화되고, 보편성 혹은 보편주의로 환원되는 모습을 보여준다. 무속은 기본적으로 종교이며, 신화적 성격을 담보하고 있다. 종교는 생명의 보편성과 근본적 동일성의 느낌에서 출발한다. 이 동일성에 대한 인식은 논리성, 합리성에 의거한 "인과적" 유대가 아니라 "공감의" 유대를 형성하며, 이는 생명의 보편성에 대한 인식을 통해서 강화된다.30) "감정"적 혹은 "정동(情動)"적 요인에 의해 형성된 유대감은 그 구성원들을 동일한 신념의 체계로 재조직 한다. 일단 이러한 신념의 체계에 결속되면 개개인이 이전까지 지녔던 각종 특징, 예를 들면 개인적, 출신 성분적, 혹은 인종, 민족, 국가적 경계는 무화(無化)된다.31) 신념의 체계로서 확립된 "공감의" 유대는 하나의 이데올로기로서 기능하게 되며, 전체주의 권력과 연결될 때, 그 권력의 주체를 이론적으로 합리화하고, 정당화하는 논리로 이용될 수 있다. 즉 "공감의" 유대는 개인, 민족, 국가가 처한 특수성을 감정적으로 동일화시키는 통합의 방식에 의해서 특수한 사회적, 역사적 현실을 소거시키는 효과를 낳을 수 있는 것이다.32)

한편, 그가 조선의 무속을 통해 "세계적인 과제", 즉 인간 삶의 문제를 해결하려고 하는 데서 발생하는 문제점에 대해 주목할 필요가 있다. "세계적인 과제"라는 것은 어느 한 민족(국가)에 한정된 지엽적인 문제가 아니라, 인류 보편의 문제를 언급한 것이다. 이러한 주장은 신세대의 문학정신은 "인간성의 옹호 내지 탐구", 혹은 "창조"이며, "개성내지 생명의 구경"을 추구하는 것33)이어야 한다는 주장과 밀접하게 연결되어 있다. 김동리의 "인간주의"는 "근대종말론", "근대초극론" 등 1930년대

---

30) 에르스트 카시러, 『국가의 신화』, 최명관 역, 서광사, 1988, 58쪽.
31) 에르스트 카시러, 위의 책, 62쪽.
32) 김철은 김동리 소설에 형상화되는 "시간적 배경의 추상화, 즉 과거-현재-미래의 계기성의 무너짐은 사건의 우연성이나 돌발성에 대한 의문을 자연히 봉쇄"하기 때문에 "역사는 부정되고 현재만이 고착된다"고 말한다. 이러한 주장은 김동리 소설이 지닌 탈역사적 성격을 지적한 것이다(김철, 「김동리와 파시즘」, 『국문학을 넘어서』, 국학자료원, 2000, 56쪽).
33) 김동리, 「신세대의 문학정신」, 『문장』, 1940. 2월호.

후반의 일반화된 시대인식에서 비롯된 것이다. 김동리는 조선의 무속을 인류 보편의 문제를 해결 할 수 있는 대안으로 상정한다. 여기서 "조선" = "동양", "세기말적 문제" = "서양", "해결대안" = "무속"이라는 전제가 성립된다. 이러한 전제는 근본적으로 동양(반근대)의 정신으로 서양(근대)을 극복한다는 "근대초극론"적인 입장[34]이다. 그런데 여기서 발생하는 논리적 모순은 조선의 고유한 전통으로 재정립된 무속이 "조선 = 동양"이라는 논리에 의해서 "동양"의 전통으로 비약, 확대된다는 사실이다. 이 지점에서 조선은 "동양"이라는 영역 속에 통합되며, 무속은 동양의 정신을 아우르는 통합의 원리로서 설정되는 것이다. 위와 같이 조선의 특수성이 보편성에 통합되는 방식은 김동리의 사상이 갖고 있는 논리적 모순에서 기인한다. 이는 김동리의 「신세대의 정신」(1940)이라는 글에서도 확연하게 드러난다.

> "大概 人間의 生命과 個性의 究竟을 追求한다함은 보다 더 高次的인 人間의 個性과 生命의 改造를 意味하는 同時 그것의 創造를 志向하는 精神이기도 한 것이다. 前記 二作은 이것의 創造를 試驗한 것으로 이제 그 二作中「巫女圖」한 篇을 實例로서 分析해 보겠다.
>
> 「巫女圖」가 한 巫女를 主人公으로 삼은 것은 그냥 民俗的 神秘性에 끌려서는 아니다. 朝鮮의 巫俗이란, 그 形而上學的 理念을 追究할 때 그것은 저 風水說과 함께 民族 特有의 理念的 世界인 神仙觀念의 發露임이 分明하다. (이 點 巫女圖에서 具體的 描寫를 試驗한 것이다.)「仙」의 靈感

---

34) 동양의 원리에 의한 '근대의 초극'은 일본이 '서구 = 근대의 보편주의'의 문화에 의해 정신적으로 오염되어 있다는 것에 대한 저항과 이의 치유방식으로서 상상되었다(강상중, 『오리엔탈리즘을 넘어서』, 이경덕·임성모 역, 이산, 1997, 177쪽).

이 道詵師의 境遇엔 風水로서 發揮되었고, 우리 모화(巫女圖의 主人公)의 境遇에선 「巫」로 發顯되었다. 「仙」의 理念이란 무엇인가? 不老不死 無病無苦의 常住의 世界다.(仔細한 말은 後日로) 그것이 어떻게 成就되느냐? 限 있는 人間이 限없는 自然에 融和되므로서다. 어떻게 融和되느냐? 人間的 機構를 解體시키지 않고 自然에 融和함이다. 그러므로 巫女 「모화」에 있어서 이러한 「仙」의 靈感으로 말미암아 人間과 自然 사이에 常識的으로 가로놓인 牆壁이 문어진 境遇이다."35)

김동리는 신선관념(神仙觀念)에 의해서, "개성과 구경의 추구"가 "인간과 자연의 경계"를 와해시키는 방식, 즉 "한(限) 있는 인간과 한(限) 없는 자연"의 융화(融和)방식이라고 설명한다. 여기서 언급된 융화방식은 불연속적인 (유한한) 존재가 연속성(무한성)을 획득하는 방식을 의미한다. 결국 김동리가 말하는 "개성과 구경의 추구"는 인간이 지닌 유한성(죽음)을 극복하는 방식을 의미한다.36) 인간이 자연과 융화하는 신화적 방식은 죽음에 대한 "공포"를 극복하는 방식과 밀접한 연관성을 갖고 있다.

공포는 살아있는 생명체라면 어느 것이나 내재하고 있는 생물학적 본능이다. 이는 완전히 극복되거나 억압될 수는 없지만 그 형태를 바꿀 수는 있다. 즉 공포의 탈바꿈(metamorphsis)이 이루어지는 것이다.37) 김동

---

35) 김동리, 앞의 글, 90~91쪽.
36) 김동리는 자신이 문학을 하게 된 근본적인 동기에 대해서 다음과 같이 언급한다.
 "내가 문학을 하게 된 근본적인 동기도 한 마디로 털어놓으면, 이 <죽음의 공포>에 있다. 나는 처음 문학이란 말이 있는 것도 몰랐고, 내가 문학을 한다고 생각해 본적도 없었다. 나는 다만 <죽음>의 공포에서 벗어나려고 발버둥 쳤을 뿐이다. 그래서 나는 처음 글을 썼어도 그것을 문학이라고 알고 쓴 것도 아니고, <죽음의 무서움>과 싸우는 일이라고 막연히 믿고 있었을 정도다." (김동리,『김동리 대표작 선집』6, 삼성출판사, 1978, 368쪽)
37) 에르스트 카시리, 앞의 책, 69쪽.

리 문학(觀) 속에서 공포의 탈바꿈은 인간과 인간, 혹은 인간과 자연의 경계를 무화시키는 방식에 의해서 이루어진다. 김동리는 "한 사람씩 한 사람씩 천지 사이에 태어나, 적어도 우리와 천지 사이엔 떠날래야 떠날 수 없는 유기적 관련이 있다는 것"과 이 <유기적 관련>에 관한 한 공통된 운명이 부여되어 있다[38]고 주장한다. 여기서 주목해야 할 점은 유한한 생명체로서 필연적으로 지닐 수밖에 없는 "공포"를 인간의 생명성과 자연의 생명성을 일치 시키는 방식에 의해 극복되고 있다는 사실이다. 하나의 고립된 개인이 자기 자신을 공동체의 생명 혹은 자연의 생명에 일치시키려는 욕망은 인간이 지닌 그 어느 욕망보다도 깊고 열렬하다.[39] 이 욕망은 기본적으로 심정적인 것으로서 비합리적이고, 비논리적인 것이다. 그러나 이 욕망은 이를 합리화시키는 이론적 체계를 확보하게 될 때, 다른 어떤 이성적인 이론보다 더 강력한 힘을 발휘하게 된다. 이는 '심정', '감정', '욕망'이라는 정동(情動)의 영역이 합리적인 이성의 영역과 긴밀한 연관성을 갖고 있을 뿐만 아니라, 서로 공통된 특징을 공유하고 있음을 의미한다. 이 양자는 각기 이론화, 체계화 과정을 통해서 그 사회적 영향력을 공고하게 확대 재생산 한다.[40]

---

38) 김동리, 「문학하는 것에 대한 사고」, 『문학과 인간』, 민음사, 1997, 73쪽.
39) 에르스트 카시러, 앞의 책, 58쪽.
40) 합리주의와 비합리주의의 상호연관성에 대해서 하이데거는 "합리주의의 반대급부로서 비합리주의는 합리주의가 맹목적으로 반대하는 그것에 대해 그저 사팔뜨기의 눈으로 이야기할 뿐이다"라고 말한다. 이는 비합리주의는 합리주의의 또 다른 쌍생아이며, 합리주의의 그림자라는 것을 시사하는 것이다. 즉 이는 합리주의와 비합리주의가 각각 별개의 영역을 형성하고 있는 것이 아니라, 서로 긴밀하게 연결되어 있음을 비유한 것이다(마르틴 하이데거, 『존재와 시간』, 이기상 역, 까치, 1998, 189쪽 참조).

김동리가 정동(情動)의 영역으로서의 공포를 극복하는 구체적인 방식은 각각의 대상을 구별하고, 차별화시키는 요소들을 "공감"의 영역에 포섭하고, 통합하는 방식으로 이루어진다. 그가 각각의 대상간의 차이 및 특징을 아우르는 '공감', '통합'의 원리로서 제시하는 개념이 '운명'이다. 김동리는 이 운명의 개념, 그리고 운명의 극복방식을 조선 '무속'이 지닌 종교적 원리로서 설명한다. 이에 대해서는 다음 IV장에서 구체적인 김동리 무속소설의 분석을 통해서 고찰해 볼 것이다.

IV. 식민지 무속담론과 문학의 변증법

1. 분리(경계)의식과 조선 무속의 정형화

민족주의는 제국주의에 의한 지리 공간의 계통적 서열화와 차이화에 의해 형성된 생활공간에 자신의 '본래적인 것'을 발견하고, 창조하려고 한다. 이는 제국주의의 상상된 지리 공간에 대한 하나의 대항 방식으로서 의미를 지니고 있지만, 제국주의와 자신의 문화를 구분(차이화)함에 의해서 오염되지 않은 식민지 고유의 '본래적인 것'을 창조한다는 측면에서 제국주의의 문화 담론을 내면화한 방식으로 볼 수 있다.[41]

김동리 무속소설 「무녀도」, 「허덜풀네」, 「달」은 모두 이러한 내면화된 제국주의의 분리(경계) 의식의 작용 속에서, 조선의 무속의 특징이 드러나고 일정한 형태로 정형화되는 모습을 보여준다. 이 소설들에 드러

---

41) 강상중, 앞의 책, 193쪽.

나는 분리(경계) 의식은 이중적인데, 이는 분리(경계) 의식의 세분화에 의해서 조선을 외부와 구분하고, "차별화"하는 기능을 담당하게 된다. 액자의 틀이 그림과 벽을 구분, 강조함으로써 틀 안의 그림(내용)을 강조하는 것처럼, 분리(경계) 의식은 조선 무속의 세계를 외부세계와 구분, 차단함으로써 오히려 조선의 무속세계를 강조하는 기능을 담당하고 있다. 그러나 김동리 소설에서 분리(경계) 의식에 대한 분석 및 고찰이 필요한 이유는 분리(경계) 의식이 작가로 하여금 이 소설들의 서사를 이끌어 나가도록 추동하는 근본적인 동력이라는 점에서 기인한다. 왜냐하면 조선과 외부세계에 대한 분리(경계)의식이 작가로 하여금 본래의 "조선적인 것"을 추구하도록 만들었고, 결과적으로 조선의 무속세계를 형상화한 소설이 창조되었기 때문이다.

> "경주 읍에서 성 밖으로 두어 마정 나가면 가장 오래된 조고만 평민촌(잡성촌)이 있다.
> 이 평민촌 한 구석에 모화(毛火)라는 무당이 살고 있었다. 모화서 온 사람이라 하야 모화라 부르는 것이었다."[42]

> "성안에서 성밖으로 나오려면 성문거리란 곳을 지나게 된다. 옛날엔 여기 성문이 있었지만 그지음에 조고만한 주막이 하나 있었다."[43]

> "나원당(동네 이름)동네에서 굿을 마치고 물을 건너 숲속을 지나 올 때였다. 같이 굿을 마치고 돌아오던 화랑(그는 모랭이가 사는 봇마을을

---

42) 김동리, 「무녀도」, 『중앙』, 1936. 5, 33쪽.
43) ____ , 「허덜풀네」, 『풍림』, 1936. 12, 11쪽.

지나서 또 십리나 더 가야 할 사람이었다)과 그 어두운 숲속에서 지금
의 달이를 배게 되었던 것이었다. 풀밭에선 너무 이슬이 자욱하여 보드
라운 모랫바닥을 찾아 그들은 자리를 잡았던 것이었다.”44)

소설의 1차적 분리는 소설 내적 세계와 소설 외적 세계의 분리이다.
이 분리 구조는 작품배경이 되는 구체적인 시／공간에 대한 설명을 배
제하고, 소설 내적 공간을 무속적(원형적·신비적) 공간으로 형상화하는
방식에 의해 이루어진다.45) 「무녀도」는 ‘경주 읍에서 성 밖으로 두어
마정 거리에 있는 가장 오래된 평민촌(잡성촌)’, 「허덜풀네」는 ‘성 밖의
주막’, 「달」은 ‘봇마을’(「달」)로 언급될 뿐, 근대적인 시／공간이 구체적
으로 설정되어 있지 않다. 소설의 외적 세계는 완전히 차단된 채 당시
식민지 조선의 특수한 사회, 정치적 상황은 전혀 드러나지 않는다. 이러
한 분리구조에 의해서 식민지 현실은 완벽하게 소거된 채 조선의 무속
적 세계만이 신비적, 몽환적인 방식에 의해서 선명하게 부각된다. 이러
한 방식은 근본적으로 근대적 공간과 무속적(조선적) 공간을 의식적으로
구분하고, 무속적 공간에 인간 삶의 보편적 가치와 의미를 부여한다는
점에서 작가의 “근대적” 시선이 작용하고 있음을 알 수 있다. 이는 작가
가 피식민지 조선인의 근대적인 시선을 담지한 채 (실질적 의미에서의) 조
선의 근대적 공간을 새롭게 재구성, 재정립함에 의해서 상상에 의한 조
선의 정체성을 도출해내었다는 것을 의미한다.

---

44) 김동리, 「달」, 『김동리 선집』 신한국문학전집 15, 어문각, 1972, 420쪽.
45) 김동리 소설의 시간／공간관과 관련된 파시즘적 성격에 대해서는 김철, 「김동리
    와 파시즘－「황토기」를 중심으로」, 『국문학을 넘어서』, 국학자료원, 2000 참조.

반면 2차적 분리(경계)는 소설 내적 세계에서 이질적, 대립적인 인물(집단)간의 분리(경계) 의식을 통해서 형상화된다. 이는 「무녀도」에서 가장 선명하고 구체적인 방식으로 나타나는데, 이러한 방식은 기본적으로 소설 외적 세계와 소설 내적 세계를 분리하는 방식과 동일하다.

「무녀도」에서 '모화', '욱이', '낭이'는 마을 사람들과 근본적으로 분리된 인간형이다. 마을 사람들이 무녀인 모화를 '사람이 아프거나 죽거나 하면, 반드시 그녀를 찾아와서 위안'을 얻지만, 스스로 '무당의 족속과 잘 분별하야 그 웃 지위에 처할 것을 잊지 않는다'는 점에서 모화는 심리적으로 마을 사람들로부터 분리되어 있다. 욱이[46]는 '무당의 아들'이자 '살인자'라는 점에서, 낭이는 '무당'의 딸이자 벙어리("언제나 굳게 닫혀 있는 입")라는 점에서 마을 사람들의 세계로부터 공간적(심상 지리적) / 심리적으로 분리되어 있다. 이러한 분리구조는 서양의 기독교가 마을에 전파되면서 무속(모화 가족) : 기독교(목사 및 마을 신도)가 종교적으로 분리, 대립되는 구조로 전환된다.

「허덜풀네」에서 나타나는 분리(경계) 의식은 보다 미묘하고, 복잡한 양상을 보인다. 이 소설에서 분리(경계) 의식은 소설 배경이 되는 지리적

---

46) 원작 「무녀노」(『중앙』, 1936. 5)와 2차 개삭된 완성본 「무녀도」(『등신불』, 1963)의 가장 큰 차이점은 '욱이'라는 인물의 성격이다. 원작에서 욱이는 어머니가 무당이라는 이유 때문에 어렸을 적부터 마을 사람들에게 받아온 차별과 멸시에 회의를 품고 집을 떠나 어느 절로 들어가지만, 우연히 스님을 살해하고 감옥에서 오랜 시간을 보낸 인물로 설정되어 있다. 또한 그는 종교적 입장에서도 그의 어머니 모화를 가장 잘 이해하는 인물로서, 완성작에서 욱이가 기독교의 신자가 되어 모화에게 돌아온다는 설정과는 상당한 차이가 있다. 욱이란 인물의 성격 변화는 무속과 기독교의 대립구도를 모자의 종교적 대립구도를 통해 보여줌으로써 종교적 대립구도를 보다 강조하고자 한 것으로 보인다.

공간을 "성 안" 과 "성 밖"으로 구분하고, "안"과 "밖"을 구분하는 경계를 강조하는 방식으로 형상화되어 있다.

> "성안에서 성밖으로 나오려면 성문거리란 곳을 지나게 된다. 옛날엔 여기 성문이 있었지만 그지음엔 조그만한 주막이 있었다.
> 이 주막에 얼굴이 호박같이 붉고 몸집이 절꾸통같이 생긴 중년 여자 하나가 술을 팔고 있었다.
> 날마다 그는 크다란 막걸리 항아리를 한개 안고 앉어서 길가는 사람마다 보는대로
> 「여보소 이리와 한잔 하고 가시소 예」
> 하고 그 벍언 호박낯을 끄덕이며 나그내를 부르는 것이었다. 그러나 그의 음성은 외관보다 무척 부드럽고 인정스러웠다."[47]

허덜풀네는 전직 기생출신으로 "얼굴이 호박 같이 붉고 몸집이 절꾸통 같이 생긴 중년 여자"다. 그녀는 얼굴에 "무서운 적막"과 "깊이깊이 뿌리박힌 슬픔"을 간직한 인물이지만, 지나가는 길손에게 술을 먹이고는 술값을 받지 않는 "무척 부드럽고 인정스러운" 인물로 형상화되어 있다. 또한 그녀가 모화라는 무녀와 강한 유대관계[48]를 갖고 있다는 점과 기존의 김동리 소설에서 형상화된 무녀의 성격적 특징인 삶의 "무서

---

47) 김동리, 앞의 글, 11쪽.
48) 허덜풀네가 저녁때마다 모화와 술에 취해 엉덩춤을 추고, 서로 부부노릇을 하며, 사람들이 보는 앞에서 서로 껴안고 입을 맞춘다는 사실은 동성애를 드러내기보다는 그들 사이에 존재하는 강력한 유대감, 공동체 의식을 드러내기 위한 설정으로 볼 수 있다. 더욱이 마을을 떠났던 허덜풀네가 10년 후 다시 돌아오지만 모화의 죽음을 알고, 청승가락을 뽑으며 눈물 흘린다는 설정은 그들이 근본적으로 동일한 세계관의 인물이라는 사실을 암시하는 것으로 보아야 할 것이다.

운 적막"과 "슬픔"을 간직한 인물로 설정되었다는 점에서, 허덜풀네는 근본적으로 무속적 세계의 인물이라고 볼 수 있다. 주인공인 "나"란 인물은 그녀의 인간적인 매력으로 인해 점차 내적 감화의 과정을 겪게 되는데, 이러한 변화과정은 "인정"으로 상징되는 허덜풀네의 내면적 기질에서 기인한다. "인정"은 그녀를 다른 이들(근대적 인간형)과 변별시켜주는 성격적 요인으로 "성"이라는 지리적 경계를 기준으로 "성 밖"의 정체성, 조선의 전통적 인간성을 상징한다. 「무녀도」가 "모화 가족(무당 가족)" / "마을 사람들", "동양(무속) / 서양(기독교)"이라는 심리적, 종교적 분리 구조를 가지고 있는 데 반해서, 이 소설은 "성"이라는 지리적 경계를 중심으로 "성 안"과 "성 밖"의 인성적인(성격적인) 기질의 차이에 따른 분리구조를 가지고 있다.

여기서 흥미로운 점은 주인공인 "나"란 인물이 지닌 정체성이다. "나"는 "성 밖"에 거주하지만 직업 상 "성 안"(읍내)과 "성 밖"을 매일매일 반복적으로 경유(횡단)하는 인물이다. "성 밖"에 거주하는 '허덜풀네'가 과거적인(혹은 사라져 가고 있는), 전통적인 인물을 상징한다는 점에서 "성 안"은 근대를 상징한다고 볼 수 있다. 이러한 측면에서 볼 때, "나"라는 인물은 "근대"와 "반근대"라는 두 영역을 가로지르는 '부유'하는 인물이다. 이 인물이 '허덜풀네'가 속한 전통적 공간, 즉 '주막'을 소멸되어 가는 공간이며, '과거의 것'에 대한 향수를 불러일으키는 공간으로 인식하게 되는 원인은 "성 안"과 "성 밖"을 체류, 이동하는 과정과 밀접한 연관성을 갖고 있다. 이 체류와 이동의 과정은 "성 안"과 "성 밖"의 정체성에 대해 인식하고, 이에 대한 비판적 시선을 형성하게 만드는 하나의 메커니즘으로 기능[49]하게 된다. 이 메커니즘의 자장 안에서, "나"라는 인물은

'허덜풀네'의 주막을 '과거적인 것', '소멸되어 가는 것', 즉 '향수의 대상'으로 인식하게 된다. 결국 "나"란 인물은 반근대/ 근대의 '차이'를 인식하고, 전통적인 것(과거적인 것)을 '향수'의 대상으로 전환시킨다는 점에서 근본적으로 "성 안"(근대)의 시선을 견지하고 있다고 볼 수 있다.

이러한 이중적 분리(경계) 구조라는 소설적 장치에 의해서, 「무녀도」, 「허덜풀네」, 「달」은 일반적인 현실 세계와는 확연하게 구분되는 조선 무속의 특징을 보여준다. 이 세 소설에 형상화된 조선 무속의 특징을 정리하면 다음과 같다. 첫째, 소설의 무속적 공간은 도시에서 멀리 떨어진 '농촌'을 배경으로 하고 있다. 앞서 언급 했듯이, 이 세 소설의 공간적 배경은 각각 '경주 읍에서 성 밖으로 두어 마정 거리에 있는 가장 오래된 평민촌'이며, (「무녀도」), '성 밖의 주막'(「허덜풀네」), '봇마을'(「달」)이다. 이러한 설정은 무속이 담론적 차원에서 조선 고유의 전통으로 재정립되는 과정에 있었을지라도, 현실적 차원에서 무속인의 사회 계급은 최하위계층으로서 사회적 분리와 배제의 대상이었다는 사실을 의미한다.50) 그러나 이 소설이 지닌 이데올로기적 성격과 연결하여 볼 때 보다 중요한 점은 원형적 공간으로서의 자연, 혹은 인간과 자연의 관계설정이 갖고 있는 상징성이며, 그리고 이로부터 파생되는 정치적 효과이다. 둘째, 소설 전면에 드러나는 무속인은 모두 여성이고, 이들이 한

---

49) 이러한 메커니즘에 대해서는, エドワード.サイード, 『パレスチナとは何か』, 210쪽. 여기서는 강상중, 『오리엔탈리즘을 넘어서』, 이경덕·임성모 역, 이산, 1997, 196쪽.
50) 「무녀도」의 실제 배경은 "경주 성건동"이다. 이 지역은 김동리가 유년시기를 보낸 곳으로 일명 "무당촌"으로 불릴 만큼 "무당집"이 많은 지역이었다. 그러므로 김동리 소설의 무속적 공간이 "농촌"을 배경으로 하는 것은 이 시절의 경험과 밀접하게 관련되어 있다.

가정의 실질적인 가장 역할을 담당하고 있다. 아버지/ 남편은 아예 존재하지 않거나(「허덜풀네」, 「달」), 설혹 존재한다 하더라도 아버지로서 혹은 남편으로서 실질적인 역할을 담당하고 있다고 보기 어렵다(「무녀도」,51)). 아버지, 혹은 남성의 부재는 조선 무속인 가정의 일반적인 특징으로 형상화 된다.52) 셋째, 조선 무속이 토테미즘과 애니미즘을 모두 포괄하는 원시토착신앙의 형태를 띠고 있다는 것이다(「무녀도」, 「달」). 이 원시토착신앙에 의해 지배되는 이 공간은 현실적인 조선 무속의 특징, 즉 무녀의 현실적인 삶이 부각되는 공간이 아니라, 현실성이 소거된 신화적 공간이다.

이와 같이 김동리 무속 소설에 형상화된 조선 무속은 "농촌성", "여성성", "원시성"을 그 특징으로 하고 있다. 이 정형화된 특징은 김동리 문학관이 지닌 근본적인 지향성, 즉 <죽음에의 극복> 의식과 연결하여 설명할 수 있다. 왜냐하면 <죽음(소멸)에의 극복> 의식은 흔히 자연으로의 회귀양상, 혹은 풍요로운 생산을 의미하는 원형적인 모성으로 이미 지화되기 때문이다. 그런데 여기서 주목해야 할 점은 김동리 소설에 형상화된 조선 무속의 특징이 식민담론으로서 양산된 일제의 무속담론과 내용상 일치한다는 점이다. 그 예로, 대표적인 일본 무속 연구가 아끼바[秋葉 隆]는 1950년 출판된 박사학위 논문 「조선무속의 현지연구(朝鮮巫

---

51) 이 소설에서 욱이의 친아버지는 전혀 언급되지 않는다. 다만 모랭이가 어떻게 욱이라는 사생아를 낳게 되었는지를 간단하게 알려줄 뿐이다. 또한 낭이의 아버지는 장사꾼으로서 일년에 한두 번 그녀를 보러 올 뿐으로, 실질적인 가장의 역할을 담당하고 있다고 보기는 어렵다.
52) 이러한 여성성의 강조는 조선 "무속 신화에 형상화된 죽음과 삶을 주재하는 신이 여성"이라는 사실과도 밀접한 연관성을 갖고 있다(최협·송효섭, 「한국무속과 여성」, 『한국여성과 무속』, 전남대 사회과학연구소, 1988, 17쪽).

俗の現地硏究)」(1941)[53]에서 조선 무속의 특징으로 "농촌성", "여성성·모성성", "원시성"을 제시하는데, 이는 조선 문화의 열등성을 해명하는 논리로 비약, 확대됨으로써, 일제 식민정책을 합리화하는 기능을 담당하게 된다. 그는 '조선 무속의 농촌성'을 '조선 사회의 농촌성'으로, '여성성'을 '조선사회의 수동성'으로, '원시성'을 조선의 '미분화된 원시적 종교' 의식으로 비약, 확대한다. 이러한 논리에 의해서, 그는 조선 사회가 근본적으로 후진적이며, 문화가 정체되어 있다고 결론을 내린다. 이는 일제의 식민 무속담론이 식민통치 전략에 활용되는 전형적인 방식을 보여준다.[54] 이와 같이 김동리, 아끼바가 정형화한 조선 무속의 특징들은 각기 다른 목적과 다른 방식으로 생산되었음에도 불구하고 내용상 서로 교묘하게 겹쳐져 있다. 이 교묘하게 겹쳐진 자리가 갖는 상호 작용성, 양가성이 식민 무속 담론과 김동리 문학이 갖는 변증법적 성격을 만들어내는 근본적인 동력이다. 이러한 양방향적 성격에 의해서 김동리 문학은 식민지 시대라는 역사적 상황에서 일제에 대한 간접적인 대항 이데올로기로서 조선적 전통의 원형을 형상화함에 의해서 당시 조선 문단의 (김동리 식의 말을 빌려 표현하면) 소위 "괜찮은 반항"[55]을 이끌어내기도 했지만, 일제의 식민정책을 공고히 할 수 있는 담론에 동조할 수 있는 내적 논리를 내포하고 있었다.

---

53) 秋葉 隆, 『朝鮮巫俗의 現地硏究』, 최길성 역, 계명대학교 출판부, 1987 참조.
54) 김성례, 「무속전통의 담론 분석 – 해체와 전망」, 『한국문화인류학』 22집, 1990, 216~223쪽.
55) 이러한 문단의 반응은 「무녀도」가 발표되기 이전까지 '무녀'라는 주인공을 전면에 내세운 문학이 없었다는 점에서 기인한다(이진우, 『김동리 소설 연구 – 죽음의 인식과 구원을 중심으로』, 푸른사상, 2002, 166쪽).

2. 종교적 신화화의 정치성

김동리의 무속소설은 원시성(상고성)으로의 "회귀의식"[56]과 "순수성"에의 지향성이 종교(무속)와 결부됨에 따라서 필연적으로 소설의 서사가 종교적으로 "신화화"되는 경향을 보여준다. 그러므로 소설 속에 형상화된 조선 무속은 심미화, 신화화된 무속으로, 당시 현실적인 모습의 무속이 아니다. 이는 "현실"로서의 전통이 아니라 "상상된" 전통으로 형상화되어 있다. 이러한 형상화 방식은 당시 일제의 무속담론과 민족적 무속담론 모두 조선 무속의 "원형성", "고유성"을 해명하는 데 주력했다는 사실에서 비롯된 것이다.

「무녀도」의 시 / 공간은 현실적 시 / 공간이 아니라 원형적, 신화적 시 / 공간으로 설정되어 있다. 주인공 모화는 무속적 세계관을 상징하는 인물로서, 그녀의 신화적인 면모는 동일한 시 / 공간에 거주하는 마을 사람들과 그녀를 "구별 짓는" 핵심적인 특징이다. 모화 무당은 그녀의 딸 낭이조차 그녀를 "어머니의 송장", "어머니이면서 사람 아닌 어머니", "시퍼런 모화무당"[57]으로 인식할 만큼, 사람이기 보다는 "사람허울을 쓴 신령(귀신)", 혹은 "신령의 딸"[58]에 가까운 존재로 형상화되어 있다. 또한 그녀가 거처하는 "한 머리 찌푸러져 가는 묵은 기와집"은 사람 냄새 나는 인공적 공간이 아니라, "이름도 모를 잡풀"과 "배암 같은 지렁이",

---

56) 에드워드 사이드는 식민지 경험을 가진 나라에서 문화와 전통에의 '회귀'의식이 종교적, 국수적인 원리주의 형태로 나타났다는 점을 지적하였다(에드워드 사이드, 「문화와 제국주의」, 김성곤 역 『외국문학』 제42호, 1995. 봄호, 281쪽).
57) 김동리, 「무녀도」, 『중앙』, 1936. 5, 37쪽.
58) 김동리, 위의 글, 40쪽.

"개구리 머구리들" 등이 인간과 조화롭게 공생하는 공간이다. 이 공간은 기본적으로 양가적인 의미를 지니고 있다. 이 공간은 "한 머리 찌프러저 가는 묵은 기와집"처럼 서서히 역사의 과거 속으로 소멸되어 가는 공간이자, 생명체들이 생/사를 초월하여 어우러져 있는 "검은" 재생의 공간이다. 이러한 공간 안에 이 모든 특징을 압축적으로 보여주는 신화적 인물 모화가 살고 있는 것이다. 그녀의 세계관은 토테미즘(totemism)과 애니미즘(animism)59)의 세계관으로 정의될 수 있는데, 이 미분화된 세계관에서는 인간과 사물의 근본적인 경계는 무화(無化)된다. 모든 만물은 하나의 신(神)이며, 물질적 형태가 변환가능하다는 점에서, 사물간의 괴리는 존재하지 않는 것이다. 이러한 모화라는 인물이 지닌 신성의 면모는 마을 사람들로부터 그녀를 변별시키고, 그녀를 신화화시키는 기본적인 전제이다.

마을 사람들에게 있어서 모화의 존재는 사회 계급적 측면에서 하위계층으로서 "변별"의 대상이자, 종교적 측면에서는 "위안"의 대상이라는 양가적 의미를 지니고 있었다. 그러나 마을에 교회가 세워지고, 기독교가 급속도로 전파되면서, 모화의 존재는 제거되어야 할 "미신"적 존재로 전락하게 된다. 이 과정에서 "무속(모화) : 기독교(목사 및 마을신도)"의 대립구도가 형성되는데, 이는 곧 "동양(무속) : 서양(기독교)"이라는 대립구도를 상징한다. 이러한 대립구도는 모화의 신화적 죽음에 의해서 "동양

---

59) 무속은 특히 애니미즘적인 물활론(物活論)의 세계관에 기초를 두고 있다. 애니미즘은 우주를 구성하고 있는 모든 생물을 활물, 즉 살아 있는 것으로 간주한다. 모든 사물은 최소한 활(活)의 가능태이며, 그 물건을 활화(活化)시키는 힘을 총칭하여 신(神)이라 부른다(김의숙·최광석, 「巫란 무엇인가」, 『민속학술자료총서 347, 무속(무당1)』, 우리마당 터, 2003, 391~392쪽).

(무속)"의 승리를 암시하는 방식을 통해 극복된다. 모화의 죽음이 "동양" 혹은 "조선"의 승리로 해석될 수 있는 핵심적인 하나의 근거는 조선의 무속 신앙이 곧 동양의 고유 신앙이라는 논리로 비약, 확대되었다는 점에 있다. 이러한 비약은 '조선'이 '동양'이라는 개념에 포섭됨으로써 발생한다. 이는 당시 일제 무속 담론들이 조선과 일본의 종교적 유사성(동일성)을 주장함에 의해서, 조선의 전통이 일본의 전통 속에 포섭되는 논리와 근본적으로 동일한 방식이다. 이러한 논리적 한계는 조선이 일제 식민지라는 시대적 상황, 즉 '국가'가 부재하는 상황에서 국가를 구성하는 '민족'을 상상하고, 그 민족의 "고유한" 전통을 상상한다는 점에서 기인한다.

이 소설에서 조선의 무속을 상징하는 모화라는 인물이 '심미화'되고, '신화화'되는 방식은 김동리의 문학관이 지닌 이중적, 역설적 성격을 규명할 수 있는 핵심적인 부분이다. 이는 그의 문학이 지니고 있는 종교적 성격, 그리고 이것이 권력 주체와의 상호작용 속에서 불러일으키는 정치적 효과와 밀접한 연관성을 갖고 있다.[60]

> "굿이 열린 백사장 동편으로는 밑 보이지 않는 검푸른 소(沼)물이 돌고 있었다.
> 이날 밤, 모화의 정숙하고, 침착한 양은 어제 같이 미쳤던 여자로서는 너무도 의아 하였다. 그것은 달ㅅ밤으로 산에 기도를 다닐적 처럼 성스러워도 보이었다. 그의 음성은 언제 보다도 더 구슬펐고, 그의 몸세

---

60) 김동리 문학의 정치성에 관해서는 신형기의 『변화와 운명』(평민사, 1997)과 「남북한 문학과 '정치의 심미화'」, 『문학속의 파시즘』(삼인, 2001) 참조.

는 피도 살도 없는 율동(律動)으로 화하여졌었다. 이때에 모화는 사람이
아니요, 율동의 화신이었다.
　　밤도 리듬이었다 <중략> …… 취한양, 얼이 빠진양, 구경하는 여인
들의 호흡은 모화의 쾌자ㅅ자락만 따라 오르나리었고, 모화는 그의 춤
이었고, 그의 춤은 그의 시나위ㅅ가락이었고…… 시나위ㅅ가락이란, 사
람과 밤이 한 개 호흡으로 융화되려는 슬픈 사향(麝香)이었다. 그것은
곧 자연의 리듬이기도 하였다.61)"

　위의 인용문을 통해서 알 수 있듯이, 「무녀도」에서 모화가 종교적으
로 신화화되는 결정적인 계기는 자신의 육체적 '죽음'을 통해서 이루어
진다. 그녀의 마지막 굿(제의)이 진행되면서 점차 그녀의 몸은 "피도 살
도 없는 율동", "율동의 화신", "시나위ㅅ가락"으로 전화(轉化)되어, 하나
의 자연적 리듬으로 승화되는 양상을 보여준다. 인간의 육체가 '자연적
리듬'으로 전화(轉化)된다는 설정은 인간과 자연의 경계, 혹은 대상간의
차이를 전제하지 않는다는 측면에서, 각 사물들의 속성을 결정짓는 특
수성의 영역에서 벗어나 이들을 아우르는 보편성으로의 지향의식을 형
상화 한 것이다. 그러므로 모화가 굿의 절정에서 물에 빠져 죽음에 이
른다는 설정은 그녀가 현세적인 생/ 사, 인간/ 자연의 경계를 초월한 영
역으로 진입함을 의미한다. 이러한 측면에서 볼 때, 모화의 죽음은 육체
적(물리적) 죽음을 통해서 신성을 획득하는 과정이다.
　한편 그녀가 신성화되는 또 하나의 방식은 굿(제의)의 과정에서 망자
(亡者)와의 정신적 교접을 통한 시간의 "불가역성(不可逆性)"을 극복함에

------

61) 김동리, 앞의 글, 45쪽.

의해서다. 인간은 기본적으로 시간의 순차적 질서에 지배되며, 이를 역행할 수 없다. 이러한 불가항력적인 상황은 인간으로 하여금 현실의 영역이 아닌 신화의 세계로 인도한다. 즉 이 소설에 형상화된 굿(제의)의 과정은 시간의 "불가역성"을 극복하고자 하는 인간의 욕망과 밀접한 연관성을 갖고 있다. 시간의 "불가역성"에 대한 극복과 무속의 연관성을 이해하기 위해서는 굿(제의)의 성격을 고찰해 볼 필요가 있다. 무속은 근대적 의미에서 순차적으로 진행되는 직선적 시간관이 아니다. 무녀와 망자의 정신적 교접과정에서 세속의 시간(경험적인 시간)은 성스러운 시간(신화적인 과거와 질적으로 동일한 시간)으로 이동한다. 이 과정은 "시간의 역전불가능성"과 "죽음의 극복 가능성"이 대결하는 드라마틱한 형태[62]를 띠게 되는데, 이 짧은 시간 동안 "망자"와 현존하는 인간, 그리고 과거와 현재 사이의 벽은 와해되는 것이다. 이러한 시간적 질서의 와해는 순차적 시간의 질서를 초월하고, 무화(無化)시키는 방식에 의해서 구현된다. 이는 유한한(불연속적인) 인간이 무한한(연속적인) 생명성을 획득하는 신화적 방식이다.

「달」은 무녀 모랭이와 화랑이의 육체적(성적) 에로티즘을 통해서 모랭이가 신화화되는 독특한 양상을 보여준다. 모랭이는 나원당(동네 이름)이라는 동네에서 굿을 마치고 돌아오는 도중에 흰 화랑이의 "어두운 숲속"의 "보드라운 모래바닥"에서 '달이(달득)'를 임신하게 된다.

　　"나원당(동네 이름)동네에서 굿을 마치고 물을 건너 숲속을 지나 올

---

62) 보드윈 왈라벤, 「시간과 무당」, 『민속학술자료총서 392, 무속 무당 2』, 우리마당터, 2003, 46쪽.

때였다. 같이 굿을 마치고 돌아오던 화랑(그는 모랭이가 사는 봇마을을
지나서 또 십리나 더 가야 할 사람이었다)과, 그 어두운 숲속에서 지금
의 달이를 배게 되었던 것이었다. 풀밭에는 너무 이슬이 자욱하여 보드
라운 모랫바닥을 찾아 그들은 자리를 잡았던 것이었다.

　고목이 울창한 숲을 휘돌아, 봇도랑의 맑은 물은 흘러내리고, 쉴사이
없이 물레방아 바퀴는 소리를 내며 돌아갔다. 여자의 몸에는 시원한 강
물이 흘러들기 시작하였던 것이었다. 보름 지난 둥근 달이, 시작도 끝도
없는 긴 강물처럼 여자의 온몸에 흘러드는 것이었다. 끝없는 강물이 자
꾸 흘러내려 나중엔 달이 실낱같이 가늘어지고 있었다. 그 실낱 같은
달이 마저 흘러내리고 강물이 다하였을 때 여자의 배와 가슴속엔 이미
그 달고 시원한 강물로 가득 차 있었던 것이었다.

　<아아, 신령님께서 나에게 달님을 점지하셨다.>

　모랭이는 혼자 속으로 굳게 믿었다.

　그리하여 낳은 아이의 얼굴은 희고 둥글고 과연 보름달과 같이 아름
다웠다. 모랭이는 여러 사람이 보는 데서 자랑삼아 그를 달아, 달아, 하
고 불렀다.63)”

　이러한 설정에서 흥미로운 점은 그들의 성적 결합이 단순히 남녀의
성적 결합의 의미를 벗어나, 하늘의 “보름 지난 둥근 달”이 “여자의 온
몸”에 흘러내려 가는 과정으로 설정되어 있다는 점이다. 즉 그들의 성
적 결합을 통해서, 자연의 ‘달’이 여자의 몸속으로 ‘잉태’되었다는 것이
다. 그러므로 달의 정기를 타고난 모랭이의 아이는 필연적으로 달과 동
일화되는 과정을 거칠 수밖에 없고, 결국 육체적 죽음을 통해 자연의
달로 돌아가는 결말을 맺게 된다. 이러한 신비적이고, 몽환적인 설정은

---

63) 김동리, 앞의 글, 419~420쪽.

자연과 인간이 상호 분리된 존재가 아니라, 상호 유기적으로 연결되어 있다는 유기체적, 순환적 세계관을 기반으로 하고 있다. 이러한 관점에서 볼 때, 삶과 죽음 모두 끊임없이 반복되는 "역동적인 연쇄"[64]에 불과하며, 물리적 형태변화에 불과하다. 그러므로 김동리 소설들이 보여주는 다양한 양상의 "죽음"은 단순한 물리적(육체적) 죽음에 그치지 않고, 강력한 생명성과 재생에 대한 가능성을 담보하게 된다.[65]

위와 같이 김동리 소설 「무녀도」, 「달」은 유기체적, 순환론적 세계관을 기반으로 "유한한" 인간이 "무한한" 생명성을 획득해 가는 과정을 선명하게 형상화 한 소설들이다. 이는 인간과 자연의 경계를 무화시키는, 즉 분리와 경계를 뛰어넘는 초월의 방식이자, 승화의 방식을 통해 실현된다. 이러한 신화적 극복방식은 "운명"이라는 개념과 밀접한 연관성을 갖고 있다. 김동리는 "한 사람씩 한 사람씩 천지 사이에 태어나, 적어도 우리와 천지사이엔 떠날래야 떠날 수 없는 유기적 관련이 있다는 것과 이 <유기적 관련>에 관한 한 우리들에게는 공통된 운명이 부여되어 있다"[66]라고 말한다. 여기서 핵심적인 부분은 각각의 대상에게 "공통된" 운명이 부여되어 있다는 관점이다. 운명이 모든 대상들이 지닌 공통적인 속성이라는 점에서, 운명은 대상들이 지닌 특수성을 아우르고, 동일화시키는 원리라고 볼 수 있다. 김동리는 이 "공통된 운명을 발견하고 이것의 타개에 노력하는 것, 이것이 곧 구경적 삶이라 부르며,

---

64) 신형기, 『변화와 운명』, 평민사, 1997, 126쪽.
65) 김동리의 소멸 / 재생 의식에 관해서는, 김예림, 『1930년대 후반 몰락 / 재생의 서사와 미의식 연구』, 연세대 국어국문학과 박사논문, 2002 참조.
66) 김동리, 「문학하는 것에 대한 사고」, 『문학과 인간』, 민음사, 1997, 73쪽.

또 문학하는 것이라 이르는 것이다"[67]라고 말한다. 그는 운명이 부여하는 불가피성을 근본적으로 인정하면서도, 이를 극복 가능한 대상으로 파악하고 있는 것이다. 이는 운명과 관련된 인간의 수동성과 능동성을 모두 인정한 것으로 볼 수 있다.

여기서 우리가 주목해야 할 점은 그의 대표작품이라고 볼 수 있는 무속 소설들에서 형상화된 운명의 극복방식이다. 운명은 근본적으로 과학적, 논리적, 이성적으로 알 수 없는 불가해한 영역이며, 신비화된 개념이다. 그럼에도 불구하고 이 개념이 '합리성'으로 대변되는 근대사회에서 끊임없이 재생산되고, 소비될 수 있는 근본적 이유는 고립된 개체로서, 그리고 유한성을 지닌 생명체로서 인간이 느낄 수밖에 없는 "공포" 때문이다.

> "······ 뒤에 물러 누은 어둑어둑한 산, 앞으로 폭이 널다랗게 흐르는 검은 강물, 산마루로, 들판 우로, 검은 강물 우로 모두 떨어질 듯한 파란별들, 어느 것이나 이슥한 밤중이다. 강ㅅ가 모래ㅅ벌엔 차일을 치고, 거적을 두르고, 마을 여인들이 자욱이 앉아ㅡ무당의 시나위ㅅ 가락에 취하여 있다. 그들의 얼굴엔 분명히 슬픈 홍분과, 새벽이 가까워 온 듯한 피곤한 빛이 보인다. 무당은 시방 한창 청승에 자즈러저 뼈도 살도 없는 혼령으로 화한 듯 가벼히 쾌자ㅅ자락을 날리며 춤을 춘다······.
> 거기엔 밤(자연의 리듬과 사람의 호흡이 무당의 춤을 통하여 혼연히 융화되어 있었다. 그것은 소녀의 얼굴에서 보는 듯한 어떤 슬픈 숨ㅅ결이었다.
> 아무리 그림에 깊은 이해가 없는 주인 할아버지)이라도 지금까지 보

---

67) 김동리, 앞의 글, 73쪽.

아온 산수화나 매란죽에서와 다른 필치를 느낄 수는 있었다. 그것은 이
해와 비판 저편에 흐르는 향수의 공명이었다."[68]

위의 예문을 통해서 알 수 있듯이, 김동리의 소설 「무녀도」에 형상화
된 자연의 모습은 세계에 내던져진 현존재로서의 인간이 지니고 있는
원초적 공포[69]와 밀접한 연관성을 갖고 있다. 이 소설 속 자연의 모습
은 생명 탄생의 주관자로서 태초의 신비를 간직하고 있다. 그러나 동시
에 이는 "어둑어둑한 산", "검은 강물", "검은 강물 우로 모두 떨어질
듯한 파—란별들", "으슥한 밤중"이라는 "검푸른" 이미지에 의해서 인간
의 불완전성 혹은 가능성에 의해서 파생된 공포감을 형상화 하고 있다.
즉 「무녀도」에 형상화된 자연은 태초의 신비와 태초의 공포가 서로 혼
재되어 있다. 이 공포는 '운명'이라는 개념이 지닌 근본적인 속성, 즉
"생명의 보편성"과 "동일성"의 느낌에 의해 극복된다. 이는 자연과 인간
이 분리, 대립적인 대상이 아니라, "융화"될 수 있는 대상들로 보았다는
것을 의미한다. 여기서 "자연의 리듬"과 "인간의 호흡(리듬)"을 융화(합일)
시켜 주는 매개 역할을 담당하는 것이 "춤"이다. "춤"은 인간의 호흡(리
듬)이고, 대상간에 존재하는 분리(대립)를 와해시키는 융화의 리듬이며,
이 세계를 구성하고 있는 사물들의 생명의 리듬으로 볼 수 있다.

---

68) 김동리, 앞의 글, 32~33쪽.
69) 하이데거는 인간이 세계 안에 (자신의 의지와는 상관없이) 내던져진 존재이기
    때문에 근원적으로 불안, 공포에 직면할 수밖에 없다는 사실을 역설한다. 또한
    인간의 본성이 자유라는 것은 인간의 완전성이 "아직 아님"을 의미한다고 규정
    한다. 이러한 그의 주장은 인간이 지닌 근원적인 불안, 공포가 가능성을 담지하
    고 있는 인간의 불완전성에 기인하고 있다는 사실을 지적한 것으로 볼 수 있다
    (마르틴 하이데거, 『존재와 시간』, 이기상 역, 까치, 1998 참조).

이러한 일련의 과정을 추동하는 근원적인 동력은 희망과 공포, 모험과 위험을 함께 나눈다는 "공감"의 유대이다. 이 유대감은 각 대상들의 사이에 존재하는 거리에 의해 약화되지 않고, 도리어 강화된다. 이는 개인들이 자기 자신을 공동체의 생명, 혹은 자연의 생명에 일치시키려는 욕망과도 동일선상에서 설명할 수 있다. 즉 이는 인류의 근본적 '감정'으로 고립된 개인이 그 개인성의 구속들로부터 벗어나 우주적 생명의 흐름에 잠기고자 하는 욕망이자, 자기 자신을 소멸시킴으로써 자연에 흡수되고자 하는 욕망인 것이다.[70] 이 욕망의 끊임없는 견인과 확장 속에서 신화는 발생하며, 논리적인 이론화 기제를 통해서 역사적으로 공고화 된다. 이러한 신화적 상상 속에서 조선의 식민지적 상황은 소거되고 탈역사화 된다. 존재하는 것은 '동일화'에 대한 환상적 심취이다. 그러므로 현 역사적 상황에 대한 비판의식은 퇴색되거나 지연, 유보될 수밖에 없다.

V. 김동리 문학(관)의 재평가

김동리 무속소설은 일제 식민지라는 역사적 상황에서 조선의 원형적 전통을 재정립함으로써 민족의 정체성을 찾고자 했던 노력과 밀접한 연관성을 갖고 있다. 이는 무속에 대한 새로운 해석과 의미 부여가 종교적 차원이 아닌 정치적 차원에서 진행되었다는 것을 의미한다. 소설 속에 당시 일제 식민지 상황이 전혀 드러나지 않는다는 측면에서, 김동리

---

70) 에르스트 카시러, 앞의 책, 58~62쪽.

소설은 정치 현실과 분리된 순수문학, 혹은 보수적 전통주의 문학으로 평가 받아온 것이 사실이다. 그러나 김동리가 이전까지 소설의 주제로 전면에 등장한 적이 없는 조선 무속에 주목하고, 이를 독특한 소설로 형상화 하게 된 구체적인 동기 및 조선 무속 세계에 대한 형상화 방식, 그리고 이의 정치적 효과를 면밀하게 고찰해 본다면, 김동리 소설이 지닌 정치적 성격을 부정할 수 없을 것이다. 김동리 소설이 지닌 이데올로기적 성격은 일제의 식민정책과의 연관성 속에서 보다 선명하게 드러난다. 조선의 무속은 일제가 문화 제국주의적인 입장에서 식민지 조선을 효율적으로 통치하기 위한 수단으로 적극적으로 연구되었다. 일제는 조선의 무속과 일본의 신도(神道)와의 유사성을 강조함으로써 내선일체(內鮮一體) 및 국민정신총동원운동을 합리화 하고자 한 것이다. 이 두 가지 측면에서 볼 때, 조선의 무속은 고유한 종교/전통이 아니라, 정치 이데올로기에 의해서 "선택된 전통(selective tradition)"으로 볼 수 있다.

김동리 소설에 형상화된 무속세계는 서양과 대비되는 조선의 고유하고, 순수한 것을 분리해내고, 이를 관념적으로 심미화, 신화화하는 방식으로 창조된다. 이 방식은 심미화, 신화화라는 기제를 통해서 초월성이 강화되고, 보편성 혹은 보편주의로 환원되는 모습을 보여준다. 여기서 각 대상들이 지닌 특수성이 보편성에 수렴되도록 만드는 핵심적인 매개체는 "운명"이라는 개념이다. 김동리는 이 개념을 통해서 각 대상간에 존재하는 특수성을 아우르는 독특한 통합의 서사를 보여준다. "운명"은 유한한(불연속적인) 생명체로서 인간이 필연적으로 대면하게 되는 "공포"에 대한 인식 및 이를 극복하고자 하는 욕망과 밀접한 연관성을 갖고 있다. 김동리는 인간의 생명성과 자연의 생명성을 일치시키는 방식에 의해서 "공포"가 신화적으로 극복되는 양상을 다소 몽환적이고, 신비적으로 형상화 한다. 이러한 측면에서 볼 때, 김동리의 무속소설은 감정, 혹은 정동(情動)이라는 심리적 기반에 기초한 통합의 서사이다. 각 대상들을 아우르고 동일화시키는 통합의 서사는 근본적으로 근대적 관점에서의 인과적 유대가 아니라 "공감"의 유대이다. "공감"의 유대라는 심리적 메커니즘을 통해서 개인, 민족, 국가가 처한 특수성을 소거하고 탈역사화하는 작용을 담당하게 된다. 더욱이 이 공감의 유대가 이론적으로 체계화되어 논리성을 확보하게 될 때, 견고한 사회적 신념의 체계로 정립되며 그 사회의 권력 주체를 이론적으로 정당화하고, 합리화하는 논리로 이용될 수 있다. 즉 "공감"의 유대에 기반을 둔 보편성, 보편주의, 인본주의(인간주의)에 대한 강조는 일제 식민통치 체제라는 권력이 불균등한 사회(혹은 자본주의 세계경제)에서 현 체제의 비합리적 상황과 모순을 은폐하고, 일원론적 통합의 힘으로 작동[71]할 수 있다는 점에서 문제적이다. 김동리가 일본 제국주의에 소극적으로 대항하기 위한 이데올로기로써 선택된, 그리고 상상된 조선의 무속 전통은 일제의 식민 통치전략과 일정한 상호작용 속에서 형성되었고, 동일한 전략을 취하고 있었다고 볼 수 있다. 그러나 김동리가 일제의 제국주의를 극복하기 위한 방식으로써 제시한 공감의 유대는 무속소설 속에서 "에로티시즘"이라는 독특한 양상으로 형상화된다. 즉 "에로티시즘"은 김동리가 무속을 조선의 고유한 전통으로 재정립하는 과정에서 사용한 제국주의적 전략과 일

---

71) 사이드는 이러한 보편주의를 "불쾌한 보편주의(invidious universalism)" 이라고 명명하고, 근대는 이 불쾌한 보편주의가 승리한 역사였다고 규정한다(강상중, 앞의 책, 1997, 189~190쪽).

제가 조선을 식민통치 하는 과정에서 사용한 제국주의적 전략을 근본적으로 차별화시켜 주는 핵심적인 요소이다. 또한 이는 김동리 문학(관)이 일제 식민지기의 사회, 역사적 상황과의 상호작용 속에서 내포하게 된 이중적, 역설적 성격의 또 다른 근본적인 동인이라고 할 수 있다. 이 주제에 관해서는 차후의 논문에서 구체적으로 고찰해 볼 것이다.

전쟁 속 휴머니즘과 '국가'의 시선

—「홍남철수」의 정치적 독해

1. 서론

이 글은 「홍남철수」의 독해를 통해서 김동리가 '한국전쟁'을 어떤 관점에서 어떻게 서사화하였는지를 논의하는 데 목적을 둔다. 하지만 이 글에서 「홍남철수」를 주목하려는 것은 이 같은 특징만을 짚어보려는 것으로 그치지 않는다. 그의 50년대 소설[1]에서 이 작품은 "홍남철수, 나아가 한국전쟁의 비극성"[2]을 함축한 전쟁소설의 수작으로 거론되어 왔다.

---

* 유임하 / 한국체육대학교 교양과정부 교수.
** 이 글은 『한국문학연구』(2007)에 수록된 논문을 부분적으로 개고한 것임.
1) 김동리의 50년대 소설을 개관한 글로는 정종현, 「전후 김동리 소설의 변모 양상」, 동국대 한국문학연구소 편, 『한국전후문학연구』, 이회, 2002 참조.

하지만, 전쟁이라는 비상한 현실을 어떤 시각과 태도로 다루었는가의 문제의식을 가지고 이 작품을 검토한 바는 별로 없다.

김동리는 전쟁 발발 초기에 피난길에 오르지 못했다. 인민군 점령하의 서울에서 그는 잠행과 은둔, 잦은 피신으로 검거선풍을 피할 수 있었고 서울 수복과 함께 부산으로 피난을 떠났다. 잠행으로 얼룩진 인공 치하의 체험은 그의 소설에서 그대로 반영되었으나 그다지 성공적이지는 못했다.3) 하지만 [흥철남수]는 50년대 김동리 소설에서 체험의 영역에서가 아니라 전쟁을 배경으로 삼아 특유의 문학관을 연상시켜주는 대단히 문제적인 텍스트이다. 종군단을 따라나선 시인을 서술자로 내세운 것이나 '흥남철수'라는 전쟁의 특정한 국면을 중심으로 전쟁과 민족, 국가의 자장 안에 놓인 문학의 존재방식을 매우 특징적으로 보여주기 때문이다.

김동리에 관한 논의에서 가장 풍성한 성과는 김윤식에게서 찾을 수 있다. 하지만 그에게서도 「흥남철수」에 대한 깊이 있는 해석은 이루어지지 못했다. 그는 「귀환장정」(1951), 「어떤 상봉」(1955), 「흥남철수」(1955), 「밀다원시대」(1955), 「실존무」(1955) 등을 거론하면서 이들 작품을 문단 풍경을 조감하고 전쟁을 인식하는 지식인의 모습을 읽어내는 데 치중한다.4)

---

2) 김윤식·정호웅, 『한국소설사』, 문학동네, 2000 개정증보판, 355~360쪽 참조.

3) 훗날 그는 적치하 서울 잔류의 자전적 체험을 소재로 한 『자유의 역사』(1959)를 연재하지만 그다지 성공적이지 못했다. 이 작품은 전쟁 발발과 함께 인민군이 점령한 서울에서 검거 선풍을 피해 은신, 잠행하는 청춘남녀의 모습을 통해서 전쟁을 개인적 수난으로 그리는 데 그치고 있다. 최근 한 연구에서는 『자유의 역사』에 등장하는 윤수의 죽음을 우익의 정치성을 사수한 것으로 보기도 한다. 안미영, 『전전세대의 전후 인식』, 역락, 2008, 145~146쪽 참조.

4) 김윤식, 「김동리 문학의 성격-주인과 노예의 변증법」, 『역마·밀다원시대』, 김

그의 김동리 연구 삼부작(『김동리와 그의 시대』, 『해방공간의 내면 풍경』, 『사반과의 대화』 등)에서조차, 논의의 초점은 전쟁 속 실존의 위기국면에 맞추어 '땅끝의식'을 중심으로 「밀다원시대」와 「실존무」를 거론하는 데 집중되고 있다. 이는 '문학적 삶의 전기적 차원'을 검토한 탓도 있겠지만, 주된 논점을 '작가의 문학적 생애'와 '문협정통파의 정신사적 의미'[5)에 두었기 때문이다. 이에 반해 김동리의 문학을 반공이데올로기나 문단권력과 결부시켜 논의한 경우가 있다. 신형기는 해방기 김동리의 문학에서 반공 보수주의자의 면모를 추출하였고,[6] 김철은 문단권력과 관련하여 김동리의 순수문학론이 지향한 '비정치적 정치성'을 반공 파시즘으로 읽어냈다.[7] 그러나 이들 논의도 「흥남철수」가 가진 함의에 별반 주목하지 않기는 마찬가지이다.

최근 논의 중 하나인 홍기돈의 경우도 그러하다. 그는 「밀다원시대」와 「실존무」를 중심으로 김동리의 전쟁체험을 거론하면서 전쟁 전후 작가의 문학적 전기를 그려나간다. 이러한 접근법은 김윤식의 논의를 심화시킨 것임을 말해준다.[8] 홍기돈은 「흥남철수」에서 '가족의 절대성'을 주목하고 있다. 그는 월남을 도모하는 윤씨 일가의 행로가 좌절하고 마는 장면에 주목하여, "전쟁의 비극적 실체"와 "전쟁 이전 긍정적인 방향

동리문학전집 2권, 민음사, 1995, 454~455쪽 참조. 이 글은 다시 『사반과의 대화－김동리와 그의 시대3』, 민음사, 1997, 10장 '땅끝 의식과 가부장제' 287~327쪽에 수록된다. 이 글에서 인용하는 「흥남철수」는 상기 전집 2권의 면수를 따른다.
5) 김윤식, 『사반과의 대화－김동리와 그의 시대3』, 민음사, 1997, 298쪽. 여기에는 이동하의 『김동리 문학의 정사적 연구』, 일지사, 1989도 포함된다.
6) 신형기, 「순수의 정체－해방기의 김동리」, 『해방기소설연구』, 태학사, 1992.
7) 김철, 「김동리와 파시즘」, 『국문학을 넘어서』, 국학자료원, 2000.
8) 홍기돈, 「김동리연구」, 중앙대 박사논문, 2003, 219~228쪽 참조.

으로 나가기 시작"한 작가의 "비극적, 허무적" 태도가 지속된 사례로 꼽는다.9)

하지만, 「홍남철수」는 근 5년의 구상을 거쳐 1955년에 발표되었다는 사실에서도 알 수 있듯이 숙성과정을 충분히 거친 작품이고, 작가 스스로도 자부심을 감추지 않는다는 점에서 세밀하게 검토해볼 여지가 충분하다. 작품은 전쟁의 시기에 종군에 나선 시인을 서술자로 삼아 북한 수복지역의 민간인들에게서 간절한 남행의 열망을 추출하는 한편, 이산의 상처를 중심으로 전쟁을 다루고 있다. 작품의 전쟁서사가 종군시인의 관점에서 구성되었다는 것도 의미심장하다. 가족의 안위를 돌아보지 않고 종군에 나선 시인 박철과, 월남을 소망하는 윤노인 일가를 뼈대로 삼은 이야기에 담긴 의미론적 지평은 과연 무엇일까? 이런 의문에서 출발하여, 이 글은 「홍남철수」에 담긴 휴머니즘과 민족 관념, 국가의 시선 등의 문제를 짚어보기로 한다.

2. 작품 구상과 전쟁의 서사화 과정

김동리는 1955년에야 「홍남철수」를 발표한다. 이 작품은 전쟁의 전모를 조망하는 방식 대신 특정한 국면을 중심으로 전쟁을 맥락화하는 방식을 취하고 있다. 여기에서 두드러지는 사실 하나는, 6.25전쟁을 '남침 - 인천상륙작전 - 압록강 일대로 쾌속 북진 - 홍남철수 - 1.4후퇴 - 휴전'에 이르는 고전적인 도식을 그대로 수용하지 않았다는 점이다.

---

9) 홍기돈, 위의 논문, 220쪽.

잘 알려진 대로, '흥남철수'는 1950년 12월 14일부터 24일까지 유엔군
해군이 주도하여 군 병력 십만여 명과 월남 피난민 구만 팔천여 명을
부산, 마산, 구룡포, 울진 등지의 여러 항구에 이송하는 작전이었다. 그
러나 피난민들에게는 가족 중 일부만 승선시켜 월남함으로써 민족의 이
산을 초래한 비극적인 사건이기도 했다.[10] 작품의 소재가 된 '흥남철수'
는 바로 민족 이산이라는 측면에서 전쟁의 비극을 예각화하고 있는 셈
이다.

그렇다면, 김동리가 '흥남철수'를 소재로 작품을 창작하게 된 동기는
과연 무엇이었을까. 이에 대한 단서는, 작품 창작의 과정에 대한 글
과,[11] 해당 작품의 면밀한 독해를 통해서 찾을 수밖에 없다. 김동리의
50년대 소설에서 전쟁 서사는 그의 문학적 역량에 비해 대단히 소략하
다는 인상을 준다. 이는 무엇보다도 작가의 전쟁 체험이 매우 제한적이
었기 때문으로 보인다. 전쟁이 발발하자 그는 많은 식솔을 거느린 가장
이었던 처지 때문에 피난조차 힘겨웠다고 술회하고 있다.[12] 그는 인민
군 점령하의 서울에서 수복에 이르는 기간 내내 좌익세력들의 검거 선
풍을 피해 동가숙 서가식하며 은신해야 하는 처지였다.[13] 그의 전후소

---

10) 국방부 전사편찬위원회, 『한국전쟁 요약』, 1986, 243~244쪽.
11) 앞서 거론한 김동리의 자전에세이(『나를 찾아서』, 김동리전집 8권, 민음사, 1997)
　　는 유고로 남긴 스크랩북 8권을 이문구가 시기별로 편집한 것이다.
12) 전쟁에 대해서 언급한 글(「잊히지 않는 얼굴」)에서, 김동리는 자신이 너무 궁핍했
　　고 딸린 식구와 임신한 아내 때문에 피난에 오르지 못했다는 것, 경거망동하지
　　말라는 정부의 가두방송에 기대를 걸고 피난하지 못했다고 회고하고 있다(『나를
　　찾아서-자전 에세이』, 김동리전집 8권, 1997, 262쪽). 그는 1950년 12월 10일
　　가족 일부를 선편으로 먼저 떠나보내고, 자신은 12월 31일 서울을 떠나 부산으
　　로 향했다고 쓰고 있다(같은 책, 266~267쪽 참조).
13) 김동리, 「잊히지 않는 얼굴」, 위의 책, 262~265쪽 참조.

설의 경향이 전쟁을 정면에서 다루기보다 간접화된 방식을 고수한 것도 이러한 체험의 한계 때문이었던 것으로 보인다.

실제로 50년대의 김동리 소설에서, 전쟁과 전후사회를 배경으로 삼고는 있으나 전장의 긴박한 상황이나 전쟁의 직접성을 다룬 사례는 거의 없다. 전쟁을 소재로 삼은 작품으로는 「귀환장정」(1951), 「상면」(1951), 「남로행」(1951), 「피난기」(1951), 「풍우기」(1953), 「살벌한 황혼」(1954), 「홍남철수」(1955), 「청자」(1955), 「밀다원시대」(1955), 「실존무」(1955), 「자매」(1958) 등을 꼽을 수 있다. 그러나 「홍남철수」나 「밀다원시대」, 「실존무」 등을 제외하면 대부분 소품 수준을 넘지 못한다. 국민방위군 사건을 취급한 「귀환장정」, 각고만난 끝에 입대한 아들을 면회하는 아버지의 부성애를 그린 「상면」, 미군에 배속된 한국인 연락장교가 애인의 집을 찾아갔다가 남겨진 애완견을 안타까워하며 안락사 시키고 만다는 내용의 「살벌한 황혼」 등은 분량상으로나 내용상으로 완성도가 그리 높지 않다. 「남로행」14)이나 「청자」도 마찬가지이다. 「남로행」은 전쟁 발발 후 후퇴한 경찰서를 따라 남하하는 경찰의 애국심을 그려낸 소품이고, 「청자」 또한 청자 수집가였던 친구가 전쟁과 함께 청자들을 유실한 뒤 황폐해진 내면을 스케치한 소품에 지나지 않는다. 「자매」15)는 월남 자매의 서로 다

---

14) 이 작품은 『중등국어 1-2』(대한문교서적출판사, 1952)에 「남으로 가는 길」이라는 제목으로 수록되었다. 이에 관해서는 김주현, 「떨림과 여운」, 『작가세계』, 2005 겨울호, 76~77쪽 참조. 그러나 「피난기」와 「풍우기」는 전집에 수록되지 않아 확인할 길이 없다. 제목으로 보아 작가 자신의 피난체험을 담아낸 것으로 보인다.

15) 이 중에서 「자매」는 자전 에세이에 창작의 전말이 「홍남철수」와 관련해서 소개되어 있는 작품이다.

른 행로를 담은 소품으로 「흥남철수」에서 인물문제에 고심했던 월남 자매에 대한 일화의 원형을 보여준다. 자주 거론되는 「밀다원시대」조차 부산에 피난을 온 문인들의 행각기(行脚記)에 지나지 않으며, 「실존무」는 월남 지식인이 전쟁과부와 동거하던 중 뒤늦게 월남한 가족과 재회한다는 전후사회의 슬픈 일화를 담은 소품이다. 이들 작품은 대부분 전쟁의 직접적 참상을 취급하기보다 굶주림, 유대의식이나 윤리의 파탄 같은 전쟁의 여파를 담아내는 데 급급한 모습이다. 그러나 「흥남철수」는 전쟁을 소재로 오랜 숙성과정을 거치면서 인물의 특징이나 구성, 완성도에서 다양한 문제들을 함축하고 있어서 일화만을 담아낸 여타 작품들과 대조를 이룬다.

「흥남철수」와 관련해서, 착상에서 구상에 이르는 내용을 기록한 글이 있어 참조해볼 만하다.16) 김동리는, 작품과 관련해서 동부전선에 종군한 일과 흥남 지방에 직접 다녀온 적이 있는지 독자들에게서 질문 받고 나서 그에 대한 답변 형식으로 창작 동기를 비교적 소상히 밝히고 있다. 기록에 따르면, 작품의 착상은 1951년 10월로 거슬러 올라간다. 당시 백씨인 김범보의 방 한 칸을 빌려 피난생활을 하고 있었던 그는, 피난민 출신인 이발사의 생생한 체험담에서 착상의 계기를 마련했다. 흥남철수에 대한 소문을 많이 들어왔던 터에 "훨씬 자세하며 구체적인" 체험담을 듣고 나서 창작의 의욕을 갖게 되었다는 것이다.

　　"……수십 만 인구가 흥남에 모여들었소, 비행기는 주야로 머리 위에

---

16) 「흥남철수」에 대한 김동리의 언급은, 「'흥남철수' 주변 이야기」, 『나를 찾아서—자전에세이』, 김동리문학전집 8권, 민음사, 1997.

서 별의별 소리를 다 내고 날지, 대포 소리는 쉴 새 없이 여기저기 쿵쿵 와그르르 터지고, 아, 나도 교회에 나가지만, 정말 예수께서 재림으로 하는 날인가 했소."

그 자신은 국군이 들어왔을 때 환영을 나갔기 때문에 그 고장에 남아 있을 수가 없어 마누라와 함께 L.S.T.를 타버린 것이라 했다./ 이런 그의 이야기에 나는 문득 소설적인 의욕을 느꼈던 것이다.17)

동리가 느낀 "소설적인 의욕"은 과연 무엇이었을까. 추론하건대 이는, 신문지상에 보도된 정보 습득의 차원을 넘어 작가의 상상력을 자극하는 소재라는 직감적인 판단이었을 개연성이 충분하다. 이발사의 생생한 체험담은 작품 말미에 등장하는 흥남부두의 풍경을 선명하게 보여주는 원본에 가까운 내용으로 담겨 있다. 항구로 유입되는 수십만의 피난민 행렬이나 '종말의 날과 재림 이미지' 등이 그러하다. 그는 이발사의 체험담을 듣고 나서 '전쟁을 어떻게 그릴 것인가'를 놓고 고심하기 시작했던 셈이다. 작품 구상의 단계에서, 그는 "수십만이나 되는 군중(피난민)을 어떻게 그리는가, 그 가운데 누구를 주인공으로 삼아야 하는가, 또 어떤 각도에서 그리는가"18) 등등, 고심을 거듭하는 회고 대목은 매우 인상적이다. 이는 작가의 성실성을 보여줄 뿐만 아니라, 수십만의 군중에서 인물 구성과 주인공 선택, 시선과 각도를 고려하며 작품의 구도와 내용을 구체화해 나가는 창작의 프로세스를 보여주기 때문이다.

작품 구상 중에 체험의 한계 때문에 인물 선택을 놓고 고충을 토로한 대목도 흥미롭다. 김동리는 화원시장에서 함경도 사투리를 쓰는 물품장

---

17) 김동리, 「'흥남철수' 주변 이야기」, 위의 책, 280쪽.
18) 앞의 책, 같은 곳.

수 자매를 접하고 나서 인물 문제를 해결하였다고 술회하고 있다. 월남 자매를 통해서 인물 문제를 해결했다는 것은 적극성과 소극성이 대비되는 자매의 서로 다른 품성에서 주인물에 적합한 가치를 발견하였다는 뜻이다. 그리고 이들로부터 자연스럽게 이들 주인물에 대응하는 인물 구도를 잡았다는 의미이다. 그런 다음, 그가 세운 이야기의 틀과 방향은 다음 원칙에 따른 것이었다. "첫째, 흥남철수라는 큰 사건을 정면으로 다루지 말고, 그것을 배경으로, 또는 무대로 쓸 것"과, "둘째, 피난민 가운데서 어느 개인을 주인공으로 삼되 군중의 대표자나 지도자로 취하지 말 것."[19] 이러한 원칙에 따라 김동리는 피난민과 월남을 염원하는 "화원시장의 두 소녀"를 중심에 놓고, 그 상대자로 "남자, 이남에서 간 사람", 종군단에 가담한 "남성인물 박철과 그 일행"[20]을 연관시켜 이야기의 동선을 만들어 나갔다. 이야기의 구도는 '종군문화단' 소속 문화예술인과 두 자매를 만나도록 배치되면서 '흥남'은 전쟁의 비극을 증폭시키는 구체적인 장소로 설정된다.

여기에는 전쟁에 대한 동리의 작가적 관심과 상상력의 반경이 잘 드러나 있다. 김동리는 "6.25를 생각할 때마다 잊을 수 없는 얼굴"[21]을 떠올리거나, 인민군 치하의 서울에서 은신 도피했던 적발한 상황을 상기한다.[22] 이 같은 회상의 흐름은 자신과 가족, 실종된 동료 문우들에 한정되고 있는 특징을 보여준다. 이는 전쟁의 충격이 일상적 세계를 중심으

---

19) 같은 책, 281~281쪽.
20) 위의 책, 같은 곳.
21) 위의 책, 262쪽. 여기에서 떠올리는 인물은 조진흠과 홍구범이다. 이들은 인민군 치하의 서울에서 동고동락하다가 행방불명된 청년문사들이다.
22) 「'밀다원 시대'를 쓸 무렵」, 같은 책, 267~271쪽 참조.

로 한정된 것을 단적으로 드러내는 대목이기도 한데, 그만큼 전쟁의 전모를 재현하는 데 필요한 현실 조감력이 부재했음을 단적으로 말해준다. 논리를 다소 비약시켜 보면, 그의 전후소설이 "전쟁이라는 현실과 그 이후의 일상을 총체적으로 그려내는 데 실패할 수밖에 없었던 이유"23)도 전쟁의 충격에서 벗어나지 못한 '시적 상태'에 연원을 두는 셈이다.

그러나 당시 문단에도 전쟁 체험을 기록하는 수준에 만족해야 한다는 견해가 지배적이었다. 전쟁의 소설화는 체험의 영역을 넘어 "민족적인 경험으로 형성될 때까지 인내로써 기다려야"24) 한다는 지적이 엄연히 존재했던 것이다. 김동리 또한 전쟁을 취급하는 과정에서 이 전대미문의 비극을 통찰하는 일이 결코 용이하지 않음을 잘 간파하고 있었던 것으로 보인다. 전쟁이 휴전으로 마무리되었고 삼팔선은 휴전선으로 대체되었을 뿐인 현실에서, 그는 피난민의 생생한 체험담으로부터 전쟁에 대한 창작 의욕을 충전할 수 있었다. 이는 그 자신이 피난민이라는 감정이입과 함께 창작의 열의를 회복할 수 있었음을 뜻한다. 그는 흥남 부두에 넘쳐나는 피난 행렬에서 아이디어를 얻었고 이야기의 얼개를 세울 수 있었다. 대조적인 성격을 가진 월남 자매를 선정하고, 종군하는 남성 문화예술인들을 상대역으로 배치한 뒤 그의 생각은 전쟁 자체에 대한 통찰보다는 전쟁의 어느 단면을 통해 이떤 힘의를 가진 사건으로 서사화할 것인가의 문제로 집중했던 것이다.

---

23) 정종현, 「전후 김동리소설의 변모 양상」, 동국대 한국문학연구소 편, 『한국전후문학연구』, 이회, 2002, 152쪽.
24) 조연현, 「한국전쟁과 한국문학─체험의 기록과 경험의 형상화」, 『전선문학』, 1953. 5, 20쪽.

전쟁의 전모가 50년대라는 전후의 시대공간에서 재현될 수 없다는 점은, 김동리도 잘 알고 있었다. 그는 한 글에서 "전쟁을 제재로 한 '심각하고 비참한 걸작'이란 동서고금을 막론하고 거의 구경할 수 없다."라고 전제한 다음, "전쟁 그 자체는 지극히 문학적인 제재 같으면서도 최상의 것은 아니며, 그것은 한 배경으로서 취급될 성질의 것에 불과하기 때문에, 사실로서의 비참함과 심각함과 문학성은 창작으로서의 비극성과 심각성과 문학성을 거세하고 감쇠시킨다."[25]라고 언급한 바 있기 때문이다. 전쟁 그 자체보다 문학성을 강조하는 말에 담긴 함의는 「흥남철수」에 그대로 적용 가능하다. 그는 작품에서 그려낸 작중현실로서의 전쟁이 사실성과는 다른 맥락화가 필요하다는 점을 충분히 판단하고 있었다. 그의 표현을 빌려 말하면, '전쟁은 배경으로서 취급될 성질의 것'에 지나지 않았다. 그는 '사실로서의 비참함과 심각함과 문학성'이 '창작으로서의 비극성과 심각성과 문학성을 거세한다.'라고 표현하고 있는데, 이는 '창작의 객관적 거리 두기'에 대한 문학의 고전적 관습을 지시하는 것으로 그치지 않고 현실세계에 넘쳐나는 실재하는 비극과 창작으로서의 비극을 차별화하려는 적극적인 의지를 가지고 있었음을 보여준다. 그가 사실과 창작의 차별성을 거론하면서, 전쟁을 '최상의 문학적 제재가 아니라 배경으로 취급될 성질의 것에 불과'하다고 단언한 것도 이런 맥락에서 이해될 수 있다. 이 말을 「흥남철수」에 적용해 보면, 김동리는 전쟁을 비참성과 심각성 자체보다도 창작으로서의 비극성과 심각성과 문학성을 동시에 충족시키는 배경으로만 활용했다는 말이 가능

---

25) 김동리, 「전쟁과 문학의 근본문제」, 『협동』 35호, 1952. 6, 51쪽. 신영덕, 『한국 전쟁과 종군작가』, 국학자료원, 2002, 23~24쪽 재인용.

하다.

그렇다면, 전쟁을 배경화한 뒤 전쟁 이야기는 어떻게 만들어졌을까? 여기에서 문학의 순수성, '생의 구경으로서의 문학'이 전쟁과 맺는 관계가 문제시된다.

3. 민족과 휴머니즘의 저변

「흥남철수」 서두에는 인상적인 삽화 하나가 등장한다. 종군문화단을 따라나선 시인 박철은 함흥 가는 길에 흥남을 방문해서 정훈책임 장교에게서 상황 보고를 받는다. 정훈장교는 종군문화단에게 "빨갱이 놈의 새끼들이 어떻게 선전을 해 놓았던지 시민들이 모주리 산중에 가 숨고 나오지 않습니다."(259쪽)라고 전황을 보고한다. 정훈장교의 전황 보고는 수복지역 전황과 주민 동태에 대한 국가의 시선을 잘 보여준다. 냉전적 인식의 일단은 전시체제에 걸맞게 주민들을 "빨갱이"들의 선전 선동에 휩쓸려 불안과 공포 속에 사태를 관망하는 '국민'이라는 시선으로 구획하는 모습으로 나타나고 있다.

시인 박철은 '사회단체연합회' 파견 '종군문화반'의 일원으로서 "전과의 보도나 전황의 기록을 위한 전선 종군이 아니라, 수복 지구의 동포들에 대한 계몽 선전 위안을 주는"(259쪽) 임무를 수행하고 있다. 그는 '그즈음 사회적 분위기'나 '자신의 가슴 속'에 "사회적이며 또한 민족적인 감정"으로 가득 차 있어서, 주민들에게 신념과 희망을 갖게 하는 것이야말로 자신의 사명이자 '종군문화단' 일원으로서의 사명이라고 여기는 존재이다. 그가 말하는 신념과 희망은 남한 중심적 시각에서 수복지역 주민들을 국민화하는 위치를 잘 보여준다. 박철과 함께 시국만화를 그리는 화가 이정식, 음악가 김성득 등, 이들 ‘예술가’ 동료들은 주민들을 학교로, 예배당으로 모아놓고 대민 선무공작을 벌인다. 이들의 기획에서 핵심은, 박철이 제안한 ‘군민 위안의 밤’이라는 행사이다. 박철 자신은 시를 외우거나 문학을 강연하고, 음악가 김성득은 「애국가」와 「봉선화」를 가르치며, 이 화백은 익살로 참석한 사람들을 웃게 만들면서 수복지역 주민들을 안심시켜 산속으로 피신했던 사람들을 마을과 거리로 돌아오게 만든다.

삽화의 정치적 함의는 전시체제하 국민국가(nation-state)의 기획과도 얼마간 통한다. 김동리는 전쟁의 서사화에서도 특히 전쟁의 현실과 변별되는 ‘비정치적인 문화예술의 정치적 속성’을 한껏 부각시켜 놓았다. 접적지대에서 벌어지는 전황이란 종군시인의 차원을 훨씬 넘어선다. 점령군에게 민간인들은 사실상 ‘잠재적인 적’이며 우호적인 존재로 구분되지는 않는다. 그러니까, 정훈장교의 발언은 이러한 문제들을 훌쩍 뛰어넘어, 종군문화단에게 민간인들을 일상에 복귀하도록 선무공작의 임무를 맡기는 국가 기획의 한 장면을 잘 설명해주는 셈이다. 박철의 선무공작은 요컨대 정치로부터 위임받은 ‘순수’ 문학예술의 역할이자 국민화 기획의 연장선에서 이루어지는 전쟁 속 문학예술의 위상을 말해준다. 점령지역에서 시도된 ‘군민 위안의 밤’이 이룬 ‘예상치 못한’ 성과를 언급하는 대목이 한 예이다. 이 성과는 사상이나 정치이념이 아닌 문학예술의 순수한 감화력을 과시하는 대목이라는 점에서 주목을 요한다. 종군문화단의 성과를 거론하는 부분은 달리 보아 현실과 정치, 전쟁과 일상, 피난의 급박한 상황에서조차 빛을 발하는 문학예술의 위상 그 자체인 셈이다.

이런 측면에서 보면, 종군문화단에 속한 시인 박철은 국민국가의 대변자로서 문학예술의 감화력을 수복지역 군민들에게 문학의 위의를 한껏 발휘하는 주체임을 확연히 보여준다. 대민사업을 주관하는 정훈담당 군인의 지원 아래 이루어지는 '군민 위안의 밤'은 문학이 정치화되는 순간을 보여주는 삽화이지만, 전쟁과 일상을 구획하며 사회 성원들을 국민으로 포섭하는 국가의 시선이 작동하는 지점을 엿볼 수 있는 삽화이기도 하다. 더 나아가 이 삽화는 문학예술이 국가라는 대주체의 의지와 결합한 사례, 곧 '비정치적 정치성'을 지향하는 순수문학이 국민국가의 강력한 토대 위에서 작동하는 순간을 상상하는 김동리 자신의 고안물에 가깝다. 전쟁과 정치 속에서 문학예술이 인간의 심성도 움직일 수 있는 고귀한 직능자라는 김동리 특유의 관점이 투사된 사례라는 점에서 그러하다.26) 무엇보다도 삽화는 전쟁의 현실에서조차 문학예술의 자율적 가치만으로도 전쟁의 여파와 정치성과 차별화된 감화력을 발휘할 수 있다는 자신감, 더 나아가 그의 순수문학의 가치에 대한 문학적 신념이 돋보이게 만든다.

자품에서 종군에 나선 시인 박철은 점령지역 흥남에서 국가의 기획에 동참하고 민족의 구원에 나선다는 숭고한 사명감으로 선무활동의 전면에 나서는 인물이다. 그는 후퇴작전 속에 월남을 열망하는 피난민을 '운명공동체로서의 민족'으로 환기하며 '전쟁 속 휴머니즘'을 몸소 실행에

---

26) 종군작가단의 활동에 관해서는 신영덕, 『한국전쟁과 종군작가』, 국학자료원, 2002를 참조할 것.

옮기는 인물이기도 하다. 그런 점에서 박철은 전쟁을 배경 삼아 전쟁에 대한 소문과 전황을 단순하게 기록하고 전파하는 역할 이상의 함의를 갖는 주체이다. 적어도 그의 시선은 민족을 대변하는 대주체인 근대국가와 동궤에 놓인다. 음악회에 나선 시정의 공연으로 위안의 밤이 성공적으로 끝난 것을 자축하는 장면에서도 이 같은 점은 잘 확인된다.

> "오오, 시정이 앉어! 오늘은 수고했어! 대성공이었어!"
> 정식은 시정의 앞에 손을 내밀며 이렇게 감격적인 인사를 연발했다.
> (…중략…)
> "공부를 특별히 한 것도 없소, 올해 제가 여학교 사학년인데, 작년에 첨으로 학생 음악회에 나갔어요."
> "그럼 여기서도 음악 대회 같은 것은 가끔 있었나?"
> "있기는 있었어도 모다 꼭 같은 김일성 노래뿐이고 정말 음악다운 음악은 있쟁이오."
> "음악대회에서는 일등을 했나?"
> "예"
> "일등이고 이등이고 그런 건 상관없어, 시정이 그렇잖아? 문제는 예술에 있어, 예술이 되면 그만이야, 예술에 무슨 놈의 등수가 있느냐 말이야, 그렇잖아 시정이……?"
> 정식이 또 기염을 토하기 시작하였다.
> (…중략…)
> "이번에 남북이 통일 되거든 시정이도 우리와 함께 서울로 올라가요, 서울 가서 공부하게……"
> 철은 막연한 희망을 품고 이렇게 말했다.(262~263쪽)

수복지구의 동포들을 안심시켜 일상의 복귀시킨 뒤 시정에게 남쪽에서 재능을 꽃피우도록 권유하는 종군문화단 일원들의 과장된 몸짓은, 덕담의 내용만큼이나 안심할 수 있는 인간성을 가진 자임을 강조하는 장치에 가깝다. 적어도 이들은 인간의 재능에 대한 상찬을 통해서 전쟁을 일으킨 자들의 부도덕과 폭력성과는 분명하게 차별화되기 때문이다. 더구나 이들은 시정에게 전쟁의 현실과 무관하게 예술의 순수성과 재능을 마음껏 발휘할 수 있는 꿈을 심어준다. 음악가 정식이 과장된 몸짓과 말투로 시정의 재능을 높이 칭송하는 존재라면, 박철은 시정에게 통일이 되고 난 뒤 서울에서 공부하여 성악가의 꿈을 갖게 만드는 국민국가의 전령사에 가깝다. 박철은 시정에게 구체적인 소망을 품게 만들기 때문이다. 통일이 언제쯤 될지를 묻는 시정에게 박철은 "늦어도 내년 봄까지는 되지 않을까?"(263쪽)라고 말한다. 그러자 시정은 "선생님 저르 꼭 서울로 데려가주겠소?"(264쪽) 하며 자신의 소망을 피력한다. 시정에게서 예술적 재능을 발견하고 정치에 오염된 노래가 아닌 '진정한' 예술가의 길을 권고하는 종군문화단 일원들의 면모는, 이들이 문학예술에서 정치성을 거세하며 '천재로서의 예술'을 옹호하는 이들임을 분명하게 보여준다. 또한 이들은 개인과 민족을 향해 구원의 의지를 피력하는 대주체에 호명된 존재로서 예술가의 재능을 성취하는 사회의 성원, 곧 근대국가의 '국민'이 되기를 권고하는 국가의 내변사에 해당한다.

그러나 종군문화단을 따라나선 박철에게 국가의 대변자라는 면모만 있는 것은 아니다. 전쟁에 따라나선 그의 열정 이면에는 가족에 대한 죄의식도 발견되기 때문이다. 수복 직후 종군문화단을 따라나선 박철은 민족과 국가의 차원에서 작동하는 휴머니즘과 격정에 사로잡힌 인물이지만, 그 이면에 고뇌를 가진 인간적인 면모 또한 없을 수가 없다. 그는 전쟁의 파장 속에 가족을 지키고 부양하지 못했다는 가장으로서의 자책감을 표나게 드러내고 있다. 민족에 대한 숭고한 감정과 자책감 사이에서 박철은 민족과 국가를 향한 이념과 그 이념에 봉사하면서도 가족을 지키지 못했다는 가장으로서의 자책감에 빠져 있다. 그 내용은 객줏집에서 "죽음 같은 깊은 잠"(264쪽)에 빠져 꾸는 꿈을 통해 드러난다.

꿈속에서 아내는 도마질을 하며 "콩이든지 팥이든지, 콩이든지 팥이든지……" 하며 끝없이 되풀이하며 중얼거린다. 그 중얼거림은 가족의 안위를 지켜내지 못한 무력한 가장에게 향하는 아내의 슬픈 원망이다. 아내의 주문은 "아이들에게 따뜻한 옷을 입히지 못하고, 신발을 신기지 못하고, 쌀을 넉넉히 들이지 못하고, 회충약을 먹이지 못하고, 멸치 넣은 두부찌개를 먹이지 못하고, 벌레먹은 이를 빼주지 못하고, 이발을 시켜주지 못하고, 창경원 구경을 시켜주지 못하"(265쪽)는 죄목을 추궁하는 모습으로 나타난다. 꿈속의 추궁은 박철에게 "쓸쓸하고 두려운"(265쪽) 감정을 불러일으킨다. 꿈이 '무의식의 발현'이라면, 박철의 꿈은 공산군에게 아내를 잃고 남겨진 아이들을 장모에게 맡긴 뒤 '수복 직후' 자신을 종군으로 치달아가게 만든 죄의식의 저변을 이루는 '전쟁에 대한 격앙된 낭만적 감정'과 배치된다. 여기에는 자상함과 경제력을 소유하지 못한 가장으로서의 무력감과 자책감이 거대한 죄의식을 낳고 그 죄의식은 낭만적인 격정으로 분출되고 있다. 전쟁으로 아내를 잃고 가장의 책무조차 벗어던진 이면에 작동하는 가장의 심성은 요컨대 전쟁이라는 비상한 현실에 가족을 지키지 못한 자신에 대한 자책감이 변주된 것에 해당한다.27)

민족이나 국가에 대한 박철의 열정이 가장으로서의 죄의식에서 출발해서 전쟁의 국면에 민족으로 향하는 감정의 고양상태는 '뜨거운 휴머니즘'이 가진 구체적인 내용이자 감정의 승화된 흐름을 보여준다. 이는 가족의 영역에서 시작된 죄의식이 더욱 높게 승화되어 혈연공동체로 확장되어 가는 것을 뜻한다. 월남하려는 민간인들에게서 박철이 이타적 감정으로 민족이라는 운명공동체임을 자각하고 이들을 자유 국민으로 명명하는 행위는, 그가 혈육애를 넘어 전쟁이라는 현실과 운명적으로 만나 대결하는 '휴머니즘'의 실행자임을 재확인시켜준다.

4. 월남행과 국민화의 논리

작품에서 정인수는 작가의 자전적인 요소와 이발사의 체험담을 토대로 삼아 설정된 허구적 개인이다.[28] 그는 박철에게 자신의 월남 이유와 당위성을 절박하게 호소한다(270쪽). 정인수의 호소는 집안이 기독교 신자이고 '공산군이 들어온 이후' 박해를 두려워하면서 소학교 교원으로

---

27) 「실존무」에서 월남하여 만년필 장사를 하던 진역이 다방 마담 장계숙과 동거하던 중 뒤늦게 월남한 가족과 상봉하게 뒤 곤혹스러운 감정두 가장으로서이 저 의식에서 그리 멀리 떨어진 게 아니다. 홍기돈은 1950년대 중반 김동리가 손소희와의 동거를 시작한 점을 들어 「실존무」의 의미를 백형인 김범보의 영향에서 벗어난 작품으로 읽어내기도 한다. 홍기돈, 앞의 논문, 228쪽.

28) 정인수는 박철의 내면을 역투사한 인물 설정에 가깝다. 앞서 보았던 자전에세이의 문맥에 따른다면, 그는 이발사를 모델로 자신의 피난하지 못한 체험을 한데 결합하여 창조해낸 인물이다. 이 인물에는 가족과 함께 피난하지 못한 박철의 죄의식이 담겨 있다. 공산군에게 아내를 잃고 남겨진 아이들을 모두 데리고 떠나지 못한 그 자신의 후회와 반성이 전쟁의 현실에서 국군에 부역한 설정으로 나타난 것으로 해석해도 그리 틀리지 않는다.

지내왔다는 것, '국군과 유엔군이 들어오는 것을 보고 맨 먼저 나와 맞
이했을 뿐만 아니라 협력을 아끼지 않았기 때문에', 중공군이 개입하고
유엔군이 후퇴하는 마당에 정세를 관망하던 중에, '남아서 공산당에게
붙잡혀 죽을 날을 기다리느니' 가족과 함께 피난길에 나섰다는 것이다.
그의 호소는 박철에게 향한 것이지만, 비공산주의자로서 절박한 생존의
지를 '대한민국'이라는 국가 이성에 호소하는 것에 가깝다. 그 목소리는
남행에 나선 민간인들을, 북한체제에 비협조적이고 국군과 유엔군에 협
조했던 까닭에, 자신과 가족의 생존을 위해서 월남을 결심한 것으로 균
질화하는 효과를 불러들인다.
　물론 월남을 결행하는 인물 중에는 정인수와 대비되는 경우도 있다.
윤씨 노인이 바로 그러하다.

> "우리 아바이도 여기서 죽고, 우리 안에서건 다 여기서 죽었는데, 나
> 도 여기서 죽자고 했수다만, 가만히 생각하니, 함흥 사람이라믄 다 떠나
> 가고 내 딸아아들도 다 가고 없을 게니 내 혼자 무슨 맛으로 살겠
> 소…… 선생님, 실로 미안하지만 나도 이남으로 가야겠수다. 어디든지
> 나도 데리구 가두록 해주오다."
> 　윤노인의 눈에서 눈물이 돌았다.(282쪽)

　인용에 잘 드러나 있듯이, 윤노인은 고향에 대한 애착, 인민군에 징집
된 아들에 대한 부성애를 가진 인물이다. 그는 사태를 관망하던 끝에
내린 자매를 따라 월남할 것을 결심한다. 그는 국군에 협조하고 기독교
인으로서 사상적으로 이반된 정인수와는 여러 모로 다르다. 정인수처럼
사태를 관망하다가 철수작전이 임박한 때에 돌연히 나타났지만, 윤노인

은 박철에게 인간적인 감정에 호소하며 월남의 뜻을 밝히고 있다. 하지만 그는 홀로 남아 고향에서 살려 했던 생각을 접고 남쪽에서 자식들과 함께 살아가겠노라고 뒤늦게 결심한다. 윤노인의 때늦은 월남행 결심은 자식들과 함께 노후를 보내겠다는 소박한 혈육의 감정에 기초한 셈이다. 이렇게 정인수나 윤노인의 월남행은 남쪽 체제에 협력적이었고 사상적으로 북한사회와 이반될 수밖에 없는 선택, 자식들과 함께 삶을 살아가려는 결단에서 연유한 것으로 그려지고 있다. 하지만, 윤노인 자매들의 월남행은 이들 경우와도 다르다. 예술적 재능을 가진 시정은 남쪽에서 성악가의 꿈을 이루기 위한 자유의지에 기초해 있고, 병자인 언니 수정은 자신의 병을 고치기 위한 간절한 소망에서 연유한다.

하지만, 박철은 자신의 승선표를 정인수 가족에게 넘겨버린 상황에서 윤씨 일가를 구원해줄 아무런 방도가 없다. 그는 자신의 타산 없는 행동에 울화를 삭힌다. 하지만 그는 윤씨 자매의 간절한 소망에 마음을 움직인다. 월남행을 택한 민간인들을 피난시키는 급박한 현실에서 자매를 돕는다는 것은 사상이나 삶의 차원을 넘어선 참된 사상, 곧 동리의 문학이 지향하는 휴머니즘의 실천에 가깝다. 그는 윤노인 가족의 애절한 눈빛을 보면서 "여기 있는 수십만의 자유 국민들이 모두 그와 동행이요 그와 운명을 같이 해야 될 사람들"(279쪽)이라고 여기며 오히려 편안한 감정을 느낀다. 그의 편안함은 공동체의 안위라는 좀 더 높은 영역의 자각에서 오는 승화의 감정이다. 그 감정은 또한 자신에게 닥친 위난에도 아랑곳하지 않고 "자유 국민"과 일체감을 이루면서 생성된 것이다.

편안한 감정을 소유한 박철은 월남을 간절히 바라는 가장들의 염원 앞에, 윤씨 자매 앞에서 그들을 사지에서 생지로 이끄는 자, 남녘땅을 질병을 치유할 수 있는 소망의 공간, 성악가의 꿈을 이루는 구원자로 부상한다. 그가 윤씨 자매의 출현과 함께 아연 활기를 띠는 모습에서 그러한 징후가 포착된다. 수정의 '창백한 향기에 젖은, 신비로운 꽃송이가 피어나는 듯한, 그녀의 두 눈'(279쪽)을 통해서, 박철은 자신이 '수십만의 자유 국민'과 동행하는 자이며, '그와 운명을 같이 해야 할 사람들'이라는 생각에 이른다. 이것이야말로 '운명공동체를 향한 예술가의 이타적인 마음', 요컨대 '민족에 대한 휴머니즘'의 실체이다. 심정적으로 한껏 고양된, 이 상상적 차원이야말로 해방정국에서 그가 언급했던 순수문학의 본령인 '생의 구경적 차원'을 전쟁에 적용시키고 전쟁마저도 배경화하는 미학적 변주에 가깝다. '철의 가슴을 한결 가벼워지게 만드는' 윤씨 자매는 '창백한 향기'와 '신비로운 꽃송이'로서 구원의 대상이 되는 민간인들에게 붙는 칭호이자 민족을 여성화한 것이다.

여기에서 박철을 비롯한 종군문화단 성원이 모두 남성들로 이루어져 있고 그 상대자로 윤씨 자매가 배치된다는 점을 다시 한번 상기할 필요가 있다. 종군문화단은 전시라는 시국에 걸맞게 군인과 문화예술인들로 편성되어 수복지역 민간인들을 대상으로 대민선무공작을 벌이는 동원조직이다. 하지만 이 구성원들은 전쟁을 주관하는 국가체제의 입장을 대변하기도 한다. 술에 취해 시정에게 호언장담하는 이정식도 그러하지만, 박철이 통일을 언급하며 시정에게 남쪽에서 성악을 공부하도록 권유하는 장면들은 단순히 개인의 위치에서 발화된 것이 아니다. 윤씨 자매에 대한 관심과 자매를 인도하려는 발언에는 북한사회의 성원을 위계화하여 정치적으로 핍박을 받는 정인수나 예술적 재능을 가진 존재들을 수동적인 존재로 만든다. 이 정치적 차원은 수복지역의 민간인이 '북한 체제의 성원'에서 분리시키는 전시국가의 문화적 기획과 연계되어, '운명 공동체'인 민족의 차원에서 이들을 호명하여 '자유(를 갈망하는 - 인용자) 국민'으로 재배치하는 일련의 과정을 잘 보여준다.

작품에서 '자유 국민' 또는 '자유를 갈망하는 국민에 상응하는 존재'로 재배치하는 국면은 쉽게 드러나지 않는다. 하지만, 전쟁사의 논의를 참조해 보면 '수복지역'은 대한민국 정부의 법적 효력이 지배하지 못했다는 의외의 상황에 가로놓여 있다. 38선 이북의 점령 지역에 대한 지배력은 우리의 통념과는 달리 "통일을 위해 놓쳐서는 안될 호기"29)였으나, '남한에 의한 통일'이라는 목표는 단지 대중들의 정치적 열망에 지나지 않았다. 북진의 과정에서 38선 이북에 대한 남한의 통치권은 북한의 실정법에 따라야만 했다.30)

1950년 7월에 육본훈령 제86호는 점령지역에서 국군의 행동원칙을 규정하고 있다. 그 내용에서 국군은 "'해방된 형제', '소유권의 인정', '북한 민간인의 수호자', '국민의 군대', '민주주의의 사도'"31) 등으로 표현되었다. 북한 점령지역에서 국군은 점령군이 아니라 혈연공동체인 '민족'과 '민주주의'의 사도로 표상화 되었다. 국군은 북한 동포들과 접촉하는 과정에서 친절함을 행동준칙으로 삼았다. 이 같은 준칙은 "민주주의 원칙이 공산주의 독재하의 경찰국가의 규율보다 훨씬 우수하다는 것"32)을 보여줌으로써 '자유의 소중함'과 '민주주의의 우월성'을 전파하

---

29) 박명림, 『한국 1950 : 전쟁과 평화』, 나남출판, 2002, 552쪽.
30) 이에 관한 폭넓은 논의는 박명림, 위의 책, 556~647쪽.
31) 육군본부, 「육본 훈령 제86호 : 북한 내에서의 국군의 행동원칙」(1950. 10. 7.), 『한국전쟁사』 4권, 807~808쪽. 박명림, 같은 책, 595쪽 재인용.
32) 박명림, 같은 책, 같은 곳.

는 전시 문화정치의 전략이기도 했다.

이런 맥락에서 보면, 박철을 비롯한 종군문화단 성원들의 발언이나 행동은 정인수나 윤씨 일가에게 행해지는 선무공작의 차원을 은폐하며 북한체제에 속한 성원이라는 점도 망각하게 만드는 한편, 이들을 '민족'과 '자유 국민'의 성원으로 포섭한다. 종군문화단원들의 언행은 민간인들을 '민족이라는 운명공동체'와 '자유(를 갈망하는) 국민'으로 호명하며 월남행의 필연성을 강화하는 데 기여한다. 정인수의 절박한 호소가 박철 자신이 가진 죄의식을 역투사된 것이며, 그의 간절한 월남행의 소망이 가족의 안위와 직결된 가족의 생존 문제로 귀결된다면, 성악가의 꿈을 성취하거나 병을 치유하려는 소망을 가진 윤씨 자매의 월남 주된 동기는 자신들이 꿈꾸는 삶의 실현을 위한 자유의지의 발현에 가깝다.

월남행은, 정인수나 윤노인, 윤씨 자매에 이르기까지, 북한사회 성원에서 민족 공동체로 호명되고, 그런 다음 대한민국의 국민으로 자유로운 삶을 살면서 '예술적 재능'을 꽃피우거나 '질병'을 치유 받는 소망을 실현하는 결행인 셈이다. 윤씨 자매의 월남이 가족의 안위를 걱정하며 생존의 차원과는 달리, 예술적 재능을 발휘하고 질병을 치유하는 수혜자로서 살아가고 싶다는 것은 이들이 여성화된 민족임을 말해준다. 또한 이들 자매의 구원을 '운명'으로 여기는 박철의 태도야말로 전쟁의 현장에서 문학예술의 소임을 다하는 것, 곧 민족을 향한 휴머니즘을 실천하는 순수문학의 정치화된 단면이기도 하다. 그러니까 윤씨 일가의 월남행을 도우려 동분서주하는 박철의 노력은 문학의 순수를 전장의 공간에 투영하여 휴머니즘을 부각시키는 '재현의 정치학'이라고 해도 과언이 아니다.

하지만, 정인수에게 승선표를 양도해버린 박철이 그 자신의 피난마저

장담할 수 없는 상황에서 윤씨 일가에게 피난을 장담하는 모습은 아무래도 미심쩍다. 자신이 공분과 헌신에 너무나도 격정적이었고 너무나도 감상적이었다는 회의에도 불구하고, 박철은 시정의 불안감을 달래며 자신에 차 있다. 그의 자신감은 "이렇게도 많은 유엔군과, 자유를 찾아 들끓는 백성들을 설마 비행기나 군함으로 실어 가더라도 가겠지 여기서 그 야수 같은 놈들에게 봉변을 당하게 버려 둘 줄 아느냐"(278쪽)라는 믿음에 바탕을 두고 있다. 그는 '자유를 수호하는 유엔군/ (자유를 박탈하는 야수 같은) 공산군'을 병치시키는 한편, '자유를 찾아 나선 백성들'을 비행기와 군함으로 '자유의 땅으로 인도하리라는' 믿음을 확고하게 드러낸다. 그리하여 박철은 윤씨 자매에게 "유엔군의 역사적인 사명과 공산군의 포악무도를 강조하기에 열중"(278쪽) 하는 것이다.

결말에서 작품은 전쟁의 비극성을 증폭시키는 방향으로 선회한다. 중공군의 참전과 유엔군의 후퇴 속에 흥남 시내와 부두는 전혀 새로운 의미 공간으로 바뀐다. 부두는 피난길에 오른 수많은 사람들의 아비규환을 이루며, "역사상에서 일찍이 보지 못한 가장 장엄하고 처절한 자유 전선의 '교두보'"(280쪽)가 된다. 이곳은 공산군과 중공군의 진격으로 '극도의 불안과 초조와 절망'이 교차하는 세계이다. 이남으로 향하는 수송선들과 "엘에스 티이 큰지한 뒷문이 부두를 향해 열려"진(283쪽) 동토만이 피난민들에게 유토피아로 향하는 관문이라는 희망을 줄 뿐이다. "배를 타지 못하면 그대로 죽는 것으로만 생각하는 듯"(283쪽), 피난민들의 아우성으로 가득한 항구는 이제 자유와 생존을 얻기 위해 진력하는 공간으로 부각된다.

바다에 빠진 아버지 윤노인을 구출하러 시정이 바다에 뛰어드는 작품 결미의 장면(285~286쪽)은 짙은 혈육애에서 비롯된 행동이지만, 윤씨 일가를 피난선에 태우려는 박철의 노력이 한꺼번에 좌절하는 순간이기도 하다. 윤노인과 시정이 바다에 빠져 피난 대열에서 탈락하면서 이들을 향한 박철의 절박한 마음은 '인간 존재가 도달할 수 있는 휴머니즘'의 가장 고귀한 순간을 맞이한다. 이산의 비극적인 장면을 극적으로 담아낸 흥남부두는 이제 삶과 죽음, 억압과 자유의 접경지대로 전환된다. 부두는 '생의 구경적 진실'을 드러내기에 안성맞춤인 배경으로 바뀌는 것이다.

연로한 윤씨 노인이 바다에 빠지고 이를 본 시정이 아버지를 구하기 위해 바다로 뛰어드는 이 유명한 장면은, 가족 이산의 슬픔을 극적으로 포착한 장면으로 자주 거론된다. 하지만 좀 더 세밀히 살펴보면 이 장면은 전쟁과 이산의 비극을 담아낸 정물적 포착만을 뜻하지는 않는다. 박철은 창백한 아름다움을 가진 병인인 수정과 함께 입선에 성공하고 배 위에서, 시정을 향해 '다음 배로 오라'고 절규한다. 건강하고 활달한 시정이 윤씨 노인과 함께 월남의 대열에서 탈락하고, 처연한 아름다움을 가진 병자 수정은 박철의 부축을 받으며 배에 오른 것이다. 수정이 월남의 대열에 오르는 설정은 「자매」에서 보여주는 월남 자매의 상이한 행로처럼 운명이라는 차원에서 선택적으로 고려된 것임을 시사한다.[33] 남쪽 체제에 호의적이었던 정인수와 그의 가족이 승선표를 얻은 것이 박철의 '타산 없는 연민'에서 비롯된 것이라면, 수정이 부두에서 발작하자 박철이 그녀를 업고 배 안으

---

33) 「자매」는 월남 자매의 대조적인 성격과 서로 다른 인생행로를 보여주는 소품이다. 아름다운 외모의 언니가 동거하던 남자의 아이를 낳다가 죽자 서글서글한 성격의 동생이 남자와 결혼한다는 내용의 이야기이다. 여기에는 아름다운 여인의 죽음과 운명에 주목하는 작가의 미적 취향이 담겨 있다.

로 들어가는데, 깊은 병을 가진 여성, 곧 '여성화된 민족'을 부축하여 구원에 이르게 만드는 이 장면이야말로, 전시 국가체제가 월남행을 결심한 북한 민간인을 젠더화하며 국민으로 만들어내는 대목일지 모른다.[34]

박철의 모습에는 민족을 여성화하는 국가이성의 대주체가 어른거린다. 요컨대 그는 근대국가와 민족, 자유, 휴머니즘 등을 발화하며 월남을 결행하는 북한의 민간인들을 수난 받는 여성화된 민족으로 젠더화하며 이들을 국민으로 인도하는 인물로 그려지기 때문이다. 그는 정훈장교와 '사회단체연합회'와 '종군문화반'이 기획한 '위안의 밤'을 주도하면서, 전시체제의 축소된 대민선전 기구의 대행자로서 국민화 기획의 자장 안에서 움직인다. 수복지역 주민들에게 전시정책을 수행하고, 긴박하게 전개되는 철수작전의 현실에서 민족을 떠올리는 그는, 전쟁을 자신에게 부여된 운명으로 여긴다. 그는 자유를 얻기 위해 월남하려는 이들을 돕는 데 여념이 없다. 그는 자기 승선표를 양도해버리는 등 타산에는 지극히 서툴다. 하지만 그는 월남 피난민들을 자신을 포함한 '민족'이라는 운명공동체로 생각하는 존재이다.

그런 그에게서 인간애를 발휘하는 대주체의 면모와 '국가'의 시선을 찾아내는 것은 전혀 이상하지 않다.[35] 박철이 민족을 떠올리며 수복지

---

34) 우에노 치즈코는 태평양전쟁 당시 '여성의 국민화'를 이룩하는 미디어의 수준을 네 가지로 나누고 있다. 첫째, 국가의 차원(정치, 정책, 통제, 공적 선전 등), 둘째, 사상과 담론의 차원(지도층의 담론, 미디어, 이미지 등), 셋째, 운동과 실천 곧 대중 동원의 차원, 넷째, 생활과 풍속의 차원 등이 바로 그것이다. 우에노 치즈코, 이선이 역, 『내셔널리즘과 젠더』, 박종철출판사, 1999, 22~23쪽 참조.
35) 특히 소설 탄생의 조건이 '국어의 성립'과 '국민의 형성' 등을 핵심으로 하는 국민국가 건설의 요청과 불가분의 관계를 형성한다는 점을 감안할 때 그러하다. 오카 마리(岡眞理), 김병구 역, 『기억·서사』, 소명출판, 2004, 62쪽 참조.

역 주민들을 운명공동체로 여기는 태도나 그들과 생사를 함께 하겠다는 결심은, 적어도 북한 주민들과는 다른 위치에 있음을 말해준다. 그 위치는 박철은 절박한 피난민의 물결을 바라보는 지점, 그 현장을 종말의 순간으로 서술하며 피난민들의 엑소더스를 조망하는 '대한민국'이라는 국민국가의 지점이기도 하다. 이렇게 작품의 전쟁 서사는 월남 행렬 뒷편의 세계를 공포와 전율, 소망이 좌절한 공간으로 만들면서 월남행 안에 교묘하게도 국민화의 작동논리를 담아내고 있는 것이다.

5. 결어

김동리는 「홍남철수」에서 전쟁을 서사화하면서 전쟁의 비극성을 우회적으로 드러내는 방식을 취했다. 그는 문학이 전쟁의 비극성에 압도당하는 위험성을 잘 알고 있었다. 그런 맥락에서 이 작품은 자유와 소망을 이루기 위한 범속한 인간들의 체제 선택을 국민화의 논리 안에 담아 전쟁을 서사화했다고 말할 수 있다.

작품은 전쟁의 현실에서조차 훼손 '되지 않는/될 수 없는' 휴머니즘의 가치를 드러내고, 문학예술의 '순수한 가치'를 주민들에게 위안과 꿈을 갖게 만드는 '참된' 예술 행위로 그려내고자 했다. 이 과정에서 그는 월남을 결심한 북한의 민간들에게 남한땅을 자유의 땅, 성악가의 꿈을 성취하는 소망의 공간, 병을 완치하는 유토피아로 그려내며, 이들을 민족공동체로 소환하며 '자유를 갈망하는 국민'으로 고정시켰다. 박철을 통해서 김동리는, 운명공동체로서의 '민족'과 그 민족을 향해 휴머니즘을 실현하는 미적 존재를 주조해냈다. 그런 측면에서 정인수와 윤노인 자매에 이르는 구체적인 인물들은 시인 박철에 의해 주도되는 수동적이고 여성화된 민족 성원에 해당한다. 작가는 남한땅을 자유의 종착지, 소망을 성취하는 공간으로 이상화하며, 월남을 결행하는 피난민을 자유 국민의 이미지로 균질화했다. 작품에서 월남행을 선택한 피난민들을 국민화하는 한편, 남한땅을 이상화된 공간으로 재현한 주된 동력은 '순수문학'이 '전쟁'이라는 상황에 투영시킨 '국가의 시선'이었던 것이다.

지금까지 「흥남철수」는 그다지 깊이 있게 검토되지 못한 채 전쟁의 비극성을 포착한 정물화로만 뭉뚱그려 논의되어 왔다. 하지만, 이 작품에는 순수문학론이 전쟁이라는 국면에서 어떻게 작동하는지를 잘 보여주는지를 말해주는 단서가 내장되어 있다. 작품의 전쟁서사는 전쟁이라는 정치의 공간에서 문학의 '순수한' 위상을 확보하려는 의도를 보여주지만, 작중인물들의 행동과 내면은 박철의 휴머니즘과 그 인도를 받으며 체제 선택과 남쪽을 향한 소망을 품고 운명공동체인 민족과 국가로 귀속되기에 이른다. 이 시선은 남한중심주의의 시각과 함께 국민화를 주관하는 국가이성의 모습에 근접해 있다.

이렇게 보면, 「흥남철수」는 김동리가 보여준 지식인 중심의 일상적 면모를 드러내는 7의 50년대 중반의 작품들과는 매우 다른 질감을 가진 대단히 문제적인 텍스트이다. 이 작품은 전쟁의 참화에서 비켜갈 수 없는 당대 지식인의 불안한 내면을 그려낸 여러 소품들과는 달리, 전쟁과 국가, 민족과 휴머니즘 문제를 두루 함축하고 있는데, '전쟁의 현실과 대면한 순수문학론자의 작품화된 선언문'이라고 보아도 그다지 틀리지 않는다. 작품에는 문학의 순수를 주창해온 문학 이념이 전쟁이라는 상황

과 대면하여 점령지역의 북한 민간인들을 민족공동체 안에 포섭하며 이
들을 '자유대한'의 국민으로 호출하는 경로가 발견된다. 「흥남철수」의
이런 특징은 1950년대 김동리 소설의 행로 안에서, 남한중심주의적 시각
과 국민국가의 틀에서 벗어나지 않는 가장 분명한 사례이자, 순수문학의
이념이 전쟁의 현실과 대면하면서 만들어낸 반공 보수주의자의 텍스트
임을 말해준다.

해방기, 근대 초극 ; 정신주의

─김동리의 「劍君」을 찾아 읽다

1. 「劍君」이 놓인 자리

해방과 한국전쟁 사이, 그 틈새를 흔히 해방기 혹은 해방공간이라 우리는 부른다. 혹자에겐 이데올로기의 실험장으로 혹자에겐 비상한 격동기로 읽히기도 하는 이 시기, 지식인들은 그 어느 때보다 격렬하게 역사의 소용돌이에 몸을 내맡긴 채로 반응했다. 작가들 역시 예외는 아니어서 그들의 문학적 대응 또한 다양한 방식으로 행해졌거니와, 이 시기의 문학사적 특질을 논하는 작업이 그리 간단치 않음은 이러한 연유에서다.

---

* 김병길 / 숙명여자대학교 조교수.

해방이 풀어놓은 자유는 '나라 세우기'의 장을 이데올로기의 격전장으로 만들었다. 이데올로기적 대립과 갈등이 지식인의 유일한 존립 방식이 되어버렸고, 급기야 그들이 최후의 생존을 모색하기 위한 방편으로 선택한 것은 전쟁이었다. 우익을 대표하는 이데올로그로서 김동리에게도 해방기는 문제적인 시공간이었다. 이 시기 그의 작품 도처에 배어 있는 고민의 편린들은 이를 증언한다. <문학가동맹>에 대항하여 결성되었던 <청년문학가협회> 초대 회장으로 김동리 역시 이데올로기적 갈등의 한 분화구였던 것이다.

그러나 자의에서든 타의에서든 이념 논쟁의 자장 안에 항시 놓여 있었음에도 불구하고, 그의 일관된 주장은 이데올로기를 넘어선 '인간성 존엄의 옹호'에 바쳐졌다. 그리고 그 구원은 '생의 구경(究竟)적 형식'을 통해 문학에서 찾아질 것이었다. 그가 과연 문학을 통해 그 궁극에 이르렀는가는 차치하고서라도, 이 시기에 20여 편에 이르는 장·단편 소설을 발표하며 그 같은 지향을 지속적으로 추구하였다는 사실은 부인될 수 없다.

해방 이듬해인 1946년 6월 『서울신문』에 연재한 「윤회설(輪回說)」을 필두로 1949년 9월부터 1950년에 2월에 걸쳐 『동아일보』에 연재한 장편 『해방』에 이르기까지의 작품들은 30대 김동리 작품세계의 속살을 고스란히 내보인다. 그러나 해방과 함께 문학 외적인 김동리의 활동이 가장 활발했던 이 때, 그의 정신사적 편력을 보여주는 상당수 작품들에 대한 본격적인 연구는 사실상 부재했다. 이는 해방기 우익 문단의 거두로서 김동리의 진면목을 이해하는 데 중요한 결점 하나를 빠뜨리는 셈이 된다. 1995년 『민음사』에서 간행된 그의 전집에는 이 시기에 창작되고 발표되었던 작품들이 대다수 결락된 부분으로 남아 있다. 전집의 책임 편집자는 원 발표지를 확보하지 못했기에 불가피하게 이들 작품들이 전집 간행에 포함될 수 없었음을 소설 연보에서 밝히고 있다. 「검군(劍君)」 역시 그 최초 발표지가 알려져 있었음에도 불구하고 원본이 확보되지 못하여 그동안 빛을 보지 못한 작품들 가운데 하나다.

해방기 신문 자료를 검색하는 과정에서 발굴된 이 작품이 작품성 면에서 어느 정도의 문학적 성과를 거두고 있는가는 이 글을 비롯하여 앞으로 많은 연구자들에 의해 논의되어야 할 부분이겠지만, 김동리 문학 세계의 결손 부위를 채우는 실증적 자료가 확보되었다는 점에서 자료사적 의의가 우선적으로 지적되어야 할 것이다. 아울러 원본 자료에 대한 접근을 통해 서지상의 오류가 바로잡히게 되었음을 밝혀둔다. 필자가 확인한 「검군」은 『연합신문』 1949년 5월 15일 97호에 처음 연재되기 시작하여 같은 달 27일까지 총 9회에 걸쳐 발표된 단편소설이다. 그러나 『민음사』에서 간행된 『김동리 전집』에서는 마지막 연재 일을 28일로 밝히고 있다.

「검군」은 김부식의 『삼국사기』 열전 편에 등장하는 '검군'이라는 실존 인물에 관한 기록에서 소재를 취한 작품이다. 『삼국사기』는 '검군'이란 인물의 죽음에 얽힌 사연을 짧은 일화 형식으로 다루고 있다. 김동리는 작가적 상상력으로 이를 개칠함으로써 주변적인 서사를 덧대어 놓았다.(『삼국사기』의 내용과 소설 「검군」과의 구체적인 차이는 다음 장에서 논할 것이다.) 김동리 역사소설의 첫 페이지에 놓이는 「검군」이 그간의 논의에서 여백으로 남아 있을 수밖에 없었던 배경엔, 1977년 12월 지소림 출판사에서 첫 출간된 『김동리 역사소설』(신라편)에 이 작품이 빠져 있다는 사실과 무관해 보이지 않는다. 그러나 '신라에서 취재한 역사소설들'이라 명명하면서 작가가 직접 자서(自序)까지 써서 상재했던 이 작품집에「검군」이 수록되지 않은 저간의 사정은 쉽게 추리되지 않는다. 다만『김동리 역사소설』에 등재된 작품들이 1956년「악성(樂聖)」(『김동리 역사소설』에는「우륵(于勒)」으로 개제되어 수록됨)과 함께 그 이후에 발표된 작품들로 엮이어 있다는 사실을 두고 볼 때, 작가 역시「검군」의 원본을 확보하지 못했을 것이라는 추측만이 가능할 뿐이다.

신라 화랑을 주요 인물군으로 내세워 그들의 행적을 다룬 일련의 역사소설 창작에 김동리가 깊은 관심을 가지게 된 데에는 그의 백씨 김범부의 영향이 컸다고 보여진다. 1954년 김범부는 총 열 명의 화랑에 관한 열전 형식의『화랑외사(花郎外史)』를 내놓은 바 있다. 이 책서(序)에서 그는 육 년 전, '기묘동(己卯冬)' 1939년 겨울에 이미 자신의 구술과 이를 받아 적은 조진흠(趙璡欽)의 필기로 탈고가 이루어졌음을 언급하고 있다. 책의 출간이 저자 서명처럼 '光復甲午暮春日', 즉 1954년 봄이었다면 그 여섯 해 전은 1948년 무신(戊申)년이어야 하기에 두 진술 사이에는 구 년여의 시간적 차이가 발생한다. 이러한 불일치가 어디서 기인한 것인지는 알 수 없다. 그러나 한 가지 분명한 사실은『화랑외사』가 처음 씌어진 시점이 김동리의「검군」에 앞선다는 점이다.「검군」이 발표된 1949년에 앞서 이미 김범부의『화랑외사』가 완성되었던 것이다. 김동리의「검군」이 그의 백씨 김범부의 저술『화랑외사』의 후속 작업이 아니었을까 하는 추측을 갖게 하는 대목이다. 이러한 맥락에서「검군」을 비롯하여『김동리 역사소설』에 등장하는 총 열여섯 편의 주인공들이『화랑외사』에서 다루고 있는 인물들과 겹치지 않는다는 사실 또한 우연으로만 볼 수 없다.『화랑외사』와『김동리 역사소설』집에 실린 두 사람의 자서(自序)는 양 저서간의 이러한 연계성 문제에 결정적인 실마리를 제공한다.

> 일찍 金大問의 花郎世紀가 있었다고 三國史記에 明記한바 있거니와 花郎의 史傳이 반드시 金氏의 世紀만이 아닐 것도 짐작할 수 있건만 이제 와서는 어느 것이고 볼 수 없는 터이며 다만 三國史記 三國遺事等의 文獻을 通해서 零落한 記錄을 收拾하는것 뿐이다. 그래서 몇 번이나 花郎世紀를 부지럽시 念誦하다가 역시 별도리 없이 今日에 있어서 花郎精神 花郎生活의 活光景을 描出하려면 역시 說話의 樣式을 選擇해야겠다고 이러한 樣式을 選擇하는 以上은 얼마만한 潤色 演義가 必要한것이라 그리고 본즉 제절로 外史의 範圍에 屬하게되는것이다. 그러나 外史라 해서 荒唐無稽한것은 自初로 警戒할바이오 外史의 意義는 오히려 正史以上으로 活光景을 寫傳하는데 있는 것이다. 그래서 本篇의 筆致는 拙劣하나 그 潤色이라할지 演義라할지가 實錄의 眞面目을 正確하게 活現하자는데 그 本意가 있다는 것을 讀者가 알아주기만 하면 著者는 이것으로서 滿足할 것이다.[1]

이와 같이 이 책에 수록된 열여섯 편은, 전체적으로, 신라 사람들의 생활과 감정과 의지와 지혜와 이상과, 그리고 그 사랑, 그 죽음의, 현장을 찾아보려는 나의 종래의 계획에 따라 만들어진 완전히 동일한 기조의 작품들이다. 그것을 굳이 한마디로 표현하라면 <신라혼의 탐구>랄까, <신라혼의 재현>이랄까, 그런 성질일 것이다.

이상이 이 책의 이름을「신라」라고 붙이게 된 소이다.

여기서 다시 몇 마디 첨부할 말이 있다면 그것은 다음의 두어 가지다.

---

1) 김범부,『화랑외사』, 해군본부정훈감실, 1954, 序 2~3쪽.

첫째, 여기 나오는 열여섯 편의 작품은 막연히 신라시대의 이야기를 쓴 것이 아니고 어느거나 다 확실한 역사적 근거를 가졌다는 점이다.

둘째, 위의 열여섯 편의 이야기 내용은 전적으로 상상의 산물이라는 점이다.[2]

첫 번째 인용문은 김범부의 글로 『화랑외사』의 저술 목적이 화랑정신 및 화랑생활의 활광경(活光景)을 묘출(描出)하는 데 있음을 말하고 있다. 이는 두 번째 인용문에서 보듯이 '신라혼의 탐구'를 의도한 『김동리 역사소설』집 자서 내용에 그대로 상응한다. 『김동리 역사소설』집의 등장인물들이 화랑으로 국한되어 있지 않다는 점을 고려 '화랑정신' 대신 보다 포괄적인 '신라혼'이라는 용어가 김동리에 의해 선택되었을 것이라는 사실을 짐작해 볼 수 있다. 그러나 『화랑외사』에서 다루어지고 있는 인물들이 역시 모두 화랑은 아니다. 김범부 스스로가 언급하고 있듯이 '화랑의 명목으로서 전해진 사람들만이 아니라 그 정신과 행동이 화랑의 풍격(風格)과 동조(同調)한 것을 유취(類聚)한' 물계자(勿稽子)나 백결선생(百結先生) 역시 『화랑외사』에 수록될 인물로 발견되었던 것이다. 같은 문맥에서 그는 당대 고구려나 백제에도 그와 유사한 풍류도(風流徒)가 존재했음을 거론하고 있다. 한편 '신라혼의 재현'을 내건 『김동리 역사소설』은 이로부터 나아가 보다 확대된 소설 세계의 지평을 열어 보인다. 우선 각 편의 주인공들을 보자면, 왕이 되는 인물(석탈해, 눌지 왕자)을 비롯, 귀족계급(수로 부인, 원화), 학자(왕거인 강수 선생), 악사(우륵), 문관(김명, 최치원), 무관(장보고), 승려(김현, 엄장), 화랑(기파랑, 미륵랑), 평민(회

---

2) 김동리, 『김동리 역사소설』(신라편), 지소림, 1977, 3~4쪽.

소) 등으로 그 신분이 다양할 뿐만 아니라, 주제의식 면에서도 남녀간의 사랑, 충효, 예술혼, 학자의 도리, 불교에의 귀의 등으로 다채로워짐을 알 수 있다.

2. 역사(설 / 화) 문학

김범부의 『화랑외사』와 『김동리 역사소설』 사이의 계보성은 양인의 공통된 서술 태도에서 보다 확연히 드러난다. 화랑의 생활상을 살아 있는 형태로 기록하는 과정에서 설화 양식이 불가피하게 선택될 수밖에 없었으며, 이 같은 양식을 선택한 이상 얼마간의 윤색과 연의가 필요했다는 김범부의 고백은 그의 기술이 정사(正史)가 아닌 외사(外史)에 속하게 된 배경을 설명해준다. 그리고 이는 『김동리 역사소설』 열여섯 편의 이야기가 '전적으로 상상의 산물'이라는 김동리의 진술로 되풀이되어 나타난다. 외사이나 황당무계한 내용이 될 우려를 시작 단계에서부터 경계했던 김범부의 서술 방식 또한, '막연히 신라시대의 이야기를 쓴 것이 아니고 어느 거나 다 확실한 역사적 근거를 가졌다는 점'을 주지시키고 있는 김동리의 서문 내용과 일치한다. 그리고 김범부 사후 재발간된 『화랑외사』에 김동리가 쓴 발문에서 서술 태도상의 이 같은 상동성을 증거하는 결정적인 진술이 발견된다. "「花郎外史」란 花郎에 대한 外史란 뜻이겠지만, 이것을 歷史나 史話로 보기보다는 花郎에 대한 傳記小說로 나는 보고자 한다. 그만큼 史實이나 素材를 그냥 整理하는데 그치지 않고, 더 나아가서, 人物(花郎)의 心境과 思想을 活寫하는 文學的 表

現에 특징이 있기 때문이다."3)라는 『화랑외사』에 대한 김동리의 견해가 바로 그 실례다.

'상상적 미장(美粧)에 의한 사실(史實)의 재현'이라 『화랑외사』의 서사적 성격4)을 잠정적으로 결론짓는다면, 『김동리 역사소설』은 그로부터 나아가 서사적의 장면에서 완성도를 높인 텍스트라 할 수 있을 것이다. 따라서 김동리 역사소설의 소재적 시원은 삼국사기 혹은 삼국유사에서 찾아질지언정 서사적 모태는 그로부터 찾아질 일이 아니다. 다름 아닌 『화랑외사』가 『김동리 역사소설』을 조형해낸 창작적 거푸집으로 이해되어야 하기 때문이다. 이러한 측면에서 김범부는 비단 김동리 문학 세계의 사상적 원류로서 뿐만이 아니라 김동리 소설 미학의 핵을 이루는 주요한 본바탕으로 새롭게 조명될 필요가 있다.

"본디 나의 느끼고 생각하는 힘은 天賦의 것이라 하겠지만, 그 方法과 姿勢를 가리켜 준 이는 내 伯氏다."5)라고 말하며 김동리는 백씨 김범부와의 관계를 사제지의(師弟之義)로 회상한다. 이러한 술회는 역사적 기록의 행간을 상상력으로 채워나간 『화랑외사』가 시현한 사실에 터 한 것인 바 김동리는 「검군」 창작을 통해 그에 화답한 셈이다. 처녀작 「검군」의 주인공 '검군'이 화랑이라는 점은 그 연계성을 보여주는 한 징표

---

3) 김동리, 「발문」, 『화랑외사』, 凡父先生遺稿刊行會, 1967, 197쪽.
4) 한편 김범보의 세계관을 파시즘으로 규정하는 김철은 『화랑외사』에 행동주의, 영웅주의, 군사주의, 가족주의, 국가주의, 남성주의, 광적인 반공주의, 신비주의, 정신주의 등 파시즘의 여러 요소들이 풍부하게 함축되어 있음을 지적함으로써 『화랑외사』의 인식론적 배후를 밝히고 있다. 이에 관해서는 다음 글을 참조 바람. 김철, 「김동리와 파시즘」, 『국문학을 넘어서』, 국학자료원, 2000, 49~52쪽.
5) 김동리, 앞의 글, 같은 쪽.

로 읽을 수 있다. 그리고 「검군」에 이은 1956년의 「악성」, 「원왕생가」, 「수로부인」을 계기로 이후 김동리식 역사의 소설화 작업이 본격화되거니와6) 결과적으로 김범부의 『화랑외사』가 『김동리 역사소설』의 전범이었음을 알 수 있다. 즉, 설화 양식을 통한 윤색과 연의(演義)의 김범부식 역사 쓰기가 이를 계승한 김동리에 의해 '역사의 소설화'로 전이되었던 것이다.

그러나 김범부식 역사 쓰기 방식과 이를 전유한 김동리의 글쓰기 사이에는 엄밀히 말하자면 미세한(심대한?) 차이가 존재한다. 결론부터 말해 『화랑외사』가 '역사의 심미화'7)를 보여주는 전형적인 예라면, 『김동리 역사소설』은 '역사의 소설화'라 칭할 수 있다. 『삼국사기』 열전의 사다함 편을 보건대, 진흥왕이 이찬 이사부에게 명령하여 가라국을 습격하게 했다는 기록이 전해지고 있다. 그리고 신라본기 진흥왕 편에서도 가야가 배반하므로 왕이 이사부에게 명해 토벌하게 하고 사다함을 그 부장으로 삼았다는 동일한 내용이 발견된다. 그러나 『화랑외사』는 이를 가라가 왜나라의 수만 대병과 합세해서 신라를 침노했다는 내용으로 뒤바꾸어 놓는다. 전쟁에 도덕적 명분을 부여하기 위한 자의적인 역사 수

---

6) 한편 「검군」과 「악성」 사이에 존재하는 칠 년여의 터울은 이와 같은 창작 경향의 연속성에 다소간 의구심을 갖게 만드는 대목이다. 그러나 그 간극은 「검군」이 발표된 이듬해 발발한 한국전쟁이라는 가히 충격적인 사건이 가져온 여파의 공백으로 풀이되어야 할 것이다.

7) 이는 벤야민이 파시즘 미학의 핵심으로 파악한 '정치의 심미화' 개념에서 차용한 용어이다. 정치의 심미화란 정치, 사회, 윤리적 가치의 심미적 가치로의 대체를 뜻하는 것인 바, 파시즘 미학의 논리로서 '심미화'에 관한 보다 상세한 논의는 다음 책을 참조하기 바람. Andrew Hewitt, *"Fascist modernism —Aesthetic, Politics, and the Avant-Garde"*, Stanford Univ. Press, 1993.

정이 행해지고 있는 지점이다. 한편 『화랑외사』의 물계자 편의 경우 물계자가 사치산[8]으로 들어가 은둔자로서 여생을 보내겠다고 결심하게 된 동기가 두 번의 싸움에 나가 공을 세우고 다침이 없이 돌아왔을 뿐만 아니라 앞으로는 칼 쓸 일도 없을 것이기에 자신을 추종하여 공적을 알리려는 사람들의 방문을 피하기 위함에서로 이야기되고 있다. 그러나 『삼국사기』와 『삼국유사』는 공히 그가 사체산으로 들어가게 된 배경을 임금이 위태로울 때 자신의 몸을 바칠 용맹이 없었으니 그 부끄러움 때문에 조시(朝市) 가운데 노닐 수 없었음으로 기록하고 있다. 『화랑외사』에서의 이 같은 윤색이 영웅 서사에서 흔히 발견되는 전형적인 수사학적 과유불급임은 물론이다.

저자 김범부는 설화적 연의가 불가피할지라도 실록의 진면목을 정확하게 활현하는 데 화랑세기 기획의 본의를 두었지만 사료의 임의적 변개는 『화랑외사』 도처에서 빈번히 행해졌다. 이러한 김범부식 역사의 미학화는 설화적 양식의 선택에서 나아가 주요 인물들에 대한 고도로 심미화된 묘사에 이르러 극에 달한다. 음악으로는 악성이며 예술, 학문, 검술, 정치, 군사 등 어느 하나 정통하지 않은 것이 없는 '백결선생', 적군을 향해 칼을 쓸 때에도 노래 부르고 춤추는 화기를 지닌 '물계자', 항복한 적은 이미 적이 아니요 패전을 했을망정 다 같은 사람의 자식이라는 명분을 걸어 포로들을 방면하는 사다함 등 『화랑외사』의 인물들을 견인하는 정신적 요체는 화랑정신으로 통하는 풍류도이다. 사생을 맹세한 친구 무관랑이 작곡하고 사다함이 가사를 부친 「식기 전에」, 김유신

8) 『삼국유사』와 『삼국사기』에는 모두 사체산(師彘山)으로 표기되어 있다.

편의 가객 천관이 암창하는 「사용애 가락」(望夫詞), 물계자 편의 물계자가 자신의 칼 이름 '벼락'을 따서 부른 「벼락을 아느뇨」와 세속을 등지며 부른 「사치산 가락」, 그리고 백결선생의 「방아 타령」 등 풍류도를 구현하고 있는 노래들은 이를 읊조리는 인물들의 삶 자체를 미화하는 장치로 기능하고 있다. 이러한 미학적 요소의 제배치가 전면화되는 지점에서 『화랑외사』가 지닌 사적(史的) 성격은 일부 소거되거나 희석된다.

한편 김범부가 영웅적인 인물의 심미적 형상화라는 글쓰기 전략을 구사함으로써 화랑정신의 선양을 목적으로 한 역사기술을 추구했던데 반해, 『김동리 역사소설』은 소설적 글쓰기에 비교적 충실한 텍스트라 평가할 수 있다. 주요 인물들에 대한 과장된 수사의 남발이 자제되고 있을 뿐만 아니라 인물과 화자간의 미적 거리 역시 『화랑외사』와 현격한 차이를 드러내며 유지되고 있음을 보게 된다. 『화랑외사』와 비교할 때 상대적으로 김동리의 역사소설9)들이 사실에 근사한 서술로 다가오는 이유가 여기에 있다. 『김동리 역사소설』에서 이러한 형식미학적 장치들이 작동할 수 있었던 것은 그가 사료(史料)적 모티프를 소설화하는 과정에서 인물 중심이 아닌 사건 중심의 서사 전개 방식을 선택했기 때문이다. 이미 자신의 글이 소설임을 전제한 김동리에게 삼국사기 혹은 삼국유사의 기록들은 상상력을 통해 변용되고 채색되어야 할 문학적 소재로 비쳐졌던 것이다. 이렇게 볼 때, 역사적 글쓰기를 지향했던 김범부의 『화랑외

---

9) 본고에서 '김동리 역사소설'이라 함은 「검군」과 『김동리 역사소설』 집에 포함된 작품에 한정하여 지칭하는 것임을 밝혀둔다. 이는 김동리의 다른 역사소설 작품들과 구별이 필요하다는 판단에서다. 여타의 김동리 역사소설이 논의 범주 안에 포괄될 경우 김범부의 『화랑외사』와의 연관성 문제가 보다 확대된 차원에서 접근되어야 하기 때문이다.

사』와 소설적 글쓰기를 지향했던 김동리의 「검군」을 비롯한 역사소설들
은 모순되게도 전자의 경우 허구적 성격이 강화되고 후자의 경우 사실
성을 획득하는 방향으로 전도되었다고 말할 수 있다. 결국 양인의 글쓰
기는 역사와 문학 사이의 차연(差延)의 관계를 드러내는 동시에 그 차이
는 곧 설화의 세계라는 괄호 안에서 지워지고 말 것이었다. 그럼에도 불
구하고 '역사의 심미화'와 '역사의 낭만화(소설화)'는 구분되어 이해될 필
요가 있다. '역사의 심미화'가 역사의 사실적 가치가 심미적 가치로 대
체되는 국면을 지시하는 것인데 반해, '역사의 낭만화'[10]란 역사를 참조
한 소설 쓰기를 의미한다는 점에서 변별되기 때문이다. 즉, 전자가 역사
를 준거 삼은 글쓰기란 점과 후자가 소설 양식에 전거를 둔 글쓰기란 점
이 고려될 필요가 있는 것이다.

---

10) 루카치에 따르면, 1848년 시민혁명의 좌절 이후 서구 시민계급은 점증하는 부
르주아지 사회의 모순과 갈등 앞에서 좌절한 나머지, 개인적 영역으로 후퇴함
으로써 역사의식을 내면화, 사유화한다. 그리고 그들은 현재의 문제를 과거에
옮겨 놓음으로써 과거를 현재와 동일시하고 역사를 현대화(modernisiert)하려는
성향을 갖게 된다. 루카치는 이러한 경향을 역사의식의 주관화 내지 낭만화라
고 규정. 김동리의 역사소설은 역사의 내면화, 개인화, 그리고 현대화라는 측면
에서 낭만주의적 역사소설에 가까운 면모를 나타낸다고 할 수 있다. 루카치, 이
영욱 옮김, 『역사소설론』, 거름, 223~270쪽.
　　낭만주의적 역사소설은 당대 현실과는 동떨어진 과거의 역사를 신비롭게 재
현하거나, 역사적 비유를 통해 현재의 당면 문제에 대한 주관적 견해를 제시한
다는 특징을 나타낸다. 역사적 사실보다는 작가적 이념의 진실성이 우위에 서
게 되는 것이다. 진정석, 「역사적 기록의 변형과 텍스트의 저항」, 『살림작가연
구 김동리』, 도서출판 살림, 1996, 477~8쪽.

3. 왜 설화적 세계인가?

해방기에 들어 김동리가 발표한 첫 작품은 「윤회설(輪回說)」(『서울신문』, 1946. 6. 6~26)이었다. 이원조 등의 혹독한 비판적 공세에 시달린 이 작품은 어느 이유에서인지는 확실치 않으나 작가 스스로가 이후 자신의 어떤 작품집에도 수록하지 않은 단편이다. 「두꺼비」(『조광』, 1939. 8)와 일종의 연작소설 형태로 쓰여진 이 작품에는 해방기 김동리의 현실의식이 주인공 '종우'라는 인물의 입을 빌어 표출되어 있다. 「검군」에 대한 분석을 위해 불가피하게 이 작품에 대한 이해가 전제되어야 하는 것은, 그 소재상 무관한 듯 보이는 두 작품 저변에 김동리의 일관된 현실관이 흐르고 있다는 판단에서이다. 「두꺼비」에 이어 「윤회설」에서 김동리는 두꺼비 설화를 밑그림으로 한 서사의 얼개를 내세우고 있다. 구렁이에게 스스로 먹힘으로써 구렁이를 자궁 삼아 수많은 새끼를 번식시킨다는 두꺼비 전통설화의 프리즘에 당대 현실을 투영시키고 있는 것이다.

「두꺼비」에서 종우는 결핵을 자초하여 죽음에 다가섬으로써 세태를 한껏 조롱하는 인물이다. 그가 이처럼 자기파괴의 길로 들어선 데에는 그의 삼촌에 대한 경멸감이 크게 작용했다. 벗들이 대개 전향이란 것을 하게 되어 일시에 생활의 이데아가 뒤집힘을 보고 겪고 난 뒤 그는 인생의 모든 허랑한 경영과 아울러 아픈 멍에를 깨닫고 술로 생활을 탕진하던 중에 매음녀 정희를 만나게 된다. 이후 정희를 구원하는 일을 유일한 생활의 내용으로 삼은 종우는 그 뜻에 찬동한 삼촌에게서 돈 몇천 원을 얻어 그녀를 시골 고향으로 내려보냈다. 그러나 정희는 귀향한 지 얼마 되지 않아 카페 여급이 되어 다시 돌아오고 만다. 그녀의 뜻밖의 상경은 종우와 삼촌간의 골 깊은 불신을 가중시키는 계기가 되었다. 삼촌의 호의 뒤에 감춰져 있던 진정한 의도가 드러나게 되면서 그가 더욱더 삼촌을 경멸하게 되었기 때문이다. 일찍이 종우 남매가 삼촌을 따라 서울로 이사를 왔을 때만 하더라도 삼촌은 열렬한 민족주의자(소승주의)요 예수교인으로 옥중에서 병사한 종우 아버지의 뜻을 이으리라 스스로 다짐하던 이였다. 그러나 근년에 이르러 신문사의 폐간과 학원의 인가 취소를 계기로 삼촌은 소승적 견지에서 활달한 대승적 이상으로 전향을 하게 되었다. 그리고 자신의 전향이 결코 변절이나 이심(二心)이 아님을 강변하며 진실한 대승주의를 조카 종우에게 알려 줄 셈으로 정희 구원기(救援期)에 선뜻 물질적 원조를 자청했던 것이다. 삼촌의 박애주의(대승주의)를 생각해오던 종우로서는 그에 대한 멸시와 반발을 악마와 같은 배짱으로 즐겨 보고픈 심사에서 자신의 몸 안에 잠복해 있는 결핵균을 키워나간다. 삼촌이 집에 돌아오자 더욱 부지런히 피를 토해내는 종우에게 각혈은 아편과 같은 희열로 다가왔다. '눈에 보이지 않는 그 어떤 부자연에 대한 조소와 저주로서의 향락', 곧 각혈은 그의 센티멘털리즘 역시 삼촌의 번듯한 위선과 몇 걸음 사이가 아님을 스스로 깨달은 순간 무슨 방법으로든지 그것을 알뜰히 저주하고 모질게 학대해 보고 싶은 경멸감이 발로였던 것이다.

「두꺼비」가 허영과 위선으로 점철된 삼촌의 대승주의, 그리고 이를 증오하는 종우라는 인물의 감상주의와 자기 모멸감 사이의 갈등 구도를 담고 있다면, 「윤회설」은 주인공 종우를 중심축으로 하여 그의 가족과 연인 관계에까지 침범해 들어온 이데올로기적인 반목을 서사적 모티프로 삼고 있다. 「윤회설」에는 전편에서 볼 수 없었던 종우의 연인 혜련

이 등장한다. 그녀는 숙전에서 교편을 잡고 있는 이로 종우와 공산주의
자 박용재 사이에서 고뇌하는 인물이다. 해외에서 돌아온 박용재는 종
우의 여동생 성란의 남편 윤씨와는 친구관계의 인물이다. 종우와 혜련
이 결혼에 이르지 못했던 것은 종우의 오랜 병 때문이기도 하였지만,
그가 고독한 청춘의 삶을 꿈꾸며 결혼에 대한 수의를 거절해왔던 탓이
더 컸다. 거기에 오빠 종우의 삶에 과도한 집착을 지니고 있던 성란이
적극적인 방해공작을 벌이게 되면서 두 사람의 애정관계에 균열이 생기
기 시작한다. 그리고 혜련의 정신적 방황은 성란을 통해 문학가동맹에
그녀가 나아가면서 급기야 종우와의 이념적 대립으로까지 치닫기에 이
른다. 결국 이야기는 두 사람을 떼어놓으려 했던 성란의 필사적인 기도
에도 불구하고 종우와 혜련이 결혼식을 치르고서 이튿날 '독립전취국민
대회'에 참석하는 장면으로 끝난다.

이러한 의외의 결말에서 알 수 있듯이 「윤회설」은 서사 내적인 개연
성 면에서 심대한 취약성을 안고 있는 작품이다. 우선 성란이 친구 혜
련과 오빠 종우의 관계를 깨뜨리려 했던 의도가 무엇이었던가가 충분히
밝혀져 있지 않다.[11] 이미 남편 윤씨와 함께 철저한 마르크스주의자가

---

11) 이에 대해 김윤식 교수는 성란이 피붙이인 종우를 그토록 증오가 이유가 종우
에 대한 왜곡된 사랑 때문이었다는 주장을 내놓는다. 오빠의 병구완을 위해 평
생 독신으로 나서겠다는 성란의 순정은 이를 용인하지 않은 오빠에 대한 배신
감으로 뒤틀린 뒤 이내 원한으로 자라나 무의식 속에 자리 잡게 되었다는 것이
김윤식 교수의 설명이다. 김윤식, 『해방공간 문단의 내면 풍경』, 민음사, 1996,
138쪽.
　정신분석학적 측면에서의 이 같은 분석이 성란이라는 인물을 이해하는 데 비
교적 설득력 있는 접근 방식임을 부정하기는 물론 어렵다. 그럼에도 불구하고
'오라비인 자신에 대하여 무슨 뼈에 사무칠 원한이 남아 있기에 혜련과의 사이
에 틈을 내려고 애꿎은 정희까지 끌어넣는지' 종우 스스로가 납득하고 있지 못

되어 있었던 그녀가 자신의 권유로 문학가동맹에 나오게 된 친구 혜련에게 오빠에 관한 거짓을 꾸며서까지 말해야 했던 이유가 석연치 않은 것이다. 혜련을 통해 오빠의 사상관을 변화시켜 보려는 의도를 품었을 수도 있었던 그녀의 이 같은 행동은 모순적이기까지 하다. 둘째로 박용재와 종우 사이에서 방황하던 혜련이 종우의 갑작스런 청혼을 받아들이게 된 배경에 의구심이 남는다. 종우가 결혼을 결심하게 된 것은 혜련의 내면을 들여다 볼 수 있었기 때문이다. 종우와 격렬한 사상 논쟁을 벌였던 밤 전해진 혜련의 일기에는 아직도 그녀가 종우와의 결혼을 기다리고 있음이 고백되어 있었던 것이다. 그러나 성란의 영향으로 그리고 박용재와의 만남을 기화로 공산주의에 경사되어 있던 혜련이 이념적 견해차를 좁히지 못한 상태에서 성란이 자기변호에 불과하다고 비난한 종우의 결단에 동의할 수 있었던 내막은 행간으로 처리되고 있다. 더군다나 결혼 다음날 종우를 따라 우익이 주최한 집회에 간 그녀가 광고가 붙은 지 하루 만에 모여든 수많은 군중을 보며 감탄하는 모습은 차라리 희극적이기까지 하다.

대승주의자임을 자임하는 삼촌에 맞선 「두꺼비」에서의 소승주의자로, 공산주의자 박용재와 동생 성란과 대극에 있는 「윤회설」의 민족주의자로 그려지고 있는 '종우'는 이 시기 작가 김동리의 자화상이 아니었을까? 문학가동맹 세력에 의해 문단이 주도되던 해방 정국의 문단에서 청년문학가협회를 주도적으로 결성하며 우익 문단 세력 결집에 자신의 정치적 행보를 내걸었던 그의 자의식 한켠에는 이렇듯 약자로서의 자위감

하는 데서 알 수 있듯이 성란이라는 인물은 지극히 비상식적인 인물로 그려짐으로써 서사적 개연에 질곡이 되고 있다.

이 똬리를 틀고 있었다.[12] 이때 약자의 논리를 대변하는 아포리즘으로서 두꺼비 설화는 김동리에 의해 현재적 해석을 거치게 된다. 전향이 생존의 유일한 선택으로 강요되던 시기에 씌어진 「두꺼비」, 가족과 연인 관계마저도 반목 상태로 몰아넣는 이데올로기 대립의 「윤회설」이 공히 절망적인 현실 극복의 지혜를 두꺼비 설화에서 모색했던 데에는 이러한 내막이 있었다.

두꺼비 설화 연작과 「검군」을 연관지어 볼 수밖에 없는 연유는 약자의 정신주의[13]를 내세워 현실의 한계를 넘어서려 했던 작자 김동리의 초극의 방식이 「윤회설」이 발표된 지 거의 만 3년 만에 발표된 「검군」에서 변주된 형태로 재현되고 있기 때문이다. 언뜻 보아 두꺼비 연작이 당대 현실의 지식인 세계를 형상화하고 있는 반면, 「검군」은 역사적 과거를 배경으로 삼고 있기에 양 텍스트상의 관련성이 쉬 발견되지 않는 것이 사실이다. 이러한 표면적인 차이로 인해 「검군」은 묻혀진 김동리 역사소설의 하나쯤으로, 혹은 해방기 김동리 소설문학의 예외적인 작품으로 치

---

12) 이러한 의식은 이 시기를 회상하며 쓴 그의 자전에세이 곳곳에서 발견된다. 그 한 예로 다음과 같은 대목을 들 수 있다.
  "그때만 해도 기고만장한 것은 공산 진영 문인들이요, 우리는 통 시세가 없었다. 신문·잡지 같은 데서도 거개가 공산 진영 쪽에 추파를 보내기가 급급해서 우리에 대해서는 덮어놓고 백안시했다. 이런 판세이니까 현실적으로 뒷받침해 주는 힘도 백도 있을 수 없었다."
  김동리가 위와 같은 약자의식을 스스로 위무할 수 있었던 것은 자신이 추구하는 순수문학이야말로 계급주의 민족문학과는 변별되는 진정한 민족문학이라는 자부심과 확신을 가졌기 때문이었다. 김동리, 『나를 찾아서』, 민음사, 1997, 232쪽.
13) 김윤식은 죽음을 통한 정신주의적 승리법이라는 약자의 논리가 두꺼비 연작을 관류하는 인식 구도임을 처음으로 지적했다. 이에 대한 상세한 이해를 위해서는 다음 글을 참조하기 바람. 김윤식, 「'두꺼비' 3부작의 내력」, 앞의 책, 1996.

부될 우려가 크다. 그러나 두꺼비 연작이 두꺼비 설화를 인식론적 모태로 하고 있듯이 「검군」 또한 사료(史料)라는 외피를 두르고 있을 뿐 사실상 설화적 세계에 기대고 있기는 마찬가지라는 점에서 이들 작품간의 혈족적 공모성은 의심되어야 한다. 아울러 「검군」의 주인공 '검군'과 「두꺼비」계 작품의 주인공 '종우'가 정신주의라는 동일한 동력으로 행위하는 인물임을 확인하게 될 때, 「검군」을 두꺼비 연작과 함께 해방기 김동리의 정신사적 궤적의 연장선에서 보아야 할 근거는 굳어진다.

검군은 신라 진평왕 때 사량궁(沙梁宮)의 창예창(唱翳倉) 사인(舍人)이다. 극심한 가뭄에 시달리고 있는 신라 사람들은 초근목피로 겨우 연명하다 겨울을 맞아 아사하는 이가 생겨날 정도로 기아에 허덕였다. 상황이 이러하다보니 쌀을 관리하는 창예창의 사인들 다수가 이미 국곡(國穀)을 사취하는 부정을 저지르고 있었고, 또한 주변인들로부터 청탁을 받기도 하였다. 그러나 검군은 자신의 처제가 쌀 몇 되 때문에 사랑하는 이를 두고서 홀아비에게 팔려가다시피 하는 상황에서도 그 같은 부정을 스스로 경계한다. 한편 창예창의 다른 사인들은 국곡을 사취하는 과정에서 자신들의 비리를 알게 된 검군을 그 공모에 가담시키려 설득한다. 하지만 검군은 자신이 추종하며 또 자신을 그 같은 지리에 친기한 근랑(近郎)에 대한 의리를 내세워 이를 거절한다. 그러던 와중에 결혼을 앞둔 처제가 결국 자살을 하게 되고, 사헌원(司憲院)에 자신들의 부정을 고발하리라는 불안감에 떨던 열삼지들을 비롯한 사인들은 검군을 독살할 계획을 세운다. 우연히 그들의 음모를 듣게 된 검군은 죽음에 대한 공포를 한층 절감하며 자신의 결정을 두고서 고뇌한다. 그러나 결국 검군이 선택한 길은 죽음을 통해서 자신의 의(義)를 지켜내는 것이었다. 검군은 자신의 죽음이 임박한 날 죽은 처제 정랑의 약혼자였던 기악을 불러 집안의 보검(寶劍)을 건네준다. 검군은 정랑이 자살하기 전 그 장검을 팔아 두 사람을 결혼시키고 벗인 악부의 병든 부친에게 미음을 쑤어드리려 했지만 그 뜻을 펼치기도 전에 처제의 죽음을 맞았던 것이다. 기악이 보검을 가지고 떠난 후 검군은 자신을 독살할 목적으로 동료들이 준비한 대보름 연회에 참석하기 위해 찾아온 백령을 따라 대하나의 집을 향해간다. 그리고 얼마 후 웃음을 띠며 죽어 있을 자신의 모습을 상상한다.

삼국사기 열전편의 '검군' 일화는 김동리의 「검군」과 내용상 크게 다르지 않다. 삼국사기의 기록엔 검군이 죽기 전 자신의 정당성을 근랑을 만나 말하는 것으로 기록되어 있으나, 김동리의 「검군」에는 실제로 근랑이 등장하지 않는다. 소설에서 이는 동료 사인 악부와의 대화로 대체되어 나타난다. 한편 소설 「검군」은 삼국사기의 검군 편의 짧은 일화에 세부적인 상황 설정과 여러 인물들을 등장시켜 주변적인 사건들을 풍부히 덧붙임으로써 서사적 긴장을 한껏 고조시킨다. 우선 검군을 설득하려는 동료 사인들(대하나와 수석 사인 수달)과의 만남을 상세히 묘사함으로써 검군의 내적 갈등을 전경화한다. 아울러 처제가 쌀 몇 되 때문에 약혼자가 있음에도 애가 딸린 중늙은이에게 시집가야 할 처지에 내몰려 결국 자살에 이르게 되는 사건을 새로이 삽입함으로써 검군의 인간적 고뇌를 더욱 증폭시키고 있다. 주제의식과 관련하여 소설 「검군」이 삼국유사의 일화로부터 현저하게 나아간 부분은 죽음을 맞기 앞서 검군이 자신의 보검을 죽은 처제의 약혼자였던 기악을 불러 건네주는 장면일 것이다. '보검'이 검군 정신세계의 상징물로서 그의 유언을 대신하고 있기에 작품의 주제의식이 함축된 객관적 상관물로 볼 수 있기 때문이다. 인물의 성격 묘사 면에서도 소설 「검군」은 삼국사기의 기록에 비해 사실감이 배한다. 후자에서 검군은 지극히 단호하고 의지가 굳은 영웅이나 지극히 평면적인 인물로 서술되고 있다. 신념이 확고한 만큼 어떠한 내적 갈등도 틈입할 여지가 없는 인물로 그려지고 있는 것이다. 그러나 소설 속의 검군은 자신의 판단과 선택을 두고서 끊임없이 주변 인물들과 혹은 내적으로 번민을 거듭한다. 그리고 이러한 다기한 갈등 국면들은 결과적으로 그의 죽음을 비장미와 숭고미로 치장해내는 소설 미학적 장치가 된다. 사적 기록물과 문학적 창작물간의 경계의 문제가 결국 사실(事實)의 진위 여부와는 상관없이 인물의 분열상의 유무로 귀착되고 있는 것이다.

모든 갈등은 대보름 '달이 하늘 한가운데 와서 신라 서울을 고루 비추고 있을 때쯤 독 섞인 술잔을 곁에 던진 채 오히려 웃음 웃는 듯한 얼굴로 검군이 쓰러져 누워 있을 순간'에 이르러 해소될 일이었다. 죽음의 낭만화라 일컬을 이러한 정신주의적 대응은 이미 「두꺼비」와 「윤회설」에서 시도된 바 있는 모험이었다. 「두꺼비」와 「윤회설」에서 미완에 그치고만 종우의 현실 넘어서기가 비로소 실현된 셈이다. 「두꺼비」에서 종우는 삼촌의 대승주의와 본인의 감상주의가 지닌 위선에 맞서 스스로 결핵을 키워가려 했다. 그런 만큼 각혈은 그에게 더 없는 황홀감을 안겨다준 순결한 참회의 변일 수 있었다. 한편 「윤회설」에서 종우는 공산주의 이데올로기에 맞서 혜련과의 결혼을 실행에 옮김으로써 그 허구성을 비판하려 했다. 인류적 자존을 저주하고 절망하는 것을 현대인의 의무나 자랑인 것처럼 여기는 공산주의를 현대적 타락이요 일종의 우상 중독이라 판단했기에 그동안 자신이 인류적 자존에 대하여 바쳐온 정열을 결혼하기로써 입증해 보이려 한 것이다. 그러나 「두꺼비」와 「윤회설」에서 종우가 보여준 '결핵 키워가기'와 '결혼하기'는 성란의 지적처럼 실상 자기변호에 지나지 않는 것이었다. 두꺼비 설화라는 밑그림 위에 덧씌워진 종우의 행보는 실상 두 작품 모두에서 그 설화적 원형에 충실한 조응을 이루어내지 못한 것이 사실이기 때문이다. 즉, 원형 서사와 이를 응용한 구현 서사의 결합을 헐겁게 하는 간극이 종우의 실천계에는 존재한다. 그는 자학과 조소라는 주관적인 대처 방식을 통해 선택을 강요하는 현실에 맞서려 했지만, 이러한 우회적인 비약의 기도에는 관념의 세계로의 자기 기만적인 회귀가 예비되어 있기 마련이다. 그 순간 종우란 인물은 결코 구렁이의 제물 되기를 자초하는 두꺼비일 수가 없는 것이다.

「검군」에서 검군이 보여준 결단은 이와 선명한 대조를 이룬다. 검군은 당당히 죽음을 맞이함으로써 현실과의 정면대결을 감행한다. 따라서 두꺼비의 죽음이 상징하는 약자의 논리를 체현하고 있는 이는 종우가 아니라 검군이다. 그가 죽음을 각오하며 지켜내고자 했던 가치는 자신이 추종하는 근랑과의 의리였다. 그리고 이는 종우가 「윤회설」에서 강변하고 있는 정신적 존엄의 다른 이름이다. 검군은 이 정신적 존엄을 지켜내고자 자신의 죽음을 향해 스스로 걸어들어 갔을 뿐만 아니라 웃음으로써 다가올 죽음을 미리 상상하였던 것이다. 그러한 의미에서 유물로 검군이 기악에게 건네준 보검은 종우가 정희를 구제하기 위한 방편으로 사용했던 돈, 허위에 찬 대승주의를 조롱하기 위한 방편으로 키웠던 결핵, 그리고 결과적으로 공산주의에 대한 조소의 행위가 되어 버린 결혼에 감히 비교될 수 없는 숭고한 정신의 결정이라 할 수 있다. 보검을 통해 기악에게 건네진 고매한 검군의 정신이 두고두고 수많은 새끼들로 번식되는 두꺼비의 죽음처럼 사람들에게 번져갈 것이기 때문이다. 검군 정신세계의 표상으로서 보검은 이렇듯 「두꺼비」와 「윤회설」의 '결핵 키우기'와 '결혼하기'가 현실 호도에 지나지 않는 기만적인 실천이었음을 자인하는 증거이자, 정신주의적 승리의 상징적 매개로서 구렁이에 스스로 먹힌 두꺼비의 주검과 오롯이 상통한다. 따라서 두꺼비 전승설화가 「두꺼비」와 「윤회설」을 잉태한 화두라 했을 때, 「검군」은 「두꺼비」와 「윤회설」에서 제기된 물음에 답하는 두꺼비 연작의 한 텍스트로 접근되어야 할 필요가 있다. 정신주의적 승리라는 종착역에 다다르기까지의 지난한 검군의 정신적 여정이 해방기 김동리의 내면세계를 빗댄 메타포라는 데 의심의 여지가 있을 수 없다는 측면에서 또한 이는 당연한 요구이다.

유사한 주제의식을 다룬다 할지라도 그 소재와 배경 면에서 상이한 구성 요소를 등장시키는 것은 작가의 창작 지평을 말해주는 것이기도 하려니와, 「검군」에서처럼 유독 그 시공간적 배경을 당대 현실과 괴리된 과거로 한참이나 거슬러 올라가 설정하게 된 데에는 그럴만한 이유가 숨어있을 터이다. 김동리가 취한 뒤틀린 현실과의 대결방식은 약자의 논리였다. 「두꺼비」와 「윤회설」이 한결같이 웅변하고 있듯이 그것은 설화적 가르침을 원용하는 김동리만의 독특한 서사 재현 형식으로 표출되었다. 그러나 두꺼비 연작을 통한 종우의 실험이 반증하듯 그 같은 정신주의는 현실의 경계 밖, 곧 초월적인 시공간상의 지향에서 그 거처를 찾지 않을 수 없는 법이다. 환언컨대 현실적인 시공간성이 거세된 세계가 상상되고 발견되어야만 하는 것이다. 설화적 세계로 대표되는

284 김동리

이러한 시공간적 무대가 이미 「무녀도」와 「바위」, 그리고 「산화」와 같은 그의 초기 단편들을 통해 경험된 바 있는 세계임은 주지의 사실이다. 해방기라는 역사의 장에서 김동리 역시 현실정치의 유혹으로부터 초연할 수만은 없었다. 이데올로기 대립을 문제 삼은 「윤회설」은 그 계기적 사례의 하나일 뿐이다. 그러나 이 작품 역시 두꺼비 설화라는 원형 서사에 의탁해 있다는 점에서 김동리 문학의 본령이라 할 수 있는 설화적 세계로부터 이탈한 것은 아니었다.

「검군」의 주인공 검군은 동료 사인(舍人)들의 치부와 법의 정의 사이에서 이를 조화시킬 수 없음에 비통해 하는 인물이다. 죽음이 한 걸음 한 걸음 자신의 목전으로 다가드는 순간 그는 이방으로의 도피를 일시 꿈꾼다. 그러나 가족과 벗들을 두고 옳지 못한 일을 행한 바 없는 자신이 신라를 떠나야 한다는 사실을 인정할 순 없었다. 당나라나 고구려로의 피신은 결코 정신적 존엄을 지탱할 수 있는 대안이 될 수 없기 때문이다. 하여 남은 길은 죽음으로써 부정에 맞서는 것뿐이었다. 현실 어디에도 안거할 수 없었던 검군이 상상할 수 있는 세계, 그것은 죽음 저편을 향한 현실의 월경(越境)을 뜻했다. 그 같은 검군의 심경이 곧 「윤회설」의 발표 이후 쏟아졌던 계급문학론자들의 비판에 맞서 설화적 세계로의 회귀를 결심하던 순간의 김동리의 내면 풍경이 아니었을까? 즉, 「윤회설」에서 노출된 그의 분열된 현실감각이 「검군」 창작을 통해 정신주의의 승리라는 봉합 과정을 거치는 과정에서 설화적 세계의 원형으로 환원된 것이다. 이는 「검군」이 서두에 작품의 구체적인 역사적 배경을 언급하고 있음에도 불구하고 단순히 고전적인 의미에서의 역사소설로 읽힐 수 없는 사연이기도 하다. 「검군」은 결코 확인과 검증이 필요한 과거의 이야기가 아니다. 「윤회설」에서 피력한 정치의식만으로 감당되지 않은 현실의 난 맥상을 김동리는 「검군」 창작으로 갈파해내고자 했기 때문이다. 따라서 「검군」은 역사를 초월한 역사 소설로 바라보아야 한다.

죽음으로써 현실과 대결하여 승리하려는 정신주의를 서사로 구현코자 했을 때, 시간의 구속으로부터 풀려난 설화적 세계, 곧 더 없이 친밀한 상상의 과거만큼 유연한 피안의 공간이 찾아질 수 있을까? 이야말로 역사를 이야기함으로써 역사를 넘어 역사를 부정하는 글쓰기의 탁월한 모형이 아니겠는가. 「검군」은 그 부인할 수 없는 물증인 바, 김동리의 역사소설에서 역사란 지워짐으로써 새롭게 재생될 서사의 동기(動機, motive)로 재전유 된다. 다른 한편으로 "역사가 부정될 때 현재는 절대적인 것―변혁이 불가능하고 따라서 받아들여야 하는―이 된다,"14) 그러나 이러한 역사관에 내장된 순환론은 시간의 선조적인 발전관에 매인 근대 역사인식의 한 틀을 부정하는 태도라는 점에서 세심한 탐찰이 필요한 부분이다. 현재의 절대성을 끌어안기 위한 전략으로 소환되는 설화적 세계의 보편성이란 시공간적 좌표를 스스로 지워내는 이야기 방식 탓에 이내 '실체 없음'으로 무화(無化)되기 마련이나, 그럼에도 불구하고 그 같은 지향이 경시될 수 없는 이유는 이 또한 근대 경험의 양상이자 근대성의 발현이기 때문이다. 따라서 설화적 세계라는 스펙트럼을 통해 현실이 되비추이게 될 때 파생되는 비틀린 세계 인식의 공과를 따져 보는 데서 「검군」을 다시 읽어야 할 의의는 찾아질 수 있다.

---

14) 신형기, 「순수의 정체」, 『해방기 소설 연구』, 태학사, 1992, 191쪽. 김동리의 소설이 구체적인 역사성을 사상한 설화가 되거나 현실 문제를 다룰 경우, 전망의 폐색을 노정하게 되는 이유로 신형기는 이러한 김동리의 역사관을 지적한다.

4. '정신주의'라는 성소

삼촌이 표방하는 대승주의에서 그와 별반 다를 것 없는 자신의 센티멘털리즘을 발견하게 되는 「두꺼비」의 종우는 삼촌의 위선뿐만 아니라 자신의 감상주의 역시 멸시의 시선으로 바라보는 인물이다. 능구렁이에게 먹히는 두꺼비 이야기를 듣던 날 처음 경험하게 된 종우의 각혈은, 따라서, 육체를 경멸함으로써 정신적 순결을 지켜내려는 약자의 논리에서 발의된 상징적 행위로 해석될 수 있다. 이데올로기 반목의 현실을 그린 「윤회설」에서는 이러한 정신주의가 성취해내어야 할 내용으로 '인간성의 자유, 정신적 존엄'이 공표된다. '자본주의의 경제적 계급적 죄악과 모순을 제거하는 동시에 공산주의의 기계적 공식론도 버려야 된'다는 종우의 주장이 인간성의 자유와 정신적 존엄의 옹호로 등치되고 있는 것이다. 마르크스주의에 대한 대항 이념으로서 이 같은 종우의 모토는 「윤회설」이 발표되었던 같은 해 「순수문학의 진의」라는 제하의 평론에서 김동리가 제3기 휴머니즘론이 지향해야 할 바로 상세히 논한 바있다.

이 글에서 김동리는 휴머니즘이 순수문학 본질의 기조(基調)라 규정하면서 민족정신이 민족문학의 기본이라 할 때 민족정신이란 민족 단위의 휴머니즘을 의미하는 것으로 순수 문학과 민족 문학이 별개일 수 없음을 주장한다. 아울러 민족 단위의 휴머니즘을 세계사적 각도에서 내포하고 있는 것이 순수 문학의 문학 정신이며 '세계사적 각도'라 함은 세계정신사의 제3기적 휴머니즘에의 지향을 의미하는 것임을 주지시킨다. 이 제3기 휴머니즘의 본격적 출발 지점을 김동리는 동서 정신의 '창조적 지향'에서 찾거니와, 그로부터 "민족정신에 입각하여 동양적 대(大)예지의 문학을 수립하고 제3기 휴머니즘의 세계사적 성격을 천명함으로써 민족 문학이면서 곧 세계 문학의 지위를 확립하는 데 이 땅 순수문학 정신의 전면적 지표가 있다"15)는 결론이 도출된다. 김동리가 주창하는 제3기 휴머니즘이란 '과학'이라는 새로운 현대적 우상의 출현으로부터 제기된 것으로, 근대의 이성적 인간 정신의 개화(제2기 휴머니즘)가 난만한 과학 시대를 초래한 것은 사실이나 현대 과학정신의 구경적 발달과 발화의 난숙은 이내 공식주의적 번쇄(煩鎖) 이론과 과학주의적 기계관을 산출해냄으로써 부정성을 드러내게 되었다는 판단에 근거하고 있다. 이는 물질과 정신을 이원화한 서양의 사고방식이 과학에 의한 인간의 기계화라는 위기를 초래했다는 생각에서 서양의 유물·유심의 이분법을 지양하는 초과학적 과학의 바탕 원리로 김범부가 제시한 음양론16)의 재판을 보여준다. 그러나 다른 한편으로 김동리의 사상 편력에는 김범부의 영향과 함께 일본 근대 초극 논자들의 영향 또한 존재했으리라 추측케 하는 유사성들이 발견된다.17) 교토 학파의 대표적인 논객이었던 고오사카 마사아키의 논의는 근대 문명의 소외 문제와 관련하여 특히

---

15) 김동리, 「순수문학의 진의」, 『문학과 인간』, 민음사, 1997, 81쪽.
16) 신형기, 앞의 글, 188쪽.
17) '근대초극론'이 김동리 당대에 한국의 지식인들 사이에 지대한 영향을 끼쳤음은 주지의 사실이다. 최근 이에 대한 연구자들의 관심이 커지면서 산출된 성과들이 적지 않음에도 이를 수렴하여 이 글에 반영하지 못했음을 고백해둔다. 현재로서는 필자의 능력을 넘어선 작업이기도 하려니와, 특히 김동리에 관련하여서는 그 연구물이 전무하였음을 확인할 수 있었다. 따라서 필자가 접근 가능했던 범위 안에서 김동리의 사상 편력에 근사한 내용들만을 단편적으로 취사하여 참조하였음을 밝혀둔다.

주목되는 부분이다. 고오사카는 휴머니즘과 기계와의 관계를 설명하면서 인간은 기계를 만듦으로써 자연을 지배하게 됐지만, 그 때문에 기계로서의 자연에 의해 부정되는 아이러니를 인간 중심주의의 필연적 운명과 비극으로 안게 되었다고 지적한다. 이는 자본주의 체제에 대해서도 마찬가지인데 인간은 자본주의 체제를 스스로 만들면서도 그것의 노예가 되어가고 있다는 것이다. 고오사카는 인간중심적인 근대 유럽은 초월을 상실하여 자기 부정에 빠지려 하고 있다는 문제의식 아래 그 대안을 동양에 남겨진 형이상학적 실재로서 무의 원리에서 찾는다. 새로운 세계 질서는 그야말로 동양적 무, 아니 무(無)적 보편을 체현하는 세계인에 의해 건설될 수 있으며, 건설되어야만 한다는 것이 그가 주장하는 실천적인 근대 초극 방식의 기본 틀이었다.[18] 서양의 몰락을 동양적 대안으로 이해한 김범부의 음양론과 과학주의, 물질주의, 기계주의를 비판하고 이를 초극하고자 한 김동리의 제3기 휴머니즘적 지향이 이와 지근 거리에 있음은 부정되기 어려울 듯싶다.

김동리의 휴머니즘론은 「윤회설」에 그려지고 있듯이 공산주의 이념 비판을 위해 급조된 실체 없는 민족주의의 변형에 불과한 것이었을까? 그것이 김범부가 내놓은 음양론에 닿아 있다는 사실에 근거하여 그 영향 관계에 의혹을 제기할 수 없는 것이라면, 이와 상사한 세계 인식을 드러내는 또 다른 일본 근대 초극론자의 사상적 족적 역시 참조될 필요가 있을 것이다.

동양적 휴머니즘을 기반으로 동아시아 협동체를 구상했던 미키 기요

---

18) 히로마쓰 와타루, 김항 옮김, 『근대초극론』, 민음사, 2003, 32~50쪽.

시는 1938년 '쇼와 연구회'에 가입한 이후 발표한 글들을 통해 관념사관과 유물사관의 대립을 넘어서는 새로운 사관을 표방했다. 그리고 그 연장선에서 그는 자신이 구상한 동아시아 협동체의 사상적 원리를 모든 기존 이즘(ism)의 배제 혹은 지양으로 규정하였다. 즉, '민족주의', '전체주의', '가족주의', '공산주의', '자유주의', 그리고 '국제주의', '삼민주의', '일본주의'에 대해 차례로 검토하면서 그는 이들을 어떻게 변증법적으로 지양할지를 논했던 것이다.[19]

관념사관과 유물사관의 대립을 넘어서는 새로운 역사관에 바탕하여 미키 기요시가 안출하려 했던 동아협동체와 이를 매개한 동양적 휴머니즘은, 유물과 유심의 이분법을 초극하는 새로운 형이상학으로 제시한 김범부의 음양론, 그리고 유물사관의 물질과 유심 철학의 정신모두를 완고한 관념으로 비판하며 인간성의 존엄을 부르짖었던 김동리의 휴머니즘론과 조응점을 형성한다. 김동리의 세계인식의 모태로 의심케 하는 미키 기요시 사상의 잔영은 1937년부터 잡지 『사상』에 연재한 「구상력의 논리」에서도 확인되거니와, 미키 기요시는 이 글에서 모든 이원주의의 논리를 통일하여 고유 체계를 세우려는 기획 하에 '형성', '표현', '모양'과 같은 자신의 독특한 모티브들을 점차 공고히 나갔다. 이러한 그의 역사철학이 집약적으로 서술되고 있는 다음의 인용문은 마치 김동리 문학을 의식한 상태에서 작성된 글인 양 설화 구현을 통한 김동리 역사소설 작업과의 자별한 인접성을 보여준다.

---

19) 히로마쓰 와타루, 앞의 책, 119~145쪽.

역사란 무언가 있었던 것을 개념적으로 재구성하는 것은 아니다. 오히려 역사란 이전의 현실의 현실성을 떨쳐버리는 것이고, 그것을 '존재의 일면인 전혀 다른 범주'로 이끌어가게 되는 것이다. 역사 서술이 만들어내는 상(像)은 새로운, 말하자면 한층 높은 현실이다. 역사적으로 봄으로써 우리들은 과거의 생활을 현재화하는 것이 아니고 오히려 그 현재성을 벗어나게 하는 것이다. 그것을 우리들의 시간으로 살리게 되는 것이 아니고 오히려 그것을 무시간적이게 하는 것이다. 과거의 생활 속에 존속하는 것은 우리들이 어떻게 그것을 명백히 하고 정밀히 조사하고 추체험(追體驗)하려고 노력하더라도 결코 생활(生活)은 아니고 오히려 늘 그 설화(說話)이다. 모든 사건 속에 늘 역사로서 최후에 살아남는 것은 설화이다. 설화는 역사적 전승의 가장 생명적인 형식이며, 그것은 가장 원시적인 형식임과 동시에 가장 궁극적인 형식이고, 가장 오랜 형식임과 동시에 가장 깊은 형식이다. 그것만이 언제든지 작용하는 것으로 과거와 지금을 현실적으로 결합한다. 다만 상(像)으로서, 형으로서, 신화로서만 과거의 인물은 생존한다.[20]

미키 기요시가 말하는 '형(形)'이란 만들어진 것으로서 역사적인 것이고, 역사적으로 변해 가는 것을 뜻하는 바, 이러한 형은 단순히 객관적인 것이 아니고, 객관적인 것과 주관적인 것의 통일이며, Idee(이데에)와 실재(實在)의, 존재와 생성, 그리고 시간과 공간의 통일을 가리킨다. 이처럼 형성설과 함께 주객합일에 근거한 미키 기요시의 구상력의 논리가 '자본주의적 기구의 결함과 유물변증법적 세계관의 획일주의적 공식성을 함께 지양하여 새롭고 보다 고차원적 제3세계관을 지향하는 것을 현대 문학 정신의 세계사적 본령'[21]으로 삼았던 김동리의 문학관에 투영

---

20) 三木淸, 한정석 역, 『구상력의 논리』, 경문사, 1991, 49~50쪽.

된 것은 아니었을까? 즉, 형성설과 함께 동아시아 신질서 형성을 위한 실천으로 미키 기요시가 구상했던 인식론적 모형이, 그 궁극적인 지향면에서 동아협동체가 아닌 김동리가 추구했던 동양적 대(大) 예지(叡智)의 문학으로, 동양적 휴머니즘이 제3기 휴머니즘으로 각기 옮겨왔던 것은 아닐까하는 의구심이 생기는 것이다.

'역사적 전승의 가장 원시적인 형식임과 동시에 가장 궁극적인 형식이고, 가장 오랜 형식임과 동시에 가장 깊은 형식'으로 미키 기요시가 주장한 설화의 세계는 그와 같은 문맥 하에 김동리 문학에서도 선호되었던 주요한 무대였다. 즉, '과거의 생활을 현재화하는 것이 아니고 오히려 그 현재성을 벗어나게 하는 것'으로서의 역사적 시각은 설화의 형태로 살아남을 터, 이를 통해 김동리 소설의 최종적 지향인 생의 구경은 도달 가능한 것이다. 그렇게 볼 때, 「검군」은 그 본격적인 시동을 알리는 기획의 첫 단추가 아니었겠는가. 그 순간 신라와 해방기, 곧 '과거와 지금을 현실적으로 결합'하는 형식으로서 설화의 세계 「검군」은 '이전의 현실의 현실성을 떨쳐버린 한층 높은 현실'의 역사가 될 수 있었다. 그리고 과거와 현재를 잇는 역사의 가교 위로 솟구쳐 올라 그 무시간적인 세계의 현현(顯顯)인 「검군」을 통해 김동리가 궁구해 내고자 했던 보편적 진리는 두꺼비 설화로 암시되었던 약자의 논리에 가 닿는다.

> 「검군 나라를위하여 고발을하소」 ○다
> 「악부사람이 굶주려서오히려제정신을 지니기란극히어려운듯하네
> 그리고 수달백령들은 평소나의 친구일세 그밖에네사람도 본시부량하

---

21) 김동리, 「본격문학과 제3세계관의 전망」, 앞의 책, 95쪽.

거나도적질할 위인들은 아니고」

「그렇지만 그쪽에서 불측한짓을하는데야……」

「그러니 나도 사헌원을찾어나선적도 없지않어있었네마는 그렇게도 걸어지지않은걸음을 어떻게걸겠나?가지질않해서 결국못가고말었네」

「그렇지만 그렇게 까닭없이목숨을버린단말인가?」

「……」

「그럼 자네가 몸을 피해야지」

「……」

「아까 자네 말처럼 고구려나 당나라로 아주 떠나기라도 하던지」

「그것도 여러번 생각해봤지만 내가왜 피해야 된단말인고?내가……」

「그러면 결국……」

「결국 죽고싶은것 아니지만 죽기실다고해서 못할짓을 하겠나? 떳々한 길이라 생각 된다면 가는데까지가보는게지……그런데 자네 제쌀 낼 나한테 좀 보내주게」22)

절친한 동료 악부에게 검군은 자신의 고뇌를 이야기하며 그의 고견을 청한다. 악부는 동료 사인들의 부정을 사헌원에 고발하라 말하나 검군은 이를 주저한다. 악부는 검군이 까닭 없이 목숨을 버리려니 차라리 고구려나 당나라로 떠날 것을 권고한다. 지극히 현실 정치의 논리에 충실한 인물로서 악부가 내놓는 답은, 그러나 검군에게 해결책이 될 수 없었다. 동료 사인들이 저지른 부정이 그들의 심성 탓이 아니요 이성을 잃게 한 극심한 굶주림 때문이라 판단한 검군으로서는 사헌원을 향한 발걸음도 이방 세계로의 도피도 대안이 될 수 없기는 마찬가지였기 때문이다. 하여 마치 두꺼비가 능구렁이에게 스스로 잡아먹히듯 '떳떳한

---

22) 김동리, 「검군」, 『연합신문』, 1949. 5. 24.

길이라 생각된다면 가는 데까지 가보리라'던 길은 순열한 죽음일 수밖에 없었다. 유언으로 남은 그의 '보검'을 능구렁이의 주검에 마련된 두꺼비 탄생의 자궁으로 비유컨대, 그것은 「검군」에 웅거하고 있는 이러한 정신주의의 성소가 된다.

검군의 살신성인을 통해 궁극에 이른 김동리의 정신주의는 이미 「윤회설」에서 그 맹아를 틔운 바 있다. 「윤회설」의 성란과 혜련은 관념의 세계 안에 갇혀 있는 종우의 삶의 태도를 정신주의라 규정하였는데, 이는 실천을 결한 지식인의 자기변호에 불과한 것으로 그녀들의 눈에 비쳤기 때문이다. 그렇다면 종우의 정신주의는 어떻게 마련된 것이었나? 그것은 자본주의의 경제적 계급 모순과 공산주의의 경제결정론을 함께 비판하며 인간의 자유와 존엄, 그리고 개성을 옹호한 민족주의로 또 하나의 관념의 성이 아니었던가. 민족주의의 옹호로 귀결되는 이러한 비판 방식이야말로 나치나 이탈리아 파시즘의 이데올로기가 거의 대부분 이구동성으로 말하고 있는—자본주의도 사회주의도 모두 물질주의라는 동일한 지반 위에 서 있으므로 사회주의는 현대문명의 폐단을 진실로 구제할 수 없다는, 사회주의나 마르크스주의는 자본주의와 한 통속이라는—바와 동부한다. 물질주의에 대한 대안으로서 파시즘이 내세우는 '정신주의'가 "설정은 대중의 눈을 사회기구의 근본적 모순으로부터 돌리게 하고, 현실의 기구적 변혁 대신에 인간의 머릿속에서의 변혁, 즉 사고방식의 변혁으로 메우려 한다는 의미를 지니고 있"기에 "애초에 약간의 반자본주의적 색채를 띠고 나타나면서도 결국 독점자본에 봉사하는 역할을 수행한 이데올로기"[23]였음을 상기할 때, 「윤회설」에서 노정된 정신주의자 종우의 한계와 뒤이은 「검군」 창작 사이에는 간과되어서는 안 될 문맥이 놓여 있음을 보게 된다. 종우가 곧 작가 자신의 해방기 자화상을 그린 것이라는 전제가 의심될 수 없는 사실이라면, 정신주의에 기댄 종우의 민족주의란 결국 자본주의와 맑스주의를 둘 다 부정하는 포즈를 취한 파시즘적 민족주의 잠재태라 할 수 있으며, 따라서 위대한 과거 '신라혼'에서 그 같은 정신주의의 정수를 발견한 김동리가 이를 '역사 전승의 가장 생명적인 형식'인 설화적 세계, 곧 「검군」을 통해 설파한 것은 필연적인 수순을 밟아 간 셈이 된다. 그 순간 「검군」 창작은 혼미한 해방기 현실을 짐짓 갈무리할 찬란한 민족사의 재생으로서, 그리고 그와 같은 방식의 현실 초극을 가능케 하는 매개적 상상물로서의 소임을 동시에 부여받게 되는 것이다.

김범부의 『화랑외사』와 『김동리 역사소설』, 그리고 두꺼비 연작과 「검군」 사이에 걸쳐 있는 인식론적 계보의 지형도를 온전히 그려내는 작업이 그 자체로 새로운 역사의 재구임을 이 글의 논의는 실증해 보였다고 필자는 스스로 판단한다. 「검군」을 다시 읽는 일이 김동리의 해방기 정신사에 외삽되었을 무수한 담론들을 추리하는 과정에 다름 아니라 인정할 수밖에 없음도 또한 사실이다. 그럼에도 불구하고 「검군」을 다시 읽어야 할 이유는 명백하다. 「검군」 창작에 얽힌 난마가 해방기 우리 근대의 맨 얼굴이요, 이를 가리고자 한 성소로 추대된 정신주의가 여전히 우

---

23) 마루야마 마사오, 김석근 옮김, 「일본 파시즘의 사상과 운동」, 『현대정치의 사상과 행동』, 한길사, 1997, 77~78쪽. 인격을 물질보다 상위에 두는 정신주의의 견지에서의 이러한 비판 방식의 일단은 1920~1930년대 일본 파시즘 운동의 주요한 인물 가운데 한 사람인 오오카와 슈메이의 주장에서도 확인된다. 일본 파시즘의 한 특질로서 정신주의적 태도에 관한 논의와 참조 문헌에 관해서는 다음을 보라. 김철, 앞의 글, 44쪽.

리 시대 민족주의에도 살아남아 번식을 멈추고 있지 않기 때문이다. 단
언컨대 정신주의의 실체 없음을 실체화하는 비판적 인식만이 민족주의
극복의 첫걸음임을 잊어서는 안 될 일이다.

김동리의 「솔거」 연작에 나타난 열반원칙과 마조히즘

1. 들어가며

한국 근대문학사에서 김동리는 하나의 뚜렷한 '문학사적 계보'를 형성했을 뿐만 아니라 그것을 대표하는 문제적 작가로 평가되어 왔다고 할 수 있다. 이른바 '근대의 초극'[1], '미적 근대성'[2], '반근대'[3] 등과 같은

---

* 이　찬 / 고려대학교 민족문화연구원 선임연구원.
1) 김윤식, 『한국문학의 근대성 비판』, 문예출판사, 1993.
　　김윤식, 『한국근대문학사상연구』 2, 아세아문화사, 1994.
2) 진정석, 「김동리 문학 연구」, 서울대 석사논문, 1993.
　　김양선, 「1930년대 소설의 미적 근대성 연구」, 서강대 박사논문, 1997.
3) 위에 열거한 선행 연구들을 제외한다면, 김동리 문학을 문학사 혹은 사상사의 관점에서 연구한 논의들은 대체로 '반근대'라는 개념으로 그의 문학의 세계관적 특질을 규명했다. 이런 논의로는 아래와 같은 것들이 있다.

용어들은 그의 문학이 지닌 "계보"적 측면을 표상하는 상이한 용어들이라 할 수 있다. 이 용어들의 세부를 이루고 있는 '문제틀(problématique)' 각각은 서로 다른 담론의 체계를 배경으로 삼고 있는 것임에도 불구하고, 김동리가 한국 근대문학사에서 가장 문제적인 작가라는 평가에 대해서는 거의 대부분 공감하고 있는 바이다. 또한 김동리의 문학사적 문제성에 대한 광범위한 동의는 그의 대표작이라 지칭되어온 「바위」, 「무녀도」, 「황토기」, 「역마」, 「등신불」, 「을화」 등에 대한 집중적인 탐구와 해석을 근거로 삼아 이루어졌다. 이러한 김동리의 대표작을 관통하는 원리는 '자연과 인간과 신'을 연속적이고 통일적인 것으로 바라보는 '유비적 세계상(analogical vision)' 또는 '범신론적 형이상학(pantheistic metaphysics)'으로 규정될 수 있다.

그러나 이러한 세계관은 김동리 문학 전체를 관통하는 일반적인 원리로 귀결될 수 없다. 왜냐하면, 그가 작가 활동을 시작했던 1930년대 후반에 산출된 작품들 가운데서 「술」, 「솔거」, 「잉여설」, 「완미설」 등과 같은 작품들이나, 해방 이후에 씌어진 「인간동의」나 「송추에서」 같은 작품들은, 주술적이거나 신화적인 인물을 등장시켜 '무한─유한', '자연

구모룡, 「생의 형식과 서정적 소설론」, 『한국문학논총』, 제13집, 한국문학회, 1992.
노 철, 「반근대주의와 신명의 사회적 의미」, 『어문논집』, 제34집, 고려대 국어국문학회, 1995.
김종균, 「김동리 초기 소설의 반근대성 연구」, 『논문집』, 제31집, 한국외국어대, 1999.
한수영, 「순수문학론에서의 미적 자율성과 반근대의 논리」, 『국제어문』, 제29집, 국제어문학회, 2003.
황치복, 「동아시아 근대 문학사상의 비교 연구」, 고려대 박사논문, 2005.
이 찬, 『김동리 문학의 반근대주의』, 서정시학, 2011.

-인간’, ‘천문-인문’, ‘초월계-현실계’, ‘자아-세계’ 등이 상호 ‘감응
(correspondence)’한다고 전제했던 ‘근대(the modern)’ 이전의 ‘유비적 세계
상’에 기초하지 않기 때문이다. 이 작품들은 오히려 ‘신(神)’이라는 형이
상학적 실체, 그 ‘본체계(eidos)’를 열망하고 동경하지만 그것에 도달하지
못하는 데서 발생하는 불협화음과 비애를 표현하는 ‘낭만적 아이러니
(romantic irony)’에 기초해 있기 때문이다.

따라서 그의 문학 전반에서 나타나는 가장 일반적인 원리는, ‘근대
(modernity)’ 지향과 ‘반근대(anti-modernity)’ 지향의 교차 현상이라고 말할
수 있을 것이다. 또한 양자 가운데서 보다 주도적인 담론의 틀로 문학
적 특질을 규정한다면, ‘근대 과학’의 분열상과 파편화 현상, 그리고 그
폐해에 대한 부정과 반대로 구체화되는 ‘전통지향적 반근대주의’라는
용어로 명명할 수 있다. 그러나 김동리에 관한 선행 논의들을 살펴보면,
그것들은 대체로 그의 대표작들을 중심으로 삼은 연구 방향으로 현저하
게 기울어져 있음을 거듭 확인할 수 있다. 따라서 김동리와 그의 문학
에 대한 보다 광범위하고 총체적인 연구가 온전하게 이루어지기 위해서
는 ‘대표작’으로 간주되지 않았던 여러 작품들에 대한 심층적인 탐구가
면밀하게 이루어져야만 한다.

이 논문은 이러한 선행 연구들이 지닌 문제점들과 한계들을 타개하기
위한 첫 시도로서 우선 그의 「솔거」 연작이 지닌 ‘예술가소설’의 특성
과 ‘낭만적 아이러니’의 미학, 그리고 ‘정신분석’의 차원에서 논의될 수
있을 ‘열반원칙’과 ‘마조히즘’의 성격을 규명해보고자 한다. 이 연작은
‘근대 세계(modern world)’에서 필연적으로 나타날 수밖에 없는 ‘현실과
이상’, ‘세속과 신성’, ‘일상과 예술(종교)’의 모순 관계에 대한 빼어난 철

학적 통찰을 함유하고 있을 뿐만 아니라, '예술가 소설'의 위상과 그 의미의 벡터를 가늠할 수 있는 매우 중요한 문제를 내장하고 있음에도 불구하고, 선행 연구들의 대부분은 그것을 그다지 주목하지 않았다. 실제로 김동리 문학 전반을 다루고 있는 학위논문들4)에서조차도 「솔거」 연작은 주요 분석 대상으로 간주되지 않았다. 더 나아가 「솔거」 연작만을 대상으로 삼은 선행 연구 역시 유철상의 논문5)이 유일할 정도로 매우 희박하다.

따라서 이 논문은 김동리의 소설 작품들 가운데서 그 중심으로 평가받지 못했던 작품들, 또는 '예술가 소설'로 지칭될 수 있는 그의 작품들이 지닌 미적, 형식적, 수사학적인 차원 원리, 더 나아가 사상적이고 세계관적인 차원의 일반적인 원리를 규명하기 위한 첫 걸음으로서 「솔거」 연작을 탐구해 보고자 한다. 이를 통해, 김동리 문학을 관통하는 세계관적 원리가 결국은 '근대'와 '반근대'의 교차, 또는 양자의 변증법적 투쟁 관계에 있다는 사실이 가시화될 수 있을 것이다. 또한 김동리 문학의 핵심부로 진입하기 위해서는, "시대와 사회를 초월하여 인간이 영원히 가지지 않을 수 없는 인간의 가장 보편적이요 근본적인 문제"6)라는 김동리의 말처럼, 특정한 시·공간적 제한성을 넘어서 존

---

4) 이동하, 「한국문학의 전통지향적 보수주의 연구」, 서울대 박사논문, 1988.
　진정석, 「김동리 문학 연구」, 서울대 석사논문, 1993.
　이　찬, 「김동리 문학 연구」, 고려대 석사논문, 1999.
　이지연, 「김동리 문학 연구」, 연세대 석사논문, 2003.
　홍기돈, 「김동리 연구」, 중앙대 박사논문, 2004.
　황치복, 「동아시아 근대 문학 사상의 비교 연구」, 2005.
5) 유철상, 「환멸의 낭만주의와 예술가 소설의 한 양상: 김동리의 <솔거> 연작을 중심으로」, 『비교문학』, 한국비교문학회, Vol. 35, 2005, 227~250쪽.

재하는 인간의 항구적 보편성의 문제를 탐구하는 인류학적 방법 또는 정신분석적 '문제틀'이 필수불가결한 전제를 이룬다는 사실이 확증될 수 있을 것이다.

2. '예술가 소설'의 개념과 역사철학적 의미

"별이 빛나는 창공을 보고, 갈 수가 있고 또 가야만 하는 길의 지도를 읽을 수 있던 시대는 얼마나 행복했던가?"[7]라는 루카치(G. Lukács)의 비유적 문장은 실상 인식과 행위, 자아와 세계가 행복하게 합일될 수 있었던 고대 희랍 시대에 대한 낭만적 동경과 더불어 이러한 존재의 원환(圓環)이 파괴되어 버린 근대 세계에 대한 환멸을 동시에 포함한다. 그에 따르면, '소설(novel)'은 '신이 사라져 버린 시대', 그 '원환적 총체성'이 파괴되어 그것이 하나의 이념으로만 존재하게 되어버린 시대, '근대(the modern)'에 발생한다. "하나의 이념으로만 존재한다"는 것은 저 '총체성'을 회복하려는 동경이 결코 실현될 수 없는 것이면서도 그것을 끝내 포기할 수 없는, 근대 예술양식이 함유할 수밖에 없는 근원적인 '아이러니(irony)'를 표현한다. 이는 보다 구체적으로 말해 '낭만적 아이러니'를 의미하며, 루카치가 말했던 '문제적 주인공'은 이러한 '아이러니'를 온몸으로 체현하는 작품 내부의 등장인물을 가리킨다.

---

6) 김동리, 「문학적 사상의 주체와 그 환경」, 『문학과 인간』, 김동리 전집 7, 민음사, 1997, 68쪽.
7) G. Lukács, 『소설의 이론』, 반성완 옮김, 심설당, 1993, 29쪽.

근대 세계에서 '참[眞]'과 '올바름[善]'과 '아름다움[美]'의 선험적 좌표를 명징하게 밝혀주었던 '신(神)'은 소멸되어 버렸고, '종교'는 개인적 믿음의 영역으로 전락했다. 이러한 현상은 근대인들에게 가치의 상실과 불안과 고독을 가져다주며, 우리에게는 다만 무의미하게 흐트러진 현상들 속에서 잃어버린 의미의 세계를 찾으려는 모색의 과정만이 가능할 뿐이다. 칸트(I. Kant)는 「계몽이란 무엇인가」에서 근대 세계의 이러한 선험적 조건을 '미성년의 상태를 벗어난 성년의 상태'에 비유했고, 니체는 '신의 죽음'과 '해석학적 무한성'이라는 용어로 표현했다. 루카치가 '소설'을 '성숙한 남성의 형식'으로 비유했던 것 역시 동일한 맥락과 사태를 가리킨다. '성숙한 남성'이 된다는 것은 곧 '아버지[神]'의 보호와 울타리를 벗어나 자기 삶의 방향을 모색하고 탐험하기 위해 길을 떠난다는 것을 비유하기 때문이다.

그러나 이 길 위에서 질문하고 탐구하고 싸우는 '문제적 주인공'에게 존재 자체의 원환을 실현할 수 있는 길은 애초부터 막혀 있다. 그는 천상과 지상을 연결하는 무지개를 잡으려는 노력을 할 수 있을 뿐, 그것을 결코 잡을 수 없다. 그 노력은 동경과 환멸의 역설적 공존이라는 모순적 상황을 반복하면서 끝내 완결되지 않으며, 단지 '존재의 총체성'과 평행을 이룰 수 없는 '이지러진 총체성'이 소설의 '내적 형식'으로만 출현할 수 있을 뿐이다. 루카치가 소설을 '아이러니의 형식'이라고 말했던 것은 바로 이러한 맥락에서다. 과거의 이상적 전범(典範)들을 단지 뒤따르기만 하면 되었던 예술의 형식은 이제 그 스스로가 모든 것을 다시 창조해야만 하는 상황에 직면하게 된 것이다.[8] '소설'은 바로 이 상황에서 '서사시(epic)'를 대신하여 등장한 근대 예술의 한 양식이다. 루카치의 '소설' 개념에 따르면, 그것에는 그 어떤 규범화된 형식도 존재할 수 없다. 그것은 차라리 그 어떤 것도 내부에 수용할 수 있으며, 그 어떤 새로운 형식으로도 변환될 수 있는 무한한 가능성의 체계에 가깝다.

마르쿠제(H. Marcuse)는 루카치의 이러한 '소설' 개념을 수용하면서, '예술가 소설' 역시 '소설'과 동일한 역사적 배경을 지닌다고 전제한다. 근대 세계에서 "예술가가 하나의 고유한 생활형식을 대표하게 될 때, 즉 예술이 더 이상 생활에 내재적이지도 않고 전체의 완성된 생활에 대한 필연적인 표현도 아니게 될 때 예술가 소설은 비로소 가능해진다"[9]는 것이다. 이러한 마르쿠제의 인식 속에는 사회의 모든 영역들이 종교의 영역으로부터 분리되어 저마다의 입법적 권리를 통해 '자율권(autonomy)'을 획득하게 되었던 근대 세계의 근원적인 조건과 더불어, 그에 따른 값비싼 대가로서 주어졌던 세계의 분열과 파편화 현상에 대한 통찰이 함유되어 있다. 즉 마르쿠제는 예술이 그 자신의 자율성을 획득하는 동시에, "예술과 생활이 분열된 때에만, 예술가가 더 이상 주변의 생활형식들에 동화되지 않고 고유한 의식을 일깨울 때에만"[10] '예술가소설'은 비로소 가능할 수 있다고 본 것이다. 결국 이러한 관점에 따르면, '예술가소설'은 생활과 예술, 주위 환경과 예술적 자아가 행복한 합일을 이룩했던 시대의 생활감정의 근거였던 '탈개인화(Entpersölichung)'를 벗어나야만

---

8) 김인환, 『비평의 원리』, 나남, 1994, 15~16쪽 참조.
9) H. Marcuse, 「독일 예술가 소설의 의의」, 『마르쿠제 미학사상』, 김문환 옮김, 문예출판사, 1989, 8쪽.
10) 위의 글, 11쪽.

한다. 다시 말해, '예술가소설'은 예술가 자신의 독창적인 개성이 주제를 이루고, 주인공인 예술가를 "본질적으로 더 이상 주변의 생활형식과 일치하지 않는 고유한 생활형식의 대표자"[11]로 형상화하는 소설이라고 정의할 수 있을 것이다.

블로흐(E. Bloch)는 '예술가소설'에서 그 등장인물의 특유하고 예외적인 성격과 그가 처한 삶의 고유한 상황에 주목한다. 그는 이미 진행된 사건들을 추적하는 '탐정소설'에 대비하여 '예술가 소설'은 "새로운 것을 세상에 내놓는 창조적 인간에 대한 인식과 관심을 요구한다"[12]고 언급하면서 근대적 개성의 문제에 접근한다. 그에 따르면, 고대 희랍과 중세 시대에는 개인으로서의 예술가에 대한 관심이 부재했을 뿐 아니라 예술가를 다룬 소설의 기원이나 발생 양상을 밝혀낼 수 없었다. 예술가의 초상이 부각되기 시작한 것은 부르주아가 권력을 장악한 18세기 이후이며, '질풍노도운동'으로 표상되는 이 시대 예술가들의 개성과 천재성에 대한 숭배는 예술가의 위상 그 자체였다고 할 수 있다. 곧 낭만주의 시기의 '예술가 소설'은 "질풍노도운동이 주된 제재로서 지속적으로 등장했던 방법론적으로 유일한 소설 장르"[13]로서, 주로 화가나 음악가들을 주인공으로 설정하여 예술의 신비를 벗기려는 시도와 더불어 예술가로서의 개인적 삶의 행로를 부여준다는 것이다.

앞서 살펴본 마르쿠제와 블로흐의 논의는 결국 독일 낭만주의 시기

---

11) 위의 글, 11~12쪽.
12) E. Bloch, 「*A philosophical View of the Novel of the Artist*」, 『*The Utopian Function of Art and Literature*』, translated by Jack Zipes and Frank Mecklenburg, MIT press, 1988, 267쪽.
13) 위의 글, 269쪽.

의 문학에서 ‘예술가 소설’이 성립되는 역사적 배경과 그 과정을 조명하고 있다는 점에서 공통된다. 결국 이들의 논의를 종합해보면, ‘예술가소설’은 사회 각 영역의 분화와 더불어 예술이 하나의 자율적인 영역으로 확립되기 시작했던 근대 형성기에 발생한 것이며, 예술가를 주인공으로 설정하여 주변의 표준적인 생활형식과 일치되지 않는 그의 고유한 내면과 개성을 주제로 삼은 근대 소설의 한 양식으로 규정될 수 있을 것이다.

‘예술가소설’은 한 인물이 예술가 주체로 성장해나가는 과정에서 체험하게 되는 갈등과 각성의 과정을 소설의 핵심 모티프로 설정할 수 있다는 점에서, ‘교양소설(Bildungsroman)’의 하위 범주로 분류되어야 한다는 견해가 제기될 수 있다. 그러나 모든 ‘예술가소설’이 인간의 내면적 성장과 인격적 완성이라는 ‘교양소설’의 계몽주의적인 공리로 수렴될 수 있는 것도 아니며, 다만 이러한 성장과 완성의 주체를 예술가로 두는 제한된 경우에만 ‘교양소설’과 ‘예술가소설’은 등치될 수 있다. “교양소설은 소설 내용을 자전적인 개인 성장 과정에 두고 있지만 작가의 체험 세계나 허구적 주인공의 성장 과정을 세계와 연관시킴으로써 이상과 현실 사이를 미학적으로 접목시키며, 이를 통해 개인의 내면성과 세계와의 화합을 가져올 수 있는 객관적 이상을 추구한다”[14)는 점에서, 예술가의 광기와 비정상적인 삶의 행태를 다루거나 예술과 생활형식과의 근원적인 불화를 첨예화하거나, 또는 그의 비극적 운명이나 죽음을 묘사하는 ‘예술가소설’을 그것의 개념 범주 내부로 수렴할 수 없다. 따라서 ‘예술가소

---

14) 오한진, 『독일 교양소설 연구』, 문학과 지성사, 1989, 18쪽 참조.

설’과 ‘교양소설’은 종속 관계로 정의될 수 없으며, 단지 양자의 공분모는 예술가를 주인공으로 등장시켜 그의 내면적 성숙과 인격적 완성의 과정을 ‘서사(narrative)’의 중심에 위치시키는 동시에 그 이념적인 목표가 세계의 객관적 이상과 합치되는 경우에만 형성된다고 할 수 있다.

김동리의 「솔거」 연작은 “예술가가 현재의 환경을 바탕으로는 더 이상 충족을 맛볼 수 없으며, 생활과는 거리가 먼 이상적인 꿈의 나라로 도피하여 거기에서 자기의 만족스러운 시화된 세계를 건설한다”[15]고 정의되는 ‘낭만적 예술가소설’의 개념에 부합하는 여러 특질들을 지닌다. 「솔거」 연작에 산재해 있는 예술적인 것과 일상적인 것의 갈등이나 주인공의 삶과 천년 이상의 시간적 거리를 지닌 ‘솔거’라는 ‘황홀한 세계’로의 탐닉, 그리고 ‘정원’의 창조를 통해 또 다른 예술적 인공낙원을 건설한다는 모티프들은 바로 이러한 측면을 예시한다. 그러나 「솔거」 연작 가운데서 예술가의 고유한 자의식과 그 존재론적 위상을 탐구하면서 그 독특한 삶의 방식과 인식 구조에 주목한 작품은 「솔거」(이후 「불화」로 개제) 단 한 작품에 불과하다. 「솔거」의 후속편이라 할 수 있는 「잉여설」과 「완미설」은 “화가”를 주인공으로 삼았다는 소재적인 차원의 범주에서만 ‘예술가소설’로 수렴될 수 있을 뿐, 그 서사적 연쇄를 추동하는 핵심 인자는 예술과 생활의 근원적인 대립이 아니라, 인간의 내면에 깃들어 있는 ‘열반원칙(nirvana principle)’과 ‘생활형식’을 규정하는 ‘현실원칙(reality principle)’ 사이의 대립에 기초해 있기 때문이다. 이것은 곧 「솔거」 연작의 후속편들이 ‘예술가소설’의 본질적인 문제설정으로부터 이탈하여 결

---

15) H. Marcuse, 앞의 글, 17쪽.

국 '서정적 심리소설'로 나아갔다는 것을 의미한다. 「솔거」 연작의 전체적인 의미 구조에 대한 해석이나 그것에 대한 객관적인 평가는 이 문제를 탐구하는 과정에서 가시화될 수 있을 것이다.

3. '낭만적 아이러니'와 '서정적 심리소설'

「솔거」 연작에 등장하는 주인공은 "화가"인 "재호"이다. 그는 "열일곱인가 나던 해"에 "양쪽 가문의 반목"으로 첫사랑을 잃게 되자, 내면적인 고통과 세계에 대한 환멸을 경험하게 된다. 이 고통과 환멸은 그를 "그림"이라는 예술 세계로 나아가게 만들며, "솔거의 유적"이라는 "연애에 못지않은 또 하나 다른 황홀한 세계"에 몰두하게 되는 계기를 부여한다. 그러나 실연의 고통은 실상 일상적인 생활형식을 규정하는 세속성과 현실원칙에 대한 "재호"의 환멸을 상징적으로 표현하는 것일 뿐, 그가 표준적 일상성과 단절하고 사회화를 거부하는 근원적인 동기를 이루지는 않는다. 곧 "재호"가 "결혼도 하지 않고 독신으로 객지로만 돌아다니게 된 것"은 "황홀한 세계"의 발견, "그림"이라는 이상적인 꿈의 나라에서만 살고자 하는 그의 실존적 삶의 태도에 근본적인 이유가 있다. 이는 다시 말해, "결혼"으로 상징되는 '세속사(世俗史)'와 "솔거"로 상징되는 '신성사(神聖史)'의 갈등 속에서, 또는 일상적인 생활형식과 이상적인 예술세계의 대립 속에서 후자의 차원만을 보존하고자 한다는 것을 의미한다. 이 두 세계에 대한 극단적 환멸과 낭만적 동경은 단편소설 「솔거」의 서사적 연쇄를 추동하는 가장 근본적인 동력이자 이 작품을 '낭만적 예술가소설'로 조형하는 본질적인 '문제틀(problématique)'에 해당된다.

그러나 "재호"가 추구하는 생활형식과 예술의 완전한 분리는 결코 온전하게 지속될 수 없다. 왜냐하면, "이러한 분리는 너무도 고통스러운 것이어서 그가 자신의 예술가됨과 그 인간됨을 파괴하지 않고서는 그 지속을 견뎌낼 수 없기 때문이다."[16] 따라서 이 분리는 어떻게든 하나의 해결, 하나의 새로운 통일을 획득해야만 한다. 그것은 크게 두 방향에서 이루어질 수 있다. 하나는 일상적 생활형식을 거부하거나 그것으로부터 도피하는 것이 아니라 오히려 그것이 내재한 모순과 오류와 불협화음과 비루함을 철저하게 수긍하는 가운데, 예술이 지닐 수 있는 고유한 창조성을 향유하면서 그것을 통해 '상징계(the Symbolic)'의 표준적 질서에 구멍을 뚫는 것이다. 이러한 방향은 이 세계의 불완전성과 허무와 오류를 그 자체로 인정하면서도, 그것이 형성하는 무한한 파괴와 생성의 과정에 능동적으로 참여하면서 그것을 예술적 창조의 기쁨으로 전환시키고 제 자신이 새로운 가치 척도의 주인이 되는 니체의 '디오니소스의 긍정'으로 예시될 수 있다.[17] 다른 하나는 일상적 생활형식에서 나타나는 모든 세속적 국면들을 자신의 삶 속에서 모조리 배제하고, 예술(종교)로 표상되는 이상적인 인공 낙원 속에서만 거주하려고 하는 것이다. 그러나 이는 예술이 종교적 차원으로의 전환이나 예술가 자신의 죽음을 통해서만 비로소 완성될 수 있다. 종교적 해탈과 생명의 소멸은 공히 세속적 삶이 가져다주는 모든 변화와 긴장과 희노애락의 율동을

16) 위의 글, 16쪽.
17) 백승영, 「니체 철학, 무엇이 문제인가」, 『니체가 뒤흔든 철학 100년』, 민음사, 2005, 133~137쪽 참조

‘영(zero)’의 상태로 만들려는 것이기 때문이다.

　그러나, 위에서 살펴본 두 방향은 상반된 양 극단의 자리를 지정해주는 것일 뿐이며, 사실상 예술과 생활형식의 통일은 이 극단 사이에 실재하는 무수히 많은 좌표들 가운데 한 지점에서 이루어진다. 「솔거」에 등장하는 “어머니”와 “혜룡선사”는 각각 일상적인 생활형식과 절대적인 미(종교)의 세계를 상징한다. 또한 이들이 나타나는 “재호”의 꿈은 그의 절대적인 세계에 대한 추구와 더불어 예술과 생활형식의 완전한 분리가 좌절될 수밖에 없는 것임을 암시하는 것이다. 이는 곧 ‘낭만적 아이러니(romantic irony)’를 의미하며, 형이상학적 본질 세계에 도달할 수도 없고 일상의 세속적인 삶으로도 진입할 수 없는 “재호”의 모순적인 심리 상태와 내면적인 불협화음을 표현한다. 사실상 그는 종교적 해탈에 이를 수도 없으며, 예술가의 고고한 이상을 간직하기 위해 숭고한 죽음을 선택할 수도 없으며, 더구나 어머니가 계신 고향으로도 돌아갈 수 없기 때문이다.

　이러한 “재호”에게 구원의 손길은 예기치 않은 곳에서 찾아온다. “혜룡선사”의 탈속적 세계나 “어머니”의 세속적 세계, 그 어떤 것에도 완전하게 동화될 수 없는 “재호”에게 “개동”이라는 아이와의 우연한 만남은 그의 내면적 분열을 가까스로 봉합할 수 있는 긍정적 계기로 작용한다. 이것은 「솔거」 연작의 의미 구조가 “절”과 “솔거”와 “불화”로 표상되는 절대 미의 세계와 “고향”과 “어머니”와 “결혼”으로 표상되는 일상적 생활형식의 완전한 분리로부터 “개동”을 매개로 양자가 통일되는 방향으로 전환된다는 것을 뜻한다. “재호”가 “개동”과 함께 “흰 햇빛이 강물처럼 번쩍거리는 동구 밖 황톳길 위로 커다란 트렁크와 조그마한 나무 가방과 보따리 하나를 지게에 지우고 절에서 마을 쪽을 향해 내려가는” 「솔거」

의 마지막 장면은 바로 그 전환의 순간을 구체적으로 예시한다.

「솔거」 연작의 두 번째 작품에 해당되는 「잉여설」(이후 「정원」으로 개제)은 "절"에서 내려온 이후의 "재호"와 "철"(「솔거」의 "개동")의 동거 생활을 중심으로 이야기가 전개된다. "재호"는 "절"이라는 탈속적 공간에서 "마을"이라는 세속적 공간으로 내려오고 난 이후에도 일상의 표준적인 생활형식의 원칙을 수용하지 않는다. 그가 "결혼"을 하지 않고 "철"을 "자식 삼아 아내 삼아 기르면서" 삶을 유지해 가는 것이나, "정원"이라는 또 다른 예술적 공간을 가꾸는 데에 골몰하는 것은 세속적인 '현실원칙(reality principle)'을 완강하게 거부하고 있다는 것을 구체적으로 예증한다. "재호"에게 "철"은 공들여 세심하게 다듬는 "정원"과 같다. 실상 "철"은 하나의 '주체성(subjectivity)'을 가진 인격적 존재라기보다는 그가 심고 가꾸는 일종의 식물적 공예품에 가깝다. "재호"에게 "철"과 "정원"은 동일한 의미로 소급되며, 일상적인 생활형식과 예술적인 인공낙원을 통일시킬 수 있는 매개자인 동시에 예술에 대한 상징적 기호로서의 기능을 수행한다고 할 수 있다. "재호"는 그 둘을 통해 결혼과 가족의 구성이라는 세속적인 삶의 원리를 거부하면서도, 이로 인해 발생할 수밖에 없는 고독과 결핍감을 해소하고 여전히 "정원"이라는 예술적 이상 세계 속에 거주할 수 있기 때문이다.

그러나 "정원"과 "철"을 통해 탈속적인 삶과 세속적인 삶의 균형을 절묘하게 유지하려 했던 "재호"의 기획은 애초부터 불안정할 것일 수밖에 없다. 여기에는 "철"이라는 타자의 상이한 욕망과 주체성에 대한 고려가 전혀 개입되어 있지 않기 때문이다. "재호"는 그 누이와 더불어 조카인 "정아"가 그 자신의 곁에 살게 되었을 때부터 힘겹게 유지하고 있었던 삶의 균형("정원의 평화”)이 깨어질지 모른다는 불안감을 느낀다. “밤새도록 심어놓은 열매가 떨어지는” 꿈 이미지는 “철”이 그의 곁을 떠나면서 “정원의 평화”가 파괴될 것이라는 것을 상징적으로 예언한다. 그리고 그것은 현실에서 그대로 실현된다. “정아”를 사랑하게 된 “철”은 “재호”에게서 점차로 멀어지며, 결국 “철”과 “정아”의 동반 가출로 인해 가까스로 지탱하고 있었던 “정원의 평화”, 즉 일상적인 생활형식과 이상적인 인공낙원의 행복한 통일은 또 다시 분열될 수밖에 없는 운명에 처하기 때문이다. 세속적인 삶의 원리 혹은 ‘현실원칙’의 테두리를 조금도 수용하지 않으려고 하는 “재호”에게 저 분열은 실상 필연적인 것일 수밖에 없다. 임시적으로나마 유지되었던 일상적인 것과 예술적인 것의 화해는 타자의 욕망과 주체성을 배제한 자리에서 생성되었던 것이므로 결코 오래 지속될 수 없기 때문이다.

주인공 “재호”가 행하는 이러한 타자의 주체성에 대한 배제는 「잉여설」을 자아와 세계가 서로 동등한 입장에서 갈등과 투쟁을 벌이고 그 외면적 행위들의 연쇄가 서사적 구성의 중핵을 차지하는 사건 중심의 소설이 아니라, 자아 내부의 서로 다른 욕망과 충동들의 갈등이나 그 내면적 흐름에 주목하는 심리 중심의 소설로 나아가게 만드는 주요인이 된다. 요약컨대, 자아와 세계의 외면적 행위의 대결이 아니라, 자아와 또 다른 자아의 내면적 갈등이 「잉여설」의 ‘라이트모티프(leitmotif)’를 점유하게 된다는 것이다. 「잉여설」은 3인칭 화자를 채용하고 있음에도 불구하고, ‘재호’와 ‘철’의 상이한 입장과 처지를 동등하게 서술하지 않는다. “철”이 가지고 있는 생각이나 행동은 “재호”라는 타자의 입을 통해서만 우회적으로 인용되는 것이므로, 실상 그에게 발화의 권리는 박탈되어 있는 것이나 다름없기 때문이다. 이는 결국 「잉여설」이 “예술가의 내면과 그 존재론적 위상에 천착하면서 예술과 관련된 문제 전반에 대한 미학적 검토를 수행한다"[18]는 '예술가소설'의 본령에서 벗어나 한 개인의 내면적 정감과 자서전적 회고를 주안점으로 삼는 '서정적 심리소설'로 귀착되고 말았다는 것을 암시한다.

「솔거」에서 탐구되던 "불이암", "향일암", "유마상", "관세음상", "나한도" 등과 같은 불교 예술에 대한 섬세한 묘사와 미학적 탐구가 「잉여설」에서는 완전히 사라지게 된다. 그 공백을 채우는 것은 주인공 "재호"의 개인적 회한이나 의식의 변화를 서정적 이미지로 묘사한 '일기'와 '회고담'이다. 이러한 '일기'와 '회고담'은 「잉여설」이 지닌 '서정적 심리소설'의 특질을 구체적으로 예시한다. 「솔거」 연작의 마지막 작품인 「완미설」역시 바로 이러한 '서정적 심리소설'의 특질을 공유한다고 할 수 있으며, 다만 「잉여설」에서 나타난 '일기'를 '편지'의 형식으로 대체한다는 점이 다를 뿐이다. '일기'와 '편지'는 모두 1인칭 고백체의 화법을 전제하는 글쓰기라는 점에서, 개인적 감정의 흐름이나 자서전적 회고를 주요 내용으로 삼을 수밖에 없기 때문이다.

1인칭 고백체에서는 각기 여러 주체들이 소유한 상이한 욕망과 가치의 대결이 객관적으로 기술될 수 없다. 또한 1인칭 주체의 나르시시즘적인 내면 풍경이나 '타자성'을 거세한 단독적인 발화가 서술의 중심부를 차지하게 된다. 소설 내부에 '일기'와 '편지', '회고담' 등과 같은 담론 양식이 차용된다는 것은, 곧 주인공의 내면적 회한과 갈등을 주요 모티프로 삼는 '심리소설'로의 경사를 뜻한다. "솔거의 유적"이라

---

18) 이강은·이형숙, 「'예술가 소설'의 개념과 접근방법」, 『러시아어문학 연구논집』, Vol. 8 No. 1, 2000, 70쪽.

는 불교예술과 '어머니'와 "실연"이라는 일상적 생활형식의 대립이 근
간을 이루었던 「솔거」에서와는 달리, 「잉여설」과 「완미설」에서 예술적
인 것이 절대적 종교성의 차원에서 상대적 창조성의 차원으로 내려앉
게 되는 것이나, 작품 전체의 '구성'의 중심축이 "재호" 자신의 내면이
라는 무대로 옮겨지는 것 역시 이러한 '심리소설'로의 전환을 예증한
다. 「잉여설」과 「완미설」을 예술과 생활형식의 대립에 기초한 '예술가
소설'이 아니라 자아 내부에 존재하는 상이한 감정과 충동들의 갈등을
주축으로 삼은 '심리소설'로 읽어내야 하는 근거 역시 바로 이 자리에
서 나온다.

4. '열반원칙'과 '마조히즘'의 윤리학

「솔거」 연작의 마지막 작품인 「완미설」은 "철"의 가출로 충격을 받은
"재호"가 "두어 해의 방랑길"을 거쳐 다시 "정원"에 정착한 삶을 보여
준다. "재호"가 "정원"으로 다시 돌아올 수 있었던 것은 "이제 남은 나
이를 혼자서 조용히 늙을 수 있다는 새로운 즐거움이 솟아올랐기" 때문
이다. 이 "즐거움"은 그가 "철"의 배신행위에 대한 분노와 증오의 감정
상태로부터 벗어나 내면의 평정 상태를 되찾았다는 것을 의미한다. 더
불어 세속적 삶의 원리를 따르지 않는 데에서 발생하는 "고독과 적막"
을 견뎌낼 수 있는, 곧 일종의 해탈 상태에 도달할 수 있다는 자신감을
체득했다는 것을 표현한다. 세속적 삶의 원리를 부정한다는 것은 실상
사회가 개인에게 부과하는 '현실원칙'의 테두리를 수용하지 않는다는

것이며, 사회화를 거부한다는 의미를 지닌다. "재호"가 "절"과 "마을", 방랑과 정착이라는 상반된 삶의 행로를 되풀이하는 가운데서도 일관되게 거부하고자 했던 것은 결혼과 가족으로 표상되는 '현실원칙'이었다. 또한 그가 지속적으로 추구했던 것은 세속적 삶의 형태에 필연적으로 부착되는 '희노애락(喜怒哀樂)'의 율동과 쾌와 불쾌라는 감정의 등락(登落)과 그 긴장 상태를 최소화하려는 '열반원칙(nirvana principle)'19)이었다.

「솔거」 연작에 지속적으로 등장하는 "어머니"("소녀")와 "혜룡선사"("솔거")는 각각 "재호"의 내면에 존재하는 '현실원칙'과 '열반원칙'이라는 두 극단을 상징하며, 이들이 나타나는 "꿈"은 재호가 후자를 추구함으로써 생겨나는 내면적 방황과 몸부림을 표상한다. 따라서 「솔거」에 나타난 "부처와 인간 사이의 어떤 중간적인 동물"을 묘사한 "불화"의 주인공은 바로

---

19) 프로이트는 '열반원칙'을 "자극 때문에 생긴 내적 긴장을 줄이거나 일정한 상태로 유지하는 것, 혹은 그것을 제거하려는 경향"(G. Freud, 「쾌락원칙을 넘어서」, 『쾌락원칙을 넘어서』, 프로이트 전집 14, 박찬부 옮김, 열린책들, 1997, 78쪽.)이라고 기술했다. 라플랑슈와 퐁탈리스는 프로이트의 이러한 견해를 요약하여 이 용어에 대해, "바바라 로가 제창하고 프로이트가 받아들인 용어로 내외적인 기원의 모든 흥분량을 제로로 만들거나, 적어도 가능한 한 축소하려는 심리 장치의 경향" (J. Laplanche · J. B. Pontalis, 『정신분석사전』, 임진수 옮김, 열린책들, 2005, 260쪽.)이라고 정의했다. 이들의 저서인 『정신분석사전』에는 "다른 한편으로 니르바나라는 용어는 쾌락과 소멸 사이의 깊은 관계―이것은 프로이트에게 문제로 남아있다―를 암시하고 있다"는 다소 애매보호한 기술이 나타나 있다. 이것은 이 용어를 둘러싸고 있는 프로이트의 복잡한 논리의 틀과 의미의 체계에서 기원하는 것으로 보이며, 죽음충동 속에서 오히려 쾌락을 획득하는 열반원칙의 양가적이고 애매모호한 특성을 표현한 것으로 이해된다. '열반원칙'이 '죽음충동'과 '쾌락원칙'을 동시에 포함하고 있다는 이와 같은 이해는 프로이트의 「쾌락원칙을 넘어서」의 다음과 같은 문장들에서 얻어진 것이다. "이러한 경향(열반원칙 : 인용자)은 쾌락원칙 속에서 발견된다. 우리가 이 사실을 인정하는 것, 그것이 죽음충동의 존재를 믿는 가장 강력한 이유 중의 하나이다." (G. Freud, 위의 글, 78쪽.)

“재호” 자신을 상징했던 셈이다. “그러나 이 아름다운 정원의 평화도 쉬 깨질지 모른다”는 「잉여설」의 한 문장 역시, “재호”가 지닌 이러한 ‘열반원칙’의 추구를 요약적으로 드러낸다. “정원의 평화”란 곧 세계에 존재하는 타인들과의 상호 교류에서 발생할 수밖에 없는 “모든 흥분과 긴장을 영(zero)의 상태로 만들려는”20) “재호” 내면의 등가물(等價物)이기 때문이다.

그러나 “재호”가 승려로서 완전한 종교적 해탈에 이르거나, 유기체로서의 생명 활동을 정지하지 않는 한, 이러한 ‘열반원칙’의 추구는 좌절을 경험할 수밖에 없다. 이 좌절은 「솔거」에서 묘사된 한 폭의 퇴색되어버린 “불화”의 유한한 물질성 또는 그 불완전성과 동일한 의미 맥락을 형성한다. 근대세계에서 예술(“불화”, “정원”)은 절대적인 이상 세계를 추구할 수는 있을지언정 그것에 끝내 도달할 수 없을 것이기 때문이다. 「완미설」에서 “혼자서 조용히 늙을 수 있다는 즐거움”으로 표현된 마치 해탈한 것과 같은 “재호”의 내면적 평정 상태 역시 종교적 차원에서 생성된 것이 아니기에, 「잉여설」에서 취해졌던 “정원의 평화” 만큼이나 불안정한 것일 수밖에 없다. 왜냐하면, “재호”의 곁에는 여전히 결혼을 종용하는 “누이”와 아이를 낳고 되돌아온 “철”과 “정아”가 존재하며, 이들과의 동거는 그의 내면을 다시 흥분과 긴장과 감정의 등락 상태로 몰아갈 것이 자명하기 때문이다. 곧 “철”과 “정아”를 어떤 방식으로든 용서하지 않고서는 “재호”가 분노와 증오라는 감정의 반복적인 소진을 회피할 수 있는 길은 없기 때문이다.

“재호”의 이러한 난처함은 “늙은 기생”과의 결혼으로 해결되는데, 이

---

20) J. Laplanche · J. B. Pontalis, 『정신분석사전』, 임진수 옮김, 열린책들, 2005, 260쪽.

는 표면적으로 타자의 "행복"을 위한 숭고한 희생이자 '현실원칙'의 수용이라는 뜻으로 해석될 수 있다. 그러나 그것은 실상 "외면과의 마찰을 뿌리째 없애고자 함"이며, 그의 내면에 존재하는 '열반원칙'이 다른 방식으로 변주된 것이다. "재호"는 "철"과 "정아"에 대해서 의식적이고 의도적인 차원에서라도 용서와 화해라는 포즈를 취하지 않고서는, 분노와 증오라는 감정의 소용돌이를 벗어날 수 없을 것이며, 그들이 "재호"에게 가지고 있는 죄의식과 부채감은 "결혼"이라는 희생양 없이는 말끔하게 청산될 수 없을 것이기 때문이다. 따라서 "재호"에게 아이를 가질 수 없는 "늙은 기생"과의 "결혼"은 "누이"와 "철"과 "정아"와의 관계에서 나타날 수 있는 그 모든 내적 흥분과 감정의 등락과 긴장의 드라마를 미리 제거하는 예방책이었던 동시에 결혼 생활에서 통상적으로 나타나는 기대와 실망이라는 반복적인 심리적 갈등을 최소화하려는 '열반원칙'의 또 다른 실천이었던 셈이다.

"재호"의 이러한 "결혼"은 현실적 유용성의 척도라는 전혀 다른 차원에서 바라본다면, 비천한 신분인 "기생"과의 결합인 동시에 더구나 아이조차 가질 수 없는 황폐한 것이라는 점에서, 제 자신에게 가하는 모멸과 학대이자 자기 삶을 불모화하는 것이라 할 수 있다. 그러나 그것은 비속한 일상인들이 넘볼 수 없는 삶의 태도이자 결단이며, 오히려 그것을 통해 그 자신의 고귀함과 정신적 우월성을 견지할 수 있다는 점에서, 기묘한 역설의 드라마를 숨기고 있다. 자신의 현실적인 삶을 학대하고 황폐화함으로써, 오히려 정신적인 쾌락과 자존감을 획득하는 이러한 태도는 '마조히즘'21)으로 간주될 수 있다. 이것은 주체가 자신에게 고통이나 형벌을 가함으로써, 도리어 그 결과로서 나르시시즘적인 쾌감과 만족을 얻는 심리적 메커니즘으로 요약될 수 있다. 따라서 '마조히즘'의 핵심은 '표면적인 행위' 그 자체에 있는 것이 아니라, 오히려 그것이 수반할 수밖에 없는 '사후적인 효과'에 있다. "마조히스트는 쾌감의 필수적 전제조건으로서 스스로 고통을 겪는다"[22]는 언급은 '마조히

21) 『현대 문학·문화 비평 용어 사전』에 따르면, '마조히즘'은 우선 "고통이나 굴욕을 당하는 경험에 쾌감이 연결되어 있는 성적 취향이다"라고 정의된다. 그러나 다른 한편으로, "프로이트 정신분석에서 마조히즘(원문 : 매저키즘 : 인용자)은 사디즘(원문 : 새디즘 : 인용자)의 짝을 이루는 이해되며 죽음본능이 자아를 향하고 리비도와 융합되어 있는 상태라고 설명된다. 하지만 주목할 것은 프로이트가 결국은 마조히즘의 다양한 형태를 인정하게 되어 이 문제 전체가 논란의 영역으로 남아 있다는 사실이다" (J. Childers·G. Hentzi, 『현대 문학·문화 비평 용어 사전』, 황종연 옮김, 문학동네, 1999, 272쪽)라고 이 사전에 명기되어 있는 것처럼, '마조히즘'에 대한 프로이트의 개념 규정은 다소 모호한 양상을 드러낸다. 들뢰즈는 '마조히즘'에 대해서 프로이트와는 상반된 견해를 제시한다. 프로이트는 '마조히즘'을 '사디즘'의 보완적 변형이라고 보는 반면, 들뢰즈는 '마조히즘'과 '사디즘'이 본질적으로 서로 다른 원리에 의해 형성된다고 파악한다. 프로이트는 '마조히즘'을 "주체의 자아에게 되돌아온 사디즘" (G. Freud, 「본능과 본능의 변화」, 『무의식에 관하여』, 프로이트 전집 13, 윤희기 옮김, 열린책들, 1997, 331쪽)이라고 정의한다. 결국 프로이트에 따르면, '사디즘'은 대상인 타인에 대해 폭력과 권력을 행사하는 것인데, 이 대상이 포기되고 주체 자신에게로 그 폭력이 되돌아오는 경우, 이것을 '마조히즘'이라고 본 것이라 할 수 있다. 이와는 달리 들뢰즈는 "마조히즘(원문 : 매저키즘 : 인용자)은 고통에서 체벌에서 쾌감을 느끼는 것이 아니다. 처벌이나 괴로움에서 마조히스트(원문 : 매저키스트 : 인용자)가 얻을 수 있는 것은 기껏해야 예비적 쾌감일 뿐이다. 그의 진짜 쾌감은 그 이후 처벌에 의해 가능해진 어떤 것에 있다. 마조히스트는 쾌감을 경험하기 전에 먼저 처벌의 고통을 겪어야 한다. (……) 고통 그 자체는 쾌감의 원인이 아니라 쾌감을 얻기 위한 필수적인 전제조건일 뿐이다"(G. Deleuze, 『매저키즘』, 이강훈 옮김, 인간사랑, 1996, 100쪽)라고 언급한다. 결국 들뢰즈는 '마조히즘'이 죄를 저지른 자기 자신이 아니라 자신과 닮은 아버지를 처벌하는 것이며, 아버지로 상징되는 법과 현실원칙에 대한 비판과 도전을 수행한다고 파악하는 것이라 할 수 있다(위의 책, 65~68쪽, 98~99쪽). 이 논문에서 사용된 '마조히즘'의 개념은 위와 같은 들뢰즈의 견해를 따른 것이다.

22) 위의 책, 134쪽.

즘'에서 '고통'(처벌)과 '정신적 쾌감'(만족)이 맺는 시간적 선후 관계를 축약해서 보여준다.

"결혼"은 "나의 내면생활과는 아무런 관련도 없다"는 "재호"의 말처럼, 그것은 그 자신의 세속적이고 일상적인 "행복"을 위해 선택하는 것이 아니다. '현실원칙'의 차원에서 본다면, "재호"는 희생자의 위치를 자임하려는 것이며, "결혼"은 그 숭고한 희생의 제단에 바쳐지는 희생양이라 할 수 있다. "그 한 사람을 두고 내 일생을 처리할 수 있다는 것은 또한 나의 소득이요, 행복이라 하지 않을 수 없다"는 그의 편지의 한 대목은 바로 이러한 숭고한 희생의 구체적으로 표현한다. 그러나 이 문장에서 언술된 "행복"은 건강과 경제적 윤택과 사회적 성공과 자녀의 출산으로 대변되는 '현실원칙' 차원에서의 그것이 결코 아니다. 그것은 오히려 자신을 희생자의 자리에 놓음으로써만 가능해지는 정신적 우월감이라는 나르시시즘적인 쾌락과 만족이다. 또한 그것이 궁극적으로 겨냥하는 것은 세속의 모든 흥분과 긴장과 불협화음과 갈등을 무화시킬 수 있는 탈속의 경지 또는 초월적 내면의 획득에 있다. 보다 본질적인 의미에서, "재호"의 "철"을 위한 숭고한 희생으로서의 "결혼", 바로 그 '마조히즘'의 역설적 윤리는 실상 그 자신을 향해 있는 '열반원칙'으로부터 나온다. 그것은 또한 "재호" 자신의 정신적 해탈을 향한 처절한 자기 모험이라 할 수 있다. 따라서 "재호"의 결혼을 통해 부정되어지는 것은 '현실원칙'의 차원에 놓여 있는 "결혼"과 "행복"이라는 세속적인 삶의 원칙과 도그마이며, 긍정되어지는 것은 숭고한 희생과 정신적 우월감이라는 탈속적인 삶의 감각과 해탈의 포즈이다.

범속한 일상인들이 지닌 삶의 감각과 '현실원칙'을 "재호"는 이러한

"마조히즘"의 역설적 윤리를 통해 초라하고 보잘 것 없는 것으로 전복시킨다. 다시 말해, "재호"는 "늙은 기생"과의 결혼을 통해 "누이"와 "철"과 "정아"가 지닌 세속성과 '현실원칙'을 조롱하고 비판할 수 있는 우월한 자리에 설 수 있게 된 것이며, 그것은 자신을 배반한 "철"과 "철"을 빼앗아 간 "정아"에게 복수(용서)하는 그 나름의 유일한 방법이기도 했던 셈이다. 그러나 이 복수이자 용서인 "결혼"을 통해 내면적 해탈에 이르려고 하는 "재호"의 기획 역시 완성되거나 종결될 수 없다. "철"과 "정아"가 낳은 "홍준"이라는 존재는 "재호"와 그의 아내와의 관계를 새로운 흥분과 긴장의 드라마 속으로 이끌고 갈 것이 자명하기 때문이다. 그것을 「완미설」의 마지막 장면은 다음과 같은 문장으로 예고한다. "재호는 아내의 시선이 그 휜 하부다에 위에 쏟아지고 있음을 생각하자 어느덧 자기의 눈언저리에 어뜩어뜩 현기를 깨달으며 표나게 덜덜덜 떨리는 손으로 어린애의 턱 밑을 만져주었다."

　「완미설」의 이와 같은 결말은 「솔거」 연작의 의미 구조가 '인간과 자연', '자아와 세계', '세속과 탈속', '대우주와 소우주', '초월계와 현실계', '예술과 일상'을 유비적 상사 관계에 의해 통합시키는 「무녀도」 계열의 '아날로지(analogy)'의 미학이 아니라, 그 짝패들의 메워질 수 없는 간극과 거리를 문제 삼는 '아이러니(irony)'의 미학23)에 기초해 있다는

---

23) 「무녀도」 계열의 작품들에서는 신화와 무속과 점술과 미신 등이 자연스럽고 당연한 체험적 사실로 여겨지는 '신화적(주술적) 공간'이 설정되어 있다. 이 공간은 전근대적인 주술성에 기초해 자연과 인간과 신을 유비적으로 통합시키는 힘을 작품 전체 구성에 작동시키면서 작품 전체의 구성을 '유비적 통합(analogical unification)'으로 나아가게 만든다. 반면, 「솔거」 계열의 작품들에서는 주인공이 예술가로 설정되면서 근대적인 제도와 규범, 또는 그 일상 세계에 대한 주인공

것을 표상한다. 이것은 또한 「솔거」 연작을 비롯한 그의 '예술가소설' 대부분이 「무녀도」 계열의 주술적이고 신화적인 주제를 다룬 작품들보다 경험적 사실성의 묘사라는 근대 소설의 요구와 본령에 충실했다는 것을 반증한다. "종교는 이미 발견되고 체현된 신에 대하여 복종하고 신앙하고 귀의하지만 문학에 있어서는 각자가 자기 자신 속에 혹은 자기 자신을 통하여 영원히 새로운 신을 찾고 구하는 것이다"[24]라는 김동리의 말처럼, 「솔거」 연작은 '미완성의 추구'라는 근대 예술 자체가 지닌 본질적인 성격의 테두리를 넘어서지 않았다고 할 수 있다. 「솔거」에 연작에 등장하는 '불화'의 참된 의미는 바로 이 자리에 있으며, 연작을 관통하는 주제의식 역시 동일한 차원에 놓여있는 것으로 추론된다.

5. 나오며

이 논문은 김동리에 대한 선행 연구들 대부분이 그의 대표작이라 할 수 있는 「바위」, 「무녀도」, 「황토기」, 「역마」, 「등신불」 등을 그 분석과 해석

의 환멸과 더불어 그의 고유한 개성과 내면성이 전면에 드러나 있다. 이 주인공은 근대의 일상 공간을 초월하여 자신의 실존적(내면적) 공간을 장소하고자 한다. 이에 따라 작품의 전체 구성 역시 그가 실제적으로 경험하는 근대적 일상세계와 그가 추구하는 형이상학적 본질세계에 모두 동화되지 못하는 '심미적 거리(aesthetic distance)' 또는 '낭만적 아이러니(romantic irony)'에 기초하게 된다. 요약컨대, 「무녀도」 계열의 작품이 '신화적 공간'의 배치와 '유비적 통합'의 구성 원리를 지닌다면, 「솔거」 계열의 작품은 '실존적 공간'의 배치와 '심미적 거리'의 구성 원리를 지닌다는 것이다. 이에 대한 상세한 논의는 이찬, 『김동리 문학의 반근대주의』, 서정시학, 2011, 15~113쪽 참조.
24) 김동리, 『문학과 인간』, 김동리 전집, 7, 민음사, 1997, 73쪽.

의 중심으로 삼고 있으며, 이에 따른 문제점을 지적하는 것에서 출발했다. 또한 이러한 문제점들과 그 한계들을 타개하기 위한 시도의 일환으로서 그의 「솔거」 연작이 지닌 '예술가소설'의 특성과 '낭만적 아이러니'의 미학, 그리고 정신분석의 차원에서 논의될 수 있을 '열반원칙'과 '마조히즘'의 성격을 규명하고자 했다. 이 논문에서 새롭게 논의된 것은 다음과 같다.

첫째, 김동리의 「솔거」 연작은 '예술가소설'이라는 개념 범주로 포섭될 수 있는 여러 특질들을 지닌다. 보다 정확하게 말하자면, 이 연작은 마르쿠제가 말했던 '낭만적 예술가소설'에 해당된다고 할 수 있다. 그러나 또한 엄밀한 의미에서의 '낭만적 예술가소설'의 개념 범주에 부합하는 작품은 「솔거」 단 한 작품에 불과하다. 그것은 「솔거」에서 나타난 '불교 예술'에 대한 섬세하고 깊이 있는 탐구가 「잉여설」과 「완미설」에서는 사라지며, 그 공백을 채우기 위한 방편으로 '일기', '편지', '회고담' 등과 같은 심리적 흐름을 묘사하기에 유리한 담론 양식들이 대거 차용되었다는 사실에서 기원한다.

둘째, 「솔거」 연작을 관통하는 미학적 원리는 '낭만적 아이러니'이다. 이는 '형이상학적 본질세계'에도 도달할 수 없고, '일상적 생활형식'에도 정주할 수 없는 주인공 "재호"의 내면적 갈등과 불협화음이 연작 전편에 걸쳐 나타난다는 점을 통해 추론된다. 또한 "솔거", "혜룡선사", "정원" 등으로 표상되는 '본질세계'에 대한 그의 동경과 열망이 좌절을 경험할 수밖에 없으며, 그에 따르는 내면적 불협화음과 비애의 감정이 필연적인 것임을 뜻한다. 영원한 해탈의 추구로 상징되는 "불화"가 그 물질적 유한성으로 인해 퇴색한 모습을 띠게 되는 것이나, "부처와 인간 사이의 어떤 중간적인 동물"로 묘사된 "불화" 주인공의 모습은 '신성한 것'과 '세속적인 것', 또는 '형이상학적 본질세계'와 '일상적 생활형식' 사이의 균열과 거리, 곧 '낭만적 아이러니'를 상징하는 감각적 차원의 이미지이다.

셋째, 정신분석의 차원을 도입해 본다면 주인공 "재호"의 내면은 '열반원칙'과 '마조히즘'이라는 틀로 분석될 수 있다. "재호"에게 아이를 가질 수 없는 "늙은 기생"과의 '결혼'은 "누이"와 "철"과 "정아"와의 관계에서 생겨날 수 있는 그 모든 내적 흥분과 심리적 긴장의 상태를 미리 제거하려는 예방책인 동시에 결혼 생활에서 통상적으로 나타나는 기대와 실망이라는 반복적인 심리적 갈등을 최소화하려는 '열반원칙'의 또 다른 실천이었다고 볼 수 있기 때문이다. "재호"의 이러한 "결혼"은 비천한 신분인 "기생"과의 결합이자, 더구나 아이조차 가질 수 없는 황폐한 것이라는 점에서 제 자신의 삶에 가하는 모멸이자 학대이다. 이렇듯 자신의 삶을 학대하고 황폐화함으로써, 오히려 나르시시즘적인 쾌감과 만족을 획득하는 심리적 메커니즘은 '마조히즘'으로 설명될 수 있다. 이렇듯 "재호"의 "철"을 위한 숭고한 희생으로서의 "결혼", 곧 '마조히즘'의 역설적 윤리는 실상 그 자신의 '열반원칙'에서 기원한 것이며, 정신적 해탈을 향한 처절한 자기 모험이라는 것을 뜻한다.

이 논문에서 「솔거」 연작의 특질을 해명하는 개념어로 사용된 '낭만적 예술가소설', '낭만적 아이러니', '열반원칙'과 '마조히즘' 등은 표현 형식과 주제 내용을 포괄하는 것이라는 점에서, 균형 잡힌 분석의 틀과 해석의 시각을 제시해주고 있는 것으로 판단된다. 또한 김동리 소설을 근대 이전의 '신화' 혹은 '서사시' 양식이 지닐 수밖에 없는 미학적·세계관적 근본 원리인 '아날로지'가 아니라, 근대 예술의 태생적 존재 조건이라 할 수 있는 '아이러니' 차원에서 해명했다는 점에서, 이 논문의 새로운 입론의 시도는 입증될 수 있을 것이다. 또한 이 시도는 김동리의 '예술가소설' 전반을 대상으로 삼은 차후의 논문을 통해 김동리 문학이 '낭만주의'의 양가적 특성이라 할 수 있는 '아날로지'와 '아이러니'를 공유하고 있을 뿐만 아니라, '근대'와 '반근대'라는 상반된 가치 지향을 동시에 포괄하고 있다는 한층 더 일반론적인 논의로 확대될 수 있을 것이다.

한국현대소설에 나타난 기독교적 구원의 문제
—김동인의 「明文」 등과 김동리의 『사반의 十字架』를 중심으로

1 기독교문학 연구의 문제

문학 연구의 생산적인 긴장 관계 중 하나는 귀납과 연역 방법의 관련에서 생겨난다. 실재하는 작품들의 면면을 검토하여 일반화하려는 실증주의적인 욕망과, 문학성 자체에 대한 숙고를 통해 문학의 정체를 구명하려는 논리적인 욕망 사이의 역동적인 관계에서 문학 연구 및 문예학이 발전하는 것이다. 이러한 두 가지 지향성이 동시에 고려될 때 개별 작품의 연구도 의미 있는 성과를 기대할 수 있다.

그러나 이 관계가 고착화되거나 상대를 돌보지 않을 때 생기는 문제

* 박상준 / 포스텍 인문사회학부 교수.

또한 심각하다. 여기서 맹목적인 실증주의나 특정 이론에 전적으로 의지하는 재단비평 사이의 분열이 발생한다. 이 각각의 편향은 문학 연구를 지체시키는 걸림돌이라 할 수 있다.

이러한 문제는, 주제 유형으로 묶이는 작품들에 대한 연구에서 쉽게 불거진다. 종교문학에 대한 연구 또한 이에 속한다고 할 수 있다. 기독교를 다룬 한국 근대소설들에 대한 기존 연구들을 일별할 때 이상의 문제가 사실임을 알 수 있다. 여기서는 특히 후자의 경향이 심하다. 곧 기독교와 관련된 작품의 제재 및 주제에 지나치게 매달려 다른 요소는 돌보지 않는 폐단을 떨치지 못하는 경우가 적지 않다. 기독교 교리에 근거를 두고서 그와 관련되는 측면에만 주목하여, 문학작품으로서 태작임에 분명한 경우에도 긍정적인 평가를 적극적으로 내리는 경우가 생기기도 하는 것이다.

이를 좀 더 일반화하면, 작품의 전체적인 특징에 대한 파악이 미흡해지기 쉽다는 점으로 정리할 수 있다. 내용·주제상 기독교적인 측면에 지나치게 주목한 결과, 작품의 다른 요소를 보지 않고 해당 부분만 독립적으로 파악하거나, 논의가 한편으로는 문면에 그치고 다른 한편으로는 작품 외적인 교리에 기대어 추상화되는 문제가 발생한다. 작품을 하나의 전체로 보지 않는 이러한 방식은 문학 연구라 하기 어려울 정도의 심각한 결격 사유를 보인 것이라 하겠다.

'연애문학'이라는 범주 설정이 그에 속하는 작품들의 특징을 밝히는 데 기본적인 요건이 될 수 없듯이, '기독교문학'의 경우도 사정이 다르지 않다고 할 수 있다. 적어도 기독교문학의 연구가 기독교의 본질을 구명하거나 선교에 기여하는 것일 수는 없음은 분명하다(문학작품의 생산은 그럴 수 있겠지만). 더 나아가서 기독교 교리에 대한 이해의 문제가 이들 작품을 해석하고 평가하는 데 있어서 관건이 될 수도 없을 것이다. 예컨대 성경에 대한 이해의 정도나 올바름을 따진다거나 성경에 어느 정도 근거했는가 하는 충실도를 재는 일은 이들 작품을 문학적으로 검토, 평가하는 데 있어서 관건이 될 수 없다. 이러한 의미에서, 사실상 현재의 연구 성과들을 염두에 두고 보더라도, 기독교문학에 대한 연구가 '기독교문학 연구'로 특화되는 것은 바람직하지 않다 하겠다. 기독교문학에 대한 연구는 대상을 지칭할 뿐이지 연구 방법상의 특성을 가리키는 것이 아니므로 딱히 특화해야 할 이유가 없는 것이다.

이 논문은 바로 이러한 문제의식 위에서 구성된다. 기독교문학에 대한 연구에 있어서, 대상으로 설정된 작품의 주제적인 특성 곧 기독교라는 종교를 다룬다는 점에 긴박되어 문학연구로서의 학적인 면모를 충분히 살리지 못한 경우가 적지 않다는 데 대한 문제의식이 본고의 출발점이다. 이 논문의 연구 대상이 김동인과 김동리의 기독교소설로 설정된 것 또한 바로 이러한 이유에서이다. 이들 작품에 대한 기존 연구들이야말로 지금까지 말한 오류를 가장 잘 보여준다고 판단되는 까닭이다. 따라서 실제 논의의 중점은 이들 작품에 대한 포괄적인 검토에 놓이더라도, 이 논문은 불가피하게 기존 연구 성과에 대한 문제제기 및 대결의 양상을 띨 것이다.

기존 연구사에 대한 반성에 입각하여 김동인과 김동리의 기독교소설을 검토 대상으로 설정한 위에서, 이 논문은 '기독교의 구원 문제를 작품화하는 방식'에 맞추어 대상의 거리를 극복하고자 한다. 연구 대상 설정상의 정합성을 이러한 점에서 찾는 것이다. 물론, 기독교의 구원 문제를 다룬 작품들로 연구 대상을 범주화한다고 해서 특별한 연구 방법론이 구사되는 것은 아니다. 상술했듯이 이 논문의 목적은 주제적인 면에 현혹되어 작품의 전체적인 면모를 놓친 기존 연구들의 문제를 넘어서는 데 궁극적인 목적을 두기 때문이다. 달리 말하자면 이들 소설에 대한 포괄적인 검토를 통하여, 기존 논의들과 달리, 이들 소설이 보이는 주제적인 측면의 위상과 의의를 적절히 자리매김하는 것이 이 논문의 의의가 될 것이다.

사정이 이러하기에, 작품 내용의 적절한 이해를 위해서 기독교의 교리 특히 구원과 관련한 사상을 참조하는 외에, 연구대상 설정에 따른 특별한 연구 방법론이 동원되는 일은 없다. 이 작업도, 소설작품의 전체적인 주제효과 차원에서 기독교적인 주제 구현의 특징을 파악하는 방식으로만 수행된다. 기독교 관련 주제 요소가 어느 정도 인식되고 어떻게 작품화되었는가에 주목할 뿐이다.[1] 따라서, 구원과 관련한 기독교 사상의 올바른 이해 여부가 분석과 평가에서 유의미한 계기로 구사되지는 않는다. 더 나아가서 기독교와 관련한 작가의 사상 등에도 지나친 무게를 두지 않고자 한다. 이 모두는, 작품 바깥의 교리에 근거한 재단비평식의 우를 피하기 위해서이다. 정리하자면, 작품에 대한 정치한 독해 위에서 기독교 사상 및 교리 이해를 포함한 전체적인 주제효과를 구명하는 것이 본고의 목표이다.[2]

---

1) 이와 관련하여, 작품에 수용된 기독교적 인식이 '무난한 상식'을 넘어서는가 여부 및 그 수용 태도가 지적 딜레탕티즘을 벗어나 있는가 여부를 구체적인 평가 기준으로 구사하고 있는 이동하의 방식을 참조할 만하다(『한국현대소설과 종교의 관련 양상』, 푸른사상, 2005, 18~23쪽).
2) 결과적으로 이 논문 또한 '기독교문학 연구'의 일원이 되겠지만, 문제의식의 상이함과 연구 방식의 보편성에 의해서, 그러한 유별화를 무화시키는 데 일조하게 될 것이다.

2 식민지시대 소설의 기독교 형상화와 김동인의 경우

1) 기독교 문학의 빈약함과 김동인의 소설

식민지시대에 나온 소설들 중에서 기독교를 다룬 작품들은 그 양이 꽤 적고 질도 따로 말하기 곤란한 정도이다. 물론 등장인물들을 기독교 교인으로 설정한다거나 예배당이 작품의 배경으로 나온다거나 하는 경우들을 모두 따지면 그 수효가 늘어서, 문학사적으로 확고한 지위를 차지하고 있는 작품들도 거론될 수 있을 것이다. 이 경우라면 이광수의 『무정』이나 『재생』, 염상섭의 「제야」나 『삼대』 등도 언급될 수 있다.

그러나 이런 식의 범주 확장이 생산적일 수 없음은 물론이다. 작품의 주제효과와 관련하여 본말을 고려하지 않은 것이기 때문이다. 주동인물도 아닌 김 장로나 조상훈 등이 기독교인으로 설정되었다고 해서 『무정』이나 『삼대』를 기독교소설로 볼 수는 없는 것이다. 이러한 사정을 고려하면 식민지시대 문학에서 기독교의 문제를 전면화한 작품들은 찾아보기 어려운 편이라 할 정도로 그 수효가 적어진다. 작가별로 보아도 전문작가라 할 수 있는 경우가 사실상 없다. 요컨대 식민지시대의 경우, 기독교문학이라 할 만한 성과가 없다고 하겠다.[3]

---

3) 이러한 사정을 고려하지 않고 기독교소설의 외연을 무리하게 확장한 경우로 신춘자의 「한국 근대 기독교소설 연구」(한국문예비평학회, 『한국문예비평연구』, 1998)를 들 수 있다. 이 글은 1920년대 기독교소설로 이광수의 『재생』, 김동인의 「마음이 옅은 자여」, 「이 잔을」, 「유서」, 「명문」, 전영택의 「운명」과 「생명의 봄」, 「독약을 마시는 여인」, 「화수분」, 「흰닭」을 들고 있다. 작가의 이력을 염두에 두고서인지 전영택의 작품을 대거 들었지만 단 한 작품도 기독교소설로 볼 수 없다는 것이 본고의 판단이다.

사정이 이렇게 된 데는 기독교계 내부에도 원인이 있을 듯싶다. 1920년대에 기독교인들이 자주적으로 발간한 잡지 『신생명』에서 두 가지가 확인된다. 형성기 문단의 주요 구성원인 전영택이 편집인 겸 주간이고 방인근이 편집 실무를 담당할 정도로 문인의 역할이 적지 않았음에도 불구하고 창작물을 싣지 않은 데서 보이듯, 기독교문학의 생산력이 미미했다는 점이 첫째다. 다음으로는 창간사의 다음 구절에서 확인되듯이 기독교계의 상황이 그다지 바람직하지는 못했다는 사실이다.

> 더구나 금일 종교계를 보면 可謂百鬼夜行의 추태가 現치 아니하는가. 他敎는 막론하고 소위 기독교회를 보라. 서로 제陷하고 서로 가축하고 서로 분열하야 심지어 소송까지 아니하는가? 교회의 타락도 莫此爲甚이로다. 악하고 게으른 종아! 너의 주인이 오실 때가 임박한 줄을 思하라.[4]

기독교에 대한 사회 평판이 매우 안 좋을 만큼 교계에 문제가 적지 않았음을 알 수 있다. 이러한 사실들에 근거하여, 식민지시대에는 포교나 종교적 탐구의 맥락에서 기독교문학을 발전시킬 여지가 없었다고 추론해 볼 수 있다.

이러한 상황에서 기독교를 다루어 그에 맞는 검토를 요하는 식민지시대의 소설은 사실 김동인의 몇몇 단편에 한정된다. 기독교와 관련하여 김동인은 세 편의 소설을 발표하고 있다.[5] 체포 직전의 예수와 그 제자

---

4) 이상 『신생명』에 관한 부분은, 「「新生命」의 내용과 성격」(한국교회사자료연구회 (대표 발표 전광준), 한국기독교역사연구소소식 137회 연구모임 자료 발표, 1996. 3. 2)에서 인용·재인용하였다.

들을 그린 「이 잔(盞)을」(『개벽』, 1923.1)과 기독교의 구원 문제를 나름대
로 다룬 「명문」(『개벽』, 1925.1), 기독교 신앙생활의 실상과 변화 과정을
제시한 「신앙으로」(『조선일보』, 1930.12.17~29)가 그것이다.

　이들 작품에 공통적인 첫째 특징은 기독교에 대한 작가의 이해가 일
천하고 그것을 대하는 태도에 진실성이 떨어진다는 점이다. 그럼에도
불구하고 당대 기독교인들의 행태와 풍조를 그려 보이는 데 만족하지
않고, 보다 본격적으로 예수의 행적이나 구원의 문제를 직접 다루었다
는 점이 두 번째 특징이라 할 수 있다. 사회문화의 한 현상으로 기독
교를 다룬 이기영의 「부흥회」나 김동리의 「무녀도」 등과 달리, 기독교
라는 제재를 다루는 데 있어서 교리에 대한 탐구, 신앙의 본질에 대한
궁구의 권역으로 들어섰다는 것이다. 요약하자면, 초점을 기독교 교리
상의 핵심적인 문제에 맞추었으나, 탐구나 궁구라 할 만한 진지한 면
모를 보여주지는 못한 것, 김동인의 위 세 편은 이러한 특징을 보여
준다.

　2) 문제의식 부재에 따른 예수의 범속화 ;「이 잔(盞)을」

　「이 잔(盞)을」(『개벽』, 1923.1)은 최후의 만찬 이후 제사장 패들에 쫓겨
겨우 '쎗세마니 동산'으로 피신해 온 예수가 기도를 통해 십자가의 길
을 받아들이기까지의 고민을 그리고 있다. 이 소설에서 특징적인 것은

---

5) 신춘자(앞의 글)의 경우 「유서」를 들고 있지만, 작품 초두에서 등장인물이 예수
　그림을 그리는 모티프가 있을 뿐이고, 그나마도 중편 이상 분량에 미완인 까닭에
　여기서 논할 것이 못 된다.

예수의 면모에서 신성을 거의 찾아볼 수 없다는 점이다. 이는 두 가지로 확인된다.

첫째로 예수의 언행이 범속한 인간의 그것으로 그려지는 사실을 들 수 있다. 제사장 일행이 들이닥친다는 소식에 최후의 만찬 장소에서 '후다닥 일어나'앉고, 몰래 집을 빠져나와 뛰다 빨리 걷다 몸을 숨기다 하며 예루살렘을 벗어나는 탈주 과정은 대중영화의 장면과 방불하다. 고생 끝에 겨우 감람산의 제자들에게 합류한 예수가 유다의 행적을 묻고는 없다 하자 "제사장한테 갓는지, 그놈"이라고 일갈한 뒤에, 바위에 쓰러져 앉고는 "다리가 몽치거티 뻣뻣하여지구, 발은 성한 대 업시 찌저젓다"고 중얼거리는 것 역시 속된 인간의 모습에서 한 치도 벗어나지 않는다(48~9쪽). 기도하러 자리를 옮기기 전까지의 그는 성경에서와는 달리 사태의 전말과 의미를 알고 있는 그리스도로서의 면모가 거의 없다. 지난 행적을 회상하는 장면에서 "愛人 막달나 마리아와, 밝기 조흔 물에 저즌 모래 우를, 쌀닐니의 海邊을 散步하든 것도, 진실로 행복스런 꿈이엇섯다"(51쪽) 해 둔 것을 보면, 작가의 시선이 예수의 신성에는 미치지 않고 있음을 알 수 있다.

둘째로 감람산에서의 상념과 기도에서 나타나는 예수의 갈등 또한 그리스도디운 성격이 야하다는 점을 들 수 있다. 다음 구절에서두 보이듯이 그의 고민은 일반적인 예언자 혹은 군중의 지도자 정도의 수준에 머물러 있다.

> 그가 아즉 모든 괴로움을 쑤르고 하여 오던 일을, 成功니만에 허무러 버리던지, 그러치 안흐면 죽던지, 이것이 그의 압헤 막힌 運命이다. 前者

를 取하자면, 그의 아즉것 싸하온 人格과 名聲이 문허질 것이다. 後者를
取하자면 十字架 우에 올라가지 안흐면 안 될 일이다.(46쪽)

문면 그대로 읽을 때(그렇게 읽지 않을 도리도 없다) 위의 구절은 예수의
그것일 수 없다. 인류의 구원이 아니라 '인격과 명성'이라 한 데서 보이
듯, 예수의 죽음과 부활이 기독교에서 갖는 의미를 제대로 의식하지 못
한 상태에서 쓰여졌다고 하지 않을 수 없다.

예수를 속인처럼 그리는 방식은, 그의 심정을 묘사하면서 지난 3년의
일을 "모든 것은 꿈이엇섯다"(50쪽)고 정리하거나, 광야에서의 시련과 깨
달음을 민간신앙에서의 '도통'과 유사하게 묘사하는 데에서도 잘 확인
된다.6) 요컨대 이 소설의 예수는 기독교라는 세계종교의 메시아가 아니
라 속인의 풍취가 짙은 인간으로 그려져 있어, 소설 자체가 사실상 독
신(瀆神)의 경계에 들어가 있다.

예수의 기도 또한 "正正堂堂히 죽음으로 向할가, 몰래 도망하여 살
기를 도모할가"(52쪽)하는 시정의 맥락에 근거하여 "한우님이어, 여호
바여. 바랍니다. 참으로 바랍니다. 할 수만 잇스면, 이 盞을, 이 참혹한
盞을, 제게서 써나게 하여 주십시오. 제가 이 쓴 盞을 마시지 안흐면
안 된다는 것은 넘우 殘酷한 일이외다. 아멘"(52쪽)하고 마치는 식이다.
'너무 참혹한 일이다'라는 구절은 성경에 없는 것으로서, 당시의 예수
가 할 만한 말이라기보다는 작가 김동인의 수준 낮은 해석에 해당된다

---

6) "온갓 힘과 정신을 丹田에 모으고 (중략) 그의 全靈은 妙境에 들엇다. (중략) 녯적
   道士들과 가티 자긔도 인제는 能히 각 病을 고칠 수 잇스며, 예언을 할 수 잇다.
   깨다른 것이 이째이다."(50쪽)

고 할 만하다. 하나님의 뜻에 대해 예수가 '판단'을 내린다는 것은 있을 수 없는 까닭이다. 여기까지 와서 보면 사실 앞에서 살펴본 예수의 속인 같은 면모는 작가의 무지나 악의적인 의도에서 마련된 것이라고 할 수 있다.

상황이 이러하기에 「이 잔(盞)을」에서의 예수는 이어지는 기도에서, 여호와의 뜻을 이루기 위해서는 제 죽음이 필요한 줄 알지만, 제자들을 돌볼 걱정에 주저하고 자기의 잔혹한 운명을 원망, 저주하게 된다(53쪽). 이런 뒤에야 비로소 "여호바여. 알앗습니다. 인제는 깨달앗습니다. 제 몸을, 미련하고 눈 어두운 무리를 위하여, 산 제사로 내여노켓습니다. 그럴 것이외다. 저는, 넘우 이 몸에 집착하엿습니다. 그러나, 萬人을 어두운 대서 구할 데 必要하다 하면, 요만 것을 무엇을 앗기겟습니까? 뜻대로 하겟습니다. 아멘" 하고 신의 뜻에 따르기로 한다. 이 구절은 문제적이다. 예수가 자신의 몸에 집착하였다는 독신이 주제적인 면에서 문제적이라면, 예수의 인식이 변화하는 이러한 종결 처리는 소설 전체에 비춰볼 때 너무 뜬금없기 때문이다. 소설미학 차원에서 보자면, 인물 성격화상의 실패요 구성상의 파탄이라고 할 수 있다. 이 모두는, 예수의 속화가 지나쳐서 그의 마지막 결의가 설득력을 얻을 수 없게 된 것인데, 이 면에서 역으로 생각해도 예수의 형상화에 일종의 악의가 있었다고 볼 여지가 충분하다.

「이 잔(盞)을」은 사실 이만큼 분석할 필요도 없는 태작이라 할 수 있다. 그럼에도 불구하고 지면을 아끼지 않은 것은 다음 두 가지 이유에서이다. 앞서 지적한바 식민지시기에 기독교를 다룬 작품들이 드물다는 점이 첫째다. 둘째는, 「이 잔(盞)을」의 이러한 악의적인 면모가 이 시기 기독교가 처한 상황에 대한 문학적인 반응에 해당한다고 볼 수 있기 때문이다. 끝으로, 김동인의 후속작인 「명문」을 검토하는 데 있어 「이 잔(盞)을」을 건너뛸 수는 없는 까닭이다.

3) 기독교적 구원의 희화화 ; 「명문」

「명문」은 기독교를 다룬 소설로 적지 않게 분석, 검토된 작품이다. 이러한 연구들 중에는 김동인 자신의 언급이나 문학 외적인 이론에 힘입어 작품의 의미를 적극적으로 조명하는 경우도 있다. 그러나 그러한 분석, 평가는 지나치다고 생각된다. 「명문」 또한, 다루는 제재 및 주제에 대한 진지하고도 충분한 성찰이 없어, 한갓 지어낸 이야기에 그친다는 혐의를 지우기 힘든 까닭이다.

"田主事는 대단한 예수교인이엇습니다"로 시작하는 「명문」(『개벽』, 1925.1)은 기독교인에 대한 비판과 풍자를 담은 작품이다. 신앙심이 독실하고 그에 따라 행동하는 주인공이 끝내 자기 믿음에 배반당한다는 점에서, 의미 구조로 볼 때 이 소설은 극적 아이러니의 면모를 보인다. 여기서 관건은 그러한 아이러니를 낳는 서술자−작가의 시선과 의도에 있다.

「명문」의 주인공 전 주사는 "우연히 어느날 례배당이라는 곳에 가서, 강도하는 것을 듯고, 문득, 자긔네의 삶의, 리상이라는 것을 모르고 장래라는 것을 무시하는 것에 놀라서, 그날부터 대단한 예수교인으로 변하"였다(2쪽). 아내에 이어 부모를 전도하고자 하나 실패하고 급기야 집에서 쫓겨난다. 작은 가게를 운영하는데 '예수에 대한 믿음과, 정직함,

겸손함의 세 가지'를 덕으로 삼아 "온갖 일을, 이 <德>이라는 안경으로 비춰어보면서 행"동함으로써(4쪽) 장사는 날로 흥하나, 부친의 이름으로 계속 사회에 기부하여 밑천이 늘지는 않는다. 예배당 기부 사건에서 드러나듯, 부친의 구원에 대한 열망이 부친 명예의 개선을 바라는 것으로 변질되기도 하지만, 그의 신실한 삶의 모습은 존경할 만한 것이다. 십여 년 후 서른 살이 되어 부친이 사망하자 큰돈을 들여 부친 이름을 딴 공회당을 짓고 계속 근검한 종교인의 삶을 산다. 그러는 중, 모친이 노망에 걸려 주위 사람들을 못살게 굴고 하인에게조차 업신여김을 받게 된다. 이에 전 주사는 모친을 잠재워 하늘나라로 보내드리는 것이 효도라 생각하고 살해하여, 그 죄과로 자신 또한 사형에 처해진다. 공판 과정에서 자신의 행위가 죄가 아니며 하나님에 의해 자신의 선행이 인정되리라는 생각을 굽히지 않던 그는, 천당 재판석에서도 동일한 태도를 고수한다. 그러나 천만뜻밖에도 천당의 재판관은 그의 영혼을 지옥에 보내라 처분한다. 항의하는 그에게 재판관은 자신이 바로 하나님이며, 천당의 심판 또한 세상의 그것처럼 '명문(明文)'을 중시하는 법정에서 이루어진다고 일갈한다.

이상의 요약 특히 마지막 장면의 설정에서 두드러지는 것은, 하나님이 판관으로 등장하며 천당이 원리가 현실의 그것처럼 명문을 중시하는 것으로 그려진 점이다. 하나님의 신성을 인정하지 않고 인간화하여 묘사하고 있으며, 기독교적 사상(事象)을 실제 현실의 경우로 전환하여 그렸음을 알 수 있다. 이는 성경의 구원 이야기를 세속의 입장에서 다룬 것이라 할 수 있는데, 바로 이러한 점에서 「명문」은 「이 잔(盞)을」의 연속선상에 있다고 하겠다.

김동인의 소설들에서 대체로 플롯이 중시되고 심리나 상황에 대한 묘사가 취약한 것처럼 「명문」 또한 이러한 면모가 짙다. 그런데 여기서 이러한 특성은 대단히 문제적이다. 이 경우는 묘사의 부재가 사상(事象)을 다루는 방식의 잘못을 교정할 여지를 없애고 있기 때문이다. 이 소설이 다루는 바는 명확히 '기독교의 구원'이지만, 그 내용은 구원의 이치를 구명 혹은 탐구하는 것도 아니고 구원에 대한 이해의 문제를 조명하는 것도 아니다. 구원 자체를 희화화하고 구원에 믿음을 두는 사람들을 조롱할 뿐이다.

작품의 의미망을 독립적이고 자체 충족적인 것으로 볼 수는 없는 한, 작품이 다루는 사상이 실제로 갖는 의미와 규정력을 고려하지 않을 수 없다. 현실의 파블라를 고려해야 하고, 다루어지는 제재의 일반적인 의미 맥락을 고려해야 하는 것이다. 이런 견지에서 볼 때 「명문」은 현실의 규정력이나 기독교적 구원의 의미 등이 완전히 무시된 상태에서나 상상할 수 있는 면모를 보인다. 바로 이러한 의미에서 「명문」 또한, 사상의 깊이랄 것이 없고 불성실하고 진정성이 없는 의미 없는 태작에 불과하다고 하지 않을 수 없다.

이를 두고서 '인형조종술'이라는 김동인의 창작방법론과 관련지어 '김동인 류의 생소함'을 구현한 작품이라 하는 것은 무리다.[7] 마찬가지

---

7) 진병도는 이 소설이 보이는 특성을 '동인미'라고 긍정적으로 보아주면서 그 특징을 여섯 가지로 정리한다 ; (1) 전 주사의 입교 과정에서, 김동인만의 맛이 나는 구원의 통로 개설, (2) 삼손과는 달리 머리를 깎은 뒤 수행력이 증대, (3) 전통적인 구원론을 뒤집어 행위구원을 내세움, (4) 모친 살해 사건 모티프에서 보이는 바 탐미주의적 미의 관념, (5) 죄의식의 부재라는 생소성, (6) 미의 철학을 오해한 하나님에 대한 항변(「「明文」과 「신들의 미소」에 비친 기독교사상」, 임영천 편, 『김

로 이 작품을 두고 사회적인 역할 모델 곧 페르조나에 소외된 인물들의 행태를 그린 것이라 보는 것 또한 지나친 해석이다.[8] 서술자의 시선이나 태도에서 그러한 해석의 여지를 찾기 어려운 까닭이다.

「명문」의 서술자는 자신을 거의 드러내지 않고 있기에, 우리의 해석은 인물들의 행태나 사건의 추이가 보이는 범위 내에 갇힐 수밖에 없다. 이렇게 볼 때 전 주사의 전도를 거부하는 부모의 반응이나, 사실상 부친의 명예를 회복시키고자 선행을 하면서 스스로 구원의 문제로 착각하는 전 주사의 행동, 더 나아가 그의 모친 살해와 천당에서의 재판 결과

<hr>

동인·김동리와 기독교문학』, 푸른사상, 2005). 그러나 이러한 정리에는 동의하기 어렵다. 작품의 가치를 인정하는 입장에 미리 서서 긍정적인 해석을 무모할 정도로 적극적으로 수행한 결과이기 때문이다. 예컨대 다음과 같은 논의는 설득력을 갖기 어렵다. 전 주사의 모친 살해를 두고 "'하나님이 지어놓은 구원론'을 동인다운 구원론으로 생소화하고, 전통적 효와 전통적 살인죄에 대한 인식의 범주를 해체하고, 대신 다른 차원의 미학적 세계를 생소성 위에 건립하려한 것이다"라 한다거나(106쪽), 아비의 구원을 바라는 전 주사의 행위를 두고 "하나님께서 독권적 은혜로 구원한다는 선택자의 구원론을 근본적으로 뒤집어서 (중략) 개신교에서 행위구원을 은혜구원으로 대체한 바로 그 점을 뒤바꿔서 행위구원을 위하여 진력하는 전 주사를 형상화한 것이다. 개신교에서 볼 때 전혀 생소한 구원관이 되도록 의도화한 것이 된다"(108쪽)고 해석하는 것이 그러하다. 전 주사의 모친 살해를 인식의 해체에 해당한다고 보는 것은 현란한 수사에 그칠 뿐이며, 여기 나타난 현세구복적인 구원관을 정통적인 구원관의 생소화라고 보는 것 또한 논리적인 설득력을 갖지 못한다. 당시 사람들의 구원관이 전박하다는 것을 무의식중에 드러냈다고 보거나 기독교적 구원에 대한 작가의 의식이 형편없음을 알려주는 것이라 보는 것이 적절하다.

8) 홍태식의 경우가 그러하다. 그에 따를 때 이 소설은 "인간의 사회 구성원으로서의 역할을 용이하게 수행할 수 있도록 하기 위해서 필요한 가면(personal-mask)이 어떤 과도한 심리적, 내면적 욕구를 합리화하기 위한 기제로 오용될 때, 그 인간에게 어떤 불행이 오게 되는가 하는 보편적 진실의 문제를 소설적 관점에서 처리한 작품"에 해당된다(「「명문」에 나타난 동인의 기독교 인식과 부정적 인간관」, 임영천 편, 『김동인·김동리와 기독교문학』, 푸른사상, 2005, 86~7쪽).

등은 그러한 모든 행동들에 관련되는 의미들을 한갓 통념이나 가벼운 공상 차원으로 격하시킬 뿐이다.

미약하게나마 이 소설이 한국 교회 혹은 기독교인들의 통속적인 구원 이해에 닿아 있다고 볼 수도 있지만, 여기에는 중요한 유보사항이 전제된다. 그렇게 볼 수 있을 만큼 그러한 현상에 대해 거리를 유지하며 비판적이고 냉철한 인식을 선보이고 있지는 않기 때문이다. 따라서 「명문」이 통속적 구원 이해에 닿아 있기도 하다는 지적은, 우리가 이 소설을 두고 긍정적으로 해석하고자 할 때의 최대치가 1920년대 기독교계의 통속적인 측면에 대한 고발이나 비판과 관련지어 해석해볼 여지가 있다는 의미에 한정된다.

4) 신앙생활의 세태묘사를 통한 문학적 성취 ; 「신앙으로」

김동인은 1930년대로 오면서 기독교와 관련하여 한 편의 소설을 더 발표한다. 『조선일보』에 연재된 「신앙으로」(1930.12.17~29)가 그것이다.

「신앙으로」는 은희라는 인물의 신앙생활이 성장 과정을 따라 변해가는 것을 그리면서 당시 여러 세대 기독교인의 신앙생활이란 무엇인지를 조명하고 있다. 독실한 신자였던 은희가 무신론자가 되기까지의 과정은 다음 구절에 잘 요약되어 있다.

이리하여 은희의 신앙에는 마츰내 최후의 결단이 난 것이엇섯다. 어렷슬 째의 그야말로 태산이라도 음즉일 신앙은 그의 오라비동생의 죽음에서 파탄이 생겻다. 거긔서 틈이 생긴 신앙은 은희의 배운 바 과학이

> 마츰내 말씀이 쓸어내어버렷다. 처녀의 정열은 한째 그리스도께 귀의(歸
> 依)해본 적이 잇기는 하지만 그것은 오히려 련애로서 설명할 것이지 신
> 앙이 아니엇섯다. 은희의 아페 정당히 사랑할만한 대상 —남편이 나타
> 날 째는 한째 림시로 그의 마음을 점령하엿든 환영은 쏫겨나지 안흘 수
> 가 업섯다.(8회)

　여기서 확인되는 것은 신앙생활의 허위적인 성격이다. 은희의 신앙생
활이란 유년기 때는 맹목적이며 좀 커서는 관습적일 뿐이고 청춘의 열
정에 시달릴 때에는 연애의 대체물로 기능하는 것이다. 사정이 이러한
데도 은희라는 인물이 '하나님의 귀한 기둥'(4회)이라 칭송될 만큼 주위
사람들에게는 모범적인 교인으로 인식된다는 점을 고려하면, 작가의 의
도가 어디에 있는지 확인된다. 결론을 당겨 말하자면, 이 소설의 은희가
당대 기독교인들의 전형으로 제시되었다고 할 수 있다. 여기서, 은희를
바라보는 서술자의 시선이 냉소적이거나 하지 않다는 점도 주목할 만하
다. 따라서 세태의 날카로운 제시에 목적이 있지 기독교인들의 신앙생
활을 비판하려는 의도가 앞에 나서 있지는 않다고 하겠다. 이러한 점은
「신앙으로」의 결말부에서 다시 확인된다.

　교회에 나가지도 않고 집에서 예배를 보지도 않게 된 은희 부부는
다시 신앙생활에 복귀하게 된다. 아들 필립은 언어 행복한 나날을 보
내다 아이가 세 돌 지났을 때 폐렴에 걸려 죽을 지경에 처하게 된 것
이 계기이다. 내세가 있어 죽은 아이가 지옥에라도 가면 안 되겠다
싶어진 은희가 급히 목사를 불러 죽기 전에 세례를 받게 하고, 아이
의 영혼을 위하여 경건하고 엄숙하며 진심에서 우러나오는 기도를
드린 뒤 다시 예배당에 다니기로 결심하는 것이다. 이를 두고 작가는

다음처럼 설명한다 ; "지금 은희의 마음에는 가장 절실한 필요 째문에 신앙이 부활되엇다. 사랑하는 아들과 갈라지기 실흔 어버이로서의 애정 —여긔서 생겨난 신앙이 그의 마음에 엄도왓다(sic)" 자신들이 죽어 지옥에 가서, 천당에 가 있는 아이와 만나지 못한다면 아이가 얼마나 섭섭해 하겠는가 하는 마음에 다시 신앙을 갖게 된 것이라고 해 둔 것이다.

여기서도 확인되듯이 은희 및 그 남편의 신앙생활 이력에 대해서 비판적인 시선이 없다는 점에 주목할 필요가 있다. 여러 가지 현실적, 실제적인 욕망이 거짓 발현된 것으로 주인공의 신앙을 조명하되, 적절히 거리를 두면서 세태를 묘사할 뿐이다. 실제적으로는 비판적 조명이되 서술자가 나서서 비판적인 맥락을 강조하지 않았다고 돌려 말할 수도 있다. 이러한 면모는 「신앙으로」의 경우 서술자—작가가 작품 내용 밖에서 그것을 굽어볼 뿐 섣불리 평가하지는 않고 있음을 알려준다. 김동인답지 않게 세태소설적인 차원에 머문 것인데, 그럼으로써 이 소설은 나름의 문학적 성취를 얻는다.

다시 예배당에 나가겠다는 부부의 결심을 그리면서 그 정체를 '세상의 무엇보다도 큰, 자식에게 대한 부모의 애정에서 생겨난 신앙'으로 규정하는 것이 대표적이다. 아이의 구원과 천당에서의 아이와의 만남에 대한 갈망이 은희 부부를 다시 신앙의 길에 들어서게 했다는 이러한 처리 방식은, 따지자면 여전히 '실제적 욕망의 거짓 발현으로서의 신앙생활'이지만, 한국 교회의 통속적인 구원관9)을 실제적으로 작품화

---

9) 강성도에 따르면 한국 교회는 '죽음 이후의 권선징악적 처벌과 보상'이라는 구원에 대한 통속적인 이해를 특징으로 한다. "'예수 그리스도의 대속적 죽음의 공로

한 것이기도 하다. 비판적·냉소적인 시선을 앞세우지 않고 신앙생활
의 의미를 실제적으로 그려냈다는 점은, 아이에게 세례를 주고 다시
예배당에 가기로 하는 이들 부부의 심정을 '자식을 잃은 애통 아래서
도 이상히도 일종의 안심을 느끼는 것'이라고 복합적으로 묘사한 데서
확인된다.

「이 잔(盞)을」이나 「명문」에 비해 볼 때 「신앙으로」가 보이는 이러한
면모는 작품의 성취도 면에서 긍정적으로 기능한다. 무엇보다도 어설픈
작위성이 없어짐으로써 세태에 대한 객관적인 성찰이라는 의미 있는 주
제효과를 얻어낼 수 있게 되었기 때문이다. 추상적인 기독교 신앙 자체
가 아니라 한국 사회에서 신앙생활이 갖는 면모와 의미를 실제적으로
반영했다는 점에 이 소설의 의의가 있다.

물론 이 소설에서도 기독교라는 종교의 본질에 대한 탐구 정신을 찾
아볼 수는 없다. 서술자 자신이 신앙에 대한 진실된 믿음을 전제하지도
충분히 인정하지도 않기 때문이다. 이러한 거리 두기 혹은 고민 없음이
야말로 「신앙으로」가 갖는 작지만 소중한 성취에도 불구하고 이들 작품
이 김동인 소설 세계 전체에서 변방에 머물게 되는 궁극적인 이유가 될
것이다. 덧붙여, 식민지 시대 소설들 중에 기독교를 깊이 있게 작품화한
경우가 거의 없다는 점을 고려하면, 신앙에 대한 이러한 태도는 김동인
에 국한되지 않은 보편적인 현상이라 할 수도 있겠다.

로 인해 믿는 자들이 죽음 이후에 영생을 얻는다'는 식으로 구원을 이해" 한다는
것이다(『종교다원주의와 구원』, 대한기독교서회, 1997, 137쪽 참조).

3 김동리의 『사반의 십자가』에 나타난 기독교적 구원 사상

1) 김동리의 기독교 소설과 연구사의 문제

기독교를 다룬 김동리의 소설들 특히 『사반의 십자가』는 한국 기독교 문학에서 매우 중요한 자리를 차지한다.[10) 이 부류에 속하는 김동리의 작품은 다섯 편으로 알려져 있다. 「무녀도」(『중앙』, 1936.5)가 첫머리에 놓이며 「마리아의 회태(懷胎)」(『청춘』 별책, 1955.2), 『사반의 십자가』(『현대문학』, 1955.11~1957.4)와 「목공 요셉」(『사상계』, 1957.7), 「부활—예수 되살아나심에 대한 아리마대 요셉의 수기—」(『사상계』, 1962.11. 이하 「부활」)가 그것이다. 여기서는 뒤의 세 작품을 대상으로 한다.[11)

『사반의 십자가』에 대해서는 많은 연구 성과가 쌓여 있다. 이들 중 전면적인 작품론으로서 문제적인 경우들은 다음 두 가지 특징을 보인

---

10) 이동하의 『한국 소설과 기독교』(국학자료원, 2003)와 『한국현대소설과 종교의 관련 양상』(푸른사상, 2005)을 보면, 김동리의 『사반의 십자가』야말로 최근에 이르기까지의 한국문학에서 기독교(및 예수의 부활)를 다룬 작품들 중 수작이라는 평가를 확인할 수 있다.

11) 이동하는 「무녀도」를 제외한 네 작품을 두고서 "「마리아의 회태」에서 개작본 『사반의 십자가』에까지 이르는 일련의 작품들 사이에는 시간이 흐름에 따라 점진적으로 '대담성'이 강화되어 갔다고 하는 변화가 확인된다"고 파악한다(「복음서와 소설 사이의 거리 문제」, 『한국 소설과 기독교』, 앞의 책, 21쪽 ; 이 점에 대해서는 뒤에서 검토해 본다).

　　이동하의 지적대로 「마리아의 회태」는 다른 작품들과 달리 <누가복음>과 <마태복음>의 기록을 종합하는 데 그쳐, 작가의 창조적인 개입의 면모가 대단히 협소한 작품이다(19쪽). 이러한 점에다가 '구원'의 문제를 다루지는 않는다는 이유를 덧붙여 본고에서는 이 소설을 논의하지 않는다. 「무녀도」를 빼는 이유도 동일하다. 연구대상의 시기적인 범주 설정과 관련하여 『사반의 십자가』 또한 개정판이 아니라 원본을 따른 어문각 판(『신한국문학전집』, 26권, 1982)을 대상으로 한다.

다. 첫째는 김동리의 순수문학관 및 제3휴머니즘론과의 관련에 지나치게 매달리는 경향이다. 작가생활 35년 중 처음으로 작품을 얻었다 한 <작가 후기> 등에 주목하여 의도의 오류에 빠지는 혐의까지 보인다.[12] 이 외에, 이 소설을 두고 동양사상을 강조하는 경우도 적지 않은데, 이러한 파악들은 작품의 실제에 비춰볼 때 설득력이 떨어진다.[13]

둘째는 이 소설에 담긴 기독교의 해석과 관련하여 이분법적인 접근 경향을 보이는 것이다. 이러한 논의들에서는, 예수와 사반 각자가 천상과 지상을 대변한다는 점을 전면화하여 작품의 의미 구조나 구성 자체가 그러하다는 식으로까지 확대하기도 한다. 작품의도를 명확히 분석하고 그에 근거하여 내린 평가가 아니라, 작품의 주제 요소 중에서 이 양자를 끌어내고 그것만을 집중적으로 부각시킨 결과일 터인데, 이는 작품의 실제 면모에 비추어 볼 때 편의적인 분석이라 하지 않을 수 없다.

---

12) 신춘자의 경우 이러한 문제들의 전형적인 사례에 해당한다(「기독교의 구원과 『사반의 십자가』 연구」, 한국현대문예비평학회, 『한국문예비평연구』, 2000).
13) 작품의 전체적인 면모를 검토하지 않고 사반과 예수의 대립에 주목하면서 이러한 제 특징을 보인 원류는 김병익과 김현이다(김병익, 「자연에의 친화와 귀의」, 『동리문학연구』, 서라벌문학 8집, 1973 ; 김윤식·김현, 『韓國文學史』, 민음사, 1973). 이후 이러한 파악 방식이나 판단 내용들이 무반성적으로 이어져온 감이 있다. 손봉주의 「김동리 『사반의 십자가』의 분석적 연구」(청람어문교육학회, 『청람어문학』, 1993)가 대표적인 예가 된다. 화랑도에 짜 맞추어 가면서 이 작품을 검토하는 외삽적인 재단비평의 극단적인 사례 또한 특기할 만하다(방민화, 「제3휴머니즘과 '화랑'의 소설적 변용 연구 ― 김동리의 『사반의 십자가』를 중심으로」, 한국현대소설학회, 『현대소설연구』 24, 2004).

2) 구성 및 서술 방식을 통해 본 『사반의 십자가』의 진면목

한 편의 소설이 우리에게 건네는 의미를 단순화하여 '주제'라 한다면 『사반의 십자가』의 주제는 물론 천상과 지상으로 이원화된 구원의 문제에 대한 탐구라 할 수 있다. 하지만 소설을 구조화된 전체로 보아 그 의미 또한 '구조의 효과'로 파악하는 자리에서는 이른바 '주제'라는 것 자체가 성립되기 어렵다. 여기서는 하나의 명제로 표현되는 '주제'가 아니라 서로 어긋나기까지 하는 다양한 의미들의 복합체로서 '주제효과'가 중요해진다.

이러한 견지에서 볼 때 『사반의 십자가』는 어떠한 소설인가. 기존 연구들의 편향을 염두에 두고 간략히 정리하자면, 이 소설은 예수와 사반이 대조되는 이원구조를 가진 서사가 아니라 사반의 서사에 예수 관련 부분이 삽입된 셈이라 보는 것이 온당하다. 이는 서사구성에서 일차적으로 확인되며 인물구성상의 특징에서도 그 근거를 찾을 수 있다.

『사반의 십자가』의 서사는 혈맹단 단장인 사반과 그 주변 인물들의 행적에 의거하여 전개되고 있다. 사반이 막달라 마리아를 처음 만난 이후 그녀와의 운명이 밝혀지는 동안, 사반이 하닷 단사와 그의 딸 실바아와 맺는 인연이나, 마리아와 실바아의 관계, 나바티야에 잡혀간 실바아를 구하기 위한 작전, 로마군과 혈맹단의 교전 등등이 이들 인물들에 의하여 세밀하게 전개된다. 나바티야의 아굴라가 벌이는 행적이 여기에 가미되고 그와 유사한 서술 비중으로 예수의 행적이 더해질 뿐이다. 기본적으로 이 작품은 사반 등의 서사에 토대를 두고 있는 것이다.

예수의 서사와 관련해서는 다음 세 가지를 주목할 필요가 있다. 첫째

는, 혈맹단 단원인 유다와 도마 등이 예수의 제자로 들어가 그의 동향
을 소개하는 장치가 우선적이어서, 예수의 죽음을 다루는 8절에 이르기
전까지 예수는 사실 거리를 두고 조명될 뿐이라는 점이다. 둘째는, 예수
의 행적과 사상을 다루는 전체 방식이 거리를 둔 관찰자 시점 위주로
되어 있다는 사실이다. 이상에 근거하여, 작품에 세 차례 등장하는 사반
과의 대화 장면에서도 예수가 그리스도로서의 면모를 한 치도 벗어나지
않는다는 점을 셋째로 꼽을 수 있다. 그의 내면이 드러나는 것은 대화
바깥에서 회상의 형식으로만 비춰질 뿐이다. 요컨대 이 소설의 예수는
관찰자적 시점에 의해 여호와의 아들로서 갖는 신성을 훼손당하지 않고
있다. 대체적으로 보아 서술의 범위가 그의 내면을 침범하지 못하는 까
닭에 그의 신성이 상처받지 않고 보존되는 것이다.14)

---

14) 이와 관련하여, 예수의 행적을 세세히 그리되 기독교적인 신성을 집중적으로
   부각시키지는 않는 「목공 요셉」(『사상계』, 1957. 7)을 살펴보고 이동하의 논의
   를 재고해 볼 수 있다. 이 소설은 열다섯 살 된 예수를 맏이로 둔 여덟 식솔을
   거느린 병약한 가장 요셉을 주동인물로 내세운 작품이다. 예수가 열두 살 때
   유월절에 성전엘 가서는 자기를 찾느라 고생한 부모에게 "왜 그렇게 찾으셨어
   요? 내가 아버지 집에 있을 줄을 몰랐습니까?"(327쪽) 하는 말에 "요셉은 쇠망
   치로 머리를 얻어맞는 것같이 정신이 횡했던"(같은 곳) 이래로 가슴앓이를 겪
   고 있다. 이렇게 병든 가장의 현실적인 바람과는 달리 예수는 장남으로서의 역
   할은 아랑곳하지 않고 무시로 집을 나가 디베랴의 바사바를 찾아 성서를 공부
   하거나 할 뿐이다. 문짝 짜는 일의 시한에 쫓기는 아비의 부탁이자 명령을 어
   기고 "저는 아버지께서 시키는 대로 떠나가야겠습니다"(331쪽)며 집을 나서려
   는 예수에게 요셉이 손찌검을 하고, 그럼에도 집을 나서는 예수의 모습을 보인
   다. 결국 병이 심해져 요셉이 죽고, 마리아는 이후 예수가 집에서 요셉 이외의
   누구를 가리켜 '아버지'라고 하지는 않았다고, 죽은 남편에게 미안한 마음에 거
   짓말을 했다며 작품이 종결된다.
      이상의 정리에서 보이듯 이 작품은 그야말로 소품에 불과하다. 하지만 『사반
   의 십자가』에서 예수가 형상화되는 방식과 관련하여 주목할 만한 요소를 갖고
   있다. 메시아로 나서기 전의 어린 예수를 설정하고 아비 요셉에게 뺨을 맞는

이렇게 『사반의 십자가』는 사반과 그 주변 사람들의 이야기를 줄기로 하여 구성되어 있다. 이 점을 무시하면, 마리아와 실바아의 만남 이후 아굴라의 계책에 실바아가 납치되고, 그녀를 구하기 위해 마리아가 위장 잠입하며 급기야 나바티야에 대한 혈맹단의 공격이 감행되어 나바티야 왕이 바뀌는 사건이 다루어지는 4~5절, 곧 작품 전체의 1 / 4이 사족이 되어 버린다. 이 부분은 이 소설이 일차적으로 사반의 이야기이며 역사 활극적인 요소가 짙다는 판단을 내리게 함으로써, 예수의 서사에 더하여 『사반의 십자가』의 주제효과를 풍성하게 해 주고 있다.15)

이러한 사정을 예시적으로 보여주는 것이 바로 막달라 마리아의 서사이다. 예수를 따르게 된 뒤의 모습을 보면 구원된 자의 신실함을 잘 보이고 있지만, 사실 그녀의 서사 대부분은 사반과 관련되어 있으며 세속적인 사건으로 점철되어 있다. 사반을 만나 사랑에 빠지고, 실바아에게 질투를 느

등 작품 내 세계의 실제적인 맥락에 갇혀 있는 것으로 그리면서도, 예수의 내면을 드러내지는 않고 있다는 사실이 눈에 띈다. 요셉이나 마리아의 경우와는 달리, 예수를 대상으로 해서는 심리 묘사도 없고 그의 행동에 대한 내적인 설명도 전혀 없는 것이다. 이러한 상태에서 '아버지[=하나님]'의 뜻에 따라 움직이고 성전에서 율법학자와 논의하는 등의 모습을 그리고 있다. 이러한 특징은, 『사반의 십자가』에서와 마찬가지로 이 소설에서도 예수의 신성을 전제하고 있다는 점을 알 수 있게 한다.

예수를 형상화할 때 그의 내면을 건드리지 않는 이러한 방식은 「부활」(『사상계』, 1962. 11)에서도 달라지지 않는다. 따라서 이동하가 말하는 '대담성의 강화' 역시 제한적으로만 이해되어야 한다. 소설적 각색의 정도가 증대된다고 해도, 예수의 내면까지 파고들어가서 그의 신성을 저울질해보는 데까지 나아가지는 않는 까닭이다. 정확히 이 점에서라면 오히려 『사반의 십자가』가 그러한 면모를 가장 뚜렷하게 보인다고 할 수 있다.

15) 『사반의 십자가』의 역사 활극적인 면모는, 나바티야에서 귀환하는 혈맹단이 도둑떼를 만나 물리친다는, 본서사와 분리된 우연적이고 독립적인 에피소드의 등장에서도 확인된다.

끼며, 그럼에도 불구하고 납치된 실바아를 구출하기 위해 나바티야 왕국에 들어가는 등은 연애소설로도 스릴러물로도 읽히게끔 되어 있다. 사반과 오누이임이 밝혀져 죽고자 하다가 구원되는 것 또한 이러한 의미 효과를 한층 강화한다. 여기까지 보면 초점 자체가 죄와 구원의 맥락에 닿아 있지 않다고 할 수 있다. 그 뒤 예수에 의해 영혼이 구원받고 새로운 삶을 살게 되는 데서 일반적인 연애소설류를 떠나게 되지만, 이 부분의 마리아가 이전과는 달리 별다른 행적을 보이지도 않고 그 내면 또한 (예수가 그렇듯이) 충분히 그리고 직접적으로 묘사되지 않는 점도 특기할 만하다.

막달라 마리아의 서사는 개체 발생이 계통 발생을 되풀이하듯이 그 자체로 『사반의 십자가』 서사의 압축이라고 할 수 있다. 유다의 고발 이후 그녀가 어떻게 되었는지를 다루지 않는 것이, 예수의 부활에 대해 작품 내 세계의 맥락을 연장하지 않고 서술자—작가의 언어로 처리해버린 것과 상통한다고 할 만큼, 그녀의 서사는 이 소설의 초점과 기독교에 대한 접근 방법을 함축적으로 보여준다.

이상의 논의를 정리하면 다음과 같다. 『사반의 십자가』는 기독교의 문제, 인류 구원의 사상을 작품에 끌어넣지만 주안점을 거기에만 두지는 않고 있다. 결코 그 의미를 왜곡하거나 소홀히 하지는 않되, 그렇다고 그 입장에 서서 선선하시도 않고 그것을 탐구의 대상으로 설정하지도 않는 것이다.[16] 요컨대 그와 어긋나고 반대되는 방향에서 이야기를

---

16) 이러한 점은 예컨대 이문열의 『사람의 아들』(민음사, 1979 / 1987)이나 정찬의 「슬픔의 노래」(26회 『동인문학상 수상작품집』, 조선일보사, 1995), 『세상의 저녁』(문학동네, 1998) 등이 보이는 신성에 대한 문제 제기와 탐구 정신에 비춰볼 때 분명해진다.

전개해나가 그 표면에 다다를 뿐이라고 할 수 있다. 따라서 온당하게 말하자면 『사반의 십자가』는 예수 시대를 배경으로 삼고 유대의 독립을 원하는 사반과 혈맹단원들의 염원과 지향을 중심축으로 하여 그들의 삶의 굴곡을 보여주면서, 구원의 문제를 탐구하는 작품이라고 할 수 있다.17)

서술 방식상의 특징도 더해 두자. 이 작품에서는 섬세한 심리 묘사와 상황 설명이 돋보인다. 아굴라와 야일 및 유다 등의 관계에서 각자가 느끼는 심리와 품고 있는 의도 등에 대해 정치하게 파헤치거나, 예수의 말이 뜻하는 바를 주변 사람들이 잘 이해하지 못할 때 상황에 비추어 그 의미를 알려주거나 하는 데서 묘사와 설명의 핍진함이 잘 확인된다.

심리 묘사나 대화를 통해서 인물들을 성격화하고 그들의 관계를 역동적으로 보여주는 것도 특징적이다. 유다가 마리아나 도마와 벌이는 대화는 이러한 성격화에서 가장 빛나는 부분에 해당한다(342~6쪽). 예수와의 끈이 끊어지고 하닷까지 잃어 낙심 상태에 빠진 사반과 스가랴의 심리 묘사 및 대화(355~6쪽), 예수의 언행과 그것을 대하는 주변 인물들의 심리 등에 대한 묘사도 대표적인 예가 된다. 이 경우들에서 심리의 묘사가 묘사 대상의 심리를 드러내는 한편 상대방의 성격화에 기여하는 점까지 고려할 때, 『사반의 십자가』가 보여 주는 심리 묘사와 대화의

---

17) 기존 연구에서 이와 비슷한 파악을 보인 예로 유인순의 「광야의 소리와 별빛—『사반의 십자가』의 구조와 성서의 변형 수용」(한국어교육학회, 『국어교육』, 1994)을 들 수 있다. 논문의 전체적인 구도를 성경의 텍스트화 양상으로 짜고 '성서적 인물'과 '사반의 무리'를 대칭적으로 비교 검토하고 있지만, 이 소설이 '사반과 그 무리들의 이야기'라는 적절한 판단을 잃지 않고 있다(142, 164쪽). 작품을 온당히 파악한 위에서, 논의의 초점을 기독교적인 데 맞춘 경우라 하겠다.

자유로운 구사는, 인물의 내면에 대한 서술자의 개입이 다른 등장인물을 거치는 방식으로 절제되어 있음을 의미한다.

예수와 관련해서는 이러한 특징들이 집약적으로 드러난다. 그의 가르침이나 언행에 대해서는 거리 두기에 의해 서술자의 해석이 차지하는 비중이 커지나,[18) 예수의 신성에 대해서는 직접적인 교설적 언사가 철저히 배제된다. 예수의 신성을 전제한 위에서 대체적으로 거리를 두고 묘사하는 것이다. 따라서, 예수의 행적이 이적을 중심으로 기술되고 골고다에서는 고통스러워하는 겉모습이 문면에서 부각된다 해도, 이러한 기술 양태가 궁극적으로는 '예수의 신성을 전제한 위에서의 거리 두기를 통한 외적 관찰'에 의해 나온 것임을 몰각해서는 안 된다.[19)

이와 관련하여 다음을 지적할 수 있다. 예수에 대한 이러한 묘사 방식이, 당대인들의 한계를 드러내는 효과를 부가적으로 거둔다는 점이다. '이적'이 아니라면 예수를 메시아로 보지 못하는 당시의 한계를 조명해 주고 있는 것이다. '메시아는 현실적이리라'는 이와 동일한 인식은, 예수가 로마에 직접 부딪히게 해 보자고 꾀를 내는 사반이나(324~5쪽), 예수에게서 '마지막 기회'를 보고자 예루살렘에 입성하는 예수를 열렬히 환호하여 제사장들과 바리새인들의 분노를 촉진하는 혈맹단원들(373쪽),

---

18) 예를 들어, 지친 심신을 달래고자 뵈니게의 항구로 나온 예수에게 헬라 여인이 구원을 청할 때 "자녀들에게 먹일 떡을 개에게 던지겠느냐" 하며 예수가 보이는 언행을 심도 있고도 곡진하게 해석하는 것 등이 그러하다(338~9쪽).
19) 예수의 작품화와 관련하여 『사반의 십자가』를 검토하는 경우, 이적 중심의 묘사를 지적하면서 예수와 기독교에 대한 작가의 이해와 의식이 미흡하고 불철저하다거나, 동양정신으로 각색했다는 판단의 근거로 활용하는 경우가 적지 않다. 그러나 이러한 파악은 앞서 지적한 외삽적·전제적인 오류에 가까운 것으로 보인다.

골고다의 예수에게 십자가에서 내려오라고 요구하는 사람들에게서도 명확히 드러난다(381~2쪽).

3) 『사반의 십자가』에 그려진 기독교적인 구원의 문제

『사반의 십자가』의 구성 및 서술 방식상의 특성을 파악한 위에서, 기독교적인 구원의 문제를 다루는 방식에 대해 검토해 보자. 이는 크게 두 가지로 나누어 볼 수 있다. 예수의 구원관이 하나이고, 사반 일행과 예수가 만나 벌이는 논의에서 확인되는 두 가지 구원관의 차이가 다른 하나이다.

예수의 구원관과 관련해서 다시 두 가지를 특징적으로 지적할 수 있다. 첫째는 언행으로써 구원을 드러내는 예수의 면모가 기독교의 교리에 충실하게 그려져 있다는 점이다. 뒤에 살피는 바 사반과의 만남에서 행하는 언행이 대표적인 예가 된다. 일견 당연하다 할 수도 있지만 앞서 살폈듯 김동인 등의 기독교 이해에 비할 때 이 점은 십분 강조할 만한 특징이 된다. 한국 기독교문학의 종교적 충실성 면에서 중요한 요소이기 때문이다.

둘째는 구원에 대한 예수의 이해가 변화를 보인 것으로 설정된다는 점이다. 예수의 회상을 통해 보여지는 젊은 시절의 예수는 메시아를 기다리는 사반이나 보통 사람들과 동일한 구원관을 가지고 있던 것으로 되어 있다. 유대 민족을 애굽에서 구해낸 모세처럼, 로마 치하의 민족을 해방시키는 메시아로서 자기의 소명을 의식한 것이다(253~4쪽). 그러던 것이 '회개하라, 천국이 가까웠나니라' 외치는 세례 요한의 말을 통해 하나님

의 말씀을 듣고 마음속이 성신으로 충만하기 시작했던 것이다(255쪽).20)

구원에 대한 올바른 이해 과정을 겪었기에 예수는, 여전히 지상의 구원을 바라는 사반 등의 기원을 그리스도로서 안타까워한다. 예수의 이러한 면모를 담음으로써 『사반의 십자가』는 기독교적 구원을 작품화하는 데 있어서 폭과 깊이를 유지할 수 있게 된다. 일방적으로 가르치는 것이 아니라, 배우는 자들의 현실적이고 그럼으로써 어리석은 지향에 비추어 참된 구원의 의미를 새삼 곱씹게 해주기 때문이다. 이는, 예수의 신성을 훼손하지 않으면서 소설적 창의 면에서 설득력을 갖추는 설정이기도 하다.

자신이 말하는 바 천상에서의 올바른 구원을 알아듣지 못하는 사람들에 대한 예수의 안타까움은 다음에서 잘 드러난다.

> 나를 누군 줄 알았단 말인가? 메시아! 그렇다, 그는 나를 메시아로 안다는 것이다. 자기들이 생각하는 대로의 속된 메시아로…… 모세도 솔로몬도 일찍이 완성시키지 못한 영원히 화평 있는 이스라엘의 왕국을 세우고, 그 왕국의 왕이 된 메시아! 그들은 나에게서 이것을 구하는 것이다. 아니, 그들뿐 아니라, 모든 유대 사람들이 구하는 것도 모두 이것

20) 첫 만남에서 사반이 던진 질문이 예수의 "보다 더 젊던 날의 고민을 다시금 환기시"켰다고 했지만(253쪽), 회상 내용이 구체적으로 펼쳐지는 후속 부분에 대한 위의 정리에서 보듯 실제로 예수는 지상의 구원과 천상의 구원을 두고 '고민한 적은 없는 것'으로 되어 있다. 뒤에 가서, 예수가 이적보다 설교에 치중하는 이유 중의 하나로, 하나님의 뜻이 "오직 땅에서 이루어지기를 깨끗이 또한 명백하게 원했"던 사반의 마음을 떠올릴 때도(310~1쪽) 그가 구원의 문제를 두고 '고민'하는 것은 아니다. 이때의 예수는 구원의 의지로 가득 차 있어서, 그의 심정은, 뒤에 다시 나오는바, 구원을 이해하지 못하는 속인들에 대한 안타까움에 가깝다 할 것이다(356~7쪽 참조).

인 것이다. 속된 메시아를!…… 아니 이것은 정말 메시아일는지도 모른
다. 그러나 그것은 있을 수 없는 일이다. 그들은 육신을 지닌 채 하늘나
라로 가고 싶은 것이다. 돈과 권세와 지위와 그 밖의 모든 땅 위의 영화
를 거느린 채 하늘나라로 가고 싶어 하는 것이다. 이것을 버림으로써
저것이 얻어진다는 것을 모르는 것이다. 영원한 생명을 얻기 위해서는
지금의 제 목숨까지도 버려야 한다는 것을 모르는 것이다. 아무리 가르
쳐도 알아듣지 못하는 것이다. 나의 사랑하는 제자들까지도 깨닫지 못
한 것이다. (중략) …… 그러나 나에게서 병 고침을 받은 몇몇 사람들은
나를 알았을 것이다. 믿고 있을 것이다. 나의 사랑하는 제자들보다도 그
들이 나를 더 잘 알고 있을지도 모른다. 그러나 이것은 쓸쓸한 일이다.
나의 제자들이 나를 모른다면 누가 나의 길을 가르쳐 준단 말인
가.(356~7쪽)

　이 인용에서 주목되는 것은, 예수의 경우 천상의 구원에 대한 엄정한
인식 아래 약간의 동요와 쓸쓸함이 깔려 있다는 점이다. 그가 드러내는
언행과 달리 그의 심정을 묘사하고 있는 이 구절이 보이는 약간의 동요
와 쓸쓸함은 모두, 세례 요한을 만나기 전까지는 예수도 사람들처럼 속
된 메시아를 생각해왔다는 설정에서 오는 것이며, 사람들의 그런 바람
이 갖는 현실성과 진정성을 무시하지 않는 데서 온다. 이적을 받은 자
만이 예수를 믿을 뿐이라는 상황 설정은, 지상의 구원에 대한 바람 때
문에 당시 유대인들이 예수의 구원을 이해할 수 없었음을 잘 보여주고
있다.21)

---

21) 이와 관련하여, 기독교적 구원의 한 가지인 '칭의' 즉 의롭다 함을 받는 것과
　'회개'의 원리를 참조할 수 있다. 예수를 믿는 한, '예수 안에 있는 구속으로 말
　미암아 하나님의 은혜로 값없이 의롭다 하심을 얻은 자 되었느니라'(<로마서>
　3 : 24)라는 말처럼, 은총을 얻기 위해 행하는 인간의 공로가 아니라 하나님의

구원의 문제를 다루는 『사반의 십자가』의 두 번째 특징은 기존 연구에서도 계속 주목되었듯이 예수가 대표하는 천상의 구원과 사반이 대표하는 지상의 구원 이 두 가지가 대립적으로 조명된다는 사실이다. 그러나 앞서도 지적했듯이 예수에게 이미 이 두 가지가 모두 있었으며, 천상의 구원이 올바른 구원이라는 결론 또한 맺어졌다는 점을 염두에 두어야 한다. 보다 직접적으로 말하자면, 예수가 참된 구원을 말하되 사반 등이 그것을 알아듣지 못하고 계속 자신들이 생각하는 구원의 가능성을 바랄 뿐이라는 점을 간과하지 말아야 한다. 작품 내에서 이미 이루어진 이러한 판단을 염두에 두고서 예수와 사반이 만나 벌이는 세 차례의 구원론을 검토할 때, 구원 문제를 다루는 이 소설의 실제를 제대로 파악할 수 있게 된다.

예수와 사반의 만남, 구원을 두고 벌이는 그들의 대화에서 먼저 주목할 점은 각자가 보이는 태도이다. 예수는 그리스도의 면모를 보이며 시종여일하게 천상의 구원을 말하고 있으며, 그런 예수에 대해 사반 등이 비판하거나 부정하지 않고 그를 메시아라 믿는 상태에서 질문할 뿐이다. 서술자 또한 그러한 예수를 비판하지 않고 있다. 간단히 말하자면,

---

은혜로 칭의를 받게 된다. '회개' 또한 마찬가지다; "회개는 마음을 완전히 바꾸고 새로운 태도를 갖는 것을 의미 (중략) 마음을 완전히 바꾸어, 스스로는 아무것도 할 수 없으며 오직 그리스도께서만 구원하실 수 있다는 것을 인정 (중략) 스스로 구원을 이루려고 뭔가 열심히 노력하는 대신 주 예수님께 모든 것을 맡기는 것"(109쪽). 아이언사이드, 『구원에 관한 10가지 주요 용어 해설』, 전도출판사, 2004 참조.

이에 비추어, 자신의 가르침을 받아들이지 못하는 사람들에 대한 예수의 안타까움을 이해할 수 있다. 예수를 믿는 것 자체가 구원의 시작이요 마감인데, 사반 이하 주위 사람들은 예수에게서 '다른 모습'을 찾는 까닭이다.

이들의 대화는 서로 대립각을 세우는 토론이나 논쟁이 아니다. 구원에 관해서 정리하자면, 예수가 기독교의 구원을 말할 때 그것을 알아듣지 못하는 사반 등이 유대 민족을 현실적으로 구원해달라고 요청할 뿐이지, 예수의 구원관에 맞서는 지상의 구원론을 주장하는 것은 아니다.

예수와 사반의 만남에서 오고간 이야기와, 이에 관한 서술자의 논평을 살펴보자. 첫 번째 만남의 대화는 "예수는 시종일관 의연한 태도로 사반의 질문을 뒤집어만 놓았다."(249쪽)고 서술자가 정리할 만큼 가볍게 끝난다. 그 과정에서 사반이 '황홀한 환상'을 느낄 만큼 예수의 신성이 빛을 발하고 있다. 이 만남 이후 도마와 유다가 예수에게 강렬히 끌리고(251쪽) 사반이 혈맹단 차원에서 좀 더 적극적으로 접촉할 필요를 제시하는(252쪽) 것까지 고려할 때, 이들의 입장이 대립적으로 그려졌다는 파악은 설득력이 거의 없다 하겠다.

두 번째 만남도 사정이 다르지 않다. 로마의 지배로부터 이스라엘을 독립시켜 달라는 사반의 요청에 대해, 지상의 왕국이란 영원할 수 없다며 하늘의 왕국에서 영원히 거듭날 것을 가르치는 "예수의 태도는 가혹할 정도로 냉연"하다(349쪽). 이에 대해 사반은 '조금도 두려워하는 빛이 없이' 고난과 죽음에서 구해달라고, 이스라엘의 왕이 되어달라고 하며 "로마인이 만약 우리의 땅을 빼앗아 버린다면 우리의 생명은 어느 곳에서 또한 하늘나라를 찾아 거듭날 수 있겠나이까"라고 한다(349쪽). 이는 지상의 구원을 주장하는 것이 아니라 자신들을 구원해달라고 요청하는 것일 뿐이다. 이러한 점은, 사반의 말이 결국 "겔게사의 산 위에서 로마인에 의해 죽어가고 있"는 혈맹단원을 구해달라는 데로 이어지는 점에서도 확인된다(350쪽). 이에 대한 예수의 답변 곧 "사람이여, 바다(호수)

건너편에 있는 형제의 죽음을 걱정하면서 그대 스스로가 이미 죽어 있음을 깨닫지 못하느냐. (중략) 그대의 귀는 그대의 마음과 함께 하늘나라의 복음을 듣지 못하고, 그대의 마음은 그대의 육신과 함께 땅 위의 모든 죄악에 젖은 채 벗어나지 못하도다"(같은 곳)라는 질책은 자신의 가르침을 이해하지 못하는 죄 있는 자에 대한 자연스러운 표현으로 볼 수 있다. 따라서 이에 이어지는 "예수의 목소리는 분노에 찬 듯하였다"라는 서술자의 논평이 예수의 신성을 해치는 것도 아니다. 성전의 상인들을 쫓듯이 사반을 가르치며 꾸짖었을 뿐이기 때문이다. 예수가 자리를 뜬 이후의 사반이 "죽음같이 껌껌한 어둠 속에 싸여 있는 켈게사의 먼 산을 정신나간 사람처럼 우두커니 바라보고 있었다"(같은 곳)는 점 또한 이들의 대화가 구원의 방법이나 성격을 둘러싸고 벌어진 논쟁과는 거리가 먼 것임을 알려준다. 사반의 모습은, 예수의 힘을 빌리고자 했다가 실패한 자의 낭패감, 절망에 가까울 뿐, 그에 맞서 지상의 구원을 주장하는 자의 면모는 아니다.

골고다에서의 세 번째 만남은 토론도 대립도 대화조차도 없는 셈이니 이상의 논의를 뒤집을 만한 여지를 갖지 않는다. 십자가에 매달린 채 다른 도둑을 구원하는 예수를 두고 사반이 "비겁한 자여, 너는 유대 나라와 너의 생명을 버리고 어디다 낙원을 찾고 있느냐?" 하고 "예수를 꾸짖었다"(382쪽) 하였으나, 이것이 구원관을 둘러싼 본격적인 대립일 수는 없다.

따라서 이러한 장면들을 두고 '구원이란 천상의 것이어야 하는가 아니면 지상의 것이어야 하는가'를 논하는 것인 양 검토하는 것은 적절치 못하다. 의미의 긴장을 낳는 간극을 말하자면, 천상의 구원과 지상의 구원 사이의 대립이 아니라, 기독교의 구원을 설유하는 예수와 그 가르침을 이해하지 못하는 속인의 괴리를 들어야 할 것이다. 이러한 맥락에서, 예수와 기독교가 제시하는 천상의 구원이 사람들이 받아들이기에 얼마나 어려운 것인가, 달리 말하자면 기독교적 구원에 대한 이해의 어려움을 보여주는 것이 이 소설의 주제 효과 중 하나라 할 것이다.[22]

　이와 관련된 맥락에서 사반에 대해서도 짚고 넘어갈 필요가 있다. 혈맹단 단장으로서 사반이 민족해방운동가의 면모를 띠는 것은 사실이지만, 이를 단선적으로 강조하는 것보다는 그가 유대 해방 운동의 특수성에 대해 자각하고 있다는 점을 주목해야 한다. 일반적인 민족해방운동가들과는 달리, '열심당'의 전철을 밟지 않고자 여호와의 힘을 빌려 로마에 대적할 계획으로 혈맹단을 조직하고 메시아를 기다린다는 점을 간과하면 안 된다(214쪽). 메시아의 권능에 기대려는 것만이 아니라 메시아에 대한 사람들의 열망이 응집되어 나타나야 한다는 인식도 있다고 볼 수는 있지만, 『사반의 십자가』의 사반을 특징짓는 것은 무엇보다도 이러한 '기다림'의 자세이다. 사반이 예수와 대등하게 맞설 수 없는 것은 이 때문이기도 하다.[23] 끝으로, 예수에게 매료되는 도마를 주되게 내세워서

---

22) 사실 이러한 측면은 이들의 만남과 대화에서가 아니라, 예수의 행적과 사반 및 혈맹단의 행적 사이의 거리 측면에서 따지는 것이 원리상으로 더 적절할 것이다. 그럴 때에야 문학 연구로서, 소설의 전체적인 주제효과를 구명하는 일환으로 구원의 문제를 온당히 사고할 수 있게 될 터이다. 본고는, 서사구성 및 서술 방식에 대한 앞서의 분석에 근거하여, 이런 측면에서도 구원의 문제가 '대립적으로' 제기되지는 않았다고 본다. 사실 사반과 혈맹단의 서사는 구원의 문제에 긴밀히 닿아 있는 것이 못 되는 까닭이다. 로마군과의 전투에 이르기 전까지 이 소설에서 로마 지배 아래 있기 때문에 생기는 곤욕 등이 전혀 나타나지 않는 점도 덧붙여 두자. 지상의 구원을 간구할 만한 소설적 형상화가 『사반의 십자가』에는 없는 것이다.

예수가 메시아라는 점을 서사적으로 부각시키고 있음도, 예수와 사반 및 혈맹단의 관계를 적절히 사고하는 데 간과할 수 없는 사실이다.[24]

4) 예수의 죽음과 부활의 문제 ;『사반의 십자가』와 「부활」의 자리

『사반의 십자가』에서 예수의 죽음과 부활을 다루는 구절은 여타 부분에 비해 볼 때 대단히 이질적이며 이 작품의 위상과 관련하여 문제적

---

23) 권력에 대한 관계에 있어서 사반이 자신의 왕국을 꿈꾼다고 단선적으로 말하는 것은 부적절하다. 왕이 되리라는 하닷의 말에 내면적으로 끌리기도 하지만, 혈맹단 단장으로서 그는 독립 왕국의 건설을 목표로 하고 있으며 독립된 나라에서는 제 신분이 무엇이 되든 상관없다고 생각한다(234쪽). 요컨대 지상의 권력자가 아니라 자유 독립 민족의 일원이기를 바라는 것이다.

여기 더하여, 사반이 하닷과 예수의 신이력(神異力)에 기대는 한편, 욕망을 억누르지 않고 특별히 종교생활을 하지는 않는 면모에 대해서도 균형 잡힌 해석이 필요하다. 그의 이러한 면모가 비기독교적이며 현세적이고 자유주의적인 모습임에는 틀림없으나, 이를 두고 동양사상과 가깝다거나 김동리가 말하는 제3 휴머니즘의 인간형으로 보는 것은 비약이라 하지 않을 수 없다. 첫째 경우는 사반이 갖는 메시아에 대한 열망을 설명할 수 없으며 점성술 등이 동양사상에 가깝다고 말하는 것도 설득력이 없기 때문이다. 둘째 경우는 이 작품의 시공간적인 배경이 갖는 작품 내의 규정력을 무시하는 것이자, "자본주의적 기구의 결함과 유물변증법적 세계관의 획일주의적 공식성을 함께 지양하여 새로운 보다 더 고차원적 제3세계관을 지향"(김동리,『문학과 인간』, 민음사판 전집 7, 1997, 94쪽)한다는 제3 휴머니즘이 역사적인 위상을 고려할 때 김동리가 수상하는 바와도 거리가 먼 것이라 하겠다.

24) 이 맥락에서, 작품 말미에서 서로 대립하는 도마와 유다의 성격화를 비교할 필요가 있다. 유다가 예수의 메시아적인 권능을 보기 위해 마리아를 이용하려 하다가 실패하자 그녀를 겁탈하고자 하고 결국 그녀를 로마군에 고발한 뒤, 끝내는 예수를 팔게 되는 과정은(343~6, 366, 372~4쪽), 내적 계기가 충분히 마련되지 않았다는 점에서 성격화의 실패에 해당한다고 할 수 있다. 이에 비할 때, 예수의 가르침을 차츰 정확하게 알아나가는 도마(323, 340, 365쪽)가 그를 제지하게 한 처리 방식은, 예수의 형상화와 구원의 문제에서 이 작품의 의도가 이 논문이 정리한 데 있음을 알 수 있게 한다.

이다.

십자가에 달린 예수의 면모는 철저히 사반과 대조적으로 그려진다. 사반이 불굴의 의지를 선보이는 반면 예수는 육신을 가진 인간의 면모를 짙게 띠는 것으로 형상화된다(380~2쪽). 그 와중에 사반의 질문에 대하여 예수가 스스로 메시아임을 확인시키고(381쪽) 다른 도적을 구원하는 행동을 보인 것으로 그리지만(382쪽), 죽음에 임하는 자세에서의 이러한 대비는, 거리를 둔 묘사와 곡진한 설명을 통해 예수의 신성을 훼손하지 않았던 이 소설의 앞부분 전체에 비할 때 다소 낯선 것이다. 서술 의도의 변화에 의한 것이 아닌가 의심할 만한 이러한 장면 처리의 이유를 추론하기 위해서는, 이어지는 부활 부분을 검토할 필요가 있다.

예수의 부활 부분은 죽음 장면보다도 더 심하여, 형식적으로 매우 이질적이고 내용적으로 적지 않게 충격적이다. 작가가 직접 등장하여 그의 신성과 관련된 문제를 정면으로 제기하는 까닭이다. 문면상으로는 구분되지 않을 만큼 자연스럽게 이어져 있지만, 작가의 노골적인 등장을 확인하는 것은 어렵지 않다. 해당 부분을 옮겨 보자.

　　이것을 본 여자들이 일면 놀라며 일면 신기하게 생각하여 곧 가서 예수의 제자들에게 알리자 요한과 베드로가 먼저 뛰어 나와 보니 과연 그녀들의 말과 같았다. 베드로는 무덤 속에까지 들어가 보았지만 역시 시체는 없고, 시체를 쌌던 세마포가 놓였고, 또 머리를 쌌던 수건은 세마포와 함께 놓이지 않고 딴 곳에 개켜져 있더라는 것이다. 아무리 찾아도 그의 시체는 간 곳이 없었다. 그러고 보면 그것은 그가 평소에 예언한 바와 같이 부활을 했기 때문인지도 몰랐다.
　　이것을 처음 그렇게 믿기 시작한 것은 앞에 나온 세 사람의 여자와 베드로와 요한들이다. 그들뿐 아니라 다른 사람들도 믿을 만한 일이다. 그는 사실상 오늘에도 살아있지 않은가.

그러나 아무리 그의 부활을 믿는 사람일지라도 그 무덤에서 돌을 밀치고 나간 예수의 육신이 그대로 하늘나라로 올라간 것이라고 생각한다면 그것은 너무나 완고한 시(詩)다. 만약 문제가 어디까지나 그의 시체의 행방에 있는 것이라면, 처음부터 자진하여 그것을 인수하러 나타났던 아리마대 요셉이, 그만한 사랑과 용기와 정의의 사람이, 왜 그의 부활을 그의 제자들과 더불어 맞이하지 못했던가 하는 사실과 아울러 생각할 필요도 있을 것이다.(384~5쪽. 밑줄은 인용자)

인용문 첫 문장은 작품 내 세계의 맥락에 그대로 이어진다. 그러다가 요한복음 20장 6~7절을 옮긴 밑줄 부분의 서술부가 '―는 것이다'로 되면서 작가가 등장한다. 이렇게 등장한 작가는 이후 부분에서 자신의 추론과 주장을 마음껏 펼친다. 시체가 없어졌다는 사실을 확인하며 성경에 나타난 사실을 끌어온 뒤에, 그 시체 곧 육신이 그대로 하늘로 올라갔을 수는 없다는 현실적·실제적인 추정을 제시하는 것이다.

이와 관련하여 다음 세 가지를 말해 둘 수 있다. 첫째는 작가의 육성이 적나라하게 삽입되어 작품 세계를 흔들고 있다는 점이다. 둘째는, 예수의 육신에 관한 한 그대로 하늘로 올라갈 수는 없으리라는 지극히 현실적인 판단을 내세워, 부활이 갖는 종교적인 의미에 충격을 가하고 있다는 사실이다. 이는 작품 전편에서 유지되었던바 예수의 신성에 대한 거리 두기와는 판이하게 다른 것으로서, 『사반의 십자가』에서 유일하다 할 만큼 독신(瀆神)의 성격이 짙다.25) 셋째, 인용문 끝 부분의 의미가 모

---

25) 보다 명확히 말하자면 이 구절은 "예수께서 저희를 데리고 베다니 앞까지 나가사

호하다는 점을 보텔 수 있다. 이 구절은, 아리마대 요셉이 부활을 맞지 못한 이유를 생각하게 하여, 예수의 '육신의 부활'에 대한 현실적인 추론을 독자에게 요구하는 것인데, 이에 대한 작가 자신의 답을 제시한 것이 바로 「부활」이다.

작품 내내 예수의 신성을 건드리지 않고 거리를 두는 서술 방식을 견지해 오다가 이렇게 작가의 육성을 그대로 드러내면서 독신에까지 나아가게 된 사실은 무엇을 의미하는가. 이를 해명하고 그 의미를 따지기 위해서는 먼저 예수의 부활이 기독교에서 갖는 의미를 살펴야 한다. 예수의 부활은 "모든 인간 존재의 부활에 대한 희망일 수 있으며 보편적 부활의 선취로 이해될 수 있"는 것으로서, '인간의 불의를 이기는 하느님의 개선(凱旋)'을 보여주는 사건이다. 따라서 예수의 신성을 전면적으로 승인하지 않는 한 곧 기독교도가 되지 않는 한 받아들일 수 없는 사건이라고 할 수 있다.26)

이 점을 고려할 때 위의 처리 방식은, 『사반의 십자가』의 작가가 기독교를 이해하기는 하되 믿지는 않고 있음을 의미하는 것이라고 할 수

손을 들어 저희에게 축복하시더니 축복하실 때에 저희를 떠나 (하늘로 올리우)시니"[…… While he was blessing them, he left them and was taken up into heaven]라는 <누가복음> 24장 50~1절이나, 이 장면을 보다 구체적으로 기술한 <사도행전> 1장 9~11절의 내용을 정면으로 부정하는 것이다. <사도행전>의 이 구절에 대한 기독교계의 주석에서는, "유대인 독자들이 승천을 이해"하고 있으며, 예컨대 승천과 하강을 보이는 "이러한 천사의 움직임을 특별한 사건으로 여기지 않았다"고 명기하고 있다(376쪽). 요컨대 예수의 승천이란 육신의 승천이라는 것이다. 그의 부활이 바로 '육신의' 부활이었던 것처럼 말이다(298쪽). 크레이그 키너, 정옥배 외 역, 『성경 배경 주석－신약』, 한국기독학생회출판부, 1998.
26) 최혜영, 「그리스도교 관점에서 본 인간과 세계의 완성」, 종교문화연구회 편, 『구원이란 무엇인가』, 도서출판 창, 1993, 435~6쪽 참조.

있다. 기독교의 구원관을 포함하여 유대 민족의 이야기를 소설화하기는
하되 기독교를 선교하는 포교 활동과는 명확히 거리를 두고자 했던 것
이라고 바꿔 말해도 좋다.

사정이 이러하기에, 『사반의 십자가』가 보이는 예수 부활의 처리 방
식은, 이 소설의 위상을 규정하는 데 매우 중요한 관건이 된다고 할 수
있다. 서술 방식의 통일성을 깨어 작품 세계를 뒤흔드는 손실을 감수하
면서까지 작가가 나섬으로써, 포교를 염두에 둔 선교문학에 빠지지 않
게 된 것이다.

작가가 직접 등장함으로써 『사반의 십자가』가 선교문학의 자리를 벗
어나 문학작품의 보편적인 지위를 잃지 않았다고 해도, 작품의 통일성
파괴라는 문학적 손실은 적지 않다. 궁극적으로 보아 예수의 부활에 대
한 작가의 특이한 이해에서 말미암은 이러한 문제에 대한 작가적 보상
심리가 낳은 것이 「부활」이다.

「부활」은, 빌라도에게 청하여 예수의 시체를 수습한 아리마대의 요셉
을 서술자로 하여, 예수의 부활을 새롭게 해석하고 있다. 골고다 언덕에
사반까지 등장시켜 예수와 대비하는 데서는 『사반의 십자가』의 연속이
지만, 예수의 구원을 받는 다른 도적의 이름을 '마나엔'으로 명기하고,
무덤을 마련하여 예수를 장례 지내고 이튿날 찾아간 요셉이 그 사이 되
살아난 예수를 안전한 곳으로 옮겨 기력을 회복케 하는 데서는 별개의
작품에 해당한다.

이 소설의 가장 큰 특징은 단연, 예수의 부활에서 신성을 제거하는
데 있다. 육체적인 부활을 암시하는 두 차례의 복선 뒤에 "형틀(십자가)
에 달려서 죽었던 사람이 나중(틀에서 내리어진 뒤) 되살아났다는 이야기

는 나도 얼마든지 알고 있는 것이다"(56쪽)라고 하여, 사실상 엄밀한 의미에서는 예수가 부활한 것이 아니라 일종의 가사 혹은 임사 상태에 있었다가 살아난 것이라고 추정할 수 있게 처리하고 있다. 그렇게 살아나서 기력을 회복한 예수가 "가롯 유다에게 나는 아직도 일이 남았다"(58쪽) 하며 떠나는 것과, 예수를 따르던 제자들 없이 요셉과 그 주변의 몇몇만 등장하는 인물 설정 방식까지 보태면, 이 소설의 의도가 어디에 있는지 분명해진다.

예수의 부활에서 신성을 지우는 것이 그것이다. 요컨대, '부활'이 갖는 기독교적인 의미를 완전히 무시하고, 가사상태로부터의 깨어남이라는 믿기 힘들지만 없지는 않은 현실적 사태로 예수의 부활을 해석하는 것이다.

물론 요셉이 마련한 골방에서 예수가 사라지는 장면을 그릴 때 문을 열지도 않은 채 종적 없이 사라졌다 하여 신비하게 처리하는 점도 고려해야 할 것이다. 그러나 이 작품이 신성·종교성의 탐구와는 거리가 멀다는 점이 자명한 이상, 예수의 사라짐을 신비하게 처리한 것 또한 기독교적인 신성의 발현으로 볼 수는 없다. 김동리의 작품들에서 흔히 보이는 비합리적인 면모의 일환으로 봐도 충분할 것이다.

「부활」은 『사반의 십자가』에서 크게 후퇴한 것으로 본격적인 의미에서의 기독교문학이라 하기 어렵다. 다만 『사반의 십자가』에서 피할 수 없었던 문학적 손실을 보충하는 방편으로, 예수의 부활에 대한 작가 나름의 현실적·세속적인 해석만으로 하나의 소설을 써 본 결과라 하겠다. 인물 구성의 폭이 좁아지고, 예수의 지향이 구원을 포함하여 종교적인 성격을 일체 띠지 않는 것이 이러한 판단의 근거이다.[27]

4 결론

  기독교를 다룬 김동인의 세 소설은, 예수와 구원의 이야기를 다루되 그것이 기독교 교리에서 갖는 의미망을 제대로 존중하지 않는다는 특징을 갖는다. 기독교 신앙의 현실적인 양상을 다룬 「신앙으로」는 다소 예외가 되겠지만, 예수와 구원의 문제를 직접 그리는 「이 잔(盞)을」이나 「명문」이 기독교 교리라는 콘텍스트의 문법을 아랑곳하지 않는 것은 문제적이다.

  이러한 지적은 교리의 충실한 구현이라는 입지에서가 아니라 소설미학 차원에서 내려지는 것이다. 예수와 구원에 대한 형상화가 기독교 콘텍스트와 사실상 무관하고 심지어 그것을 왜곡하는 데까지 나아가면서, 내용상 진정성이 상실되어 소설의 문학적 생명력 자체가 손상되었기 때문이다. 선교문학의 권역에 들든 정반대로 종교 비판의 임무를 수행하든 문학작품으로서 스스로를 유지하기 위해서는, 기독교 교리라는 콘텍

---

27) 이상과 관련하여 『사반의 십자가』 개작본의 문제를 생각해 볼 수 있다. 개작본의 가장 큰 특징은 「부활」의 내용을 포괄하고 '부활' 이후의 예수 행적을 첨가하였다는 점이다. 이렇게 통합된 새로운 하나의 작품이 갖게 되는 미학적인 양상과 문제는, 두 작품의 관계에 대한 본고의 파악과는 별도로 따로 검토할 필요가 있을 것이다. 개작본을 연구한 유인순이 결어에서 "작가에게 성서는 너무 힘겨운 소재였는지도 모른다"(앞의 글, 166쪽)라고 부정적인 평가를 내린바 있는데, 이에는 이러한 통합의 영향이 크다고 여겨진다.
  이와는 달리, 지금처럼 두 작품을 따로 검토하는 자리에서는 각각에서 확인되는 바 '예수의 신성에 대한 작가의 주된 입장'을 별개로 보는 것이 가능하다. 이 점에 주목하여 필자는 『사반의 십자가』와 「부활」에서 보이는 작가의 상반된 자세 즉 "예수의 신성과 기독교적 구원의 참된 의미에 대해서는 인정하되, 이러한 인정의 관건이 되는 부활에 대해서는 의심의 끈을 놓지 않"는 태도를 포괄하여 '다시 쓰기와 새로 쓰기의 경계적 글쓰기'라 규정한 바 있다(졸고, 「김동리의 기독교소설 새로 읽기─예수에 대한 다시 / 새로 쓰기의 의미」, 『문학사상』, 2006. 3).

스트가 갖는 의미망에 걸맞은 의미 수준을 갖춰야 하는데 김동인의 기독교소설들은 그러지 못했다.

이러한 특징의 원인으로는, 당대 사회에서 기독교가 처한 상황이라는 발생론적 요인과 이른바 '인형조종술'로 지칭되는 작가의 창작방법론상의 특징을 고려할 수 있을 듯하다.

『사반의 십자가』와 「목공 요셉」, 「부활」 등 김동리의 기독교소설은 예수를 그리되 서술상의 거리를 유지해 그 신성을 훼손하지 않는 특징을 보인다. 예수의 내면에 대한 직접적인 묘사를 피하면서 그의 언행을 메시아의 그것으로 그리는 것이다.

『사반의 십자가』는 천상의 구원과 지상의 구원이 대립적으로 그려졌다고 잘못 파악되어 왔지만, 사반 등의 이야기를 주서사로 하여 역사활극적인 면모까지 띠는 복합적인 작품이다. 기독교소설로서 유의미한 점은 천상의 구원을 설유하는 예수와 그것을 이해하지 못하는 속인들 간의 긴장에서 찾아진다. 이를 두고, 구원에 대한 이해의 어려움을 그려 보인 것이라 할 수 있다. 작품의 전편에 걸쳐 유지되는 예수에 대한 거리 두기가 부활을 다루는 결말부에 이르러 깨지면서 심각한 분열상을 보인다. 작가의 언어가 등장하여 부활을 인간적으로 재해석함으로써 문학적 통일성이 깨지는 것이다. 그러나 이러한 손실을 대가로 하여 이 소설은 선교문학의 자리를 벗어나 보편성을 획득하고 있다. 예수의 부활에 대한 인간적인 해석이 「부활」에서 반복되는 것을 보면, 이런 인식이 작가의 기독교관에 해당하는 것이라고 추정해 볼 수 있다.

예수의 행적을 그리거나, 구원이나 부활처럼 핵심적인 기독교 교리를 다루는 김동인과 김동리의 소설들은 다음 두 가지 공통 특징을 갖는다.

첫째는 성경의 세계를 그대로 가져와 작품의 배경으로 삼는 경우가 많다
는 점이다. 신성을 드러내거나 그와 반대로 독신(瀆神)에 가까운 면모를
보이는 등 주제효과의 폭은 넓어도 이 점은 변하지 않는다. 둘째는 기독
교 교리에 대한 올곧은 이해를 보이지 않는다는 점이다. 김동인은 악의
적인 왜곡에 가깝다 할 만큼 세속적으로 심하게 변형하였으며, 김동리는
신성을 존중하되 예수의 부활에 대해서는 끝까지 거리를 두어 「부활」을
쓰는 데까지 나아갔다.

이 논문은 기독교문학에 대한 기존 연구들의 부정적인 경향을 지양한
다는 연구사적인 목적을 앞세워 구성되었다. 『사반의 십자가』의 전체적
인 특징을 밝혀 기존 논의의 오류를 바로잡고, 「명문」 등이 실상 태작
에 불과함을 밝힌 것이 이 맥락에서의 성과라 하겠다. 연구사적인 목적
에 갇히지 않고 좀 더 폭넓게 관련 작품들을 검토하여, 한국 근대 기독
교문학의 자장을 확인하고 그 위에서 이들 작품의 위상도 명확히 하는
일이 향후 과제이다.

제 4 부

부록

생애 연보

1913년(1세) 음력 11월 24일 경상북도 경주시 성건동 186번지에서 부(父) 김임수(金壬守)와 모(母) 허임순(許任順)의 5남매 중 막내로 태어남. 아명(兒名)은 창봉(昌鳳), 호적명은 창귀(昌貴), 자(字)는 시종(始鍾), 장형(長兄)은 한학자 김기봉(金基鳳·凡父先生).

1920년(8세) 경구 제일교회 소속의 계남 소학교 입학. 6년 후 동교(同校) 졸업.

1926년(14세) 대구 계성 중학교 입학. 부친 별세.

1928년(16세) 서울 경신 중학교 3학년에 편입학.

1929년(17세) 동교(同校) 중퇴. ≪매일신보≫와 ≪중외일보≫에 시 「고독」, 「방랑의 우수」 등 발표.

1933년(21세) 전 5막의 극시(劇詩) 「연당(蓮塘)」을 탈고했으나 발표하지 못하고 원고도 분실됨. 서울 필운동의 범부 선생 숙소에서 서정주를 만나 사귀기 시작.

1934년(22세) ≪조선일보≫ 신춘문예에 시 「백로(白鷺)」 입선. ≪카톨릭 청년≫에 시 「망월(望月)」 등을 발표.

1935년(23세) ≪조선중앙일보≫신춘문예에 소설 「화랑의 후예」당선. 다솔사와 해신사를 전전하며 최인욱, 이주홍, 허민, 김종택 등과 사귐. 시 「폐도시인(廢都詩人)」, 「생식(生食)」 발표. 경주의 본가를 떠나 사천으로 이사.

1936년(24세) ≪동아일보≫신춘문예에 「산화(山火)」가 당선됨으로써 3대 민간 신문의 신춘문예를 모두 돌파하는 전무후무한 기록을 남김. 상경하여 종로 연건동에 하숙을 정하고 창작에 몰두함. 단편 소설 「바위」, 「무녀도」, 「산제」, 「허덜풀네」 등 발표.

1937년(25세) 서정주, 김달진 등과 <시인부락> 동인으로 활동. 시 「행로음(行路吟)」, 「내 홀로 무어라 중얼거리며 가느뇨」 등과 단편 소설 「어머니」, 「솔거」 발표. 해인사의 말사(末寺)였던 다솔사 부설 광명학원에서 교편을 잡음.

1938년(26세) 단편 소설 「생일」, 「잉여설」 발표. 11월 21일 김월계(金月桂)와 혼인.

1939년(27세) 세대논쟁의 와중에서 유진오와 논전을 벌임. 단편 소설 「황토기(黃土記)」, 「찔레꽃」, 「두꺼비」와 평론 「순수이의(純粹異議)」 발표.

1940년(28세) 단편 소설 「동구 앞길」, 「혼구(昏衢)」, 「다음 항구」 등 발표. 평론 「신세대의 정신」 발표. <문인보국회> 등 일제 어용 문화단체에의 가입을 거부함. 단편 소설 「소녀」가 전문 삭제를 당함.

1941년(29세) 단편 소설 「소년」 발표.

1942년(30세) 광명학원이 당국에 의하여 폐쇄됨. 백형 범부 선생이 구속되고 가택 수색을 당함. 이후 8.15 해방까지 절필.

1943년(31세) 조카의 주선으로 징용을 피해 사천에 있는 양곡배급소 서기로 취직. 경상남도 사천군 정의동 372번지로 전적(轉籍).

1945년(33세) 사천에서 해방을 맞음. 사천청년회 회장으로 피선. 공산계인 사천인민위원회 참여를 거절.

1946년(34세) 조선공산당 계열의 <문학가동맹>에 대항하여 서정주, 박두진, 조지훈, 곽종원, 조연현, 박목월, 최태응 등과 <청년문학가협회>를 결성하고 초대 회장에 피선. 4월 4일 문학의 밤을 개최하여 「순수시의 사상」이란 제목으로 강연. 단편 소설 「윤회설(輪廻說)」, 「미수(未遂)」와 평론 「조선문학의 지표」, 「순수문학의 진의(眞意)」 발표.

1947년(35세) 공산계의 계급주의 민족문학론에 대항하여 인간주의 민족문학론을 제창, <본격문학>이란 용어를 최초로 사용. ≪경향신문≫ 문화부장에 취임. 단편 소설 「혈거 부족」, 「달」 등과 평론 「순수문학과 제3세계관」, 「민족문학과 경향문학」 등 발표. 제1창작집 『무녀도』 상재.

1948년(36세) 김동석, 김병규 등의 좌익 문학평론가들과 논쟁을 벌임. ≪민국일보≫ 편집국장에 취임. 단편 소설 「역마」, 「어머니와 그 아들들」, 평론 「문학하는 것에 대한 사고(私考)」, 「문학적 사상의 주체와 그 환경」, 「문학 사상의 주체와 그 환경」, 「민족문학론」 등 발표. 첫 평론집 『문학과 인간』상재.

1949년(37세) 기존의 문학단체들을 동시에 해체하고 <한국문학가협회>를 결성, 소설 분과 위원장에 피선됨. 순문학지 ≪문예≫ 주간에 취임. 서울대와 고려대에 국문과 강사로 출강. 단편 소설 「형제」, 「심정」 등을 발표하고 장편 소설 『해방』을 ≪동아일보≫에 연재함. 제2창작집 『황토기』 상재.

1950년(38세) 문교부 예술위원과 서울시 문화 위원에 피촉. 단편 소설 「인간 동의」 등 발표. 6.25가 발발하자 미처 피난을 가지 못하고 서울에 숨어 지냄.

1951년(39세) 한국문총 사무국장에 피선. 문총구국대 부대장 역임. 단편 소설 「어떤 상면」, 「귀환 장정」 등 발표. 피난지 부산에서 제3창작집 『귀환 장정』을 펴냄.

1952년(40세) 한국문학가협회 부위원장에 피선. 평론 「전쟁적 사실과 문학적 비판」 발표. 『문학개론』 간행.

1953년(41세) 환도 후 서라벌 예술대학 문예창작과 출강. 중편 소설 「풍우기」를 연재.

1954년(42세) 예술원 회원 피선. 한국 유네스코 위원 피촉. 시 「해바라기」, 「젊은 미국의 깃발」 등과 단편 소설 「살벌한 황혼」, 「마리아의 회태」 발표.

1955년(43세) 단편 소설 「흥남 철수」, 「밀다원 시대」, 「실존무(實存舞)」를 발표하고 장편 소설 『사반의 십자가』를 ≪현대문학≫에 1957년까지 연재. 자유 문학상 수상.

1956년(44세) 제3회 아세아자유문학상 수상. 단편 소설 「악성(樂聖)」, 「원왕생가(願往生歌)」를 발표하고 장편 소설 『춘추(春秋)』를 ≪평화신문≫에 연재.

1957년(45세) 「꽃」 등의 시와 단편 소설 「아가(雅歌)」, 「목공 요셉」, 「여수」, 「남포의 계절」 발표. 장편 소설 『사반의 십자가』의 연재를 완결하고 단행본으로 간행.

1958년(46세) 『사반의 십자가』로 예술원 문학 부문 작품상 수상. 장편 소설 『춘추』를 단행본으로 간행. 단편 소설 「강유기」, 「고우(故友)」, 「자매」 발표. 제4 창작집 『실존무(實存舞)』 상재.

1959년(47세) 장편 소설 『자유의 기수』를 ≪자유신문≫에 1960년까지 연재. 영화 시 나리오를 위해 「달」을 개작한 「달이와 낭이」 발표.

1960년(48세) 장편 소설 『이곳에 던져지다』를 ≪한국일보≫에 연재. 단편 소설 「어떤 고백」 발표.

1961년(49세) 5.16 이후 모든 사회단체가 해산된 뒤 한국문인협회가 전체 문단의 통합 단체로 발족하자 부이사장에 피선. 중편 소설 「비 오는 동산」 완결. 단편 소설 「등신불」, 「어떤 낮」 발표.

1962년(50세) 단편 소설 「부활」 발표.

1963년(51세) 장편 소설 『해풍』을 ≪국제신문≫에 연재. 시조 「분국(盆菊)」 발표. 제5창작집 『등신불』 상재.

1964년(52세) 단편 소설 「천사」, 「늪」, 「심장 비 맞다」, 「유혼설(遊魂說)」 발표.

1965년(53세) 민족문화중앙협의회 부이사장, 민족문화추진위원회 이사 피선. 시 「연(蓮)」과 단편 소설 「꽃」, 「허덜풀네」를 개작한 「성문 거리」 발표.

1966년(54세) 한국예술문화윤리위원회 상임위원 피임. 단편 소설 「송추에서」, 「윤사월」, 「백설가」, 「까치 소리」 발표. 수필집 『자연과 인생』 간행.

1967년(55세) 「까치 소리」로 3.1 문화상 예술 부문 본상 수상. 단편 소설 「석 노인」, 「감람 수풀」 발표. 『김동리대표작선집』을 전5권으로 간행.

1968년(56세) 국민훈장 동백상 수상. ≪월간문학≫ 창간. 단편 소설 「꽃 피는 아침」을 발표하고 중편 소설 「극락조」를 ≪중앙일보≫에 연재.

1969년(57세) 단편 소설 「눈 내리는 저녁때」 발표.

1970년(58세) 한국문인협회 이사장 피선. 서울시 문화상 문학 부문 본상 수상. 국민훈장 모란장 수상.

1971년(59세) 장편 소설 『아도』를 ≪지성≫에 연재.

1972년(60세) 서라벌예술대학장 취임. 한일 문화교류협회장 피선. 장편 소설 『삼국기』를 ≪서울신문≫에 연재.

1973년(61세) 중앙대학교 예술대학장 취임. 명예문학박사학위 수위. ≪한국문학≫ 창간. 회갑 기념으로 제6창작집 『까치 소리』, 수필집 『사색과 인생』, 시집 『바위』를 동시에 간행.

1974년(62세) 『삼국기』의 후편인 장편 소설 『대왕암』 연재 시작. 장편 소설 『이곳에 던져지다』 간행.

1975년(63세) 장편 소설 『대왕암』 연재 완료.

1976년(64세) 단편 소설 「선도산」, 「꽃이 지는 이야기」 발표.

1977년(65세) 단편 소설 「이별 있는 풍경」, 「저승새」 발표. 소설집 『김동리 역사소설』
과 수필집 『고독과 인생』 간행.

1978년(66세) 장편 소설 『을화』를 ≪문학사상≫에 전재하고 단행본으로 간행. 단편
소설 「참외」 발표. 작품집 『꽃이 지는 이야기』와 수필집 『취미와 인생』
을 펴냄.

1979년(67세) 한국소설가협회장 피선. 소년소녀소설집 『꿈 같은 여름』 간행. 중앙대학
교 정년퇴임. 장편 소설 『을화』의 영역판 출간. 단편 소설 「우물 속의
얼굴」, 「만자동경(卍字銅鏡)」 발표.

1980년(68세) 대한민국예술원 부회장 피선. 수필집 『명상의 늪가에서』 간행.

1981년(69세) 대한민국예술원 회장 피선.

1982년(70세) 장편 소설 『을화』의 일역본 출간.

1983년(71세) 5.16 민족문학상 수상. 한국문인협회 이사장 피선. 대한민국 예술원 원
로회원 추대. 시집 『패랭이꽃』 간행. 장편 소설 『사반의 십자가』의 불역
본 출간.

1985년(73세) 국정자문위원 피촉. 수필집 『생각이 흐르는 강물』 간행.

1987년(75세) 장편 소설 『자유의 기수』를 『자유의 역사』로 개제하여 간행.

1988년(76세) 수필집 『사랑의 샘은 곳마다 솟고』 간행.

1989년(77세) 한국문인협회 명예회장 추대.

1990년(78세) 7월 30일 뇌졸중으로 쓰러진 이래 투병 시작.

1991년(79세) 6월 17일 23시 23분 영면(永眠).

작품 연보

▌소설 ▌

「화랑의 후예」, 『조선중앙일보』, 35.1.1~10.

「산화(山火)」, 『동아일보』, 36.1.4~18.

「바위」, 『신동아』, 36.5.

「무녀도(巫女圖)」, 『중앙』, 36.5.

「술」, 『조광』, 36.8.

「산제(山祭)」, 『중앙』, 36.9.

「팥죽」, 『조선문학』속간, 36.11.

「허덜풀네」, 『풍림』, 36.12.

「어머니」, 『풍림』, 37.1.

「솔거(率居)」, 『조광』, 37.8.

「생일」, 『조광』, 38.12.

「잉여설(剩餘說)」, 『조선일보』, 38.12.8~24.

「황토기(黃土記)」, 『문장』, 39.5.

「찔레꽃」, 『문장』임시 증간, 39.7.

「누꺼비」, 『조광』, 39.8.

「회계」, 『삼천리』, 39.10.

「완미설(玩味說)」, 『문장』, 39.11.

「동구 앞길」, 『문장』, 40.2.

「혼구(昏衢)」, 『인문평론』, 40.2.

「소녀」, 『인물평론』, 40.7.

「오누이」, 『여성』, 40.8.

「다음 항구」, 『문장』, 40.9.

「소년」, 『문장』, 41.2.

「윤회설(輪回說)」, 『서울신문』, 46.6.6~26.

「미수(未遂)」, 『백민』, 46.12.

「혈거부족(穴居部族)」, 『백민』, 47.3.

「달」, 『문화』, 47.4.

「이맛살」, 『문화』, 47.10.

「상철이」, 『백민』, 47.11.

「역마(驛馬)」, 『백민』, 48.1.

「어머니와 그 아들들」, 『삼천리』, 48.8.

「절 한번」, 『평화신문』, 48.8.

「개를 위하여」, 『백민』, 48.10.

「유서방」, 『대조』, 49.3.

「형제」, 『백민』, 49.3.

「심정」, 『학풍』, 49.3.

「급류」, 『조선교육』, 49.4.

「검군(劍君)」, 『연합신문』, 49.5.15~28.

「해방」, 『동아일보』, 49.9~50.2.

「급류」, 『혜성』, 50.2~

「인간동의(人間動議)」, 『문예』, 50.5.

「P 일등병」, 『문단육십년집 승리를 향하여』제1집, 51.4.

「어떤 상봉(相逢)」, 『士兵文庫 2』, 51.5.

「귀환장정」, 『신조』, 51.6.

「스탈린의 노쇠(老衰)」, 『영남일보』, 51.6.7~18.

「상병(傷兵)」, 『한국공론』걸작단편소설특집 전시호 제3호, 51.9.

「우물과 고양이와 감나무가 있는 집」, 『공군순보』, 52.9.30.

「한내마을의 전설」, 『농민소설단편집 1』, 52.12.

「난중기」, 『체신문화』, 52.12.

「풍우기(風雨記)」, 『문화세계』, 53.7~9, 54.1.

「홍남철수」, 『현대문학』, 55.1.

「청자」, 『신태양』, 55.2.

「밀다원 시대」, 『현대문학』, 55.4.

「용(龍)」, 『새벽』, 55.5.

「실존무(實存舞)」, 『문학과예술』, 55.6.

『사반의 십자가』, 『현대문학』, 55.11~57.4.

「춘추」, 『평화신문』, 56.4~57.2.

「아가(雅歌)」, 『신태양』, 57.4.

「목공 요셉」, 『사상계』, 57.7.

「남포의 계절」, 『현대』, 57.11~58.4.

「살벌한 황혼」, 『실존무』, 58.

「강유기(江遊記)」, 『사조』, 58.10.

「고우(故友)」, 『신태양』, 58.10.

「자매」, 『자유공론』, 58.10.

「달이와 낭이」, 『씨나리오 문예』, 59.1.

「자유의 기수」, 『자유신문』, 59.7~60.4.

「등신불(等身佛)」, 『사상계』, 61.11.

「부활」, 『사상계』, 62.11.

「천사」, 『현대문학』, 64.4.

「늪」, 『문학춘추』, 64.9.

「심장 비 맞다」, 『신동아』, 64.9.

「유혼설(遊魂說)」, 『사상계』, 64.11.

「송추에서」, 『현대문학』, 66.1.

「요셋일」, 『문학』, 66.7.

「백설가(白雪歌)」, 『신동아』, 66.7.

「까치소리」, 『현대문학』, 66.10.

「석노인(石老人)」, 『현대문학』, 67.5.

「감람 수풀」, 『신동아』, 67.9.

「꽃피는 아침」, 『월간중앙』, 68.4.

「눈 내리는 저녁때」, 『월간중앙』, 69.4.

「아도(阿刀)」, 『지성』, 71.12.

376 김동리

「선도산(仙桃山)」, 『한국문학』, 76.10.

「달」, 『독서생활』, 77.5.

「저승새」, 『한국문학』, 77.12.

「을화(乙火)」, 『문학사상』, 78.4.

「참외」, 『문학사상』, 78.10.

「우물 속의 얼굴」, 『한국문학』, 79.6.

「만자동경(卍字銅鏡)」, 『문학사상』, 79.10.

▌작품집▐

『무녀도(巫女圖)』, 을유문화사, 1947.
　　　　　　　　인간사, 1959.
　　　　　　　　삼중당, 1975.
　　　　　　　　동서문화사, 1984.
　　　　　　　　소담출판사, 1995.
　　　　　　　　맑은소리, 2000.
　　　　　　　　上海譯文출판사, 2002.
　　　　　　　　문학과지성사, 2004.
『황토기(黃土記)』, 수선사, 1949.
　　　　　　　　인간사, 1959.
　　　　　　　　범우사, 1976.
　　　　　　　　하서출판사, 1994.
　　　　　　　　청목, 1994.
『귀환장정(歸還壯丁)』, 수도문화사, 1951.
『실존무(實存舞)』, 인간사, 1958.
『등신불(等身佛)』, 정음사, 1963.
　　　　　　　　어문각, 1984.
　　　　　　　　문학과지성사, 2005.

『까치소리』, 일지사,1973.

『김동리 역사소설 : 신라편』, 지소림, 1977.

『꽃이 지는 이야기』, 태창문화사, 1978.

『꿈 같은 여름 – 김동리 소년소녀소설집』, 자유문화사, 1979.

▌장편소설 ▌

『사반의 십자가(十字架)』, 민중서관, 1958.

　　　　　　　　　삼성출판사, 1972.

　　　　　　　　　삼중당, 1975.

　　　　　　　　　태극출판사, 1976.

　　　　　　　　　동서문화사, 1977.

　　　　　　　　　홍익사, 1982.

　　　　　　　　　마당문고사, 1984.

　　　　　　　　　양우당, 1986.

　　　　　　　　　하서출판사, 1998.

『자유의 역사』, 삼중당, 1967.

『이곳에 던져지다』, 선일문화사, 1974.

『을화(乙火)』, 문학사상사, 1978.

　　　　　　동아출판사, 1995.

영어판 『을화(Ulhwa)』, Larchwood NY, 1978.

▌소설전집 ▌

『무녀도 · 황토기』(김동리 전집1), 민음사, 1995.

『역마 · 밀다원 시대』(김동리 전집2), 민음사, 1995.

『등신불 · 까치 소리』(김동리 전집3), 민음사, 1995.

『저승새·만자동경』(김동리 전집4), 민음사, 1995.
『사반의 십자가』(김동리 전집5), 민음사, 1995.
『을화』(김동리 전집6), 민음사, 1995.

▌시집 ▌

『바위』, 일지사, 1973.
『패랭이꽃』, 현대문학사, 1983.
『김동리가 남긴 詩』(유작시집, 권영민 엮음), 문학사상사, 1999.

▌산문집 ▌

『자연과 인생』, 국제출판사, 1965.
『사색과 인생』, 일지사, 1973.
『녹음(綠陰)아래서』, 범우사, 1976.
『고독과 인생』, 백민문화사, 1977.
『취미와 인생』, 문예창작사, 1978.
『나의 인생관』, 미문출판사, 1978.
『명상의 늪가에서』, 행림출판사, 1980.
『밥과 사랑과 그리고 영원』, 사사연, 1985.
『생각이 흐르는 강물』, 갑인출판사, 1985.
『사랑의 샘은 곳마다 솟고』, 신원문화사, 1988.
『꽃과 소녀와 달과』, 제삼기획, 1994.
『나를 찾아서』(김동리 전집8), 민음사, 1997.

▌소설론집 · 평론집 ▌

『문학과 인간』, 백민문화사, 1948.

　　　　　　청춘사, 1952.

　　　　　　민음사, 1997.

『문학개론』, 정음사, 1953.

『소설작법』, 청운출판사, 1965.

　　　　　명진사, 1975.

『문예창작법신강』, 장학출판사, 1976.

▌기타 평론 · 단평 · 산문 ▌

「이태준론」, 『풍림』, 1937.3.

「내가 영향 받은 외국작가」, 『조광』, 1939.3.

「<우상론>노트의 일전 - 신진작가의 문단 호소장」, 『조광』, 1939.4.

「순수이의」, 『문장』, 1939.8.

「두꺼비 설화의 정신」, 『조광』, 1939.11.

「문학하는 것」, 『조광』, 1940.1.

「신세대의 문학정신 - 신인으로서 유진오 씨에게」, 『매일신보』, 1940.2.21~1940.2.22.

「나의 소설수업」, 『문장』, 1940.3.

「나의 문학수업」, 『문장』, 1940.4.

「문학의 표정」, 『조광』, 1940.5.

「신세대의 문학정신」, 『문장』, 1940.5.

「역여고인 - 소설가의 아버지」, 『조광』, 1940.7.

「센치와 냉정과 동정」, 『박문』, 1940.12.

「그리운 그들」, 『조광』, 1940.12.

「작중인물지」, 『조광』, 1940.12.

「문화침투의 원동력이 되기를」, 『부산매일신보』, 1946.1.14.

「조선문학의 지표-현 단계의 조선문학의 과제」, 『청년신문』, 1946.4.2.

「민족문학문제」, 『수산경제신문』, 1946.6.10.

「문학·정치·상업」, 『제3특보』, 1946.6.15.

「순수문학의 정의」, 『민주일보』, 1946.7.11~1946.7.12.

「윤석중 동화집 <초생달>을 읽고」, 『동아일보』, 1946.8.

「순수문학의 진의-민족문학의 당면과제로서」, 『민주일보』, 1946.9.14.

「창조와 추수-현 문단의 3대 조류」, 『민주일보』, 1946.9.15.

「순수문학의 진의」, 『서울신문』, 1946.9.15.

「좌우간의 좌우」, 『백민』, 1946.12.

「습작수준의 혼미-병술창작계의 회고와 전망」, 『민주일보』, 1947.1.4.

「본격문학과 제3세계의 전망」, 『신천지』, 1947.1.

「문단 1년의 개관」, 『해동공론』, 1947.4.

「문학운동의 2대 방향」, 『대조』, 1947.5.

「운무변증법」, 『백민』, 1947.5.

「건설형의 인물 <사림> 5월 작품」, 『민중일보』, 1947.5.15.

「문학의 자유의 옹호-시집 『옹향』에 관한 결정서를 박함」, 『백민』, 1947.6.

「여류작가의 회고와 전망-주로 현역 여류작가의 작품세계에 관하여」, 『문화』, 1947.7.

「순수문학과 제3세계-김병규 씨에 답함」, 『대조』, 1947.8.

「최근의 조선문학-과거 8개월 간 창작계를 중심으로」, 『새한민보』, 1947.8.

「<초적>의 악보-김상옥 씨 시조집을 읽고」, 『민중일보』, 1947.8.20.

「민족문학과 경향문학-문학의 생태」, 『백민』, 1947.9.

「생활과 문학의 핵심」, 『신천지』, 1948.1.

「월탄과 문학의 핵심-김동석 군의 본질에 대하여」, 『신천지』, 1948.1.

「문학하는 것에 대한 사고」, 『백민』, 1948.3.

「<특집> 조선문학재건에 대한 제의-정치적 감시를 소탕하라」, 『예술조선』, 1948.4.

「삼가시와 자연의 발견-박목월·조지훈·박두진에 대하여」, 『예술조선』, 1948.4.

「문학과 문학정신」, 『해동공론』, 1948.4.

「자연주의의 구경-김동인론」, 『신천지』, 1948.6.

「산문과 반산문-이효석론」, 『민성』, 1948.7~1948.8.

「문학적 사상의 주체와 그 환경」, 『백민』, 1948.7.

「민족문학론」, 『대조』, 1948.8.

「지성적인 작품−손소의 평」, 『경향신문』, 1949.2.5.

「애락정신에 대하여」, 『경향신문』, 1947.4.23.

「소설창작초보강의」, 『신태양』, 1949.5.

「나의 문학행각기」, 『해공공란』, 1949.6.

「왕성한 시정신−박두진 시집 『해』를 읽고」, 『동아일보』, 1949.7.20.

「상반기의 작단」, 『문예』, 1949.8.

「창작강의」, 『문예』, 1949.8.

「성하의 작단−7,8양 월의 창작평」, 『문예』, 1949.9.

「월탄 박종화론」, 『주간서울』, 1949.9.

「신추작단−9월 창작평」, 『문예』, 1949.10.

「볼만한 추수−10월 창작평」, 『문예』, 1949.11.

「11월의 작단」, 『문예』, 1949.12.

「문단의 1년」, 『주간서울』, 1949.12.

「우연성의 연구−소설에 있어 우연성의 허구면과 진실면에 대한 고찰」, 『신사조』, 1950.1.

「소설천후」, 『문예』, 1950.2.

「2월 작단」, 『문예』, 1950.3.

「현대문학의 길−백철의 소설의 길을 박함」, 『국도신문』, 1950.3.29~1950.3.31.

「문단시평」, 『문예』, 1950.4.

「속·현대문학의 길−저능기자를 위한 <더-ㅁ>」, 『국도신문』, 1950.3.29~1950.3.31.

「신문학 정신의 기조−낭만과 사실의 주체로서의 인간」, 『서울신문』, 1950.4.11~1950.4.16.

「예술인이 교민」, 『민성』, 1950.5.

「우연성의 연구」, 『신사조』, 1950.5.

「부진무실의 1년」, 『전선문학』, 1952.12.

「한국근대소설고」, 『사상계』, 1955.3.

「대중소설과 본격소설−그 성격적 차이에 관한 10가지 문답」, 『한국평론』, 1958.4.

「창작의 과정과 방법」, 『신문예』, 1958.10~1959.11.

「문학과 문예교육−대학의 재인식」, 『사조』, 1958.12.

「소설이란 무엇인가, 창작과정과 그 방법」, 『신문예』, 1959.

「소설방법서설, 창작과정과 그 방법」, 『신문예』, 1959.

「1959년의 소설」, 『사상계』, 1960.1.

「한국소설의 고민과 반성과 희망」, 『사상계』, 1962.9.

「예술문화의 꽃을 피우라」, 『신사조』, 1964.1.

「소설과 주제」, 『문학춘추』, 1964.8.

「우리말 여성 3인칭 대명사 시비-<울녀>는 곧 <그녀>다」, 『현대문학』, 1965.3.

「한국문학육십년사, 6·25 이전의 한국소설-1917년에서 1941년까지」, 『서라벌문학』, 1967.

「나의 비망첩」, 『세대』, 1968.8.

「구성론-구성이란 무엇인가」, 『월간문학』, 1969.3.

「민족문학에 대하여」, 『월간문학』, 1972.10.

「샤머니즘과 불교와」, 『문학사상』, 1972.10.

「한국문학의 발전과정」, 『한국문학』, 1974.9.

「헤세의 자아와 내재신-동양사상이 세계문학에 끼친 영향」, 『한국문학』, 1977.2.

「이별 있는 풍경-늘봄동산의 황혼」, 『문학사상』, 1977.2.

「무녀도에 나타난 샤머니즘」, 『문학사상』, 1977.8.

「국어와 민족문학」, 『월간문학』, 1977.12.

「무속과 나의 문학」, 『월간문학』, 1978.8.

「죽음, 무속 그리고 자유」, 『문예중앙』, 1978 가을.

「한국적 문학사상의 특질과 그 배경」, 『월간문학』, 1978.11.

「원로와의 대화」, 『한국문학』, 1979.6.

「오영수 형에 대하여-<머루>무렵을 중심으로」, 『한국문학』, 1979.7.

「선비와 민족과 문학」, 『한국문학』, 1981.2.

「문학과 사상-한국문학의 문제점에 대하여」, 『광장』, 1981.9.

「월탄 박종화, 그의 인간과 문학」, 『예술원보』, 1981.12.

「신의 차원으로 연결되는 한국문학의 자연-자연을 통해서 본 한국문학의 현주소」, 『한국문학』, 1982.2.

「김동리의 문학세계」, 『광장』, 1982.3.

「나의 <을화>와의 인연」, 『문학사상』, 1985.4.

「불교와 나의 작품 : <등신불>에서 <까치소리>까지」, 『소설문학』, 1985.6.

「사라지지 않는 것들」, 『문학사상』, 1985.6.

「한국문학의 2대 문제점 : 사회성의 비중문제와 주제의 창조성 문제」, 『서울여대논문집』 제 5호, 1985.9.

「세상과 나」, 『문학세상』, 1985.12.

「문학이 가능한 사회―문학이 가능한 사회와 불가능한 사회란 무엇인가」, 『예술계』, 1986.3.

「인간주의 문학 이것으로 극복할 수 있다」, 『민족지성』, 1986.4.

「눌인 김환태 씨와 나―그의 문학기념비 건립에 즈음하여」, 『문학사상』, 1986.5.

「꽃」, 『소설문학』, 1986.5.

「잃어버린 성 : 경주」, 『문학사상』, 1986.7.

「나의 문학과 샤머니즘」, 『문학사상』, 1986.12.

「절벽에 부닥친 신과 인간의 문제」, 『한국문학 대표작선(1)』, 문학사상사, 1986.

「작가 손소희의 추모 특집」, 『한국문학』, 1987.2.

▌수상 ▌

「백로」, 『조선일보』 신춘문예 당선, 1934.

「화랑의 후예」, 『조선중앙일보』 신춘문예 당선, 1935.

「산화」, 『동아일보』 신춘문예 당선, 1936.

아시아자유문학상, 1955.

예술원 문학부 작품상, 1958.

국민훈장 동백장, 1958.

3・1 문화상 예술부문 본상, 1967.

서울시 문화상 문학부문 본상, 1970.

5・16 민족문학상, 1983.

국민훈장 모란장, 1970.

한국예술평론가협의회 선정 20세기를 빛낸 한국의 예술인, 1999.

<좌담> 근대소설 · 전통 · 참여문학, 신문화 60년 기념 심포지움 – 소설, 『신동아』, 1968.

<좌담> 민족문학과 한국인상 – 문예중흥과 민족문학 심포지움, 『월간문학』, 1974.5.

<대담> 김동리 · 서정주 민족과 문학은 영원 : 고희의 문단 두 원로 신춘정담, 『한국일보』, 1994.1.13.

<좌담> 분단과 우리 문학 : 문학인 50인 지상공개토론, 『현대문학』, 1985.8.

<좌담> 새로운 농민문학 나올 수 있다, 『새농민』, 1986.4.

연구 목록

▌평론 · 소논문 · 단평 · 주요기사 ▌

강경화, 해방기 김동리 문학에 나타난 정치성 연구, 『현대소설연구』제 18호, 한국현대소설학회, 2003.

강성천, 샤머니즘의 문학적 수용, 『월간문학』, 1979.4.

강진호, 탈이념과 <무>의 현실적 의미, 『어문논집』(고려대), 1993.

고 은, 실내작가론(2) - 김동리, 『월간문학』, 1969.4.

고정상, 김동리 「황토기」론, 『백록어문』(제주대), 1990.2.

곽경숙, 김동리 단편소설의 일반의미론적 연구, 『국어교육』제 65호, 1989.7.

곽경숙, 김동리 소설에 나타난 생태학적 상상력 - 「먼산바라기」와 「늪」을 중심으로, 『한국문학이론과 비평』제 4호, 1999.

곽 근, 김동리 역사소설의 신라정신 고찰, 동국대학교 신라문화연구소, 『신라문화』, 제24집 2004.8.

곽 근, 김동리 장편소설 <을화> 속의 경주의 의미, 동국대학교 신라문화연구소, 『신라문화』, 제27집, 2006.2.

곽종원, 김동리 문학의 동서양 사상적 측면의 구명, 『예술논문집』, 1994.

곽종원, 노작이 없는 저조, 『현대문학』, 1966.2.

곽종원, 피안와 현세의 대결 - 김동리의 『사반의 십자가』, 『조선일보』, 1958.10.27.

곽종원, 현실 야유의 미학, 『현대문학』, 1967.10.

곽학송, 동리 김시종, 『전북대논문집』, 1983.8.

구모룡, 생의 형식과 서정적 소설론, 『한국문학논총』, 1993.

구인환, 현실변혁을 지향하는 두 영광, 『광장』, 1983.1.

구창환, 김동리의 문학세계, 『어문학논총』(조선대) 제 7호, 1966.11.

김 송, 제3세계를 지향하는 문학, 『경향신문』, 1949.2.22.

김 현, 샤머니즘의 극복, 『현대문학』, 1968.11.

김건우, 김동리의 해방기 평론과 교토학파 철학, 민족문학사학회, 『민족문학사연구』, 2008.3.

김경임, 한국의 관념소설고, 『이화여대한국어문학연구』, 1970.2.

김광주, 문학하는 정신－김동리 씨의 「무녀도」를 중심으로, 『경향신문』, 1947.7.21.

김근호, 김동리 소설 『을화』의 인물 형상화, 우리말글학회, 『우리말글』제53집, 2011.12 .

김동석, 비판의 비판－청년 문학가에게 주는 글, 『신천지』, 1947.12.

김동석, 순수의 정체－김동리론, 『신천지』, 1947.12.

김동성, 황토기, 『문장』, 1939.5.

김만석, 김동리 문학연구, 『연세대교육대학원 국어교육총론』, 1981.

김미영, 김동리 문학에 있어서 자연의 의미－한국전 이전에 발표된 평론과 작품을 중심으로, 『어문학』제 84호, 2004.

김미영, 김동리 무학에 있어서 자연의 의미, 『어문학』통권 제84호, 2004.6.

김병규, 독선과 무지, 『대조』, 1947.8.

김병규, 순수문제와 휴머니즘, 『신천지』, 1947.1.

김병규, 순수문학과 정치, 『신조선』, 1947.2.

김병길, 해방기, 근대 초극, 정신주의, 『한국근대문학연구』제5권 제1호, 2004.4.

김병욱, 영원회귀와 문학, 『동리문학연구』, 1973.

김병익, 개안－예술가의 생성(2), 『동아일보』, 1969.1.16.

김병익, 자연에의 친화와 귀의, 『한국문학』, 1973.12..

김병주, 「석노인」고, 『수련어문논집』(부산여대), 1975.12.

김상일, 동리 문학의 성역, 동리 문학의 체계, 『한국문학』, 1975.11.

김양수, 김동리와 선우휘, 『현대문학』, 1978.1.

김양수, 한국문학의 사상적 모색을 위한 동의, 『동리 문학이 한국문학에 미친 영향』(중대문창과), 1979.

김영건, 김동리의 「무녀도」연구, 『경남어문논집』, 1993.

김영수, 동리 문학의 사상적 軌跡, 『한국문학』, 1975.11.

김영숙, 김동리 문학과 니힐리즘, 『건국대 문호』제6호~제7호, 1972.2.

김영숙, 동리 문학에 나타난 종교의식, 『전북대 대학원 논문집』, 1985.2.

김우규, 하늘과 땅의 변증법, 『현대문학』, 1959.1.

김우석, 김동리의 초기 소설 연구, 『행당논집』(한양대)제3호, 1988.7.

김우정, 이달의 문제작, 『주간한국』, 1966.8.7.

김우종, 김동리와 순수문학의 지향, 『백사 전광용 박사 정년퇴임 기념논총』, 1984.

김우종, 명작에서 본 모상 10태－김동리 작 「바위」, 『대한일보』, 1967.5.11.

김우종, 무녀미학이 의미하는 것, 『문학춘추』, 1964.11.

김우종, 신당의 미학, 『한국현대소설사』, 선명문화사, 1968.

김우종, 원작과 개작의 문제, 『독서생활』, 1976.1.

김우종, 주제와 구성의 문제-『사반의 십자가』에 대하여, 『현대문학』, 1958.12.

김우철, 생활과 건실의 체험-김동리 씨의 「산화」, 『동아일보』, 1936.2.21~1936.2.26.

김원중, 김동리론, 『국어국문학논문집』제8호, 1959.6.

김윤식, 「을화」론-서사무가와 소설 사이에 걸린 등불 하나, 『대학신문』, 1992.9.28.

김윤식, 김동리 문학의 고전적 성격, 『소설과 사상』, 1993 가을.

김윤식, 땅끝 의식과 그 초극, 『상상』, 1993 가을.

김윤식, 원작과 개작의 거리-김동리의 「바위」의 경우, 『독서생활』, 1976.1.

김윤식, 은유로서의 노벨문학상-김동리의 「을화」, 『문학사상』, 1992.10.

김윤식, 이무기의 논리와 생리-김동리 문학의 비극성, 『문예중앙』, 1994 겨울.

김윤식, 정신주의에 대한 비판-소월시와 김동리 문학, 『서정시학』, 1992.6.

김은경, 1930년대-해방공간 김동리 문학의 생명 철학적 고찰, 『국어국문학』제131권,
　　　2002.5.

김정숙, 「황토기」에 나타난 피의 의미, 『어문논집(중앙대)』, 1998.

김정숙, 『사반의 십자가』와 『을화』, 『월간문학』, 1989.11.

김정숙, 기호학적 시각에서 본 김동리의 「무녀도」, 『경남어문논집』, 1995.12.

김정숙, 김동리 소설에 나타난 물의 상징성, 『김종훈 교수 회갑 기념 논문집』, 1991.9.

김정숙, 김동리 소설에 나타난 불의 상징적 의미, 『돌곶 김상선 교수 회갑 기념 논총』,
　　　1990.11.

김정숙, 김동리 소설의 공간적 상징, 『평사 민제 선생 회갑논총』, 1990.10.

김정숙, 문학의 상징성, 『양전 이용욱 교수 회갑 기념 논문집』, 1993.7.

김정숙, 영원히 존재하는 것의 상징, 『문학세계』제25호, 1994.

김정숙, 포스트콜로니아리즘과 김동리 문학, 『문학세계』, 1995.11.

김송익, 『을화』에 나타난 등장인물의 의미작용 분석, 『동양어문논집』제23호, 1988.12.

김주연, 생명의 신비와 불멸의 믿음, 『서울평론』, 1974.2.

김주현, 1960년대 소설의 토속성에 구현된 휴머니즘의 양상, 중앙어문학회, 『어문론집』
　　　제36집, 2007.3.

김주현, 김동리 문학사상의 연원으로서의 화랑, 한국어문학회, 『어문학』제77호 2002.9.

김주현, 김동리의 그늘과 미학화된 '역사의식'으로서의 토속성, 『어문론집』제42집,
　　　2009.11.

김주현, 김동리의 사상적 계보 연구, 한국어문학회, 『어문학』제79호 2003.3.

김춘수, 에피소드의 역할,『경북대 어문논총』, 1962.12.

김치수, 소멸의 미학－김동리의「무녀도」,『문학과 비평의 구조』, 문학과지성사, 1984.

김태곤, 민속의 문학적 수용,『월간문학』, 1978.8.

김태엽, 김동리 소설에 나타나는 경북 방언, 우리말글학회,『우리말글』제38집, 2006.12.

김택중,「무녀도」의 줄거리를 중심으로 한 층위 분석,『대전어문학』, 1993.

김택중, 식민지시대 소설에 나타난 현실인식,『대전어문학』, 1994.

김한성,「무녀도」읽기 : 환경 비평의 시각에서, 문학과 환경학회,『문학과 환경』9권 2
        호, 2010.12.

김한식, 해방 후 순수 문단과 세계문학의 개념, 고려대학교 민족문화연구원,『민족문화
        연구』, 2008.8.

김한식,『백민』과 민족문학, 상허학회,『상허학보』제20집, 2007.6.

김한식, 김동리 순수문학론의 세 층위, 상허학회,『상허학보』제15집, 2005.8.

김혜니, 언술과 이야기의 서술 연구,『이화어문논집』제10호, 1989.3.

김환태, 순수시비,『문장』, 1939.11.

김환태, 심리의 입체적 구도－8월 창작평,『조선일보』, 1936.8.11.

김희보, 김동리의『사반의 십자가』와 구원 문제,『기독교사상』, 1978.9.

남금희, 김동리 소설에 나타난 기독교 수용양상,『신학과 목회』제26집, 2006.11.

남상학,『사반의 십자가』의 문제점,『기원』, 1973.6.

남원진, 역사를 문학으로 번역하기 그리고 반공내셔널리즘,『상허학보』제21집, 2007.10.

박 원, 신문학에 있어서의 휴머니즘론,『청년문학』,1948.6.15.

박계주, 진실한 문인이 되라－김동리 씨의 망언에 답함,『서울신문』, 1955.7.8.

박동규, 신당과 원시의 동경－김동리론,『한국현대작가연구』, 민음사, 1976.

박래원, 김동리와「무녀도」,『가우』(중앙대)제29권, 1949.7.20.

박상준, 한국현대소설에 나타난 기독교적 구원의 문제,『한국현대문학연구』제19집, 2006.6.

박양호, 김동리 소설의 인물 연구,『전남대어문논총』, 1992.

박영순, 김동리「해방」연구,『국어국문학』제99집, 1988.

박영희, 창작월평－고흔 해학과 냉정한 묘사,『조선일보』, 1937.1.21.

박현수, 전후 초월주의의 그늘과 그 극복, 부산대학교 한국민족문화연구소,『한국민족문
        화』제35호, 2009.11.

방민화, 김동리의 <미륵낭>에 나타난 화랑과 미륵신앙의 상관성 연구, 한국문학이론과
        비평학회,『한국문학이론과비평』제45집, 2009.12.

배경열, 김동리 초기문학 고찰, 한국문학이론과비평학회,『한국문학이론과 비평』제17호,
        2002.

백　철, 30년대의 문단상황과 김동리 문학론의 의의, 『동리문학연구』, 1973.

백　철, 산문학과 리얼리즘-김동리의 미몽을 계함, 『국도신문』, 1950.3.29~1950.4.1.

서경수, 소신의 미학-종교가가 본 한국작가의 종교의식, 『문학사상』, 1973.6.

서연호, 희비극적 접근 새 가능성-대중의 「무녀도」, 『한국일보』, 1986.6.7.

서재길, 1930년대 후반 세대 논쟁과 김동리의 문학관, 서울대학교 규장각 한국학 연구
　　　원, 『한국문화』제31집 2003.6.

서정주, 김동리 평론집 『문학과 인간』에 대하여, 『백민』, 1949.1.

설중환, 작가와 사회, 『백수문학』제21호, 1987.

손봉주, 김동리 『사반의 십자가』의 분석적 연구, 『청람어문학』, 1993.

손우성, 하늘과 땅의 비중-『사반의 십자가』론, 『사상계』, 1960.2.

송백헌, 토속신의 미학과 원색적 인간상, 『동리문학이 한국문학에 미친 영향』(중대문창
　　　과), 1979.

송상일, 서사구조와 아픔의 환기, 『현대문학』, 1976.4.

송성헌, 김동리 소설의 문학사적 연구, 우리문학회, 『우리문학연구』제15집 2002.12.

송하섭, 김동리 소설의 서정성 연구, 『대학논문집』제13호, 1989.

송현호, 노신과 김동리의 소설에 나타난 풍속에 대한 연구, 『중한인문과학연구』제4호,
　　　2000.

송희복, 순수문학의 비평적 소명-김동리론, 『해방기 문학비평연구』, 문학과지성사, 1993.

신동욱, 김동리의 소설에 나타난 비극적인 삶의 인식, 『동방학지』, 1981.9.

신동욱, 미토스의 지평-김동리의 「무녀도」를 중심으로, 『현대문학』, 1965.2.

신동욱, 선사적 공간의 의미, 『소설문학』, 1982.7.

신정숙, 김동리 무속소설의 에로티즘 미학, 『국어국문학』제150호 2008.12.

신형기, 순수의 정체-해방기의 김동리, 『해방기소설 연구』, 태학사, 1992.

심영덕, 현대소설에 나타난 죽음의 일고찰, 『영남어문학』, 1993.

안병무, 종교가가 본 한국작가의 종교의식, 『문학사상』, 1972.12.

안성수, 죽음과 떠남의 변증법, 『조선일보』, 1989.1.6~1989.1.10.

양병식, 김동리 씨에게, 『연합신문』, 1953.3.25.

양선규, 한국근대소설의 보수주의 미학 연구, 『충북대 인문학지』, 1994.

염무웅, 「무녀도」, 『월간문학』, 1970.6.

염무웅, <특집> 문학의 교육-김동리의 「무녀도」, 『월간문학』, 1970.6.

염무웅, 7월의 수확-상황과 문체, 『문학』, 1966.8.

염무웅, 집착과 변모-김동리 문학의 현실감각, 『6·8문학』, 1969.

오동춘, 「무녀도」소설의 시간구조, 『새국어교육』, 1985.12.

우한용, 현대소설의 고전 수용에 관한 연구, 『전북대 논문집』, 1983.8.

유금호, 샤머니즘과 동리의 허무, 『새시대문학』, 1972.7~1972.8.

유기룡, 동리의 무녀도에 담긴 원형적 상징, 『민속어문논집』(한메 최정여 박사 송축 기념 논총), 계명대 출판부, 1983.

유기룡, 죽음과 재생의 이미지로 본 「무녀도」, 『계성문학』제3호, 1986.10.

유보선, 탈근대적 지향과 전근대적 귀결, 『문학정신』, 1992.7.

유인순, 「등신불」을 위한 새로운 독서, 『이화여대 논문집』제4집, 1981.

유임하, 순수의 이데올로기적 기반, 『우리말글』제38집, 2006.12.

유임하, 전쟁 속 휴머니즘과 '국가'의 시선, 동국대학교 한국문학연구소, 『한국문학연구』 제34집, 2008.6..

유종렬, 김동리 소설의 개작고, 『부산대학교 국어국문학』, 제18집・제19집, 1982.

유종렬, 김동리 소설의 공간과 죽음의 구조, 『동래여전』, 1983.

유종열, 김동리 소설의 개작고-「무녀도」「산화」「바위」, 『국어국문학』, 1982.3.

유준형, 「등신불」과 「빈처」의 시점에 대하여, 『어문학교육』, 1981.12.

유진오, 대립보다는 협력을 요망-김동리 씨에게, 『매일신보』, 1940.2.23.

유진오, 순수에의 지향, 『문장』, 1939.6.

윤병노, 자리잡힌 사소설, 『현대문학』, 1966.2.

윤병로, 1930년대 소설의 일 연구, 『대동문화연구』, 1989.2.

윤병로, 김동리의 「무녀도」론, 『이병호 박사 회갑논총』, 1989.6.

이광풍, 「무녀도」의 신화학적 이해, 『이응호 박사 회갑논총』, 1987.

이광풍, 동리 문학과 신화적 상상력, 『국제대 논문집』제14호, 1986.12.

이광풍, 현대소설의 원형적 탐색, 『국제대 논문집』제12호, 1984.

이광현, 민족문학의 재검토, 『자유신문』, 1949.1.25~1949.1.28.

이광훈, 사양의 토속적 인간상-김동리의 경우, 『문학춘추』, 1965.1.

이규호, 전쟁과 실존의 논리-김동리의 「실존무」, 『한국문학』, 1976.6.

이동하, 김동리의 「극락조」에 대하여, 『전농어문연구』제1호, 1988.12.

이동하, 김동리의 소설에 대한 고찰, 『관악어문연구』제9집, 1988.12.

이동하 순수문학과 독재정권-김동리, 서정주, 김춘수의 경우, 『서울시립대 대학문화』, 1989.2.

이동하, 한국현대소설과 기독교의 관련 양상, 『한국문학』, 1990.3.

이동희, 순수의식과 문체미학-김동리의 경우, 『안동교대논문집』, 1976.9.

이동희, 영남지방의 현대소설-현진건・김동리론, 『교대춘추』, 1980.1.

이명재, 변증법적 휴머니즘의 소설미학-김동리의 「을화」, 『문학사상』, 1992.12.

이미림, 김동리 소설의 전반적 양상, 『상지대 우산어문학』, 1994.

이보영, 관념성의 허실, 『한국문학』, 1974.7.

이보영, 기독교문학의 가능성, 『예술논문집』제20집, 1981.

이보영, 김동리의 초기소설, 『식민지시대문학론』, 필그림, 1984.

이보영, 신화적 소설의 반성, 『현대문학』, 1970.12.

이보영, 연화의 비의-김동리론, 『중앙』, 1968.1.

이봉구, 문학적 산보, 『현대문학』, 1961.7.

이봉범, 잡지 <문예>의 성격과 위상, 상허학회, 『상허학보』제17집, 2006.6.

이부영, 심리학에서 본 샤머니즘, 『문학사상』, 1977.9.

이상구, 「무녀도」와 『을화』의 거리, 『명지대 인문과학연구논총』, 1992.

이상구, 제3휴머니즘과 문학적 형상화, 『경남대 어문논집』제2집, 1986.8.

이상섭, 이무기의 둔갑, 『문학과 지성』, 1974 봄.

이상회, 청년문화론은 선정주의의 가면, 『문학사상』, 1974.7.

이어령, 논쟁의 초점-다시 김동리 씨에게, 『경향신문』, 1959.2.25~1959.2.28.

이어령, 못박힌 기독은 대답 없다-다시 김동리 씨에게, 『세계일보』, 1959.2.20.

이어령, 소설과 아펠레이션 문제, 『사상계』, 1961.11.

이어령, 우상의 파괴, 『한국일보』, 1956.5.

이원조, 순수란 무엇인가, 『문장』, 1939.12.

이유식, 속 프로메테우스적 인간상, 『현대문학』, 1963.7.

이은숙, 김동리의 「무녀도」 연구, 『성신어문학』제3호, 1990.2.

이은주, 1960년대 문학비평의 세계주의와 미국적 가치 지향의 상관성, 상허학회, 『상허학보』제18집, 2006.12.

이인복, 김동리의 신령주의, 『한국문학과 기독교사상』, 우신사, 1987.

이재선, 정신사적 구원의 문제, 『문학사상』, 1978.5.

이정숙, 샤머니즘의 가능성과 그 한계, 『한성어문학』, 1991.

이 찬, 김동리의 장편소설 『사반의 십자가』연구, 『우리어문연구』, 2010.6.

이 찬, 김동리 문학의 반근대주의, 『서정시학』, 2011.

이 찬, 해방기 김동리 문학 연구, 한국비평문학회, 『비평문학』, 제39호, 2011.3.

이철균, 모순적 자기동일성에의 영원한 참여, 『동리문학연구』, 1973.

이철범, 언쟁이냐 논쟁이냐, 『세계일보』, 1959.3.28.

이철범, 현대문학과 역사의식, 『세대』, 1972.9~1972.10.

이태동, 동리 문학과 휴머니즘, 『한국문학』, 1978.6.

이태동, 막다른 끝의 밀다원-「밀다원 시대」, 『문학사상』, 1985.6.

이현기, 김동리론, 『감성의 논리』, 문학과지성사, 1976.
이현식, 현실 앞에 선 한 완고주의자의 문학적 초상－김동리의 문학, 『실천문학』62호, 2001.5.
이형기, 「석노인」의 위밍업, 『현대문학』, 1967.6.
이형기, 김동리론－「등신불」을 중심으로, 『문학춘추』, 1964.5.
이형기, 세 작품의 콘트라스트, 『현대문학』, 1966.2.
이형우, 절대자의 차원과 인간의 몫, 『동양문화』제6호, 1988.10.
임금복, 김동리의 「달」에 나타난 원형적 의미, 『성신어문학』제1호, 1988.
임금복, 김동리 소설의 재생의식 연구, 돈암어문학회, 『돈암어문학』 제12집, 1999.8.
임긍재, 민족문학 제창 후의 작품 경향, 『예술조선』, 1948.4.
임순철, 서글픈 만용이 아니었기를, 『경향신문』, 1959.3.30.
임영봉, 김동리 비평연구－평론집 『文學과 人間』을 중심으로, 『어문연구』제3호, 2004.
임영봉, 김동리 문학의 원(原)체험, 강원대학교인문과학연구소, 『인문과학연구』27집, 2010.12.
임영봉, 김동리 소설의 구도적 성격, 우리문학회, 『우리문학연구』 제24집, 2008.6.
임영천, 갈등의 종교사회학－한국문학 속의 기독교, 『기독교교육』, 1990.
임종국, 현대소설과 불교－김동리의 「등신불」을 중심으로, 『법륜』, 1977.4.
임헌영, 니힐과 반항, 『현대문학』, 1966.8.
장백일, 「무녀도」의 정신분석학적 접근, 『월간문학』, 1988.3.
장소진, 꿈과 현실의 괴리와 일치의 역설, 그 경위의 탐색－김동리의 「까치소리」를 대상으로, 한국문학이론과 비평학회, 『한국문학이론과비평』, 제8집 2000.8.
전봉건, 문학적 비양식－김동리씨의 선민의식과 학생 문제, 『신세계』제4호, 1956.4.
전영숙, 「무녀도」소설의 구조 분석 연구, 『신흥전문대 논문집』, 1992.
전정구, 죽음의 한 연구－동리의 「까치 소리」를 중심으로, 『월간문학』, 1988.11.
정무룡, 김동리 소설의 무속 소연구, 『국어국문학논문집』, 1982.1.
정영자, 원시 신앙의 문학적 전개(상), 『월간문학』, 1982.3.
정재림, 근대소설에 나타난 기독교 비판의 세 양상, 서강대학교 인문과학연구소, 『서강인문논총』제27집, 2010.4.
정재훈, 한국현대소설에 나타난 죽음의 연구, 『월간충정』, 1978.1～1978.3.
정창범, 서정과 리얼리티－ 구「바위」와 신「바위」, 『독서생활』, 1976.1.
정창범, 서정과 전형, 『세대』, 1966.8.
정창범, 저희적인 풍경, 『현대문학』, 1966.2.
정태용, 비극미와 성격미－김동리론, 『예술원논문집』, 1964.12.12.
정한숙, 현미경과 돋보기, 『고려대학교 논문집』, 1970.12.

조낙현, 김동리의 「달」에 나타난 인간관, 『관동대 논문집』제16집(별책), 1988.

조낙현, 김동리의 「무녀도」, 『관동어문학』제2집(별쇄), 1982.9.

조낙현, 김동리의 『을화』고, 『관동대 논문집』제15집, 1987.

조남현, 「저승새」와 보살행화 설화, 『한국현대문학의 자계』, 평민사, 1985.

조연현, 김동리의 성불의 미학, 『현대문학』, 1966.11.

조연현, 무대의 확대와 사상의 심화, 『현대문학』, 1958.6.

조연현, 무식의 폭로—김동석 씨의 김동리론을 논함, 『구국』제1호, 1948.1.

조연현, 전통의 개념과 그 가치, 『충남대 보운』제3호, 1973.12.

조연현, 해방 20년(문학)—김동석·김동리 대논쟁, 『대한일보』, 1965.5.8.

조연현, 허무에의 의지—김동리 씨 「황토기」를 중심으로, 『민중일보』, 1948.1.23.

조지훈, 人命의 문학, 『경향신문』, 1948.11.23.

조춘호, 김동리의 「황토기」론, 『대구한의대 논문집』제5집, 1987.12.

조희경, 김동리 소설연구, 성결대학교인문과학연구소, 『인문과학논총』제1호, 1996.

주종연, 한국 현대작품론(1)—「감자」및 「무녀도」, 『국민대 논문집』제7집, 1975.3.

진영복, 해방 후 문화적 본질주의 글쓰기 양상 연구, 한민족어문학회, 『한민족어문학』제
        56집 2010.6.

진정석, 에고적 측면과 초에고적 측면, 『현대문학』, 1968.5.

진정석, 일제 말기 김동리 문학의 낭만주의적 성격, 『외국문학』, 1993 여름.

진정석, 토속세계의 설정과 그 한계, 『사상계』, 1968.12.

진정석, 한국의 두 가지 소설, 『현대문학』, 1966.8.

차봉준, 김동리 소설의 기독교 전승 수용과 변이 양상 연구, 한국어문교육연구회, 『어문
        연구』제37권 제3호, 2009.9.

차승기, 동양적인 것, 조선적인 것, 그리고 『문장』, 『한국근대문학연구』, 제21호 2010.4.

천이두, 동굴의 미학과 광장의 신학, 『세계의 문학』, 1979 봄.

천이두, 동리 문학의 구조—「등신불」을 중심으로, 『국어국문학』(전북대)제17집, 1975.12.

최규익, 김동리의 죽음의식—「무녀도」를 중심으로, 『국민어문연구』제1호, 1988.12.

최난옥, 씨부리파의 <커랭너이터>와 김동리의 <등신불>의 비교 연구, 세계문학비교학
        회, 『세계문학비교연구』제8집 2003.4.

최병우, 보수주의의 문학적 형상화, 『한국 현대 장편소설 연구』, 삼지원, 1989.10.

최병탁, 김동리의 「만자동경」고, 『시문학』, 1983.5.

최원식, 신성사와 세속사의 갈등, 『신동아』, 1972.4.

최재선, 제3 휴머니즘론의 문학적 구현—김동리의 <사반의 십자가>를 중심으로, 한국
        어문학회, 『어문학』, 통권 제 89호, 2005.9.

하창수, 소망과 현실의 변증법,『지평』제3집, 1984.

한수영, '순수문학론'에서의 '미적 자율성'과 '반근대'의 논리, 국제어문학회,『국제어문』 제29집 2003.12.

한수영, 김동리와 조선적인 것, 한국근대문학회,『한국근대문학연구』제21호, 2010.4.

한용환, 한국소설에 표현된 죽음의 사상,『국어국문학』제76호, 1977.12.

허련화, 김동리 소설의 근친상간 모티프 연구 한국현대문학회,『한국현대문학연구』제34 집 2011.8.

허련화, 김동리의 장편역사소설 <삼국기>와 <대왕암> 연구, 한국현대문학회,『한국현 대문학연구』제31집 2010.8.

허련화, 김동리 불교소설 연구, 한국현대문학회,『한국현대문학연구』제25집, 2008.8.

허련화, 김동리의 장편역사소설 <삼국기>와 <대왕암> 연구, 한국현대문학회,『한국현 대문학연구』제31집, 2010.8.

홍경표, 김동리 소설의 담론 형식 연구-설화적 <모티프>의 단편을 중심으로, 한국어 문학회,『어문학』제72호, 2001.

홍경표, 민간전승 모티프의 소설적 수용,『효성여대 전통문화연구』1989.7.

홍경표, 김동리 소설의 세속성에 대하여, 한국어문학회,『어문학』제82호, 2003.9.

홍기돈, 김동리 소설의 설화 수용 의미, 근대서지학회,『근대서지』제3호, 2011.6.

홍기돈, 일제시대 세대논쟁 연구, 중앙대학교 인문과학 연구소,『인문학연구』제36호, 2003.

홍기돈, '선(仙)의 이념'과 근대초극 논리의 민족적 설정, 중앙어문학회,『어문론집』제33 집, 2005.6.

홍기돈, 김동리, 새로운 르네상스의 기획과 실패, 우리문학회,『우리문학연구』제30집, 2010.6.

홍기돈, 식민지 시대 세대논쟁 연구-문학제도의 물질적 조건을 중심으로, 우리문학회, 『우리문학연구』제17집, 2004.12.

홍사중, 동토의 계절,『문학춘추』, 1964.5.

홍사중, 문제작, 문제점,『문학춘추』, 1964.5.

홍효민, 김동리 저『문학과 인간』서평,『서울신문』, 1948.12.24.

▌학위 논문▐

강기남, 김동리 소설 연구, 경희대 대학원 석사학위논문, 1984.

곽경숙, 김동리 소설의 일반의미론적 연구, 숙명여대 대학원 석사학위논문, 1987.

곽윤관, 김동리 소설의 기독교 수용양상에 관한 연구, 연세대 대학원 석사학위논문, 1983.

권성길, 김동리 소설의 죽음의식에 대한 연구, 명지대 대학원 석사학위논문, 1987.

권인옥, 「무녀도」와 『을화』의 거리, 고려대 대학원 석사학위논문, 1982.

紀　偉, 김동리와 쉬띠산(許地山) 소설에 나타난 종교의 양상 비교 연구, 서울대 대학원
    2009.

김경숙, 김동리 소설의 공간성 연구, 이화여대 대학원 석사학위논문, 1986.

김기동, 김동리와 황순원 소설의 문체론적 비교 연구, 원광대 대학원 석사학위논문,
    1984.

김동준, 김동리의 소설 연구, 경북대 대학원 석사학위논문, 1990.

김석우, 김동리의 초기소설 연구, 한양대 대학원 석사학위논문, 1987.

김영숙, 김동리 문학과 니힐리즘, 건국대 대학원 석사학위논문, 1971.

김용재, 김동리의 단편소설 연구, 전북대 대학원 석사학위논문, 1986.

김우석, 김동리의 초기소설 연구, 한양대 대학원 석사학위논문, 1988.

김은숙, 동리 문학에 나타난 샤머니즘 사상 연구, 효성여대 대학원 석사학위논문, 1981.

김정숙, 김동리 소설에 나타난 민속 문제 소고, 중앙대 대학원 석사학위논문, 1981.

김정숙, 현대소설에 나타난 상징성 연구, 중앙대 대학원 박사 학위논문, 1990.

김창규, 김동리의 초기 단편소설 연구, 경남대 대학원 석사학위논문, 1985.

김태영, 김동리 문학의 배경사상 연구, 원광대 대학원 석사학위논문, 1986.

김현덕, 김동리 소설의 구조 연구-변형화 기법을 중심으로, 서강대 대학원 석사학위논
    문, 1983.

김홍순, 김동리 단편소설의 분석, 부산대 대학원 석사학위논문, 1991.

남명희, 김동리 문학과 불의 원형적 상상력, 이화여대 대학원 석사학위논문, 1984.

두병록, 김동리 소설 연구-공동체 위기를 중심으로, 전북대 대학원 석사학위논문, 1986.

박방식, 김동리 문학의 배경사상 연구, 원광대 대학원 석사학위논문, 1983.

박양호, 김동리 작품의 사상적 배경에 관한 연구, 중앙대 대학원 석사학위논문, 1975.

박영순, 김동리 소설에 나타난 인물유형 연구, 동국대 대학원 석사학위논문, 1987.

박형욱, 1930년대 김동리 문학 연구, 서울대 대학원 석사학위논문, 1993.

소순희, 김동리 「무녀도」에 나타난 샤머니즘 연구, 원광대 대학원 석사학위논문, 1992.

손상화, 김동리 소설에 나타난 죽음의식, 경북대 대학원 석사학위논문, 1984.

신형기, 해방 직후의 문학운동 연구, 연세대 대학원 박사학위논문, 1987.

안성수, 한국 근대 단편소설의 플롯 연구 시론, 중앙대 대학원 박사학위논문, 1989.

양선규, 한국 현대소설에 나타난 낙원회복의 원형연구, 경북대 대학원 석사학위논문, 1980.

오세정, 김동리 소설에 나타난 죽음에 관한 연구, 성신여대 대학원 석사학위논문, 1983.

오정아, 김동리 소설의 토속세계고, 동국대 대학원 석사학위논문, 1987.

우남득, 동리 문학의 사의 구경 추구, 이화여대 대학원 석사학위논문, 1983.

우일제, 소설 「바위」의 구조 연구, 숭전대 대학원 석사학위논문, 1983.

유만상, 김동리 연구―개작『사반의 십자가』의 그 천상과 지상의 대결을 통한 신인간주의의 해명을 중심으로, 고려대 대학원 석사학위논문, 1983.

이규태, 김동리 문학에서의 신인간주의, 경북대 대학원 석사학위논문, 1988.

이동하, 한국문학의 전통지향적 보수주의 연구, 서울대 대학원 박사학위논문, 1989.

이미림, 김동리 초기문학 연구, 숙명여대 대학원 석사학위논문, 1985.

이미정, 1950년대 '순수문학'의 제도화 과정 연구, 서강대 대학원, 2011.2.

이상조, 김동리 소설에 나타난 샤머니즘과 기독교, 강원대 대학원 석사학위논문, 1991.

이선순, 김동리의 「까치 소리」연구, 서강대 대학원 석사학위논문, 1980.

이영희, 金東里 小說 硏究―巫俗性을 中心으로, 성신여대 대학원 석사학위논문, 1995.

이유섭, 김동리의『사반의 십자가』연구, 단국대 대학원 석사학위논문, 1988.

이종림, 동리의 액자소설 연구, 계명대 대학원 석사학위논문, 1984.

이충우, 김동리 소설의 사상적 배경 연구, 성균관대 대학원 석사학위논문, 1992.

이혜자, 동리 문학의 원형적 이미지 연구, 중앙대 대학원 석사학위논문, 1988.

이희환, 김동리와 남한 '국민문학'의 형성, 인하대 대학원 2007.

장현숙, 김동리 소설의 민족의식과 허무의식, 경희대 대학원 석사학위논문, 1988.

정한옥, 김동리 초기 단편소설 연구, 숭실대 대학원 석사학위논문, 1983.

조미숙, 김동리 단편소설 연구, 전남대 대학원 석사학위논문, 1984.

조승영, 김동리 문학에 나타난 불교사상, 경남대 대학원 석사학위논문, 1987.

조영민, 김동리 단편소설에 나타난 무속성 연구, 관동대 대학원 석사학위논문, 1990.

진영화, 김동리 단편소설의 구조적 의미, 연세대 대학원 석사학위논문, 1992.

진정석, 김동리 문학 연구, 서울대 대학원 석사학위논문, 1993.

차광희, 소설의 신인간형―김동리와 까뮈의 작품을 중심으로, 건국대 대학원 석사학위논문, 1964.

천영숙, 김동리 작품의 구조분석적 연구, 연세대 대학원 석사학위논문, 1984.

최시한, 현대소설의 구조시학적 연구, 서강대 대학원 석사학위논문, 1980.

최정여, 김동리 소설에 나타난 죽음의 양상 연구, 계명대 대학원 석사학위논문, 1985.

한형구, 일제말기 세대의 미의식에 관한 연구, 서울대 대학원 박사학위논문, 1992.

허경탁, 김동리에 대한 문체론적 연구, 전북대 대학원 석사학위논문, 1978.

허련화, 김동리 소설의 현실참여적 성격 연구, 서울대 대학원 2007.

▌단행본 · 기타 ▌

구창환, 토속적 상징과 휴머니즘, 『한국근대작가연구』, 삼지원, 1985.

권영민, 한국문학과 이데올로기, 『한국근대문학과 시대정신』, 문예출판사, 1983.

권영민, 『해방직후의 민족문학운동연구』, 서울대학교 출판부, 1986.

김병익, 하늘과 땅의 대결―김동리의 『사반의 십자가』, 『부드러움의 힘』, 청하, 1983.

김병익, 한국소설과 한국기독교, 『상황과 상상력』, 문학과지성사, 1979.

김열규, 속신과 불안, 『한국문학사―그 형상과 해석』, 탐구당, 1983.

김용희, 공간의 전환구조, 『현대소설에 나타난 길의 상징성』, 정음사, 1986.

김윤식, 구경적 생의 형식, 『한국현대문학사』, 일지사, 1976.

김윤식, 전통지향성의 한계, 『한국근대작가논고』, 일지사, 1974.

김윤식, 『김동리와 그의 시대』, 민음사, 1997.

김윤식 · 김현, 김동리 혹은 제3휴머니즘의 기수, 『한국문학사』, 민음사, 1973.

김홍규, 민족문학과 순수문학, 『한국문학의 현단계4』, 창작과비평사, 1985.

방민화, 『김동리 소설연구』, 보고사, 2005.

송상일, 소설의 방법, 『시대와 삶』, 문장, 1979.

유종호, 한국의 페시미즘, 『비순수의 선언』, 신구문화사, 1962.

이윤택, 『이데올로기와 사랑, 해체, 실천, 그 이후』, 청하, 1988.

이재선, 소설에 나타난 사랑과 죽음, 『한국문학의 지평』, 새문사, 1981.

이재선, 신비와 현실의 양극적 거리, 『한국문학의 지평』, 새문사, 1981.

이재선, 정신사의 충동과 영상의 문학, 『한국문학의 지평』, 새문사, 1981.

이재선, 정신사적 구원의 문제, 『한국현대소설사』, 홍성사, 1979.

이태동, 편저 『김동리』, 지학사, 1985.

홍기돈, 『김동리 연구』, 소명출판사, 2010.

필 자(가나다순)

김병길　숙명여자대학교 조교수
김한식　상명대학교 한국어문학과 교수
박상준　포스텍 인문사회학부 교수
신정숙　연세대학교 강사
유임하　한국체육대학교 교양과정부 교수
이은주　관동대학교 교양학부 교수
이　찬　고려대학교 민족문화연구원 선임연구원
진영복　연세대학교 학부대학 교수
한수영　동아대학교 국어국문학과 부교수
홍기돈　가톨릭대학교 국어국문학과 교수

편 자

김한식

충북 청원 출생.
고려대학교 국어국문학과 및 동대학원 졸업.
현 상명대학교 한국어문학과 교수.
저서로는 『서정시의 운명』, 『현대문학사와 민족이라는 이념』, 『문학의 해부』, 『소설의 시대』 등이 있음.

글누림 작가총서

김동리

초판1쇄 인쇄 2012년 4월 18일 | **초판1쇄 발행** 2012년 4월 27일
엮은이 김한식
펴낸이 최종숙

책임편집 전희성
편집 이태곤 · 임애정 | **디자인** 안혜진 · 이홍주 | **마케팅** 박태훈 · 안현진 | **관리** 이덕성
펴낸곳 글누림출판사
등록 제303-2005-000038호(등록일 2005년 10월 5일)
주소 서울 서초구 반포4동 577-25 무창빌딩 2층(우137-807)
전화 02-3409-2055 | FAX 02-3409-2059
이메일 nurim3888@hanmail.net
홈페이지 http://www.geulnurim.co.kr
ISBN 978-89-6327-191-0 93810
      978-89-6327-084-5(세트)

정가 : 20,000원

* 잘못된 책은 교환해 드립니다.